儿童文学
创作及审美研究

贾 焱　王卓婧◎著

时代文艺出版社
SHIDAI WENYI CHUBANSHE

图书在版编目（CIP）数据

儿童文学创作及审美研究 / 贾焱, 王卓婧著. -- 长春：时代文艺出版社, 2023.12
ISBN 978-7-5387-7430-6

Ⅰ.①儿… Ⅱ.①贾…②王… Ⅲ.①儿童文学—文学创作—研究—中国②儿童文学—审美分析—研究—中国 Ⅳ.①I207.8

中国国家版本馆CIP数据核字(2024)第015588号

儿童文学创作及审美研究
ERTONG WENXUE CHUANGZUO JI SHENMEI YANJIU

贾焱　王卓婧　著

出 品 人：吴　刚
责任编辑：孟宇婷
装帧设计：钱金华
排版制作：钱金华

出版发行：时代文艺出版社
地　　址：长春市福祉大路5788号　龙腾国际大厦A座15层（130118）
电　　话：0431-81629751（总编办）　0431-81629755（发行部）
网　　址：weibo.com/tlapress（官方微博）
开　　本：787mm×1092mm　1/16
字　　数：336千字
印　　张：18
印　　刷：廊坊市海涛印刷有限公司
版　　次：2023年12月第1版
印　　次：2023年12月第1次印刷
定　　价：78.00元

图书如有印装错误　请寄回印厂调换

作者简介

贾焱,女,汉族,山西长子县人,本科学历,教师。近年在《北方文学》《中国文艺家》《延边教育学院学报》《戏剧之家》等学刊及学科学报上发表多篇论文。目前主要从事中国语言文学、儿童文学教学与研究工作。

王卓婧,女,汉族,山西长治人,本科学历,教师。近年在《北方文学》《中国文艺家》《戏剧之家》《江西电力职业技术学院》等省级以上期刊及学科学报上发表多篇论文,目前主要从事中国语言文学、儿童文学教学与研究工作。

前　言

儿童文学起源于人类对儿童的爱与期待，是人类文明的结晶。儿童文学作为人一生中最早接触到的教科书，对儿童扩大视野、增长知识、发展想象、丰富情感、启迪心智、陶冶情操、健全人格都有着十分重要的作用，这是其他教科书无法替代的。因此，儿童文学教育、儿童文学研究、繁荣儿童文学、发展儿童文学，理应是每个基础教育工作者义不容辞的责任。这本书正是鉴于此目的而创作的。

本书适用于教育工作者和儿童文学研究者。它肯定并详细说明了作为儿童文学教授者的两项主要信念。第一，对成人和孩子来说，希望阅读儿童文学作品能够真正成为沁人心脾的审美体验过程。第二，对幼儿师范的教师和学生来说，基于儿童文学相关理论之下的审美与创造美应成为恒久不变的追求与理想。

本书基于儿童文学的概念、作用与历史发展，针对儿童心理特征，提出审美策略与创作方法，在此基础之上，就儿歌、儿童诗、童话、寓言、儿童故事、儿童图画书、儿童戏剧文学、儿童影视文学、儿童散文、儿童报告文学与儿童科学文艺作品等不同儿童文学体裁给出相应审美策略与创编方法。本书约33.6万字，其中贾焱著本书第二、三、四、五、六和十一章部分，约16.7万字；王卓婧著本书第一、七、八、九和十章部分，约16.9万字。

在写作过程中，我们参阅了不少专家的研究成果，从中得到不少启发，在此向他们表示真挚的感谢。另外，对在本书写作、出版过程中给予帮助的人们表示由衷的感谢！

由于写作时间仓促，再加上作者水平有限，本书难免存在疏漏与错误之处，还望专家和读者批评斧正。

目 录

第一章 绪论 ·········001
第一节 儿童文学的概念 ·········001
第二节 儿童文学的作用 ·········013
第三节 儿童文学的历史发展 ·········021

第二章 儿童文学的审美策略 ·········069
第一节 儿童文学审美的性质与意义 ·········069
第二节 儿童文学审美的心理特征 ·········078
第三节 儿童文学的审美策略 ·········081
第四节 儿童文学主要体裁的阅读欣赏 ·········103

第三章 儿童文学的创作方法 ·········105
第一节 儿童文学的创作要求 ·········105
第二节 儿童文学的创作方法 ·········130
第三节 儿童文学文本的传达 ·········132

第四章 儿歌 ·········141
第一节 儿歌的概念 ·········141
第二节 儿歌的基本特点 ·········142
第三节 儿歌的审美策略 ·········143
第四节 儿歌的类别与创作方法 ·········146

第五章 儿童诗 ·········150
第一节 儿童诗的概念与分类 ·········150
第二节 儿童诗的审美策略 ·········153
第三节 儿童诗的创编方法 ·········159

第六章 童话与寓言 ··· **164**
第一节 童话概述 ··· 164
第二节 童话的审美策略 ····································· 170
第三节 童话的创编方法 ····································· 181
第四节 寓言概述 ··· 190
第五节 寓言的审美策略与创编方法 ··························· 193

第七章 儿童故事 ··· **198**
第一节 儿童故事的特征与分类 ······························· 198
第二节 儿童故事的审美策略 ································· 201
第三节 儿童生活故事的创作方法 ····························· 209

第八章 儿童图画书 ··· **211**
第一节 儿童图画书的概念与类型 ····························· 211
第二节 儿童图画书的审美策略 ······························· 216
第三节 儿童图画书的创编方法 ······························· 225

第九章 儿童戏剧与影视文学 ································· **230**
第一节 儿童戏剧文学概述 ··································· 230
第二节 儿童戏剧文学的审美策略 ····························· 231
第三节 儿童戏剧的创编方法 ································· 234
第四节 儿童影视文学概述 ··································· 235
第五节 儿童影视文学的审美策略与改编方法 ··················· 237

第十章 儿童散文与儿童报告文学 ····························· **245**
第一节 儿童散文概述 ······································· 245
第二节 儿童散文的审美策略与创作方法 ······················· 250
第三节 儿童报告文学概述 ··································· 256
第四节 儿童报告文学的审美策略与创作方法 ··················· 261

第十一章 儿童科学文艺 ····································· **268**
第一节 儿童科学文艺的概念与类型 ··························· 268
第二节 儿童科学文艺作品的审美策略 ························· 269
第三节 儿童科学文艺作品的创作方法 ························· 274

参考文献 ··· **277**

第一章 绪论

第一节 儿童文学的概念

近年来,随着儿童文学在商业上的大获成功,儿童文学这种特殊的文学终于被人们看见,并开始发生改变。儿童文学创作队伍迅速壮大,产生了专业的"童书作家",也吸引了众多成人文学作家参与其中。儿童文学图书市场在迎来新世纪的"黄金十年"和"后黄金十年"之后,目前依然没有放慢增长的速度。然而,对于中国原创儿童文学艺术水准的质疑,也一直话题不断。因为新世纪以来,中国原创儿童文学虽然数量剧增,但质量并不是都那么尽如人意。影响中国儿童文学艺术品质提升的原因在哪里?如何在满足儿童阅读需求的同时走向儿童文学的艺术纵深?这一时代的儿童文学,能对文学,而不仅只是儿童文学做出什么样的贡献?作为一个儿童文学写作者,这些也是我不得不面对和思考的问题。儿童文学的关键词是"儿童"与"文学",围绕这两个关键词来思考当前的中国原创儿童文学,或许能透过现象,发现问题的某些本质,从而寻找到突破的可能。

一、儿童文学的定义

早在1912年,中国现代著名散文家周作人就提出:"童话者,原人之文学,亦即儿童之文学,以个体发生与系统发生同序,故二者,感情趣味约略相同"。具体来看,儿童文学是以儿童为本位,专门为儿童创作的文学作品,契合儿童的接受能力与阅读兴趣,有助于儿童身心的健康成长。

(一)儿童文学定义讨论

"什么是儿童文学?"这是深入儿童文学这一学科领域的最根本的出发点,是所有相关研究的基础,因而,也是课堂教学中应解决的首要问题。但是,针对这一学科框架的支撑性概念,通行教材中的解说却显得不够充分。例如,王泉根主编的《儿童文学教程》,对"儿童文学"界定如下:

(儿童文学)是成年人为吸引、提升三至十七八岁的少年儿童鉴赏文学的需要而创作的一种专门文体。它既是由幼年文学、童年文学、少年文学三个层次的文学所组成的集合体,又是由"儿童本位的儿童文学"和"非儿童本位的儿童文学"两大门类所构成的整一体。

该定义力图从不同年龄层儿童的审美差异以及儿童观的发展变化出发进行概念阐释,既从读者的角度留意到不同的儿童文学文本在形式及内容上的巨大差异,又从作者的维度思考那些并非专门针对儿童的书写为何可纳入儿童的文学阅读范畴。这些都体现了教材编订者对基础概念的重视。但是,若细读这段阐释,会发现三个层次和两大门类的划分其实是概念先行的结果,其前提是先将特定作品纳入儿童文学的范畴之内再对其进行分类,这实际上并不能够帮助研究者判断一部作品是否属于儿童文学。此外,概念中所提及的"非儿童本位的儿童文学"指那些以成人为中心读者,以表现成人为中心内容,但因契合儿童审美趣味而进入儿童视野的作品(如《伊索寓言》《一千零一夜》《鹅妈妈故事集》等)。这些作品并非成人专门针对儿童的创作,它们都是做为"讲给成人听的故事"而出现,与概念前半部分述及的"成人为吸引、提升三至十七八岁的少年儿童欣赏文学的需要而创作"完全矛盾。所以,这一概念看似合理、全面,实则有诸多不够严谨之处。

又如,方卫平、王昆建主编的《儿童文学教程》指出:"儿童文学是专为儿童创作并适合他们阅读的具有独特艺术性和丰富价值的各类文学作品的总称"。首先,是否应该将那些并非"专为儿童创作"却为他们所热爱的作品(即王泉根教材所言的"非儿童本位的儿童文学")排除在儿童文学范畴之外,这一点尚需讨论。其次,这一相对简约的界定巧妙地用"适合儿童阅读"作为儿童文学的判断依据,的确解决了范畴内不同体裁、内容、形式的巨大差异之问题,但是,以"适合"做为判断依据却有语焉不详之嫌,因为在很多日常阅读情境中,"适合"与否完全来自主观判断而非客观标准。既然"适合儿童阅读"是衡量一部作品是否属于儿童文学的重要标尺,那么,便应继续阐释怎样的作品才"适合儿童阅读"。若不对此问题进行清晰解说,便无法为阅读实践提供具有可操作性的判断依据。"怎样的作品属于适合儿童阅读的作品?"若要回答这一问题可能需要将它拆分为若干更小的问题,例如:适合儿童阅读的作品有哪些共有特征?这些作品从哪些层面来看是适合儿童阅读的,是心理的、情感的、知识的、道德的、还是审美的层面?对问题的深入而有针对性的追问才可能最大限度地为其解决提供具体且有效的参照标准,亦能避免模糊性的阐释话语带给研习者一知半解式的困惑。也就是说,方卫平教材中概念的界定看似合理,实际上却回避了问题中某些复杂的层面。

实际上,仅用寥寥数语便对"儿童文学"做出清晰、严谨、全面、无可辩驳的界定,这本身就是任何学者都不可能完成的命题。否则,佩里·诺德曼便不会用一整本书的篇幅定义儿童文学。饶是如此,他的《隐藏的成人——定义儿童文学》一书的结论也仍然存在进一步讨论的空间。但是,在课堂教学中,我们仍然需要引导学生留意理论的复杂性及其潜在的阐释空间,鼓励他们针对本质论问题展开讨论、进行更深入的思索,这样,才能挣脱既有观点形成的思维定式,达到对儿童文学的本质更全面的把握,从而为阅读与批评实践夯实理论基础。例如,关于"适合"的标准问题可以从很多角度进行探析。诺德曼和莱莫在《阅读儿童文学的乐趣》中指出:

好的儿童文学会假定读者缺乏经验,却不认为他们没有能力透过经验发展出更多的理解——包含阅读文学的经验。因此,最好的童书可以透过简单的字眼来了解,却又不像为数众多的童书流于过度简单。这些文本容许有能力以更复杂的方式回应的读者,产生更复杂的理解,并且,其文本建构方式也常能鼓励读者在阅读的过程中,发展出更复杂的回应。

这段论述从儿童的阅读能力出发,将文本特质(简单却不过度)、读者经验(缺乏但有能力)与阅读效果(复杂的回应)相关联,在此基础上提出"好的童书"的评价标准。这与空泛的"适合儿童阅读"相比,显然更具体和有针对性。在课堂教学中,便应鼓励并引导学生以类似的方式思考理论问题,通过拆分大问题、明确出发点、建立关联性等手段将既定表述中模糊的话语具体化,从而达到对理论的更细致把握。

(二)文学性:超越实用臻于艺术

什么是儿童文学?当我们说到儿童文学的时候,是指成年人为儿童创作的、适合儿童阅读的那一部分文学。然而,我们在说到文学的时候,它就是指"文学",很少会使用"成人文学"这个词,一旦使用,它的意涵也会显示出某种"暧昧",跟我们所理解的"文学"似乎不是一个意思了。而这,恰恰是笔者提出这个问题的原因。

我们肯定需要"适合儿童的文学",就像你不能给儿童穿上成年人的衣服一样,因为尺寸和款式不合适。但是,好衣服的质地、好裁缝的手艺、好设计师的创意,这一切应该都有相同的判断。

据媒体公开的数据,目前全国580家出版社,有520多家出版少儿图书。每年出版少儿图书4万多种,其中新书2万多种,少儿文学占45%左右。儿童文学如此繁荣的同时,我们也明显看到了作品的同质化和快餐化,因此,"慢写作""精品创作"的呼声不绝于耳。

纳博科夫说:"我们可以从三个方面来看待一个作家,他是讲故事的人,也是教育家和魔法师。一个大作家集三者于一身,但魔法师是其中最重要的因素,他之所以成为大作家,得力于此。"从文学自身的标准来考察儿童文学,它首先是语言的艺术创造,语言、结构、形象、细节等创作手段和表现方式,不说比作品的思想性和故事性更重要,至少也同样重要,这些是"魔法师"的技巧。然而,在儿童文学的阅读中,儿童文学首先不是被当作文学对待,而是当作学习与教育的手段,因此,也才会出现"儿童文学是教育儿童的文学",一切的儿童文学,都应该是"主题创作"等等说法。在市场上琳琅满目的儿童文学读物中,"情绪管理""成长必读""男生系列""女生系列"等字样往往比作家作品更能引发购买行为。我们还会发现,即便对于儿童文学语言文字的欣赏,也停留在最低层次的"好词好句""风景描写"以及对文字如何"表情达意"的学习,而较少进入到真正的艺术欣赏。我并不反对儿童文学的实用价值,儿童文学毫无疑问是引领儿童求真、向善、趋美的文学,许多经典儿童文学都关注儿童成长中的实际问题,树立儿童成长的榜样,引领儿童"成人"。儿童文学可以是世界上最浪漫的学校,比如《木偶奇遇记》就通过精彩的故事,讲述一个孩子如何从顽劣的木偶变成"真人"。但文学艺术是"审美"的,而非"认知"的,即便需要传达认知与教育,也应该以"审美"的方式。比如,"世上只有妈妈好"是认知,但儿童文学作家传达此种认知,需要通过艺术的手段:

以台湾诗人洪志明的儿童诗《笑了》为例:哥哥饿了,/妹妹哭了,/弟弟尿了,/爸爸急了,/妈妈说:/我来了/我来了/大家都笑了。

这首诗追溯了认知产生的情感上的原因,呈现了情感产生的事实上的原因,把认知还原为情感,把情感还原为事实,而这事实,"是能够看到的景象,听到的声音,闻到的气味,尝到的味道,摸到的质地",从而把"母爱"还原为"母亲",这样一来,"你就必须回到你早年单纯可爱的经验世界,你会重新检讨你的语言:传递抽象观念的语汇,不如传递情感的语汇那样鲜明;传递情感的语汇,又不如传递官能感觉的语汇那样鲜明。"最终,这首儿童诗采用了传统童谣"子了歌"的形式,用单纯的动词,复现出鲜活的生活场景,从而达到儿童文学浅语艺术的效果。

然而，无论是儿童文学的阅读推广，还是家庭教育、儿童文学的评奖与出版，对作品的选择更偏重"实用性"，强调内容方面的传道授业解惑，主题题材的开掘与发现，儿童文学艺术上的标准反而放在第二位。以语言为例，在儿童文学创作中，自觉追求语言表达上的推陈出新，个性风格独特的作家凤毛麟角。张炜的新作《橘颂》全书的语言极为简洁，几乎无状语，突出名词和动词的"语言骨骼作用"，张炜说，自己之所以这样做，是因为我们已经来到数字时代，读者不能忍受"啰嗦"，"为了让读者找到一个充分的阅读理由，就得恪守简练的原则"。然而，我们的儿童文学作品并不是我们的读者直接可以选择的，而是经过了"守门人"——教育机构、有关部门、家长、老师、阅读推广人的选择再到达儿童读者的手中，成年人对儿童文学的选择首先是实用性原则，而且这些人可能自己并不阅读，或者他们的阅读还停留在传统的语言表达习惯之中，张炜的此种追求，能否被大众读者理解与推崇，还是一个问号。

正如纳博科夫在《优秀读者与优秀作家》中所指出的，高级的读者，不只是领略故事的精彩，感情上的神游，道德上的说教，而是能用"脊椎骨去读，能欣赏艺术家怎样用纸板搭城堡，这座城堡又怎样变成一座钢骨加玻璃的漂亮建筑"。只有这样挑剔的读者，才能辨识出谁只是讲故事的人，谁只是教育家，谁同时是讲故事的人、教育家和魔法师。只有通过这样的辨识，真正有艺术创新的儿童文学作品才能在众多庸常之作中脱颖而出，从而引领、推动和促进儿童文学写作者精心打磨艺术，潜心投入创作，让儿童文学超越其单纯的实用性，而臻于艺术上的精益求精。

儿童文学，在呼唤优秀作家的同时，也需要培养优秀读者，尤其是优秀的儿童文学工作者——童书编辑、出版人、老师、家长、儿童阅读推广人，包括儿童文学研究者。

（三）儿童性：通过童年抵达远方

人们在谈到儿童文学的时候，常常会援引博尔赫斯的一个观点："一切伟大的文学最终将变成儿童文学。"这个观点出自《博尔赫斯谈话录》。

在博尔赫斯的这一段谈话中，涉及了儿童文学的儿童性以及如何超儿童性的问题。儿童文学要能吸引儿童阅读，让儿童感兴趣，同时，能让儿童们沉浸其中的这些作品，不仅仅属于儿童，一部优秀的儿童文学作品，具有儿童与成人的双重审美，仅适合儿童是不够的，同时也要能适合成年人。

纵观世界儿童文学，我们会发现，越是优秀的作品，它的题旨就越是开放的、多元的。这些作品在艺术特征上也有着儿童文学特有的"轻逸之美",它们常常是充满想象力的、游戏的、娱乐的、幽默的、喜剧的。

最典型的例子是刘易斯·卡洛尔的《爱丽丝漫游奇境记》,刘易斯·卡洛尔的真实身份是牛津大学数学教授,原名查尔斯·道奇生,在这部作品里,七岁的爱丽丝掉进兔子洞,漫游地下王国,她一会儿变大,一会儿变小,她在自己的眼泪池中游泳,和王后玩槌球游戏,将国王的法庭掀了个底朝天……整部作品涵括了当时的哲学、数学、逻辑学等诸多新知,作者在作为"小对形"的爱丽丝身上寄寓了丰富的人生感悟,但整部作品却是一场由白日梦而引发的想象力冒险和由诙谐、双关、谜语、胡话组成的文字游戏。"这里是一个物质消融的梦,现实是在幕后",他是写给儿童的,也写给还记得自己曾经是儿童的大人。二十世纪初语言学家赵元任在翻译这部作品的时候曾说:"我相信这书的文学价值,比莎士比亚最正经的书亦比得上,不过又是一派罢了。"

一部优秀的儿童文学作品,并不只是写给儿童的,同时也是写给成人的,法国作家圣埃克苏佩里在《小王子》的献辞中就这样开宗明义:"我恳请读到这本书的孩子原谅我把它献给一个大人。我有正当的理由:这个大人是我在人世间最好的朋友。我还有一个理由,他能理解一切,包括给小孩看的书。……如果这些理由还不够,那我就把这本书献给这个大人从前当过的那个孩子。所有大人最初都是孩子(但很少有人记得)。"

这里其实涉及了儿童文学的创作机制问题。作为以读者为前提的文学,儿童文学作品必须符合儿童的认知、审美与接受能力,儿童文学需要反映当代儿童的生活世界,表现儿童的真实的生命状态。因此,反映当代儿童校园、家庭生活、张扬少年儿童个性、带有轻喜剧色彩的儿童小说最受读者青睐,比如"马小跳""米小圈"等系列。但也因为此类儿童小说所引发的巨大的市场效应,不仅出现了一大批跟风作品,一些原本为当代儿童小说带来过艺术新质的原创小说,也在系列化的生产中,走向了创作的"技术便利"与向童年的"文化献媚",表现为"一是为了增加故事的趣味性和可读性而直接将娱乐材料裁剪拼贴入小说文本","二是在处理儿童与成人关系时表现出对儿童一方的急切讨好",因为儿童文学创作中的"读者"意识,反映到商业文化中,很容易被置换为"顾客至上"。

童年作为人生命中一个特殊的阶段,不只对人的一生具有极为深刻的影响,对于整个人类来说,也意义非凡。这或许就是儿童文学最为宝贵的价值所在。通过对童年的书写,我们所能到达的不只是我们身边的孩子,还有意义更为深远丰富的童年文化远方。

说到童年，我们自然会想到"童心"，想到童年的生命状态。儿童时期，是人的好奇心与想象力最发达的时期，儿童感知世界的方式是故事思维，在儿童的世界里，众生平等、万物有灵。游戏是儿童的天性，也是儿童快乐的源泉，儿童全身心投入游戏之中，不为任何功利目的，只为快乐。因此，丰子恺说："儿童是全身心全部公开的真人，有着天地间最健全的心眼。有着天赋的健全的身手与真朴活跃的元气"。正是在这个意义上，儿童文学可以通过对童年生命的书写，来发掘童年的文化价值。比如在安徒生童话《皇帝的新衣》中，指出皇帝身上什么也没有穿的是一个孩子，童心具有拆解权力帝国的力量；在斯皮尔伯格的电影《E.T》中，只有孩子能与外星人接触，表明童心能破除语言的隔阂，与宇宙万物相通；在我的童话《小朵朵与半个巫婆》中，失去魔法的巫婆需要获得孩子的帮助，才能重新找回魔法，童心具有救赎成年人的力量，童心让成年人重回生命之真，找到生命的意义与丢失的价值。

童心不只属于童年。形而上意义的童心属于一切年龄。老顽童就是忘记了世俗逻辑与秩序的成年人，而天才是永远不知世故与拒绝世故的孩子。从个体生命的完善来说，理想的人生是从童年出发，又回到童年，晚年不是落入衰朽，而是与朝日般的童年重新相逢。但作为成年人，理想的人生也不需要对童年崇拜而成为童心主义者。童心主义的儿童文学作品表现为对童年的过度留恋与美化，这样的作品远离真实的童年生命体验，逃避成长的艰难，就如同彼得·潘的永无岛，只是成年人的梦幻与乡愁，"它是一个杀死记忆的地方，一个快感而非快乐之地。"童年的意义，恰恰在于成长。因为成长具有无限的可能性。在成长中，儿童内在的生命活力与外部世界的秩序规范相互碰撞，从而产生出丰富的童年故事。从广阔的当代生活与无限可能的未来来书写童年，表现童年生命的多姿多彩，建构独特的童年美学，这样的儿童文学才会成为整个文学风景中不可或缺的组成部分。

理解童年的生命力量，对于写作者尤其重要。在某种意义上，理解童年，也就理解了文学，因为童心的状态，也就是创造的状态。秘鲁作家胡安·拉蒙·里维罗就曾说，"作家不可能成熟，他们应该永远追随孩子"；冰心也认为："我从前也曾是一个小孩，现在有时仍是一个小孩子。为着要保守这一点天真直到我转入另一世界为止，我恳切地希望你们帮助我，提携我。"（《寄小读者——通讯八》）

由此可见，儿童文学虽然是成年人为儿童创作的文学，但绝不是成年人向儿童的单向输出,而是儿童与成人的双向交流与馈赠。儿童是成长的人,优秀的儿童文学也应该具有成长性。它的成长性在于内涵的丰富性与艺术的上的精心构建,从而也就要求我们在每一次写作中,都具有朝向经典努力的自觉,因为只有经典,才是常读常新的。

在安徒生的所有创作中,童话只是其中的一部分,除了170余篇童话之外,安徒生还有6部长篇小说,6部游记,5部诗集,25部剧本,3部自传,以及数以千计的剪纸艺术作品。由此可见,优秀的儿童文学作品,需要丰富的文学艺术矿藏作为支撑;安徒生决定为儿童写作的时候,曾给朋友写信:"我告诉你吧,我希望用自己的作品赢得下一代的喜爱。""我相信,在这些童话故事中,我已经再明确不过地表明:什么是天真烂漫。"从1835年开始,直到安徒生去世前,他坚持每年圣诞节出版一本童话集,作为"爱的礼物"献给孩子。安徒生童话划时代的意义在于,他自觉为儿童创作,他发现了童年的价值,他将儿童及其生活运用到自己的艺术创作中,赋予儿童以及儿童生活更大的艺术空间。在安徒生之前的世界文学中,儿童一直是一个被动的客体,是安徒生让他们成为积极的主体,他们可以去说话,去思考,去感觉,去想象。同时,通过拟人化、口语化、讲述性、现场感与拟声词的大量使用,安徒生使童话成为一种新型的表达方式,成为自然精神的载体,引领人类回到纯真本原。由此,安徒生在为儿童创作的同时,也打开了通往现代艺术的突破之门——对于深层心理的探索以及表达,尤其是对儿童心理的探索。通过童话,安徒生同时也开启了一道走向下一个世纪的大门,20世纪是属于儿童的世纪。

在探讨今天的中国儿童文学时,我们需要回顾安徒生的创作,因为对于儿童文学来说,安徒生无疑具有坐标与锚定的意义,以安徒生为参照,我们才能知道儿童文学可以达到怎样的深度广度与高度[①]。

二、儿童文学的特征

(一)主题积极向上

无论什么题材、什么类型的儿童文学作品,无论其故事情节如何,主题均是积极向上的。在此类作品中,鲜少直接涉及大道理,其目标是为了让儿童对大千世界有初步认识,激发儿童对世界的好奇与热爱。

[①]汤素兰.儿童文学:从童年出发走向无限[J].粤港澳大湾区文学评论,2023(5):31-35.

(二)想象大胆丰富

儿童对于世界的认知和探索虽处在初级阶段,但儿童具有极强的想象力,这也是儿童的天赋。儿童文学的创作充分契合了儿童的这一特征,儿童文学缔造出一个个天马行空的世界:人可以在天上飞、动物也可以讲话……儿童文学作品中的故事想象力丰富,深受儿童喜爱。

(三)修辞丰富多元

儿童文学作品使用的修辞手法非常丰富,反问、排比、夸张、比喻、设问等比比皆是。多种修辞手法的使用让雨雪冰霜、花鸟虫鱼、科技发明、民族风俗等变得生动形象。各类修辞手法的运用让作品内容精妙入神,将儿童带入多彩的文学世界中,为儿童生活增添无限乐趣。

(四)语言清澈纯真

儿童的语言是世界上最纯真的语言,儿童文学的语言纯真简单,没有矫揉造作,没有无病呻吟,作者用儿童的口吻与之交流,让儿童阅读起来倍感亲切,就如同与好友交流一样。儿童文学能够用"润物细无声"的方式发挥育人作用,让儿童易于接受,同时还能对培养儿童良好的语言表达能力起到积极作用[1]。

三、儿童文学的禁忌书写

儿童的社会阅历及心理承受能力有限,与成人相比,他们被认为是更天真单纯的群体。余虹主编的《儿童文学》指出:"儿童世界总是纯真美好的,所以表现儿童生活的儿童文学也应是纯美的。"几乎所有儿童文学教材,都表达了与此类似的观点。大多数研究者认为在儿童文学中,纯真"是一种普遍存在的、基本的美学特质",是对儿童文学进行评价、判断的重要依据。相应地,与儿童的"纯真"相悖的题材也就成为儿童文学的书写禁忌,例如暴力和性。所以,在儿童文学中应尽量避免涉及暴力和性的书写,这几乎是创作者和理论研究者的共识。但是,暴力和性真的与儿童文学绝缘吗?现实的情形其实是,有些受到儿童衷心喜爱的作品并非彻底排除书写暴力,也并非全然与性无关。尽管这些作品在诞生之初或许遭遇过不小的舆论压力,但是其在儿童读者中激起的正面回响却证明了儿童文学书写至少不应在理论层面被框进约定俗成的界限。例如莫里斯·桑达克的绘本《野兽国》(又译《野兽出没的地方》*Where*

---

[1] 周桂诗洋.儿童文学的教育价值与教育路径[J].学园,2023(7):81-83.

the Wild Things Are, 1963)便选择了儿童的愤怒和破坏性欲望这一与其"纯真本性"大相径庭的题材。在家中大肆捣乱的麦克斯被母亲责罚关在房间不许吃晚饭,满怀怒火的他进入了想象中的野兽国,他的暴躁狂怒在这野兽出没的地方尽情舒张,最终,他还是被食物的香气带回现实的卧室,准备安然享受冒着热气的晚餐。故事的主要情节和主要形象都与暴力有关——麦克斯狂暴的破坏性行为和野兽们的狂暴的生存状态——这显然打破了"狂暴的怪兽在儿童文本中肯定不可接受这种教条"。除了对暴力题材的书写,桑达克的另外一部经典绘本《午夜厨房》(In the Night Kitchen, 1971)也涉及儿童文学的书写禁忌。此书主要绘制了午夜时分被吵醒的婴儿米奇在半梦半醒的不安和幻想中挣脱衣物的束缚在厨房里自在玩耍。问世之初,它因表现了婴儿的裸体形象而备受争议。批评者认为裸露的生殖器官,即使属于婴儿,也会引发和性相关的联想。然而,不论《野兽国》抑或《午夜厨房》都是以儿童的天性作为叙事出发点。首先,暴躁的破坏力和焦虑不安是儿童生活中虽未为主旋律但必然存在的构成,是儿童天性的直接体现。其次,挣脱衣物的束缚可谓儿童寻求自由、舒张天性的象征。所以,文本中这些涉及暴力和性的叙述实际上并未违背儿童文学的"纯真"特质,它们只不过是从儿童的负面情绪和"出格"行为出发表现这种特质而已。由此可见,暴力、性、恐怖、野性等题材并非绝对不能在儿童文学中出现,更为合理的做法是:创作者根据主题的需要进行题材的取舍与处理,批评者根据读者可能的接受情况对相关作品进行评价。实际上,书写禁忌在儿童文学中的提出与其说是针对叙述题材,不如说是针对叙述话语而言的。例如,吸血鬼题材的幻想小说《怪物马戏团》中有很多血腥恐怖的场景。对这些场景,叙述者往往采用极其写实和颇具现场感的笔法,比如直接描写狼人的恐怖血腥行为,在吞吃了主人公的朋友之后:

"他咆哮起来,终于抬起了他的嘴。嘴是红的,可怕的深红色,满是内脏、鲜血、肉和骨头的碎屑。"

"他滚到我身上,把我压倒在地,用毛乎乎的上臂按住我,仰起脑袋,对着夜空长啸。然后,他恶魔般地狂吼一声,张开牙齿咬向我的咽喉,打算一口结束我的性命。"

这种对暴力行为及后果之具象化、细节化的叙述方式除了引起读者(不论儿童还是成人)的心理不适之外,实际上未必有助于奇幻、神秘、引人入胜等叙述效果的达成,因此不能算成功而高明的书写。而在《哈利·波特与阿兹卡班囚徒》中,同样是蕴含着杀戮和死亡的场景,同样是一个令人作呕的怪物张开

了可怕的嘴,叙述者却这样描述:

"然后,一双有力的、冰冷黏湿的大手突然卡住了哈利的脖子,把他的脸朝上抬起……他能感觉到它的呼吸……他是想先除掉他……哈利感觉到了它腐臭的气息……妈妈在他耳朵里呼喊……这将是他听到的最后的声音。"

在摄魂怪之吻即将到来的恐怖时刻,叙述者没有详细描写暴力实施者的邪恶行为,也没有精确刻画其丑陋可怖的形态,"冰冷黏湿"和"腐臭的气息"这两个简洁的短语足以呈现即将发生的暴行对哈利造成的心理冲击。而在杀戮一触即发的决定性时刻,叙述者的笔锋却突然转向哈利"临终"的幻觉。这一叙述转向既令读者避免了直面血腥暴力的残酷,又鲜明显示了主人公此刻的绝望无助,以及他对即将到来的暴行所怀有的极度恐惧。虽然叙述者并未事无巨细地书写暴力,却通过施暴者的威压侧面印证了其强大的破坏性力量。同时,叙述的转向也为读者留出了针对暴力的想象空间。尽管文本表层对暴行实质性的叙述点到即止,却通过叙述话语呈现了其无形而强悍的淫威。由上述对比可见,与人为地设置或遵循某些儿童文学的书写禁忌相比,批评家和作家更应该思考的是:暴力、性等所谓书写禁忌在儿童文学中的边界何在?写作中如何驾驭这些材料才能在完成文本叙事目标的同时又不会对儿童的审美体验造成损害?这些问题,既有的教材或理论专著未必给出了明确的答案,但仍可以在儿童文学课堂教学中引导学生思考、讨论,从而帮助他们加深对学科的认知。

四、儿童文学的成人性

与文学的其他分支学科相比,儿童文学的特殊之处在于其创作主体与对象之间的巨大差异。相关的创作理论强调成人作者应尽量采用儿童视角进行叙述,这样才能有效地令儿童读者在阅读中对文本产生共鸣。一些著名作家亦宣称童年记忆对其创作的重要影响,例如,经典童话《玛丽·波平斯》的作者帕·特拉芙斯将其作品大受欢迎的原因归结为"我从未忘记我的童年。可以这么说,我可以转过身,向它询问意见"。虽然如此,不能否认的是,成人永远无法跨越心理、经验、时间的鸿沟百分百还原童年,也就不可能以分毫不差的儿童视角进行儿童文学书写。创作者一方面出于为儿童书写的自觉想要将自身的成人属性排除在形象与情节之外,另一方面又难免在叙事话语中无意识地流露出其自身的视野。此外,他们一方面想要赢得儿童读者的好感,自然力图从儿童天性与心性出发进行叙述,另一方面却又因童书购买者的成人身份而企图讨好这些亲子共读的参与者,具体表现在叙述中就是无意识地回应其成人视角。所以,在儿童文学文本中,必然都包含儿童与成人的双重叙述视角,不同的仅仅在于有些文本中的成人视角较为明显,有些则相对隐蔽。而看似对立的双重视角的共存也就构成了儿童文学的内在张力。

例如,诞生于19世纪的《木偶奇遇记》和《汤姆·索亚历险记》都以顽童的历险作为串联情节的主线。不论情节是否具有幻想性,既紧张又奇妙的经历显然都极大程度满足了儿童读者对新奇事件与世界的向往,可以说,以奇遇、历险为主线的叙事线索都是从儿童视角出发的情节构建。但这两部叙事表象相近的作品在内核层面却存在微妙的差异,主要体现为成人视角的表现程度。《木偶奇遇记》的情节主线蕴含着明显的"改邪归正"主题。一撒谎就鼻子变长的匹诺曹终于汲取了贪玩的教训,成长为听话乖巧的好孩子。惩罚的方式和"完美"的结局无不体现了成人对儿童的期待,是成人视角的鲜明呈现。而《汤姆·索亚历险记》看似解构了19世纪儿童文学中常见的"改邪归正"主题。主人公虽然像匹诺曹一样淘气、撒谎、贪玩、逃学、意志力薄弱,但是并没有如小木偶一般因此吃尽苦头、并痛定思痛、痛改前非,而是歪打正着地通过一次次冒险收获了勇气、友情、甚至财富。表面看来,这些情节都是对儿童天性的尊重与肯定,是站在儿童立场否定以教育主义为核心的成人观念。但是,如果我们细加思量故事的结局,就会发现其中隐蔽的成人立场。小说结尾,营救贝奇和找到宝藏后,汤姆得到贝奇父亲(镇上身份最尊贵的人)的器重,他还说服离家出走的哈克回到了收养他的道格拉斯寡妇家里接受正规教育。这些情节都意味着特立独行的主人公向成人的妥协。他们即将"步入正轨"的生活不再是由逃学、打架、撒谎、夜不归宿等顽劣行为构成的冒险生活,而是更加符合成人要求的有着光明前景的体面生活。所以,《汤姆·索亚历险记》虽然通过个性张扬的顽童形象极大程度地呈现了儿童视角,但是结尾处儿童的妥协仍然暗示了在儿童与成人的关系中,成人依旧是话语权的掌控者。只是这种成人视角,与否定儿童天性和个性的"改邪归正"主题相比显得较为隐蔽而已。

而大多数儿童文学课程的教材主要强调的都是儿童文学文本的儿童视角。这种强调,体现在对诸多体裁之特性的阐释上,也体现在本质论的探究层面,更通过思考儿童文学与小学教育之关联得到证实。对于研究儿童文学无法绕过的成人视角,或称其为儿童文学的成人性,已有的教材却没有过多留意。这种忽略,就教材本身而言固然有所缺憾,但是却也给课堂教学留下了很多讨论空间。在通常的观点看来,儿童文学因其形式的朴素和内容的纯真而欠缺复杂性,也就欠缺深入探究的必要。所以,不论在文本阅读还是研究领域,儿童文学通常都处于边缘性位置。但是,若从成人性的角度观照,其独特的复杂性便得以凸显。例如,"纯真"这种美学特质的生成是成人作者力图还原儿童真实生活和内心世界的结果还是出自成人对儿童的期待抑或刻板印象?"喜爱小动物"是普遍存在的儿童心理还是成人的儿童想象?"向往快乐"是儿童的天性还是成人作家对儿童形象进行建构的产物?若将儿童文学的成人性纳入思考的范畴探究这些问题,便会对传统教材中那些看似显而易见的论断产生疑问。虽然在课堂教学中,相关讨论未必会指向不容置疑的结论,但是至少,学生可以通过这些经验体认学科本身的深度[①]。

第二节 儿童文学的作用

一、儿童文学的功能

一般来说,文学有审美、娱乐、认知、教育的功能,儿童文学自然也不例外,以下就分别加以论述。

(一)审美功能

1.情趣是儿童文学审美功能的核心

儿童带着新奇来到这个世界,认识社会是儿童极为重要的精神追求内容,儿童文学为满足这一追求而具有的启蒙性是显而易见的。由于儿童心理不成熟,"万物皆有灵"的泛灵观念在其心目中表现明显,诸如鸟能语、兽能言、石头能说话,孩子往往把外界事物的审美特征融合到自己的心灵中,其思维经常处于幻想状态,他们可以按主观愿望任意把互不相干的事物结合在一起,以"想当然"的前因后果观念,用自己有限的感知对各种事物作出解释,从而产生谐趣横生、异想天开的意境。如"公鸡生个大鸭蛋,小猫游泳多快活",这样的情景往往把人带入生命归真的境界,正是这种带有自我幻化与精神扮演的童真童趣,展现了一种原始的、质朴的、悖于常情常理而又令人惊奇、赞叹的荒诞美,它美得异常明净、异常透彻。把握了这种美,有利于培养儿童自由的天性,奇特而丰富的形象思维能力。儿童文学这种荒诞美、纯真美、稚拙美给人优

[①] 彭应翃.高校儿童文学教学中的理论拓展[J].文学教育(上),2023(5):186-189.

美、明朗的体验,让孩子在轻松愉悦中享受快乐,培养活泼开朗的性格。同时儿童只有从小感受美、欣赏美、萌生对美的热爱,才会为日后去追求美、创造美积贮起足够的心理动力。

2.培养丰富的情感

任何高尚的行为总是有高尚的情感作为支点,而高尚情感的形成,往往是通过美感体验的积累而获得的。

儿童文学的语言浅显、优美而规范,是学习语言的极好范例。借助语言,儿童又能从作品中体会到各种情感,儿童文学情感主题的多元性为儿童提供了多样的情感体验。除了挚爱、敬慕、同情、怜悯、友谊、团结、诚实、善良、勇敢、礼貌、信念、关心等人类美好情感外,也可以让儿童体验一些悲剧情感,"悲剧是把人生有价值的东西毁灭给人看"。带有悲剧色彩的童话能引起儿童心灵的震撼。现实不可能都是美好的,悲剧情感对提升儿童的社会情感非常重要。因为儿童天然亲和的安详宁静迟早会被纷繁的现实干扰,不可能永远保持,所以在陶冶情感、净化心灵的过程中,逐渐提高儿童的心理承受能力,就成为情感主题的应有之义。生活并非始终是甜蜜的,让儿童在审美中适度地感受一些生命的苦涩是必要而有益的,但不能毫无节制,不能损害儿童文学欢快明朗的整体色调。

(二)娱乐功能

如果儿童文学只存在一种审美功能,那么这样的文学园地不仅将是单调的,而且,它的单向的发展,终将使自己走向荒芜。这不是危言耸听。成人的眼光虽然充满着爱,但毕竟有它的局限性,它未必总能促成儿童自身的全面发展,尤其是到了那种"有创造力和能推动未来社会前进的个人"纷纷蓬勃欲出的时代,这种单一的功能就不能适应儿童的全新的需求了。

事实上,从"儿童自己的眼光"出发的带有娱乐功能的作品一直都是存在着的。它在一个很长时期里不是儿童文学的主流,它不受家长、教师们的重视或赏识,甚至屡遭教育主义者的摒弃与排斥;然而它们依然蓬蓬勃勃地存在着,因为儿童读者永远是那样由衷地喜爱着它们。早期的作品包括德国拉斯别的《敏豪生奇遇记》,西班牙的《小癞子》,英国卡洛尔的《爱丽丝漫游奇境记》以及中国吴承恩的《西游记》中的部分章节。具有娱乐功能的儿童文学作品使儿童不仅在审美中获得爱抚和导引,同时也能保持甚至激活儿童内在的热爱自由的天性。儿童的自然的选择,总是有其合理性,它们总是迎向未来的。儿童的喜欢机智不喜欢愚笨浅陋,喜欢成功不喜欢上当受骗,正是面对未来复杂的现实人生的一种最初的心灵准备,它是对教育主义者们的"正面教育"的一种十分必要的补充。卢梭忽略了儿童的自然选择中这种走向未来的新的生机,读不懂儿童们在审美和游戏中所发出的深刻的暗示。

儿童文学是快乐的文学,它有明显的游戏性质,往往可以作幼儿游戏娱乐的材料。儿歌、幼儿戏剧自不必说,就是生活故事、童话故事,也可以边讲述边表演。同时,新奇有趣的情节、绚丽多彩的图画、活泼悦耳的音韵、机智幽默的情趣,会使幼儿神采飞扬、心情愉悦。

例如在林格伦的作品中,在那些无拘无束的、生气蓬勃的让人不得不拍手叫绝的孩子们身上,难道真能学到什么优秀品质,或引出什么道德教训来吗?她以一种前所未有的态度津津有味地欣赏着孩子们的天真与调皮!——这样的作品,对小读者有什么积极的作用呢?小飞人卡尔松就算是个自私、任性、贪玩、馋嘴、好吹牛、爱闯大祸又不知害臊的坏孩子,可是我们又忍不住一遍又一遍地看他搞恶作剧的那些细节,我们抛弃一切道德律令为他的行为哈哈大笑,我们感到自己笑得无拘无束,异常轻松和快活。正是被成年人看不起的、被认为缺乏深度的儿童文学,以它的具有娱乐性功能的作品曲折地表达了这一关于人类发展的最深沉也最深刻的呼唤!这就使儿童文学具备了许多成人文学杰作所无法企及的深度,也就使儿童文学具备了对于人类发展来说不可或缺的价值。

当孙悟空在天宫中不顾后果大啃大嚼王母娘娘的蟠桃,随后又跷起双脚呼呼大睡的时候;当爱丽丝跟着那只身穿背心、背心口袋里还藏着一只怀表的野兔,毅然决然跳进了那个怎么也掉不到头的神秘深洞的时候;当彼得·潘偷偷跑进达林夫人的家里,把文蒂、迈克尔和约翰这三个孩子带离家庭,飞往遥远的"永无岛"的时候……有哪个小读者会不感到一种意外的兴奋,心中滋生起一种蠢蠢欲动的感觉?

这种意外获得的美感,就其特性来说,趋向于"外放"而非趋于"内敛"。这是儿童本身具备的狂野的天性的体现,而在这天性背后所隐藏的则是整个人类追求未来的全面发展的自由的愿望。在这痛快淋漓的宣泄中,在这种心灵波动的高潮的冲击下,审美主体自身的思路、情感和情绪大为开放,儿童的想象天性也被迅速地激发和释放了出来。

(三)认知功能

儿童文学是社会现实生活的反映,儿童通过阅读文学作品可以了解社会、认识生活、开阔视野、增长知识。这里,可以分两种情况加以说明。首先是那些百科全书式的知识性的儿童文学作品的认识功能。这是很明显的,也是容易为人们所承认的。别林斯基说过,儿童文学"可以用知识丰富他们的头脑,开阔他们观察生活的眼界,使他们去认识那美妙的大千世界的无穷无尽、千姿百态的现象"。著名童话《骑鹅旅行记》就是这样的一个典范。童话主人公尼尔斯骑上白鹅周游瑞典,瑞典的自然风光、风土人情、民间传说等组成的一幅幅生动的画面随之展现在少儿读者面前,从而使他们在尼尔斯的愉快的旅行中获得了许多有关地理、社会、文化等知识。其次是非知识性的儿童文学的认识功能,这常为人们所忽视乃至否定。人们往往只强调少年儿童的认识理解能力的局限性,强调少年儿童辨别是非、善恶、美丑、真假能力的局限性,并以保卫儿童身心健康为由,给创作设下许多禁区,这实际上限制了儿童社会生活中的诸多可能性,否定了儿童文学的认识功能。现代儿童心理研究证明:儿童不仅有强烈的认识社会参与生活的欲望,而且还有着一定的认识社会参与生活的能力;随着儿童的成长发育,这种能力将不断得到提高。因此,儿童完全可以通过文学作品去认识人生社会。当然,儿童认识社会是用一种不同于成人的方式进行的,幼儿常常通过游戏来表达他们对社会的认识,少年儿童在认识社会时则常有着浓重的理想主义色彩。儿童文学在反映社会生活时应该充分注意儿童的这些特点,不但要注意反映的方式是否容易为儿童所接受,而且要注意反映的内容是否会给儿童留下消极的乃至坏的影响。勇敢地正视现实,正确地加以引导,努力在儿童认识社会人生的同时帮助他们树立正确的人生态度,这才是儿童文学创作者在进行创作时应有的态度。设置禁区的消极回避式写作只能使儿童文学走向粉饰生活脱离现实的泥潭,最后落下一个"哄孩子"的恶名声而被人抛弃。

儿童文学有利于儿童认识万事万物。从大自然到各地的风土人情都可以成为儿童文学创作的题材。在表现形式上,儿歌和低幼的一些识图卡片和读物中还有专门向幼儿介绍动物植物的"动物儿歌""植物儿歌",童话中也有"知识童话"的类型,幼儿科学文艺在引导幼儿学习初步的科学知识上更是功不可没。

还有一些作品能够帮助儿童理解一些日常生活的内容,如吃饭、穿衣、大小便、洗脸。这些基本能力的获得是幼儿日常学习的主要内容,儿童文学能以含蓄的方式,让孩子们在吟唱儿歌或聆听故事时了解这些内容。同时对儿童心理成长也有着启蒙作用。

(四)教育功能

"教育"不可能成为某一种文学的本质特征。儿童文学也是文学,它在本质上也是审美的。审美是一种情感的活动;爱也是一种情感,它可以转化为审美。教育从整体上看却不是一种情感。一部儿童文学作品可以有比较明显的教育价值,但只有当这种教育价值被爱的情感所笼罩、所推涌,并且整个地融入爱的情感中去的时候,它才可能成为优秀的作品。不然,这种教育就可能成为游离于文学的审美整体之外的赘物,也许还会破坏作品的完整性。只有教育而没有爱的作品,决不是儿童文学作品。在贝洛童话诞生之前,西方就十分流行这种专供儿童阅读的纯教育性的作品,它们往往是宗教教育读物。欧洲十六世纪广泛流行的"入门书"与"角帖书",就是两种旨在向儿童进行基督教初步训诫的读物。显而易见,这样的作品是不能称为"文学"的,哪怕是用诗的形式写成。

在中国古代,这类作品也很多,所谓"蒙学书籍"即是。如《三字经》《千字文》《增广贤文》《龙文鞭影》等等。单是为女孩准备的,就有《女儿经》《女论语》《女诫》《女训约言》《闺苑》《女小儿语》等十几种。书中的内容,当然都是关于封建道德的教育训诫。与西方不同的是,西方将训诫的内容改编成供儿童自己阅读的小册子,中国则几乎千篇一律都是"课本",是必须在父母或塾师的训导监督下熟读并背诵的。这些压抑儿童思想情感及自由天性的书籍,自然更不是儿童文学。

一般说,教育总是比较偏于伦理或理性的。而理性的认识与伦理的原则总是相对的,随着人类"人化"步伐的前移,它们难免要过时。因此,过去时代的教育,那些"训诫书""蒙学书籍"与"课本",就不可避免地带有浓重的陈腐感,为今人所不取,今天的儿童就更不会读它们了。然而爱却能超越教育的这种短期性与局限性,将教育内容化为爱的情感的长存而长存。安徒生的有些作品也带有宗教教育的内涵,但它们却有着永恒的魅力。这就是文学与审美的优越之所在。

人生最重要的习惯、倾向、态度,多半是在六岁前培养的,所以我们要从小培养人才幼苗。我国著名的教育家陈鹤琴先生曾强调"教小孩要从小教起","一开始就要教好"。人在幼儿时期,可塑性强,最容易接受外界的影响,尤其容易接受形象化的教育。幼儿文学以鲜明生动的艺术形象,来启发幼儿辨别生活中的是非、好坏、真伪、善恶、美丑,培养孩子们坚强勇敢的性格以及勤劳、友爱、诚实等美好的思想品德。

二、儿童文学的地位

高尔基说:"儿童文学不是成人文学的附庸,而是主动拥有主权和法则的一个独立大国。"我国著名文学家郭沫若也在《儿童文学之管见》一文中指出:"儿童文学的提倡对于我国社会和国民,最是起死回春的特效药,不独职司儿童教育者所应当注意,举凡一切文化运动家都应当别具只眼以相看待。"

作为一种存在,儿童文学已经有非常悠久的历史,它几乎是伴随着人类一起诞生的。因为有人类就会有儿童,有儿童就会有他们自己的文学的需要。例如,母亲哄小孩入睡即兴创作的催眠曲;再如父亲为使哭闹的孩子安静下来,也常会随口编个孩子爱听的故事转移他的注意力。这些应该是儿童文学的雏形。尽管它很粗糙,只是一种随意性的口头形式,但毕竟也是文学的一种原始形式。

儿童文学的读者是身心正在发育的儿童,因此,它与其他种类文学的作用在具体内容上又有不同。儿童文学在扩大幼儿眼界,使儿童增长知识的同时又进一步激发了儿童的求知欲。儿童在阅读文学作品时,注意力、想象力、记忆力、思维能力受到综合训练,阅读刺激着儿童的智力发育,并促使他们在生活中学会观察问题并发现问题。

人的思维活动借助于语言,语言的发展促进思维的发展。儿童文学作用于发展儿童语言的同时也训练了儿童的思维。作品中活跃着的生动的形象和色彩鲜艳的插图,可以帮助儿童分析、判断、综合能力的形成。

随着阅历的加深,儿童文学的审美主体开始向成人的方向靠拢,而且最终将趋于统一。在儿童文学中过于强调实际效益与教育作用,常常会损害作品的完整的审美价值。

儿童文学对于儿童的发展所起到的作用是显而易见的。儿童文学作品,尤其是童话、寓言、民间故事,这些故事性极强的作品往往能激发儿童的无尽想象,以其丰富、乐观向上的内容及繁富多样的样式带给幼儿美的享受。阅读儿童文学作品时,儿童始终处于一种感官愉快、精神愉悦的状态。他们被作品内容深深陶醉,被作品的形式深深吸引,由此而生出一种美感。儿童年龄特征所带来的儿童读者文学接受能力和趣味的分化,意味着每一年龄阶段的儿童读者要求拥有一份属于自己的独特的文学接受空间。根据心理学家荣格的观点，人生的每一季节都有它自己的特征、价值和发展任务。因此，不能简单地认为儿童随着年龄递增而出现的文学接受能力的发展是一个由低到高的发展过程。只有适应不同年龄阶段儿童阅读能力和审美趣味的幼儿文学、童年文学、少年文学，也都各具独特的审美价值和艺术品性。就像儿童文学具有成人的文学所无法替代的生存价值和审美个性一样，儿童文学内部的幼儿文学、童年文学、少年文学，也具有各自鲜明的特点。

儿童文学的产生是以"儿童""童年"概念的产生为前提的，没有"儿童""童年"的发现，就没有儿童文学的"发现"。按照这一历史逻辑，"儿童""童年"的消逝，将直接导致儿童文学的消逝。

要保护"童年生态"，需要儿童文学作家具备思想力。比如，今天的孩子，特别是城市的孩子，拥有着较为丰富的物质生活，但是，很难说，他们的童年比二十世纪50年代、60年代出生的那代人更快乐、更幸福。因为精神上的愉悦比物质上的享受更具有人生的质量，同样，精神上的痛苦也一定比物质上的匮乏所造成的身体痛苦更加难以承受。

英国学者大卫·帕金翰用极其敏锐的目光进一步发现，在电子媒体时代成长的儿童，"童年的公共空间——不管是玩耍的现实空间还是传播的虚拟空间——不是逐渐衰落，便是被商业市场所征服。这样一个不可避免的后果使儿童的社会与媒体的世界变得越来越不平等"。童年在泛商业的成人世界的侵蚀下逐渐走向死亡。因此，儿童文学要确保自身的发展，就必须承担起保护"童年"生态的历史使命和现实责任。

儿童文学是关注儿童的精神生活、关怀儿童心灵成长的文学。中国改革开放以来，中国儿童文学向儿童性和文学性回归，儿童文学理论和创作都达到了历史上从没有过的高度。仅用一组数字就可以印证改革开放以来，中国儿童文学取得的跨越式发展：二十世纪七十年代末，我国只有两家少儿读物出版社，二十多个儿童读物作家，两百多个儿童读物编辑，每年仅出版两百多种少儿读物，而且大多数是重印。2001年仅全国作协就有儿童文学作家五百多人，加上各个省市的几千人，队伍可谓庞大。现在全国共有三十多家专业少儿读物出版社，一百三十多个出版社设有儿童读物编辑室。仅2000年，全国就出版了七千多种少儿图书，总印数达1.68亿册。由此可见，我国新时期的儿童文学正面对特定时代中的儿童的生存状况做出能动的反映。而正是因为儿童文学对于儿童成长的重要作用,儿童文学也越来越受到整个社会的关注和重视[1]。

三、儿童文学的教育价值

(一)丰富经验

儿童文学尽管是虚构的,但儿童文学的创作灵感源自真实世界。学生阅读儿童文学,在阅读中感知主人公的思想、情感的变化,与主人公一起成长,提升对世界的认知,获得难忘的成长经历。例如,《理想的风筝》《望月》《赶海》《爱如茉莉》《桂花雨》描述了儿童成长的经历体验;《放飞蜻蜓》《风筝》《祖父的园子》《槐乡五月》描述了丰富有趣的乡村生活。多彩的儿童文学为学生认知世界提供了不一样的视角,学生阅读儿童文学,能够帮助他们丰富关于人生、社会、自然方面的经验。

(二)学习新知

儿童文学有着美好的意境、趣味化的故事、优美的语言、积极的情感,能够为儿童传授知识。一方面,儿童文学蕴含丰富的生活常识。例如,学生阅读完《去年的树》,能够了解季节变幻的气象知识,知道小鸟在过冬时需要从北方飞往南方,在春天时又会从南方飞回北方;阅读完《春笋》能够了解春笋顽强向上的生命力;阅读《秋天》能够让儿童理解为什么秋天是收获的季节……儿童文学尽管语言质朴,但蕴含着丰富的生活知识。学生阅读儿童文学可丰富自身的知识储备。另一方面,儿童文学科普作品蕴含大量的科学知识。例如,《跟踪台风的卫星》普及了人造卫星的知识;《水上飞机》描述了水上飞机的功能、分类与外形……科普类的儿童文学作品为儿童了解科学世界提供了钥匙,用引人入胜的故事激发了儿童对科学探究的兴趣,使之从小具备科学探究意识。

(三)培养审美

儿童文学为儿童构建起囊括人、物、事等的审美意象,这类审美意象贴近儿童生活,为培养儿童的审美能力提供了丰富的土壤。学生阅读儿童文学,参与到各类审美鉴赏和审美实践活动中,能够提升想象力,结合个体体验产生审美趣味。儿童文学作品中的人物形象有善有恶、有美有丑,学生在阅读、鉴赏的过程中,能够逐步学会鉴赏美、辨别丑,确立追寻真善美的初心,提升自身的审美能力[2]。

---

[1]孔宝刚.儿童文学理论与实践[M].上海:复旦大学出版社,2007.
[2]周桂诗洋.儿童文学的教育价值与教育路径[J].学园,2023(7):81-83.

第三节 儿童文学的历史发展

一、世界儿童文学的历史发展

(一)儿童文学产生的原因

在人类精神漫游的旅行图上,儿童文学曾长久未标出其方位。就世界范围而言,它真正意义上的诞生并走向自觉的时间是在十八世纪初。作为一门具有独立品格的学科,儿童文学的历史是较短的,而且由于种种原因,它的发生、发展、成熟的历程也是坎坷不平的。然而当我们从一个更宏大的精神文化背景来考察这一文学历程时,我们会深切地感到:对儿童、对未来的关注和重视,是人类历史上一次极其宝贵的精神觉醒。儿童文学的历程,是人类文明史的生动剪影。

1. 儿童观的觉醒催生了儿童文学

在漫长的文明历史进程中,人类曾有两千多年没有把儿童当成区别于成人的、有独特心理特点、有精神个性的独立人格的社会个体看待。在西方奴隶社会时期,人们认为儿童存在的重要性不在于他们自己,而在于"终极的目标":男孩——潜在的战士;女孩——生育未来战士的工具。进入封建社会,儿童也始终被认为是缩小的成人。社会没有"发现"儿童,当然也就不可能看到他们精神、文化上的特殊需要,儿童文学的产生也就势必不能。只有"发现"了儿童,才会产生真正意义上的儿童文学。在西欧,儿童观具有现代意义上的觉醒,是缓慢地发生在十六、十七、十八三个世纪。这种觉醒首先是由于十四世纪至十六世纪欧洲文艺复兴运动的推动,这场"人类从来没有经历过的最伟大的进步的变革"(恩格斯语)影响所及,使人文主义者意识到应该谨慎、细致地去对待儿童,尊重儿童的人格。他们强调要注重儿童的天性,发展儿童的独立性,激发儿童的创造力。1658年,捷克教育家夸美纽斯出版了他的《世界图解》。这部教科书的出现及其中崭新的观点,标志着人类对儿童的认识有了一个飞跃性的转折——童年开始被当作一个独立人生阶段来认识。

十八世纪后半期,英法启蒙运动代表人物卢梭在他的《爱弥尔》这部经典性作品中,第一次喊出"要尊重儿童",这是科学的儿童观形成的一座丰碑。也就是在卢梭的年代里,中产阶级逐步兴起,妇女解放、个性解放运动开始高涨,儿童的地位得到进一步认可。包括美育问题在内的有关儿童的许多问题都被提了出来，于是以文学为内容、儿童为读者对象的特殊产品——儿童读物出现了，世界儿童文学历史的大幕终于拉开了。

2.教育观的变革为儿童文学的发展开拓了道路

儿童观的变更为儿童文学的诞生提供了基点，教育观念的进一步变革和教育界对儿童文学的重视，则为儿童文学的发展提供了现实的可能和保证。

在原始社会，根本不存在教育儿童的专门机构。随着奴隶制的建立，开始有了阶级教育的萌芽。到封建社会时期，则出现了学校教育，但能接受教育的儿童仅限于少数特权阶级的子女，学校开设的文法、修辞等课程也不包括真正意义上的儿童文学内容。

进入文艺复兴时期后，随着对"人的重新发现"，个人意识的张扬，儿童也受到了前所未有的重视。在十八世纪全欧性的启蒙运动中，对儿童的培养与教育成为社会关注的一个中心，人们要求把年幼一代培养成为健全的社会一分子，由此导致了教育学、儿童心理学等学科的勃兴，人们开始认识儿童年龄特征、审美特点等问题，并由此意识到儿童读物的写作有其自身的规律。至此，儿童文学作为文学中一个独特领域开始出现长足进步，展示儿童生活的童年题材读物也逐渐摆脱成人文学的附庸地位而独树一帜。到了十九世纪，世界儿童文学进入了发展的"黄金时代"。

儿童观的确立，推动了教育观的变革；教育观的更新，使儿童文学在跨进新世纪门槛的瞬间，鼓满双翼开始腾飞。

3.民间文学孕育了儿童文学

儿童文学和民间文学有着天然的血缘关系，儿童文学是在民间口头文学的母体中孕育出来的，而且，民间口头文学是一座挖掘不尽的宝藏，有待儿童文学对其进一步开发。美国作家伊萨克·辛格说得好："文学如果没有文学的因素深深植根于某一块特定的土壤，文学要衰落、要枯萎。如今，儿童文学比成人文学更加植根于民间。"

流传至今的神话、传说、宗教故事等，经作家采录、整理、转述、加工、润色、编纂后加以出版，这对儿童文学的形成有着重大的推动作用。如法国诗人夏尔·贝洛的《鹅妈妈的故事》，包括《林中睡美人》《小红帽》《穿靴子的猫》等十一篇，是一部在世界儿童文学史上有奠基意义的童话故事集。此外，如西方的《卡里来和笛木乃》《一千零一夜》等作品不仅成了世世代代儿童的精神食粮，也为后世的儿童文学发展提供了极其丰富的最原始的资源。

4.名家名著帮助儿童文学成长

在儿童文学的形成过程中,一批名家名著对其产生过很大的影响。如法国作家拉伯雷的《巨人传》、西班牙作家塞万提斯的《堂吉诃德》、英国作家丹尼尔·笛福的《鲁滨孙漂流记》、法国作家弗朗索瓦·费讷隆的童话、英国作家江奈生·斯威夫特的《格列佛游记》等作品都引起了儿童极大的阅读兴趣。

此外,对儿童文学的形成、发展有着重要影响的有两个因素。

第一,国家民族的独特的思想观念、文化意识造就儿童文学不同的美学风貌。整个世界儿童文学是"一个拥有主权和法规的独立大国",但由于受不同文化背景的影响,不同国家、不同民族的儿童文学往往有着不同的发生、发展轨迹,呈现出的美学风貌也不同。比较中西方儿童文学,可以清楚地看到中西方儿童文学不同的生命轨迹和美学风貌。如在创作意向上,中国的儿童文学更多地负有阶级教育生命,十分注重对儿童进行精神教化的功能;而西方的儿童文学则标榜"快乐"原则和返璞归真的内在动机。在审美标准和美学风貌上,中国儿童文学强调"和谐"与"平衡"的观念,如教育与审美的平衡、一般规范与创作个性的平衡、现实生活与幻想的平衡、平易与怪诞的平衡等,而且基本偏重前者;而西方儿童文学的审美准则表现为希腊童话式的崇尚自然、赞美生命、歌颂冒险,肯定人生欢娱感和富于幻想、感情奔放、异彩纷呈的美学风貌。

第二,儿童文学观在很大程度上制约着儿童文学的发展。回顾中外儿童文学发展史,我们可以发现,儿童文学观显然是儿童文学发展历程中的又一个制动卡。

历史已经昭示我们,制约儿童文学从新生走向发展、走向繁荣的方方面面的内外因素,只是新的历史时期会有新的内涵,形成新的推动力和阻力。穿过历史展望未来,儿童文学应该会有更辉煌的前景。

(二)儿童文学发展的简要历程

就世界范围而言,儿童文学开始于何时,说法尚不一致,不过,这并不影响我们把握世界儿童文学发生和发展的一般过程。就目前掌握的史料看,世界儿童文学的发展,大致可以分为四个时期:十七世纪以前,一般称为史前期;十七世纪末是儿童文学萌芽、诞生和开始发展的时期;十八世纪,儿童文学迅速发展,进入第一个繁荣期;二十世纪,儿童文学在诸多方面有所突破,进入了它的第二个繁荣期。

1. 史前时期的儿童读物

这一个时期,虽然还没有形成系统的儿童文学,但这并不等于儿童与文学无缘,历史总会提供适宜他们阅读的文学作品。

从历史事实看,这一时期适合儿童阅读的作品大抵有两类:一类是流传于民间的人民口头创作的作品,其中不乏儿童爱听爱读的神话、传说、故事、歌谣,它们也确实含有今天所谓的儿童文学的许多特质;另一类是成人文学中一些贴近儿童审美趣味的作品,它们的题材多为儿童生活、成人冒险经历或动物故事,因而常常被小读者选中,列为自己的精神食粮。

古印度寓言童话集《五卷书》是儿童喜爱的最早的文学读物,它源于民间的口头创作。公元750年,伊拉克作家伊本·阿里·穆加发把它由波斯语译为阿拉伯语,定名为《卡里来和笛木乃》,在译时有意增删内容,修饰文字,使之更适合儿童阅读。这就开了为适应儿童读者需要而改写成人文学作品的先河。

在西方,一千多年来,一直视《伊索寓言》为传统的儿童读物,它既是民间文学作品成为儿童文学作品的例证,也是成人文学作品为儿童选择并作为自己的读物的有力证据。

阿拉伯民间故事《一千零一夜》(又名《天方夜谭》)中的许多篇章,如《辛伯达航海旅行的故事》《阿里巴巴和四十大盗》等吸引了一代又一代儿童读者,至今仍是畅销的儿童文学读物。

十七世纪,西班牙著名的人文主义作家塞万提斯的《堂吉诃德》历来让儿童读得入迷,爱不释手。

儿童文学的史前期经历了漫长的岁月。在许多世纪中,儿童不断地到成人文学中去探寻适合自己阅读的作品,因而,相当一部分民间文学和成人文学作品成了史前期儿童读物的重要组成部分。

2. 十八世纪的世界儿童文学

十八世纪是儿童文学萌发、诞生的时期。

随着时代的进步和生产力的发展,欧洲出现了比较富裕的中产阶级。他们对儿童的教育和培养较为关注,经济上也有条件为儿童购买书籍;同时,为了适应资本主义生产的发展和科学化的文明劳动,普及教育的任务被提上了社会的议事日程。

这样,专门为教育儿童而创作的儿童文学应运而生了。1762年出版的《爱弥儿》是法国启蒙运动思想家让·雅克·卢梭最早自觉地为儿童而写的有着世界影响的儿童文学作品之一。它是世界儿童文学史上第一部把儿童作为具有独立人格的个体来加以描写的小说,具有首创的意义。

十八世纪,英国启蒙主义文学家笛福的《鲁滨孙漂流记》和斯威夫特的《格列佛游记》都是成人读物,但它们出版后引起了儿童的极大兴趣,很快就被删改和节选而重新出版,成为适合儿童阅读的儿童文学版本。

十八世纪后期,由德国作家拉斯别整理出版的《敏豪生奇遇记》在各国儿童中广泛流传。

推动十八世纪的儿童文学萌芽并形成一股独立的支流的渠道主要有:由民间口头文学整理和改编而直接成为儿童文学作品的读物;少年儿童自发地把适合他们阅读和欣赏的成人作品据为己有的作品;作家对一些儿童感兴趣的成人文学作品进行删节和改编,使它们成为适合儿童阅读的文学作品;作家考虑到儿童的特点,自觉地为儿童写的文学作品。这些渠道汇集到一起,形成一股滔滔不绝的儿童文学支流。

3. 十九世纪的世界儿童文学

从十八世纪进入十九世纪,随着欧洲各国封建社会的崩溃和资本主义的建立和巩固,社会生产力和科学技术的迅速发展,儿童教育思想和文学想象力都得到了解放,世界儿童文学也有了迅速的发展。

十九世纪的世界文坛,不仅儿童文学作家的队伍空前壮大,而且其中很多作家的创作达到了世界一流水平,许多闻名世界的文学巨匠也为儿童献出了珍品;儿童文学作品不仅如雨后春笋般成批地涌现,而且具有世界影响、流传久远的优秀作品也充实着世界儿童文学的宝库。世界儿童文学的发展进入了初步繁荣时期。

世界童话大师安徒生是十九世纪第一位赢得世界声誉的丹麦作家,他一生共写了一百六十八篇童话。安徒生童话往往充满人道主义精神,具有诗情画意,在艺术上达到了世界高峰,赢得成人和儿童的共同喜爱。一百多年来,几乎每个国家都有安徒生童话的译本。

英国著名作家卡洛尔的长篇童话《爱丽丝漫游奇境记》出版后很快就赢得了广大少年儿童和成人读者的喜爱。这部广为流传的天才之作所表现的空前的想象力和幽默谐趣的艺术魅力,为从训诫儿童文学转向快乐儿童文学开了个好头,树立了典范;同时,它也"把荒诞文学的艺术提到最高水准",为以荒诞为特征的童话高耸起了第一座里程碑。作为想象的第一次重大胜利,它给世界儿童文学发展的影响是无以估量的。

优秀的英国作家和作品还有:金斯莱的童话《水孩子》,狄更斯的《大卫·科波菲尔》和《雾都孤儿》,斯蒂文森的长篇小说《宝岛》,柯南道尔的以福尔摩斯为主角的闻名全球的侦探小说,李耳的《闲扯的书》和《荒诞的歌》《让孩子笑笑的诗》等笑话诗和童话诗。

德国格林兄弟的三卷本童话《儿童与家庭童话集》发表后成了世界儿童文学宝库中的瑰宝,其中的《灰姑娘》《白雪公主》《小红帽》等童话都是我国广大儿童和成人所熟悉和喜爱的。豪夫的《童话选》和《豪夫童话》、霍夫曼的童话《咬胡桃的小人和老鼠国王》和《金制的魔罐》等也很受儿童欢迎。

法国优秀的作家和作品有:都德的短篇小说《最后一课》,法朗士的童话《蜜蜂公主》,马洛的小说《苦儿流浪记》,"科学幻想小说之父"儒勒·凡尔纳的三部曲《格兰特船长的女儿》《海底两万里》和《神秘岛》、莫泊桑的短篇小说《西蒙的爸爸》等。

意大利的优秀作家作品主要有卡洛·科洛迪的童话《木偶奇遇记》、乔万尼奥里的历史小说《斯巴达克思》、亚米契斯的中篇小说《爱的教育》等。

伟大的俄罗斯诗人普希金的童话诗具有形象具体真实、语言简洁明快等特点,如《渔夫和金鱼的故事》。俄罗斯文学巨匠列夫·托尔斯泰也为儿童创作了一批珍贵的儿童文学作品,如《狼来了》(又名《爱说谎的孩子》)《狼和山羊》《狗和自己的影子》等。俄罗斯其他的作家和作品还有:契诃夫的短篇小说《万卡》和《渴睡》、柯罗连科的《盲音乐家》等中篇小说,涅克拉索夫的儿童诗集《献给俄罗斯儿童的诗》等。

美国诗人朗费罗的《海华沙之歌》是歌颂印第安民族英雄的史诗;比切·斯托夫人的长篇小说《汤姆叔叔的小屋》是美国最早被列为世界儿童读物的长篇小说之一;马克·吐温的《汤姆·索亚历险记》和《哈克贝利·费恩历险记》老少咸宜。

瑞士的儿童文学女作家施比丽的《小海蒂》是一部有口皆碑的世界名著,有评论者称她为"屹立于世界之巅的女作家"。波兰作家显克微支的一些儿童题材的小说,如《奥尔索》等是世界儿童文学中的优秀短篇;普鲁斯的儿童小说《孤儿的命运》《童年的罪过》等也享有盛誉。古巴的何塞·马蒂是拉丁美洲儿童文学的先驱,他的《黑布娃娃》被评为"洞察儿童心理、表达儿童感情最优美的儿童小说"。

4.二十世纪的世界儿童文学

二十世纪是世界政治、经济、文化和科学技术迅速发展的世纪,也是世界儿童文学发展史上又一个具有划时代意义的转折期,空前繁荣的创作局面达到令人目不暇接的程度。儿童文学在许多国家相继形成独立的文学分支,一大批具有经典作家风范和国际影响的大家竞相展露出惊人的创作才华。他们自觉地为少年儿童创作,提供了众多世界第一流的、具有广泛影响的儿童文学作品。如英国作家巴里的《彼得·潘》、格雷厄姆的《柳林风声》、米尔恩的《小熊温尼·普》、托尔金的《指环王》、刘易斯的《纳尼亚神魔图》,比利时作家梅特林克的《青鸟》,美国作家怀特的《夏洛的网》、塞尔登的《蟋蟀在时报广场》,瑞典作家林格伦的《长袜子皮皮》、拉格勒英的《骑鹅旅行记》,意大利作家罗大里的《洋葱头历险记》,德国作家普雷斯列的《大盗霍金普罗兹》、克吕斯的《被出卖的笑声》、恩德的《嫫嫫》,挪威作家埃格纳的《豆蔻镇的居民和强盗》以及日本作家松谷美代子的《两个意达》等。

进入二十世纪,儿童文学引起了社会普遍的关注和重视。人们从不同的角度去关心儿童文学:家长着眼于它对儿童心智的启迪;教育工作者重视它在培养道德品行方面的作用;儿童文学评论家从美学角度去探讨其艺术特征;政治家、社会活动家则着重其提高年幼一代素质的功效;出版家、图书工作者、书商也都从各自的角度关心儿童文学。不过,人们依然有达成共识的一点,那就是:当今一代儿童是未来世界的主人,决不能轻视文学在他们成长过程中留下的印痕,因此,如何利用文学形式去引导他们健康成长是关系到国家和民族的未来命运的问题。

正是由于以上种种认识,各种儿童文学机构得以设立,相关工作、活动得以开展,地区性、全国性甚至跨国的组织也应运而生。如1954年在苏黎世设立的以童话大师安徒生的名字命名的国际性儿童文学奖IBBY,每两年评选一次,奖励参加国的一位杰出作家,这是二十世纪儿童文学发展的一座重要里程碑。这些组织和活动都极为有力地促进了世界儿童文学的进一步繁荣。

儿童文学发展到二十世纪,特别是四十年代后期,即进入第二次世界大战以后的当代社会,出现了一些新的特点。

(1)儿童文学表现出愈益鲜明的美学特征

随着二十世纪儿童文学的发展和成熟,它日渐表现出自己独立的个性,在内容、形式、审美趣味、审美评价、审美理想等方面都显示出与成人文学日益明显的差异,如儿童文学创作强调人道主义精神、幻想成分、快乐原则、幽默意识和智巧之美等。

(2)幼儿文学崛起并走向兴盛

二十世纪后半期,欧美的一些国家已把幼儿文学置于整个儿童文学的重要位置上,尤其是近期,各国都大力出版发行幼儿读物,以满足幼儿早期教育和学龄前儿童的需要,成为儿童文学极富特色的一部分。

(3)传统的文艺形式与现代化传播媒介并存,相得益彰

二十世纪以来,不仅各种传统体裁形式的作品繁花似锦、美不胜收,即使古老民间口头文学中的童话、故事、传说也仍然是儿童文学的一个重要来源;另一方面,随着当代科技的飞速发展,广播、电影、电视、网络等也成为儿童文学的传播媒介,使儿童文学得到更为广泛的流传,而且增添了风采,受到更多的少年儿童乃至成人的喜爱。

(4)儿童文学题材、形式、风格呈扇形发展

在二十世纪,儿童文学题材甚为广阔:学校生活、动物故事、科学知识、科学幻想、探险活动、异国风情以及战争中儿童的生活、战事给年幼一代带来的影响等题材都大量地出现于作家笔下。

二十世纪儿童文学的体裁、样式和表现形式也更多样化。中篇童话、中篇小说继续发展,还出现了多部头童话、系列童话和长篇小说;儿童诗派生出了"儿童散文诗"形式;儿童剧本在二十世纪开始成为儿童文学的一种体裁,影视文学剧本也开始列入儿童文学的样式之中;深受幼儿喜爱的图画故事在许多国家受到重视,发展迅速。

二十世纪儿童文学的表现风格也是异彩纷呈。就童话而言,东方民族劝喻色彩浓重的传统手法和以安徒生为代表的优美、蕴藉深远、富于抒情性的风格也都各有其承继者,并有所发展和创新。在儿童小说创作方面,作家又向成人文学借鉴,汲取各种各样的表现手法,使儿童小说园圃的色彩更加绚丽[①]。

二、中国儿童文学的历史发展

仔细品读中国儿童文学的作品,审视儿童文学的发展之路,不难看出,它的成长是和中国现代社会的发展与转型同步的,从清末民初到今天,它大体经历了5个阶段:

(一)清末民初时期

这是儿童文学由近代化向现代化的发轫期,是西方儿童文学开始被译介到中国,并对现代儿童文学的发生产生直接推动力的时期。这时期,随着近代报刊和图书出版业的发生发展,儿童教育也得到了推动,儿童文学读物的创作、编辑和出版也应运而生。如《小孩月报》,从1875年(光绪元年)创刊到

---

① 孔宝刚.儿童文学理论与实践[M].上海:复旦大学出版社,2007.

1915年更名为《开风报》为止,虽然总共才出版了40期,但是作为中国最早的近代儿童画报,却刊登了许多"启迪儿童思想与智慧的篇什",而且译述了一些西洋儿童文学作品,尤其是伊索、拉封丹、莱辛等名家的寓言,每期都披载一至数则不等,如《狮熊争食》《鼠蛙相争》《蚕蛾寓言》《小鱼之喻》《农人救蛇》《蛇龟较胜》《狐鹤赴宴》《狗的影》《狮鼠寓言》《牛蛙寓言》等。又如商务印书馆出版了不少西洋"科学小说",凡尔纳的作品当时被介绍进来就有十余种。此外,一些大家也纷纷参与儿童文学的译介。如时任浙江大学堂教习的高梦旦在1902年(光绪二十八年)就亲自给沈祖芬译的《绝岛漂流记》(即《鲁滨逊漂流记》)撰写序言,并认为此书译者"欲借以药吾国人",以"激发国人冒险进取之志气";1909年(宣统元年),鲁迅和周作人在日本出版了合译《域外小说集》,其一集记刊载了英国作家淮尔特(今通译王尔德)的童话《安乐王子》(今译为《快乐王子》),这是王尔德童话最早的中译本。

(二)民国时期

这是现代儿童文学的发生期。这时期,鲁迅、周作人等不但亲自译介西方儿童文学和科幻小说,还亲自参与儿童文学创作实践,参与儿童教育,如鲁迅的《今天我们怎样做父亲》和周作人的《儿童的文学》等文章,对现代儿童文学和儿童教育来说,都是具有启示性和召唤力的作品。这一时期,叶圣陶的《稻草人》开风气之先,以现代小说的笔调来写童话,以幻想题材来展示成年人世界的悲哀,今天读来,依然震撼人心。冰心的《寄小读者》符合儿童教育的需要,也给儿童以亲切的文字享受。黎锦晖的儿童戏剧《麻雀与小孩》《葡萄仙子》和叶圣陶、冰心的作品一样以爱、美、善为主要的基调。民国时期儿童文学的现代化,与鲁迅、叶圣陶等现代文学的先驱积极参与建设,并成为理论与创作主体力量有关,也与少儿书刊出版及现代教育的呼应有关。这一时期,叶圣陶等创办了《中学生》《新少年》和《中学生文艺季刊》。儿童文学与儿童教育也发生了积极的互动。如1930年年底,叶圣陶应开明书店老板章锡琛所邀,弃商务印书馆而奔开明书店工作后,编辑了一套文学趣味浓厚,符合儿童心理的小学国语课本《开明国语小学课本》,它由丰子恺配图,一共12册,每篇课文都面向儿童生活实际,具有很强的针对性。正因如此,这套课本出版后,全国不少小学校的国语老师都选用了它。

(三)新中国成立至改革开放前夕

这是现代儿童文学的发展期。这一时期,儿童文学和整个当代文学一样,强调思想教育内涵,包括张天翼、贺宜在内的绝大部分童话作家也把创作与社会主义新人的培养结合起来。由此产生了相当一部分的"红色儿童文学"作品。如刘真的《我和小荣》《长长的流水》,肖平的《三月雪》,徐光耀的《小兵张嘎》,邱勋的《微山湖上》,袁静的《小黑马的故事》,等等,它们要么讲述革命历史,宣扬革命接班人意识;要么歌颂党,歌颂祖国,歌颂社会主义建设;要么书写少儿在党和国家关怀和培养下的茁壮成长。这些作品时代气息较浓,切合了社会主义祖国的快速发展,以及儿童改天换地的新面貌,但是主题先行不可避免地削弱了作品的艺术力量。虽然有金近的《小猫钓鱼》、包蕾的《猪八戒吃西瓜》、严文井的《小溪流的歌》、孙幼军的《小布头奇遇记》和葛翠琳的《野葡萄》等具有儿童趣味,也有一定艺术气息的童话。还有圣野、柯岩、张继楼等写的儿歌、儿童诗,任德耀的《马兰花》《小足球队》等儿童戏剧,或有儿童生活趣味,或有大自然气息,或有民间文学精神。但整体看来,儿童文学创作的艺术性普遍不强,质量并不理想。

(四)改革开放以后到2000年

这是儿童文学进入创新和繁荣的时期。这时期涌现了一批优秀的作家作品,实现了审美的飞跃。葛翠琳、金波、樊发稼、孙幼军等在新中国成立不久就开始创作的作家焕发了新的活力,刘先平、曹文轩、张之路、常新港、陈丹燕、刘健屏、秦文君和沈石溪等都是这一时期出场的。这一时期比较有影响的作品有宗璞的《吊竹兰和蜡笔盒》《书的故事》,孙幼军的《没有风的扇子》,葛翠琳的《翻跟斗的小木偶》,方国荣的《彩色的梦》,曹文轩的《古堡》《第十一根红布条》,程玮的《来自异国的孩子》,刘健屏的《我要我的雕刻刀》,刘先平的《大自然探险系列》,陈丹燕的《上锁的抽屉》,郑渊洁的《皮皮鲁和鲁西西》《舒克和贝塔》,等等。此外,金本、邱易东、薛卫民、王宜振等创作了一些比较优秀的儿童诗,吴珹、吴然等的儿童散文也颇为清新,乌热尔图、蔺瑾、李子玉、梁泊等的动物小说也别具一格。不过,这段被认为是中国儿童文学发展最好的时期,甚至可以说是繁荣的时期,同样存在很多问题。如过度描述个人童年经验,强调"道义";过分追求个人风格,把儿童文学变成作家自足的花园,使儿童文学创作和出版还不能完全满足孩子的需要。加上文学体制的局限和儿童文学理论批评的无力,儿童文学逐渐形成了固定的小圈子,儿童文学和整个文学及教育系统的互动不够。

（五）2000年以后

这是儿童文学的一个新时期，也是儿童文学的第二次繁荣期。这时期少儿出版进入黄金时代，在整个出版产业里，它占了很大份额，而且原创儿童文学创作和出版急剧升温。除了上一个阶段进入文坛的中老年作家，一大批新人涌现，"80后""90后"逐渐在《儿童文学》《少年文艺》《东方少年》和《童话王国》等刊物上一展身手。各专业少儿出版社也大量出版了新人的童话、小说、散文和诗，多元化写作、传播和阅读推广联动起来。郑渊洁、曹文轩、沈石溪、伍美珍、郁雨君、杨鹏、商晓娜、晓玲叮当、王勇英、黄宇、墨清清、亚凰、谢鑫和北猫等作家的作品越来越畅销，在小学校园里构成一种独特的时尚阅读风潮。此外，常星儿、老臣、薛涛、于立极、皮朝晖、邓湘子、安武林、孙卫卫和杨老黑等男作家、李秋沅、吕丽娜、葛竞、徐玲、龚房芳、魏晓曦、李姗姗、毕然、于潇湉、卢梓仪、赵菱、顾抒和彭柳蓉等女作家、诗人构造了纯美阅读的阵线。可以说，儿童文学形成了具有自己特色的文学系统。值得一提的是，杨红樱、曹文轩、沈石溪、伍美珍、尚晓娜等儿童文学作家主动进小学校园，和学校教育的互动增强了，对新媒体的利用也很充分，作家的市场意识和读者意识渐浓[①]。

三、知识观重构与中国儿童文学的发生学逻辑

"知识"是人理解自我与外部世界而生成的确定性与体系性的认识，"知识观"则是对于知识的理解及所持的态度，属于精神观念的科学范畴。在中国古代，知识体系的建构经历了从神学垄断到周公制礼作乐再到儒家的大一统的发展过程。"合一"与"合德"同构不仅制约了学界对于知识的学科界分，而且阻滞了国人知识观的革新及知识运用的效能。在现代启蒙思想的推动下，中国人的知识观念发生了深刻的变革，中国文学也实现了新旧转型。从这种意义上说，中国新文学的出场得益于知识观的重构，它既是现代知识体系确立的基础，也是结果。随着人们对"儿童"认知的深化，成人社会的"儿童观"朝着更为科学、理性的方向演进，曾经"视而不见"的儿童被重新发现出来，儿童的知识内涵也被灌注了"现代"的质素。作为新文学的子类，中国儿童文学是知识观重构的产物，其发生汇聚了现代"人学"的思想资源，有效地推动了新文学知识的生产与传播，进而深刻地参与到知识观重构的现代工程中来。

[①] 谭旭东.简析中国儿童文学的历史与现状[J].玉溪师范学院学报，2015(6)：8-12.

(一)知识论危机与中国儿童文学的发生进路

危机是驱动知识范式转换的根源,当一种知识或知识论在恒常的情境下失去了实践的有效性或合法性时,也就意味着更换知识工具和观念的时候来临了。伴随着西方新知的输入,中国传统天人观的合法性遭遇危机,旧的知识、思想和信仰出现了"连锁坍塌","人"的主体性得到了高扬,而回应人与世界关系的知识体系也逐渐具备了形式化、专业化及分科性的特质。尤其是现代教育制度的确立,更是搭建起了与知识体系相匹配的运行框架。中国儿童文学的发生深植于"人学"知识观重构的文化语境之中,受其推动也反作用于现代知识观的新建。细化来说,这种知识观重构集中体现在"儿童观"和"儿童文学观"两个层面上,是朝向"中国""儿童"与"文学"的现代革新。

对于"儿童文学"的认知,学界有诸多争议,甚至引发了儿童文学知识论的大讨论。面对这种分歧,人们往往会从儿童文学理论那里去寻求知识依据。然而,儿童文学理论是以儿童文学元概念为知识对象的,于是关于儿童文学的诸多争议最终又绕回到儿童文学理论本身,由此生成了汤锐所谓的"倾斜的理论"的悖论。事实上,上述分歧与人们构筑于儿童文学知识本体上的知识观密切相关,并集中体现在其发生的性质上。"古已有之"还是"现代生成"在中国学界展开的争论,与其说是一个发生学的本源问题,毋宁说是关涉知识本体的观念问题。"古已有之说"认为中国儿童文学是自古就有的客观存在,尽管那时没有儿童文学的称谓,但却形成了多样的文体类型。这意味着存在"中国古代儿童文学"的实体形态,要想寻觅儿童文学的踪迹应回溯到中国古代。于是,切实可行的方案是通过知识考古的方式去"发现"它,并与现代儿童文学构成完整的知识谱系。"现代生成说"则持守现代的标尺来界定儿童文学,在对古代口传文学、民间故事的研究中发掘了其儿童观的"不自觉"或"非现代"的质素。由此,儿童文学的发生不再是自古至今的延传,而是立足于现代思想基础上的建构与发明。概而论之,两者依托的知识观有异,前者可谓"本质论",后者则是"建构论"。

暂且不论"本质论"和"建构论"的优劣问题,单从儿童文学发生的路径来考察,就有这样一个疑问:是否存在着既"发现"又"发明"的兼容路径呢?从学理上看,这是不可能的,两者只能取其一。

"发现"意味着要回到历史的原点,既然这种探源是以儿童文学在古代确实存在为依据的,那么延传到了现代就没必要再"发明"一种新的形态了,只需要作探源性的"发现"即可。"发明"意味着重新创建,如果是重建,那就不是对于既有本质的还原。这是横亘于本质论与建构论之间质的规定性,也体现了"发现"与"发明"知识主体的是非判断。从这一层面上看,刘绪源"在'本质论'基础上存在的'建构论'"与朱自强"建构主义儿童文学本质论"的观点均出于折中的意图,但无论落脚于何者,都无法解决两者知识不通约及性质相左的矛盾。

不可否定,中国古代确实存在着类似于儿童文学的文体形态,古代的儿歌、童谣及民间故事等文体深受儿童的喜爱,从读者接受的角度可视为"有"和"存在"的证据。同时,这类儿童文学具有浓厚的民族性特质,也成了学人重构中国儿童文学不可或缺的传统资源。但问题的复杂性在于,如果确认了儿童文学"古已有之"的合法性,那么重构中国儿童文学的知识体系就是"发现"而非"发明"。建构论注重特定语境下知识的重述,儿童文学现代生成的知识背景是"人学"观的重构,"儿童"作为一种现代知识的出场即是这种人学观重构的表征。如果按照这种逻辑,以观念先行所建构的儿童文学知识体系就没有做历史探源的必要,其实质是一种"后见之明"的谱系的"发明"。事实上,无论是传统的还原,还是新传统的建构,都没有将儿童文学甩脱出中国文学的谱系外,古今、中外的视域融合为儿童文学注入了现代性与民族性的双重意涵,助力推动了中国儿童文学的现代发生。

一旦在探源中注入了现代性质素,这种发现就不是在简单意义上返古或复古,而是具有现代精神的择取和铸亮。在《科学革命的结构》一书中,库恩认为,科学知识的事实有一个发现的过程,但这一发现离不开理论的发明。在他看来,无论是发现还是发明,都要消化反常,直至"把规范理论调整到使反常成为预期为止"。确实,反常能在很大程度上促动发现或发明的装置,但这并不意味着发现与发明在知识论上的界限就此消融,两者质的差异依然存在。在探讨中国儿童文学的知识属性时,应先搁置"发现"还是"发明"的理论缠绕,从儿童文学元概念出发,切近"儿童"与"文学"的本体来考察其发生学性质。只有在洞悉"儿童文学是什么"这一元问题后,探析"儿童文学知识论是什么"才符合本体论和认识论合一的逻辑。必须指出的是,这种推向概念本源的做法并不是要返归中国儿童文学"实有"事件的原点。不妨说,找到了具体时间节点上的确切事件符合知识考古学的"实证"逻辑,但这却远非其真正意图,它追索的是福柯所谓的"话语本身",并把话语当作"遗迹"来探讨。在这过程中,起源不同,性质就不同。换言之,发现的起点不同,发明的结果也就有差异。但前提是,这种回溯本源的发现建立在知识对象要具有原初性的基础上,并且能找到建构该传统的知识理据。非此,传统的发明将无从谈起。柄谷行人将"儿童的发现"视为一种"风景之发现"就是从这种逻辑上立论的,他反复提醒人们:"所谓风景乃是一种认识性的装置,这个装置一旦成形出现,其起源便被掩盖起来了。"在他看来,"风景之发现"并不存在于自古至今的直线性历史中,而恰显现于颠倒的、扭曲的时间性中。制造这种认知颠倒的机制表现为,"已有风景"是"风景以前的风景"推理的始点。言外之意,对"已有风景"的发现是发明"风景以前的风景"的基石,这实际在儿童文学的发现中预留了发明儿童文学的可能,在现代性的内部,儿童文学的发明和发现可找到共通点。

从发生学的角度考察,中国儿童文学既是新文学知识观重构的产物,也是时代与文学合力推动的结果。回溯中国儿童文学的起源,如果从"实体"的角度出发,就会将中国古代存在着的类似于儿童文学的东西发现出来,而这些被发现的实体儿童文学中必然存在着向后延传的基因。但是,历史基因无法决定未来成长的结果,因而以这种历史传统作为发明儿童文学的知识依据并不科学。要客观理性地把握中国儿童文学的性质,还是要从发生学而非本质论的视角来予以考察。从词义上看,中国儿童文学发生学旨在从文学的内部和外部来探求其创生的动因,这就要求立足于动态文化语境来开掘"文学文本生成的本源"。显然,这里的文化语境是一个复合的知识背景,唯有夯实儿童文学发生的动态文化语境才能探究后续的内在成因。如果将这种语境置于古代,就应从古代中国的社会文化的系统来考察。同理,如果将其确定为"五四"时期,那么这种考察就离不开新文化运动的整体语境。由此看来,问题的关节点还取决于中国儿童文学自身的性质,如果不能弄清楚"儿童文学是什么",那么也就无法确认其发生的真正原因及性质。这种从元概念延伸出的取径又反求诸己的机理,是廓清儿童文学"发现"与"发明"路径的逻辑基点。

围绕"儿童"与"儿童文学"的知识观重构,驱动了儿童观和儿童文学观的深层变革。在聚焦"儿童是什么"时也牵引出"儿童文学是什么"的进一步追问。然而,在探讨儿童文学概念本体时,研究者最为明显的误读是将其视为一个描述性的概念。即将儿童文学描述为"儿童"的"文学"。在《儿童的文学》中,周作人提出的正是"儿童的文学",而非"儿童文学",他依循的就是上述界说逻辑,即从"儿童的"与"文学的"叠加来释义。在考察儿童文学的发生机制时,周作人援引了西方人类学的诸多观念,洞见了儿童文学与原人文学的类同性。于是得出了这样的结论,儿童文学"有许多还是原始社会的遗物"。考虑到了原人文学的这种原始性,在类同原人文学与儿童文学时,周氏就不得已要赋予儿童文学类似的"前现代性"。显然,这一推理与儿童文学发生的知识论构成了悖论。回到历史现场,中国儿童文学发生的思想基础是现代儿童观的出场,中国古代的儿童观有诸多缺陷,最为明显的是将儿童视为"缩小的成人",对于儿童"完全的人"的本体价值存在着认知偏误,这种有缺陷的儿童观阻滞了专为儿童创作文学的活动开展,销蚀了专为儿童创作文学读物的文化机制。这反证了中国古代没有儿童文学的观点,也为中国儿童文学的现代发生提供了合法性。这样说来,中国儿童文学就不应该混杂着古代性与现代性,它因与新文学同源而只应具有现代性。

在发生期,从儿童概念的历史化来窥探中国儿童文学知识观的演进是有效的。"儿童的发现"是"人的发现"的必然结果,它暗合了现代中国社会转型的题旨,拓展了人学的深层结构。于是,利用"儿童"这一现代概念来探究中国新文学的性别、社会和政治想象就进入了学人的视野之中。徐兰君看中了儿童身上汇聚的"中间性""可变性"和"潜力性"等文化价值,认为儿童可构成对成人世界的"反省"或"再创造"。当儿童"新人"身份与中国文学新旧转换同构时,就强化了其能指的象征性和有效性。从这一意义上说,新文化人征用儿童的目的,与其说是对弱者的发现,不如说是赋予其现代性的发明。从现代性建构的视角看,是不是有儿童的实体似乎并不重要,基于儿童的政治隐喻而开启的文学想象才是中国儿童文学发生逻辑的关键所在。对此,杜传坤所谓"儿童文学本身即为现代性中'儿童'的一种生产与建构方式"就阐明了这一机理。在发现或发明儿童的现代性工程中,新文化人以"儿童本位观"来充当思想资源,以此推动儿童文学知识观的重构。在此知识框架里,儿童不仅是完全意义上的人,而且还是儿童本身。不过,他们在求证儿童主体性的过程中却添加了"儿童不是成人"的义项,从而深陷绝对"二分"的逻辑怪圈之中,反过来又阻滞了儿童的真正发现。质言之,成人作家对儿童的发明是出于成人的话语需要,这种借成人来反"成人本位"的发明显然无法保障儿童的主体性,从而在发明儿童时又隐匿了儿童。

归结起来,儿童文学不是"儿童"之"学",而是"儿童"的"文学"。因而,除了要发掘儿童主体性之于儿童文学发生的思想先导外,还要力图再造儿童文学这一新概念,以此"确定新的知识框架与理论体系"。立足于中国新文学的知识场域,这种需要发现的儿童文学植根于中国新文学的母体,但又是被改造和重塑的文学新样式。中国古代存在着的童谣、儿歌等文体体式芜杂,尚无自觉的知识分类分科的意识,因此需要在新文学的知识观下实现重组和新构。

尤其是作为一种新的文学门类,儿童文学有必要在中国新文学体系中确立其身份与定位,以期在知识观重构的基础上创构专属于儿童文学的概念、术语及范畴,并由此推动新文学知识观在儿童文学领域的话语实践。

(二)"不可能"的知识集遇合发生学机理

中国儿童文学的出场彰显了"儿童"与"文学"双重主体的现代性品格,对新文学知识观的重构发挥了重要的作用。在知识观和现代文学制度革新的语境下,中国儿童文学从现代"概念"转换为现代"知识"。不言而喻,知识观是建立在研究对象"可知"的前提下的,它的工作就是创设"经验之可能性的诸种条件",以此廓清知识领域的混杂边界,并有针对性地指导人们的实践。从元问题出发,儿童文学知识观首先需要解决的是儿童的认知问题。即这个"儿童"特指哪个儿童?是儿童个体,还是儿童群体?是作为方法的儿童,还是实体的儿童?是文本外的儿童读者,还是文本中的儿童形象?显然,儿童身份的含混、多歧给儿童文学的发生带来了诸多困难,影响了人们对于儿童文学知识观的理性认知。更为关键的是,知识的对象不是一般性的"物",而是"观念"。对于观念的认知夹杂着经验、感情、想象和理性,扑朔迷离,难以把握。就中国儿童文学知识构成而言,但凡"中国""儿童"与"文学"中任何一个要素是不可知或不确定的,那么基于三者组合而形成的知识体系将不再是"结构性"的,而是"解构性"的。

饶有意味的是,由"儿童"与"文学"组合的儿童文学就曾遭遇了对其"可能性"的质疑。在西方儿童文学界,儿童文学"不可能性"的提出曾引发了知识论上的一场革命。杰奎琳·罗丝曾以《彼得·潘》为案例,提出了"儿童小说之不可能"的知识观。这里的"不可能"并不是对儿童文学非自然、不可靠叙事的默许,而是集中关注儿童是否可知、能否找寻自我的关键问题,并直指儿童文学的内在结构及认知的局限。成人作家与儿童读者的分立,生成了儿童文学的双逻辑支点,也衍生了知识传递过程中的权力政治:一方面,成人作家"不可能"为表述儿童而完全隐藏自己的声音。另一方面,沉默的儿童"不可能"介入成人作家的儿童文学创作活动。两种"不可能"的知识假设共同推导出一个结论:儿童文学不可能借成人之笔来真正描述儿童。这就是说,儿童文学尽管有"为儿童"之意,但在文学生产中儿童却是缄默的存在,其所传达的观念不过是成人话语的容器。这样一来,儿童就被塑造成"被建构"的客体,其"能建构"的主体性则被遮蔽。对此,罗丝特别指出,儿童小说"文本内"的儿童才是成人话语的预设,"文本外"的儿童读者想要与成人作家沟通是徒劳的。对于儿童小说中出现的儿童,罗丝将其界说为"幻象儿童"或"伪儿童"。这类儿童具有趋向于成人权力的"他物性",因身处社会与语言之外而无法参与小说叙事,最终被抽离了主体性而演化为一种"在而缺席"的存在。彼得式的"永恒儿童"显然无法化解意识形态缠绕的文化难题,而这正是儿童文学"不可能性"所要阐明的知识阈限。在罗丝看来,这些被成人召唤出的儿童的意义在于,彰明主体性受蔽的欠缺、语言的不确定性,以及存在本身的界限。在这里,尽管罗丝的质疑内隐着对女性主义中激进批评的挪用,但其基于儿童文学结构而衍生的话语政治却成为认知研究的重要领域。

那么,是否可以通过儿童自己创作儿童文学来弥补"不可能性"的认知局限呢?这一假设实质上与儿童文学的知识观密不可分。在界定儿童文学概念时,赵侣青、徐迥迁认为存在着两种"儿童文学":一是儿童自己发现或创作的"儿童的文学",二是成人代替儿童自己发现或创作的"儿童化的文学"。《儿童世界》《少年杂志》等杂志曾刊载过诸多儿童自己创作的作品,但很难将此类创作视为儿童文学。既然儿童具备创作能力,那么为什么儿童创作的文学作品却不是儿童文学呢?究其因,儿童文学主要表征的是成人对于童年的理解,而不是儿童对于儿童自身的看法。相对于儿童与成人的代际沟通,儿童创作文学作品供儿童阅读则属于同代人知识体系内的交流,它没有跳脱"儿童所体验的童年或儿童式的思维"。用诺德曼的话说,这是"真正孩子式的",但是却"逾越儿童文学的界限"。为什么"真正孩子式的"思维反而无法接近童年呢?这仍归结于儿童观是成人对于儿童社会化的假设与期待,而非儿童对于儿童自己的理解。况且,从知识生产与传播的深广度看,同代人的单向言说不及两代人话语沟通深刻、阔远,借用郭沫若的话说即是"由儿童来写则仅有'儿童'"。可以说,儿童文学是成人想象出对儿童适合的东西,判定一个文本是否属于儿童文学并不由儿童所读、爱读来定义,而取决于成人对儿童的理解。

从表面上看,儿童文学的"不可能性"就隐藏于这样的结构关系内:既然儿童不能直接发声,那么就要借助成人间接地传达,而成人又不可能返归"永远的儿童",因而其创作就不可能抵达儿童话语的深层。这似乎又回到了"弱者能发声吗"的话题上,但儿童是成人作家不能不顾及的存在,完全抑制儿童性显然有违儿童文学的本义。在儿童读者与成人作家分立的结构中,成人作家所理解的"儿童是什么",构成了儿童文学知识形态的内核,表现为文本所涉及的关于现实、文化和文学的"知识集"。关于儿童的不同理解,也生成了有差异的儿童文学知识论。概而论之,至少有如下五种有代表性的儿童文学的理解:一是"写儿童"的文学,二是"为儿童"的文学,三是"儿童写"的文学,四是"儿童本位"的文学,五是"教育儿童"的文学。儿童文学知识论的不确定性加大了知识观重构的难度,但这却意外地接近了儿童文学深层结构和认知视域。为了缝合假借他者来传达自我话语的"不可能性",学人们引出"童年"的概念,童年的假设和想象就此展开,而儿童文学不可避免地要在两代人之间进行一场"认识"与"愿望"的商榷。这种围绕童年的代际商讨与其说是消解两代人的认知差异,不如说是对其认知限度的超越,从而在人的过去、现在和将来三种时态中开启了对话。成人与儿童之间的话语张力也正是儿童文学永恒魅力之所在:儿童文学总是既正统,又激进;既具有说教性,又具有游戏性。不过,即便如此,它并不能彻底解决儿童与成人之间的文化隔膜,"为儿童"与"为成人"的两歧仍如影随形。

  整体来看,有关儿童的知识观主要存在两种分殊的看法:一是存在着内在的"本质"儿童;二是存在着作为成人话语产物的儿童。按照知识观重构的理论,前者依循着"发现"的逻辑,在想象的儿童与实体的儿童间能彼此互证。后者则表现为一种"发明"的装置,借成人来言说儿童是其旨趣。显然,罗丝的质疑源自后者。在她看来,《彼得·潘》是断裂儿童主体性的典型案例,那种趋向永恒的儿童即是"没有儿童读者参与"的显证。因而,儿童读者不仅无法介入这种文学,反而被其操弄。可以说,尽管存在着所谓"为儿童"而创作的文本,但文本中的儿童却是成人作家所建构出来的。为了修正儿童文学上述生产机制的难题,戴维·拉德提出的方案是缝合"被建构的"和"能建构的"儿童之间的裂隙。依此,罗丝提及的"书本之中的儿童"尽管隶属于成人话语,但因具有能建构的文化属性而获致作为"社会人"的显征。这种对儿童"社会建构"语义的扩充,重申了从儿童自身的文化可能性去重建儿童文学知识观的可能性。事实上,话语权力不只是压制的,也表现为生产的,借用福柯的话说,"它生产现实,它生产客观的领域和真理的仪式"。如果说"被建构"的儿童依赖成人社会的外在赋值,那么"能建构"的儿童则体现为一种自我赋权的特质。两者形塑了如下权力关系:一方面后者能以自己的主体位置来抵抗前者强势的规训,另一方面后者调适与前者的关系使儿童成为主体。在这里,这两种关系并不绝对冲突,甚至在特定的情境下还能提升儿童文学话语生产的效能。关键的问题在于,以何种立场来确认儿童的主体性,以及将儿童立于怎样的位置来激活儿童文学知识的可能性。

概而论之,因生物本质论与文化决定论的错位,产生了儿童文学"不可能性"的难题。不过,儿童文学这一结构性特质到了德里达解构主义那里,恰成为推动知识超越不可能性界限的利器,是"解构行为中无法解构的东西"。循此逻辑,"不可能性"构成了解构的逻辑前提,它拒斥了一切关于确定性的虚妄,对理解儿童文学认知诗学的限度有着启示意义。如前所述,成年与童年的认知界限始终存在,但并不意味着没有认知僭越的可能。"童年"是勾连儿童与成人的一个核心概念,通过创作儿童文学,成人不仅得以保存其关于童年的经验,而且能为自己及他人重造童年。从这一特性来看,儿童文学"暗藏着一座成人精神的深渊"的说法似乎忽视了儿童参与儿童文学叙事的潜在性和可能性。在儿童文学知识生产中,儿童被成人社会塑造是不可避免的,但这种看似简单的结构却隐藏着未被言说的"影子文本"。显然,儿童不是可有可无的,其存在价值在于以"未完全殖民"的姿态来抵抗被宰制的命运。这正是儿童文学知识形态的独特之处,"差异"与"欠缺"是儿童文学内隐的两代人的话语模式。成人作家深谙专断的发言无法让儿童产生认同感,否则对话无从谈起,儿童文学也将不可能存在。这正是"真实的儿童既不会被'发明',也不会'消逝'"的缘由。由于代际间认知的落差,成人不断地调适其与儿童的位置、关系,但始终无法撕裂两者共处的张力结构。由此可见,儿童文学知识观重构应不拘于单纯地依赖"儿童本位",也不能盲目地释放成人的话语权力,儿童文学"不可能性"的超越更取决于如何理解儿童的存在状态,怎样显示儿童与成人各自所设立的边界,以及基于主体性话语的意义协商。

不可讳言,儿童小说的文体有其特殊性,那么罗丝"可能性"的质询仅是基于儿童小说文体特殊性而言的吗?其实不然,儿童文学的其他文体也曾遭遇类似的质疑。譬如,彼得·亨特就曾提出"儿童诗歌是不可能存在"的论断。应该说,亨特的结论将儿童诗隔绝于一般诗歌体系外,其缘由仍出于对儿童认知的偏见。由于区隔两者时太过绝对化,他强势地设定了儿童诗内容与形式的禁忌,尤其是将儿童诗的意蕴从内在世界中抽离出来显然不符合实情,无形中将儿童诗置于低等文类而曲解了其本有的文体特征。从语言到主题,儿童诗都不是一般诗歌的初始品,举凡语言浅易、思想简单就归于儿童诗的看法显然立不住脚。因此,要克服这种不可能性,诗歌当然不能"逾越自身的限度",但对这种"不可能性"的超越却将认知推至了阔大的视域。不独儿童诗,儿童文学其他的文体都不是低等的亚文体,其文体意涵不局限单一的"文之体",而含纳了复合性的"文和体"。这些文体并没有窄化地理解人与世界的关系,寓简单于深刻才是其认知僭越的魅力所在。这样说来,将儿童诗理解为"不可能的"不免失之武断。更为突出的是,儿童诗源自一种"耳治"而非"目治"的生命体验,倚重以身体和感官的舒张去联结外部世界,借此实现儿童对唯理性及世俗生活的反拨,这种效果用凯伦·蔻茨的话说即是:"领会从世界到我们灵魂的隐喻之弧"。而这种无法言明的"领会"是一次返归儿童及儿童文学本源之旅,它不是儿童文学"不可能性"的表征,反而凸显其超越"不可能性"的文类特质。

　　落脚于中国儿童文学的发生情境,发现"儿童"是发明"儿童文学"的基础。其遵循这样的逻辑:唯有儿童这一独立价值的人被发现,成人社会才会意识到要创作一种专为儿童阅读的文学样式,儿童文学才会真正地出场。然而,在启蒙的框架中,儿童是"被拯救"的对象,成人对于儿童构想的不及物性也反过来制造了儿童的缺席。在启蒙向救亡转换的语境下,儿童看似实现了从"被拯救者"向"拯救者"的嬗变,但这并未弥补其主体性的缺失,儿童依然是成人话语的容器,并被放逐于童年的情境外。不过,特别要指出的是,与这种儿童话语隐匿与伴随而来的成人话语过剩,却为儿童文学的发生夯实了思想基础。在人学知识观重构的语境下,现代思想的绽出确证了儿童文学作为"新文学"的合法性,其思想的深度是判定儿童文学发生性质的尺度及标准。显见的道理是,如果缺失了现代思想的滋养,儿童文学实难走出传统文学的老路,当然也更难满足儿童接受现代思想的内在诉求。简言之,儿童文学"不可能"的知识集所制造的现代话语尽管容易绕开儿童主体,但牵引出儿童文学与现代思想的深度融合,进而遇合了以"思想优胜"推导儿童文学发生的逻辑机理,助推了中国儿童文学知识观的重构。但是,不得不承认,由此形成的"早熟"思想则容易折损儿童文学的文学性,而受宰制的文学性反过来也无法有效地伸张其思想性。

　　可以说,儿童文学"不可能性"不是从现实、语言、概率层面而言的,而是从结构与逻辑方面来归纳的,它显示了知识的权力问题。为了更客观理性地洞见儿童文学的知识权力议题,有必要超越传统知识观的藩篱,将知识观的重构置于儿童文学自身结构与外在社会情境的关系网络中,并以全新的知识观作为儿童文学发生的可靠性背景。具体来说,以儿童的可知性为出发点,将文本内外的儿童汇集成为一种相互贯通的知识集,搭建儿童"被建构"与"能建构"的知识通道,以寻求超越儿童文学"不可能性"的路径。中国儿童文学的新知识框架也隐含着这种"不可能性"的要素,但这种不可能的结构却顺应了新文学的思想预设,在思想优先的措置下将儿童文学汇入了新文学的主潮之中。

(三)"人学"知识观与儿童文学发生的联动

寻绎学术史不难发现,经学和文章学占据了中国传统知识系统的高位,造成了文学与其他学科的含混状态,学科独立意识的稀缺决定了中国学术思想的"混沌性"。经学话语式微带来的是"人学"主体性的回归及科学精神的高扬,新文化人得以利用科学等方法论来解释现实问题。人学是一种崭新的关于"人"的知识论,对人的重新定义超越了本质的先验论的认知,彰显了海德格尔所谓"世界成为图像"与"人成为主体"的构想。源自人内在认知的信仰和求真意志成为现代性的推力,认识世界变成了改造世界的前提条件,从而将知识与权力统合起来。这种知识权力和科学方法论的有机结合,为新文学知识观的重构提供了依据。在此情境下,这种知识观的重建与新文学发生就具有了同构性,即在知识的反思性运用和主体性重构的基础上赋予了新文学以合法性身份,而新文学的发生又确证了知识观重构的合理性。同理,中国儿童文学的发生不仅提升了儿童在人学体系中的地位,而且也驱动了人学知识观的重构,而这种重构又进一步推动儿童文学的现代化进程。这种双向发力的联动机制,深度契合了中国儿童文学的发生学逻辑。

中国儿童文学的发生学逻辑在于,新知识观发明了"儿童文学"这一新概念,推动了儿童文学创作、理论与批评的发生。同时,儿童文学本身也是一种现代知识,更表现为一种制度性的力量。在现代性的知识场域中,围绕"儿童文学是什么"这一知识本体的持续发问,逐渐建构起的儿童文学理论批评才是可靠的、可能的。当然,对于"儿童文学是什么"的探询必须以其知识的客观性为前提。但事实证明,人文学科却难以用实证来作为其知识生产的方法。那些虚构、想象的文本无需多言,即便是文学史研究中的考据学、文献学也不过是知识客观性的"微弱的证据"。那么,这是否意味着儿童文学可以放逐知识客观性的属性呢?显然不是。以意义生成见长的文学并不排拒时代精神及民族文化等要素,文学对于时代、历史和人的观照也不完全是一种虚构性的存在。人的精神活动始终牵连着主观与客观,客观性从未缺席于人对世界的认知过程。儿童文学知识中确有"求真"的审美设想,其"真"大体表现为"'认知'内容是孩子们希望的真相"。这种知意形态构成了儿童文学所追索的美好愿望,其情感朴素而真诚。与自然科学领域的其他知识主体不同的是,文学文本更关注知识话语与意义,而不是自然万物或真理,儿童文学的认知也概莫能外。中国儿童文学中的"中国"显然不是一种虚幻或假设的义项,而是儿童文学知识现身的语境及场域。对于中国儿童文学知识观的考察,要揭示其作为一种"新文学知识"存在的社会情境,展现其与社会生活的多维关系。新文学知识借由成人作家之笔嵌入儿童文学的发生机理中,并期望儿童读者从阅读中获取该知识。不过,这种知识的呈现既有明示的,也有隐而不显的,为儿童读者提供了"认知参与"与"审美参与"的知识集。认知与审美的分殊形塑了中国儿童文学发生的两种路径,由此生成了两种截然不同的知识观。

新文学的知识观重建并不是一蹴而就的,特别是在脱逸传统经学的桎梏时,它必须面对和回应新旧转型而衍生的内在困境。儿童文学的学科归属颇为尴尬,曾长期寄居于儿童学、教育学、社会学、民俗学等学科体系中而模糊了自己的身份,而这些学科的知识生产却无一例外地缺乏文学的理据。这不仅不利于人学知识观的重建,而且阻滞了儿童文学的现代发生。含混的身份无法在学科界分中确立自治的知识体系,也无法为儿童文学研究提供知识依据,更不可能设置相对应的知识评价准则。借助于现代性的"分解式理性",学科界分意在打破由"神"或"道"主宰的整一性的知识格局,推动知识学科化、专业化的发展,并在这种专业化的指引下实现学科自主。因而,儿童文学要想摆脱前述寄生的知识学危机,必须拥有明晰的知识依据以适应学科体制化的诉求。自此,儿童文学的存在身份不需要倚借他物来确证,只需要从其自身便可找到理据。分科立学是现代性知识体系建构的重要途径,科学、道德、审美的分治打破了整一性的混杂秩序。但是,真、善、美所代表的不同领域却充满着冲突,生成了韦伯所说的"不同的神"。这种类似于诸神之战的分化一方面为新文学的发生提供了知识依据,但另一方面这种复杂的关系也阻滞了新文学的知识生产。中国儿童文学的学科知识特性非常鲜明,集中体现在"中国""儿童""文学"的语法关系上。这其中,"文学"是落脚点,"中国"和"儿童"起着修饰和限制的作用。由于中国古代没有自觉的儿童文学,因而这里的"中国"特指"现代中国"。按照舍勒所谓"知识决定社会本性"的说法,有怎样的关于"儿童"的知识,就有怎样的儿童世界的本性面貌,而这种本性面貌也折射出其所置身的文化语境。"中国"与"儿童"的相互关系就体现在上述复杂的结构中,并最终影响了"文学"知识特质的生成。

合法性的问题是讨论发生学的前提,中国儿童文学的发生要解决的首要问题就是知识的合法性。"儿童的发现"是"人的发现"的衍生物,儿童文学被纳入中国新文学的整体格局中,但其知识身份因上述同一性的逻辑而并不显明。特别是当儿童文学与成人文学互为"方法"来推动新文学发展时,更加剧了论证其知识合法性的困难。儿童的文学与儿童视角的文学的混杂即可佐证这一问题。这种基于发生学而纠缠于一体的现象亟需启动分科立学的方式予以区分，否则不仅儿童文学的"儿童性"无法彰显，而且其"文学性"也将丧失知识依据。因而，在儿童文学发生之时就有先驱者为阐释其概念、特征、方法而殚精竭虑。

通过知识与权力的共生来配置资源是现代性的内在诉求，儿童与儿童文学都是需要重新配置的社会资源。为了突出发现儿童的意义，新文化人预设了"非儿童"或"无儿童"的前摄假想。当然，在发生学的推理中，这一假设是否真正切合中国儿童生存状况是可以略过的。熊秉真发现，中国古代的儿童并非铁板一块，也并不全然是抽象空洞的，其儿童史研究的出发点在于摆脱进步演化的自信与知性的"我执"。借助新与旧的假设参照，儿童成了现代概念，儿童问题也就成为中国问题的有机组成。于是，在启蒙者那里，儿童不再是不可知及不确定的，而是真实可感并可以凭借其身份政治与国家未来命运联系在一起的。与此同时，新文化人借用西方人类学的"复演论"来界说儿童文学，依循着先"类同"后"界分"的方法。通过论定其与原人文学与成人文学的亲疏关系，来达到区隔儿童文学与成人文学的目的。不得不说，这种采取参照旧形势的方式来回应和阐释新形势的方法，类似于霍布斯鲍姆的"传统的发明"。但是，正如吴其南所忧虑的，将儿童文学类同于原人文学的"发明"，其结果是"形成了对儿童、儿童文学的殖民"。这并非耸人听闻，如果将儿童文学视为原人文学的翻版，或者划定其与成人文学绝对化的壁垒，势必强化儿童文学自我本质主义的倾向，无益于中国儿童文学的现代发生。囿于知识观的缺憾，一些研究者在界定儿童文学时存在着绝对化的认识倾向。譬如，朱自强这样说道："儿童文学是与成人文学相对照才能存在的一种文学样式。因此，儿童文学的本质论只有在与成人文学的区别中才能建立。"基于"儿童"的独异性，儿童文学也必然有其特殊性，这是毋庸置疑的。但是，"儿童""儿童文学"的本质属性却并不源于"成人""成人文学"的参照作用。这种避开自身知识内核而借助外在参照的观念，依循着一种舍近求远的逻辑，显然无法切近儿童文学的本质。儿童文学确实与成人文学有差异，但并不意味着两者是完全不同的，盲目地切割两者的相似性和关联性失之武断。而且从比较的方法论看，如果两者完全不同，那么以成人文学作为参照来界定儿童文学实际上也不符合推理逻辑。

如上所言，中国儿童文学的发生源自新文学的整体推动。那么，要确认中国儿童文学的知识身份就要廓清两者之间的关系。当前学界存在着这样一种误读：由于儿童文学具有独特的"儿童性"，那么它是相对于具有普遍意义的新文学的一种特殊知识。按照哲学的一般观点,普遍性因其存在的等级高于特殊性,使得新文学所确立的思想观念就成为儿童文学依循的知识框架,这实际上是以一体化的思维遮蔽了儿童文学的主体性,从而制造了儿童文学"发展主义话语逻辑里面的内在叙事悖论"。事实上,中国儿童文学脱胎于新文学,新文学的整体发展也推动了儿童文学的现代发生,这种同源、同质性超越了普遍与特殊措置的话语政治,因而也在某种程度上否弃了两者特殊与普遍关系的认知。在现代性的链条中探询中国儿童文学的性质,人们很自然地将其发生所借鉴的思想资源从古代转向西方,毕竟西方儿童文学的知识范型是建构于"儿童发现"的基础上的,体现出一种儿童发展主义的文学知识形态,这似乎很契合中国儿童文学的发生逻辑。于是,就出现了另一种疑虑:中国儿童文学与西方儿童文学是特殊与普遍的关系吗?答案是否定的。中国儿童文学的发生场域是"五四"中国,中国特定语境催生了颇具"民族性"的特质,这本身就具有普遍性的意义,与西方儿童文学有着巨大的文化差异。因而,武断地以抽象的、普遍性知识判断来褫夺个体的特殊性实际上陷入了决定论的泥淖,而丧失了民族性的儿童文学的现代化显然是不可想象的。

　　知识观的重建始于范式危机,也预告了重新界定思想观念的时机已经到来。具体来说,新文学知识观的重构体现在思想现代化与语言现代化两个层面上。在"认识论"向"语言论"转向的过程中,思想与语言的"道器合一"扩充了人类对于世界万物的认知。作为一种自明性对象,语言既是文学审美经验的形式化,又是文学文本意义生成的载体。进一步说,语言既是表述知识的工具,又是知识本体。从语言的"体用"二重性来透析儿童文学的审美经验,彰显儿童文学知识观重建的现代品格。对于儿童文学语言的特性,学界多用"浅语"来概括,这是从儿童特性及其接受心理推理出来的。不过,儿童文学语言并非铁板一块,幼儿文学、童年文学和少年文学的语言形态存在差异。说幼儿文学是浅语的艺术没有太大问题,但是用浅语来界定少年文学的语言特性就不太恰当。无视儿童的分龄及儿童文学的分层,笼统地认为儿童文学就是浅语的艺术不符合事实。相较于其他文学类别,儿童文学语言特性主要体现在两代人的"语言转换"及"知识传递"上。这种语言特性的生成不是某一单方主体使然,而是依托于儿童与成人双重主体的共同创造。从口承文学向作家文学转换的过程中,儿童文学语言开始朝向儿童性与文学性的方向转换,进而推至观念与信仰之中,"令语言从隐喻阶段转向转喻阶段"。在新文学知识观的引领下,用现代汉语来表达现代人的思想体现了言文一致的现代品格,也驱动了儿童文学的发生。借此,这种语言与思想的现代化并行不悖地推动了中国儿童文学知识观的重建。

作为表达认知的内容,知识不是处于静止状态的,它"在其各种主观形式中都是倾向性的和期望性的"。具体来说,这种倾向性和期望性体现在知识的再生和建构上,唯有不断地知识生产才能获取更多有效的知识,才能更好地促进知识观的演进。知识的分化与重组衍生了新术语,作为一个现代新词汇,中国儿童文学的知识来源主要包括古今演变与中外互通。资源的转化与内化赋予了儿童文学新义,与之相对应的传统意涵则逐渐消隐。同属于新文学知识体系中的儿童文学与现当代文学具有同源性,两者的界分如果裹足不前,就无法引人明确的学理依据来构建切近自我本体的知识观念。从一体化的类同中开掘人学资源体现了新文学知识观的整体意识,有效地推动了儿童文学的发生。然而,儿童文学并不是现当代文学的附属形态,其知识的独特性保障了其在历史化过程中的主体性。运用现代知识观来考察儿童文学与现当代文学的关系,需要重申"一体化"与"主体性"辩证的意识,从发生学而非本质论的角度审思知识观重构的意义及限度,而这恰是从知识观与发生学联动的逻辑中提炼出的现代认识论。

中国儿童文学自主知识体系的确立得益于现代知识观的重构,又以其别具一格的知识形态介入了知识观的重建工程之中。这是一种双向联动的机制,有效地统合了知识观与发生学的内在关联,为中国儿童文学的发展提供了持续的动力。不过,这种良性的互动并不是凭空臆造的,它存在于历史化的文学场域。在百年中国的情境下,知识观的重构体现在知识本身的"现代"面向上,并转化为观照中国新文学发生发展的认知论。借由现代知识观的指引,中国儿童文学的发展仍需将"儿童问题"纳入"中国问题"之中予以思考。确定了这一前提,儿童文学所深描的"中国问题"才不会沦为无关大局的地方性知识。同时,中国儿童文学理论批评要强化知识观与知识体系的结构性参照,以避免出现知识观的不及物或知识系统的零散,从而造成儿童文学理论实践的碎片化。仰仗知识观和知识体系的重构,中国儿童文学克服了看似"小"或"浅"的知识结构缺陷,为推动百年中国文学自主知识体系的建构提供了有意义的启示。

四、语言变革与中国儿童文学现代化的生成

在五四"文学革命"的发生场域中,语言变革对于新文学的出场起到了重大的推力作用,甚至可以说,现代中国文学新传统的确立,"得力于它所确立的语言体系"。语言工具与思想内涵之间"内外两面"的辩证确立了新文化人的基本思路:从"器"的层面来全面整饬和反思"道",然后"道器"合一驱动现代思想的创构。从"人学"系统脱胎而来的儿童文学接续了这种语言新变的传统,致力于母语现代化的创构。不过,由于"两代人"的语言差异,儿童文学的语言系统实质上内蕴着两套语言的替换、融合,必须正视"谁的语言"以及"如何转述语言"的基本议题,这也注定了儿童文学语言本体的多维性与复杂性。

(一)母语现代化与语言变革的必要性

研究中国儿童文学的语言问题,不能脱溢于儿童文学的本体。与此同时,如果不能洞悉中国儿童文学与现当代文学"一体化"的发生机制,不通晓白话文运动在新文学体系的整体运作,以及儿童文学在其中所扮演的角色及功能,那么这种研究就会出现"学理上的偏误"。我们有必要特别关注儿童文学语言变革的背景、机制与过程等议题,尤其是将其置于国语教育的现代体制下来考察,以显现儿童文学语言变革的内在演化的机理。这种理论的自觉能有效规避新文学一体化概念遮蔽其相对独特的语言主体性。循此,从思想现代化与语言现代化融合的角度出发,在"说什么"与"怎么说"的轨迹中开掘中国儿童文学语言的现代品格。

运用文言文还是白话文,在中国古代似乎是一个无需讨论的问题。因为中国古代语言文字体制中存在明晰的级差,文言文是一种"尊体",而白话文则在书面语言体制中缺乏话语权。文言文的语义系统因其与日常口语表达有很大的差异,而成为少数人的专利,具有显明的排他性。用周作人的话说即是"古文是为'老爷'用的,白话是为'听差'用的"。科举考试和官方书面文字均用文言文,这从体制上保障了文言文的正统地位。换言之,文言这种书面语制度也维护了传统中国的等级体制。尽管不同身份的人使用文言或白话的比重不一,但吊诡的是,所有阶层的人都在日常交往中使用白话文,因而语言的层级主要还是表现在"文本状态"中。这种"目治"与"耳治"分离的现象,使大众叙述陷入困境,成为启蒙者开展思想革命的"拦路虎"。颇有意味的是,以文言为主要载体的中国古代文学的"微妙""微言"却常为外国人所称道。譬如法国学者弗朗索瓦·于连就对中国语言的"迂回"特别感兴趣,他认为中国对"间接表述"有"明显偏好"。正是这种"间接的迂回"激发于连深入探索表象与转义、定义与转调的复杂关系。他的结论是:"中国的语言外在于庞大的印欧语言体系，这种语言开拓的是书写的另外一种可能性（表意的而非拼音的）。"言外之意，尽管中国语言存在诸多的隐喻性、迂回性，但这并不是说其不具有表意性，而恰恰阐明了其表意的可能性、开放性。

与文言文这种官方性的语言系统不同，白话文具有非排他性、口语性的特点，因而将这种习见的语言转换到书面文体之中也是最为便利的。但中国古代文言文却在官方体制中处于正宗地位，其根深蒂固的地位制导了言文一致。如果不破除这种语言文字的体制，实难推动中国文学的现代转型，这也是白话文运动兴起的真正缘由。但如果以此判断白话文运动只是一次语言工具的变革，显然又曲解了先驱者的本义，也窄化了文学革命应有的价值。事实上，白话文的推动者反对的是文言上依附的陈旧思想及国人的复古心理。鲁迅宣称"古文已经死掉"，是要剥离读古书所中的"毒气"，更警惕那些"不读古书做不好白话"的复古论调。鲁迅的上述主张实际上将语言的工具性和思想性统一起来，语言"道器统一"的思维对于突破文言文坚固堡垒无疑是有效的，也有助于将国人的精神和思想转至"现代"的视域。

问题的复杂性在于，要改变中国人几千年所形成的传统和惯性困难重重。语言"怎么说"的革故鼎新有赖于思想引领和大众启蒙。显然，这并非易事。类似于国人的思想革命一样，文言文所构筑的书面语权威不会轻易被取代，而外来语也不可以直接套用。在新旧转换的过程中，思想上的"不新不旧"也带来了语言的"亦新亦旧"。于是，出现了林语堂所说的此类现象："一些人既认同白话文，但也醉心于旧体诗和文言文。还有一些人使用文言写作，但私底下却阅读通俗白话小说。"对于这种新旧态度的两栖性，叶圣陶讽之以"骸骨之迷恋"。声势浩大的"国语运动"力图整合"文学的国语"与"国语的文学"。由此，语言革命与文学革命内在地统一于新文学整体的革新序列。胡适对创构新文学的次序做了规划，并认定工具革新是其基础。这样一来，白话文学所标示的"活文学""真文学"的创构有效地提升了文学在民族国家的地位。在发布白话文取代文言文宣言之初，推动者的态度是决绝的。例如陈独秀在论及这一议题时，使用了诸如"是非甚明""不容反对者有讨论之余地""不容他人之匡正也"，其革新之决心与未来之期待是充满着自信的。然而，尽管白话文运动的理论预设是明晰而有序的，但具体操作起来情况却并不那么简单。不可讳言，无论是瞿秋白所谓"五四式的新文言"，还是周有光概括的"小脚放大的'语录体'"，都与"文学的国语"的本义有着较大的差距，无法真正推进国语统一和实现言文一致的目标。

事实上，文言文和白话文的区别主要体现在功能和实践畛域的差异上：前者对应的是文艺文（美文），后者对应的则是应用文。在实用主义的语境中，文言文的有效性被提升到较高的位置，这也是文言文始终存在的真正根源。对此，胡适在《国语文法概论》中驳斥了白话反对者所谓"'应用文'可用白话，但是'美文'还应该用文言"的流俗见解。可以说，如果白话文不能兼顾文艺性与实用性，则难算是真正的成功。鲁迅认为言文分离的原因在于文言表意中的"口语摘要"。所谓"口语摘要"即是承认文言的主体地位，口语仅是书面语的微缩或碎片，而古书中童谣、民歌等就是古人的口语摘要。汉语书写的繁难制造了大众阅读与接受的困境，也拉开了阶级身份的差距。由白话文只是文言系统的"摘要""点缀"能窥见这种文字与大众的隔膜。

从接受对象的角度看，文字简易、语言浅显是儿童文学区别于成人文学的重要特征。因而在新文学整体性的国语运动中，儿童文学对于语言变革的诉求特别迫切。从儿童接受语言的角度出发，焦颂周指出了儿童文学使用白话的迫切性："文字是记载思想的工具，创造文学的利器，文字越是简单，发表思想越是容易，创造文学越是便利。儿童的脑力，发育尚未十分完全，对于繁复的文字，一定不能懂得。吾们中国从前教导儿童的书籍，都是用着文言；虽是句短字少，但是儿童读了，总是不懂。"他认为语言统一对于维系国民情感及关系至关重要，而"国语运动"所推行的白话文有助于儿童文学语言现代化的诉求，这也是其主张"儿童文学，一定要用国语"的理论前提。反观国语教育，儿童文学介入语文教学必然会对语言提出新的要求。从白话文推广的逻辑看，国语教育与儿童文学应该是互为表里，相互促进的。不过，事情远非理论预设的那么简单。当时就有人主张"小学教育，说不到文学，今所授者，一皆以应用文为主"，"小学教科当以生活教育为本位，授以日用伦常之道"。这种强调文学作为"术"的教育稀释了文学性，实用性、普及性当然必不可少，但缺乏文学性、远离儿童生活的儿童教育显然无益于儿童的成长。

较之于成人文学语言，儿童文学语言因加入了母语习得而使得其"听""赏"特性更为突出。套用郭沫若的话说即是"由儿童的感官以直愬其精神堂奥，准依儿童心理的创造性地想象与感情之艺术"。可见，儿童文学在融合儿童感官和精神方面有着特别的侧重点，体现为身心合一的诗性特征。如果追溯到儿童文学的早期形态，就会发现口头文学其实就是一种"听赏文学"："从儿童文学的源头看，在世代口耳相传的民间口头文学中，当原始人类有了诗歌和神话时，幼儿就有了儿歌和童话。""听赏文学"是一种非书面化的文学，这对于识字不多的幼儿来说相对便利。随着语言文字的书面化,儿童文学逐渐走出了"听赏文学"的初始阶段,语言文字的视觉效应逐渐强化,与之而来的语言感觉也不断扩充。当然,对于母语习得的注意,并不意味着儿童文学语言就是实用性的教学工具,儿童文学也非儿童教育的副本。但作为"人之初"的文学,儿童文学确实无法回避教育性、思想性对于儿童潜移默化的影响。如果儿童文学语言是古奥难懂或歧义丛生的,那么从接受的角度就背离了儿童文学的本义。同样,如果这些语言沉积了诸多陈旧的思想,那么这种儿童文学就很难成为育化新人成长的"思想资源"。从这种意义上说,语言现代化与儿童文学现代化是同向同构的。为了适应思想、文学的现代化,儿童文学语言以接近儿童生活的口语为主体,语言表意清晰,这是拒斥儿童文学贵族化的必然选择。

落实于儿童文学的现代化,打破文言与白话之间的藩篱、融通文与言的关系是其必经之路。针对"方言太多,不能全国通行"的问题,严既澄认为只能"翻译"。对内而言,不考虑儿童接受者的古材料"全是满篇不接连的句子所凑成的";对外而言,那种欧化的不接地气的洋材料也无法直接为儿童所阅读。既然内外两种资源行不通,那么只能自主创作儿童文学了。考虑到中国儿童的特性,他强调儿童文学的语言形式"一方面要浅显,一方面须得使儿童浏览之后,能够恋恋不舍"。经由教育体制的推动,国语运动与儿童文学发展构成了互为表里的关系。胡适关于儿童文学与国语教育关系的论断可作如上观:"能够使文学充分地发达,不但可以加增国语运动的势力,帮助国语的统一——大致统一;养成儿童的文学的兴趣,也有多大的关系!"《国语月刊》还将儿童读物视为推动国语统一的载体。不过,这些儿童读物不是陈旧的、西化的,而是"国语化的儿童文学读物"。

需要强调的是,这种"国语化的儿童读物"绝非机械的"仿作小儿语"。吕坤的《演小儿语》虽意在"蒙以养正",但文言仿作还是难以切近儿童,其结果只能是"余为儿语而文,殊不近体;然刻意求为俗,弗能"。文言与小儿语之间有着较宽的鸿沟,加上成人不对位的"仿作"就更难以让儿童接受。难怪周作人会认为"仿作小儿语"仅是"小儿之旧语",不仅无益于国语发展,反而让正统的文言失去了其原有的章法和规范。当然,对于教育者而言,其理念非"注入式"的教育,也非"为人的箴言,替儿童演说"。要从儿童文学中获致国语运动所带来的实绩,或者要考究儿童文学之于国语运动的价值,有必要楔入儿童教育及儿童文学创作、译介、批评的现代制度之中,从儿童文学语体的特殊性中开掘推动儿童教育的资源,借助儿童教育机制来找寻育化儿童文学语言现代化的方法,并将儿童文学创作与批评的实践纳入上述整体系统内。藉此,这种语言变革才能夯实于儿童文学现代化的基座上,而儿童文学现代化的推进也使得这种语言新变具有了世界性的视域。

(二)国语教育与儿童文学语言变革的双向发力

在分析了历代蒙学读物后,郑振铎认为这些读物危害极大,注入式教育是"腐烂灵魂的反省的道学的人格教育",根本无视"儿童时代"的存在。这其中,儿童读物的语言文字也充当了奴役儿童的"帮凶"。通观商务印书馆的《共和国教科书新国文》和中华书局的《中华初等小学国文教科书》中所列的教科书编撰原则,有诸多关乎思想内容的具体设想,却没有关于语言文字方面的要点。不过,随着国语运动在儿童教育领域的渗透,这种局面逐渐发生了变化。很多研究者意识到,如果"舍语言而教文字",结果便要"徒苦儿童"。相较于传统国文之语,文言常常浮于形式,仅"能押韵而已",而且"夸而无实""滥而不精""浮夸淫琐"。白话的意义在于其从思想本体的层面来彰显文学语言的现代性。

辩证地看,作为一种有着悠久历史的语体,文言本身也是探究传统文化的工具,如果一味拒斥难免产生问题。在教育界,周邦道撰文《儿童的文学之研究》探讨了文言文是否可用的问题。他不主张将文言"一棍子打倒",使儿童"晓得文言文的读法;凡文言的材料,他便可以去学习,去欣赏,不必限于白话之一隅"。他还从小学与中学"衔接"的角度论析了文言存在的必要性。显然,周邦道上述观念的得出是以教育的实效性为出发点的,这当然是有道理的,尤其是将文言视为切近传统文化工具的看法,可以弥补和修正白话文推行者过于偏激的看法。但其缺憾在于,他没有从根本上认清文言所依附的旧思想,这也是其与白话文运动先驱者最大的区别。在语言变革的整体情势下,白话文运动对于儿童教科书改革的推动力逐渐显现出来,以白话文为体例的《新式教科书》《新法教科书》《新体教科书》《新制教科书》相继出版,逐渐取代以往文言体的《蒙学读本》《蒙学课本》。文言教科书退出国语教育体系也成了必然趋势。其实,国语运动的价值不止于确立国语在教育界中的合法性地位,更使得中国的语文教育发生天翻地覆的革命性巨变,无形中也推动了儿童文学的语言变革。

教育制度的变化为新文学的传播提供了某种可能性,尤其可喜的是"儿童文学抬头","把儿童文学做中心"的国语课程已成共识,教材内容要改变过去抽象的说明文叙述,必须增加更多与儿童接近的文学元素。但理论预设并不等于现实操作,胡适曾提醒国人,"天下的人谁肯从国语教科书和国语字典里面学习国语?所以国语教科书和国语字典,虽是很要紧,决不是造国语的利器"。在"白话文教学运动"风潮结束后不久,大部分教师仍发现教学效果不佳,其中教材的编写就是摆在面前的主要难题。通行国语教材的语言已改为白话,但依然存在诸多问题。对此,何仲英所指出的两点问题代表了彼时教育者的心声:一是"已有的国语文太少,不是过长,就是过短;不是杂乱无章,就是思想陈腐";二是"难免有拉杂刻露等流弊,而且适合于学生程度的很少"。在系统考察当时小学教材后,吴研因指出:"文字障碍虽已减轻,而它的形式内容实不过是国文教科书的译本罢了。"由此看来,尽管当时国语教材的语言系统已发生了根本性的变化,但思想性变革却未跟上工具性变革的步伐,内容依旧与原来类似,有些只是对原来文言文本作了白话转译,思想依旧落后陈腐。统论之,这些国语课文多是作为一种语体训练的材料,以应用文或者涉及常识方面的文章为主。语文教育现代化的困境主要有两方面的原因:第一,当时以白话为主的中国儿童读物的创作尚处于起步阶段,能被作为范文选入国语教材供儿童阅读的较少。第二,域外儿童读物的译介和传统儿童资源的整理已经启动,但只在儿童文学内部受到重视,尚未引起教育界足够的关注。

  基于上述国语教育存在的问题,教育界从"儿童本位"出发,重新发现了儿童文学之于国语教育的价值,为儿童文学介入儿童教育提供了试验田。率先在国语教学中重申儿童文学价值的是严既澄。在上海国语讲习所讲解教育问题时,他特别指出:"真正的儿童教育,应当首先注重这儿童文学"。其立论的逻辑和文学界的先驱者并无二致:科学的儿童教育应该"要拿儿童做本位"。本此旨趣,他呼吁作家要多创作"切于儿童的生活,适应儿童的要求,能唤起儿童的兴趣的东西"。严氏对儿童的文学教育的敏锐性也逐渐引起了教育界乃至文学界的注意。据黎锦熙回忆,国语研究会上海支部成立时,"会员中有提倡'儿童文学'的"。胡适的《国语运动与文学》尽管是一篇专论,但用了较大的篇幅来讨论这一问题。他从卢梭提倡的"教儿童,不要节省时间;要糟蹋时间"的观点出发,对国语教育作了有趣的譬喻:"种萝卜的,越把萝卜拔长起来,越是不行;应使他慢慢地长大。"在这里,看似是讨论教育理念的问题,实际上却表征了其语言观的意涵。诚然,儿童的国语教育离不开儿童文学之于"术"上的知识教化,但更重要的是还需要用"无意思之意思"的文学去慢慢滋养。在此意义上,胡适的观念较之于严氏更进了一步:严氏论析了为何"文学",胡氏则阐明了如何"文学";严氏的观点主要趋向于语言的教育性,儿童文学仅是作为一种手段,而胡氏的语言观已凸显鲜明的文学性——基于教育的"主体位置",在强调儿童文学文学性的同时更凸显其"儿童性"。

儿童教育要突出儿童性,而落实到语言层面则要特别考察儿童语言的特点,儿童语言与成人"仿小儿语"有着天壤之别。李步青重视国语教学中儿童文学的价值,"国语读本,必集合各种儿童文学,以自然之语言,通常之文字,重加组织,便于诵习,而成为教学之工具,可断言也"。在这里,"自然之语言""通常之文字"即其所谓儿童文学的特性。这种特性的传达有赖于依循儿童语言的特点。藉此,他认为儿童语言"完全从自身活动与对于事物之感觉而出",与书面语文法上的衔接不同,"儿童之叙述,分项说明,不求衔接"。对于儿童语言,陈伯吹将其大致分成"国语"和"方言"两类,他并不反对"违反'单一'与'净化'的文学理论",主张适当将两种语言类型运用于儿童读物的写作中。当然,儿童文学的语言运用并非对儿童语言的模仿、转述,但如果罔顾其特点,则容易在儿童文学创作与教学中脱离儿童性。由于儿童性与教育性、文学性之间并非天然接洽的关系,儿童文学在转化儿童语言时不可避免与教化和审美发生抵牾,如何处理儿童性与文学性、儿童性与教育性的关系是摆在学界面前的理论难题。这实际上涉及思想性与文学性的辩证统一的核心问题。按照孙季叔"思想和感情是心里的言语,文字是纸上的言语"的说法,思想与文字分属不同的语言系统,两者的辩证统一实质上即是工具性与思想性的合二为一,这是语言的本义。关于这一点,儿童教育与儿童文学都无法排拒语言的双重属性,只不过在两者的权重上有着差异,不同的教育观或儿童观都会制导相异的语言指向性,此后围绕思想性与艺术性展开论争即有此前因。

教育界与文学界的接榫,打破了此前儿童教育与儿童文学区隔的学科壁垒,国语教育的儿童文学化被提上了日程。针对此前蒙学课本及国文教科书的弊病,《小学国语课程纲要》明确规定要将"儿童文学"纳入"小学课程"。在其推动下,国文教材中加入儿童文学作品这一现象已蔚为风潮。与之前的读物相比,新编写的儿童读本能在潜移默化中培养儿童的语言习惯、提升儿童的审美乐趣。譬如庄俞等编写的《儿童文学读本》致力于以"文体解放,内容有趣"来提高教学效果。编者对儿童文学材料的细分与周作人《儿童的文学》所述如出一辙,所选篇目不仅数量多,内容广,还配上了插图,增加了不少浅显易懂的注释,在一定程度上丰富了教材的文体与形式。必须指出的是,此前的教学大纲并没有对教材语言的特质提出要求,仅仅要求白话即可。1923年,教育部发布的《新学制课程标准纲要》确定了中学"国文科"的目标。其中,叶圣陶负责《初中国语课程纲要》、吴研因负责《小学国语课程纲要》的起草。考虑到母语转述的困境,叶圣陶主张"小学国文教材宜纯用语体"。他深知中国古代没有专为儿童创作的意识,儿童的阅读限制在成人读物内,即使是一些童蒙读物也厚积了成人强求儿童做"圣人"的思想。同时,他意识到自己的作品依然留有"太多"的文言成分,儿童文学化亟需解决这种文白夹杂的问题。然而,用白话来创作儿童文学并不是对文言的改良,不是在古文诗词中"摘些好看而难懂的字面,作为变戏法的手巾,来装潢自己的作品",而是重新创造一种真正符合儿童接受习惯的现代白话。

吴研因也认为:"中国汉字难学,文言深奥,必须先用白话文表达北京的通俗话'官话'推行全国。"其撰写的"纲要"特地向创作者与编纂者强调:"练习运用通常的语言文字,引起读书趣味,养成发表能力,并涵养性情,启发想象力及思想力。"吴研因编制的《新学制国语教科书》(初小)共八册,第一册第一课为"狗、大狗、小狗",一改过去"天地日月"的识字目标。当然,这也被守旧派批评为"猫狗教育"。吴氏主张儿童文学进入小学国语课本,但反对利用国语进行"思想教化"。这种去教化的观念也遭到国家主义教育学者的批评,罗廷光就曾指出吴研因的《小学国语课程纲要》有违国语教育"鼓铸国民性"的宗旨。进一步深究,吴研因的去教化是为了儿童文学语言的纯化来命意的,对于儿童文学在国语教育体系的推广起到了正向促进作用。当然,完全文学化的实践容易脱离教育的实际,在一定程度上也因纯化而阻滞了国语现代化的发展。可以说,教材改革并非国语教育改革的全部,语言现代化也不能一蹴而就,其与思想现代化融合之路依旧漫长。换言之,从"国文"到"国语"的转变仅是儿童观、语言观转变的第一步,其教育理念依旧基于"成人本位",而更深层次的变革则需要"儿童文学"充当催化剂。儿童文学在教育体制中的试行扩大了其影响的范围,也促进了其创作、翻译及理论研究的发展。

由上可知,儿童文学介入国文教材不仅提升了国语教育的质量,而且对于白话文的推广及儿童语言习得起到了至关重要的作用。具体来说,儿童文学的语言变革兼及语言和文章两个层面,集中体现在谁的语言、如何叙述语言两个问题上。适合儿童的文学语言是儿童文学之本义,也是提升儿童语文水平与审美水准的先决条件。如果说儿童的发现是儿童文学发生的理论依据,那么儿童文学进入国文教材则是儿童语言"再发现"的必要前提。由此形成了国语运动、国语教科书的变革与现代新型儿童文学文体之间的"联动发力机制"。

语言的改革表面上看只是一种形式与工具的变革，但实质上也是思想观念的革新。语言与现代教育制度在某种程度上有着天然的同构性、契合性与关联性。一方面，语言的变迁促进了教材的改变，而在改革的过程中又使教育者们在更深层面上重新反思文学观念与教育理念。另一方面，文学观念的变迁依托于现代儿童语言观念的嬗变，这在无形中确立了儿童文学在教材中的主导地位。因此，从"国语教学"到"儿童文学"，其所包含的社会理念不仅是"儿童本位"教育观念的构建，而且是从"成人本位"教育观到"儿童本位"教育理念的巨变。

对于儿童文学的概念，周作人在《儿童的文学》中开篇明义地指出是"小学校里的文学"。既然是小学校，就与大学等其他教育机构有差异，与之相匹配的教育体制、理念、方法也不同。这其中语言教育关涉了语文教材篇目、语体形式及教育的实施方案，是小学语文教育的理论重心。在"儿童文学化"的语文教育的改革和推进中，国语改革推动儿童文学的发展，同样，儿童文学也反过来造就国语的建设，由此形成了良性的双向发力机制，惠及小学语文教育。从语言变革的人员构成看，白话文运动与国语运动多有重合，文学界与教育界的语言运动有机联动，形成合力。由之，小学教育的"儿童文学化"也可理解为语言教育的"白话化"。其效果是儿童文学与儿童教育的联动驱动了语言变革，而语言新变又反过来极大地推动了儿童文学现代化的发展。

（三）语言形象与儿童文学的现代基质

从文学现代转型的机制看，古代文学的思想观念、语言形式和表述方式无法适应现代性的逻辑，业已成为羁绊新文学发生发展的障碍。在先驱者文学革命的推动下，语言变革也成为一种颇具现代性的症候，也是结果。从古代汉语到现代汉语的转向看似是语言领域的现象，实际上也是中国思想文化整体新变的有机组成部分，并在很大程度上成为驱动整个变革系统的抓手。之所以语言变革如此重要，究其实，语言"工具论"与"本体论"合一性彰显了其本有的特性。对于这种互为表里的关系，朱光潜曾指出，如果语言离开了情感和思想就变成"没有生命的文字组织"。割裂两种属性或单向度地理解语言本身的固有特性，显然无法真正廓清文学革命与语言革命之间的关系。

语言不仅是人表述思想的工具，而且还能表征时代与社会的精神风尚。胡适曾肯定语言之于文明再造的社会功用，他认为白话"能代表这个时代的文明程度和社会状态"。除了表征社会的价值外，语言应该还有表征自我的形象功能。关于后者,王一川率先在学界提出"汉语形象"的议题,这实际上是表征民族国家形象的一个至关重要的层面,是母语形象的另一种称谓。他从汉语的语音、文法、辞格和语体等方面所展现的形象来揭示汉语形象的意涵,由此推断出"文学是汉语形象的艺术"这一结论。确实,汉语是音、形、义的结合体,汉语本身的表达及表述的内容都体现了中华民族思想、文化和精神。从这一点说,汉语形象也就与中国文学形象乃至中国形象是联结在一起的,并深刻地楔入了中国社会文化传统和思维习惯之中。梁启超曾将语言与一个国家的文明程度相提并论:语言"常与民族文明程度之高下为比例差"。语言不仅能描述"物",而且能在文明向前推进时描述新思想。在他看来,旧文字、旧语言无法表达新观点,"言文不一"导致了新思想出现后无新语言与之匹配,语言与物之间的关系被撕裂。由此要挽救一个国家"文明之颓"可以从语言文字入手,语言形象与国家形象之间有着内在的同一性。章太炎认为语言文字是"社会学的一部"即有此命意。当然,这一观点有其民族主义的考虑,他将语言文字视为本民族的一部"大史",从中照见了本民族的根性及生死存亡。也正因如此,章太炎并不主张废弃民族母语。这是基于民族母语"卫国性"而言的,但也由此留下不变革语言文字的后遗症。蔡元培曾从文字出发追索国家发展之策略:"从文字上养成思想,又从思想上发到实事。"这种以进化论为武器来理解思想与语言的关系的做法,为语言变革留下了足够大的空间。不过,晚清时期的白话文运动夹杂着新旧知识,以语言的工具性变革为主线,彼时的白话文是文言文的附属,现代汉语还未正式成为"主导性的语言体系"。而五四的白话文运动则与晚清白话文运动有着本质区别,从语言形象的角度可以窥见其差异。

一般而论,人们可以理解汉语能创造形象,甚至茅盾还说语言"可以构成鲜明的形象"。但是,对于汉语自身所呈现出的母语形象的新旧变迁就不那么明确了。白话文替代文言文意味着改变了过去的语言经验,也刷新了民族母语的汉语形象。作为一种传达思想、观念的工具,语言被新文学先驱者重视是理所当然的。一个显见的逻辑是传达新思想离不开科学的语言形式。在崇白话废文言的运动中,深受实用主义影响的胡适的基本思路是:以语言变革作为"工具主义"来揭露陈旧思想文化体系的危害。针对文言为主体的语言工具的僵化,胡适提出要创构"活的工具"。于是,利用"活的工具"创作出"活的文学"也就顺理成章了。由于激活了语言形式的工具作用,利用新的语言开发"民智"也就成了新文化人的共识。当然,这种攻其一点不及其余的激进思想有时代语境及个人学识等方面的缘由,也由此受到五四同时代其他学人的批评。在批评者看来,胡适的《白话文学史》戴上实用的工具主义的"观察眼镜","乃舍文学的本质上的发展"。事实上,胡适等人以语言革命为抓手的策略还隐含了超越工具主义的延伸目标。在致易宗夔的信中,胡适与陈独秀指出,"言文一致"并非文学革命的根本目标,而废止"旧文学、旧政治、旧伦理"等"一家眷属"才是其出发点。与胡适这种"工具主义"颇为类似的是,在儿童文学领域,郑振铎也曾提出过"工具主义"的说法。郑氏将儿童文学视为一种"工具",它不是无所为而为,而是用来传达"智识"的。为此,他认为这是儿童文学与普通文学最大的区别。对于以启蒙为志趣的新文学而言,"新民"的设计和目标的科学性要依循现代语言形式来表达,这也是为什么先驱者要将语言革命置于整个文学革命"先导"位置的根本缘由。

在国语运动时,语言改革者深谙那些言之无物的游戏笔墨是文章的弊端,而与思想拉开距离的游戏文章也不利于语言的变革。对于这种游戏笔墨的利弊要作深入细致的分析,才能更好地理解先驱者语言变革的深意。胡适曾自陈其早期创作于北美留学时期的诗歌是"游戏诗"。在《陀螺序》《〈发须爪〉序》《〈儿童杂事诗〉序记》等篇什中,周作人也不讳言其文章是"游戏文字"。鲁迅译介日本学者上野阳一、高岛平三郎的"游戏理论",有力地配合了蔡元培"美育代宗教"的主张。译作《儿童之好奇心》《儿童观念界之研究》从儿童心理出发开掘了其游戏精神的内核,为其现代儿童观的确立提供了话语资源。鲁迅早期小说将厨川白村的"余裕说"运用于鞭挞国民性的话语实践中,借助这种最显豁、最本源的"余裕"语言,实现了在嬉笑怒骂中的反讽艺术效果。《故事新编》启用"油滑"替代"游戏"更多的是为了突出"古今互鉴"的思维拓展,而文本中那种文白夹杂、中英文混淆的语言正是鲁迅审思传统文化惯性的突破口。语言之"谐"和游戏态度往往是联系在一起的,但其背后对于本质之真的揭示却是严肃的。叶圣陶的《稻草人》因加入了"成人的悲哀"而使其语言杂糅着"小说"与"童话"的特质,其讽刺艺术超越了朱光潜所说的"谐"的"游戏态度",进而"没有流为浅薄的嘲笑"。总而言之,尽管胡适、周作人等人所谓的游戏笔墨与儿童文学的游戏精神有诸多相似之处,然而这并非表明新文化人的此类书写即有明确的创构儿童文学语言的意识,其价值旨趣主要集中在"突破禁忌、向更高层次的中国新文学体制建构"的努力。

中国儿童文学语言之所以能接续五四语言革命的传统,其根由在于儿童文学脱胎于新文学,是新文学所开创的"人学"系统的重要组成部分。既然都是"人的文学",文学语言就有必要考虑所书写及接受的对象。儿童文学的"儿童性"的内部构造对于"文学性"的塑造作用是始终存在的。这也就是说儿童文学语言要根植儿童性的特质来运思,所用语言表达出的文学是要让儿童能接受的,反之,这种语言的艺术就不是儿童文学。在编译《童话》丛书时,孙毓修区分了儿童教科书和儿童读物的差异,"专主识字"的教科书语言"宜作庄语谐语,则不典宜作文言,言俚语则不雅。典与雅非儿童之所喜也。故以明师在前,保母在后,且又鳃鳃焉"。正因为语体不同,那些题材"庄严之教科书","恐非儿童之脑力所能任",而那些"荒唐无稽之小说",儿童"则甘之"。其根由在于这些小说"所言者,皆本于人情中;于世故,又往往故作奇诡以耸听闻。其辞也,浅而不文,率而不迂"。对于编译《伊索寓言演义》的语体风格,孙毓修将其与林纾作比:"以文字论,林译高古,拙译浅近;林译如黄钟大吕,拙译如瓦缶汗尊,贵贱不同,而亦各当其用焉。"不过,尽管孙毓修有意识地启用"浅近"的语言编译儿童读物,但由于设定了诸多思想的教化律条,其重述的语言也流于"太教育"的窠臼,因而语言的艺术性受到限制。对此,赵景深指出:"我幼时看孙毓修的童话,第一二页总是不看的,他那些圣经贤传的大道理,不但看不懂,就是懂也不愿去看。"那种添加了浓厚思想教化的儿童读物显然无法与浅语艺术匹配,即使勉强相容也无法使受抑制的儿童文学语言来传达这种思想。

成人对于儿童的期待、设想隐含了儿童观的价值导向。儿童文学的思想与教育的方向性也与成人的文化预设密不可分:"一个社会对于儿童的观念是一种自我满足的预言。那些描述孩子真正像什么或真正能够达成什么的观念,可能是不正确的或不完整的,但一旦成人相信了,他们就不仅会让这些观念成真,还会成为全部的真实。"在儿童文学"新人想象"的话语实践中,成人以一种"隔代"和"跨代"的文化预设来构筑儿童观。在此框架内,"谁的语言""语言怎样传达思想""如何评价这种语言"比儿童文学语言是什么更为重要。套用奥斯汀的观点,儿童文学语言"表演性"和"行动力"获致于"儿童文学是什么"的本体特质,是通过一种引用关系依附于这个巨大的系统而生效的。简言之,儿童文学语言的特殊性取决于儿童文学自身的特性,而儿童文学的特性又要放置于整个文学的体系中予以考量,通过对此议题的连续诘问,儿童文学实现了语言的权力运作,是考察"母语现代化"的重要切入口[①]。

[①] 吴翔宇.语言变革与中国儿童文学现代化的生成[J].天津社会科学,2023(4):140-148.

五、"中国议题"与儿童文学知识体系的建构

在现代知识体系中,"儿童文学"是一种特殊性的知识。之所以"特殊",主要指其是一个"由目标读者所定义的文本集"。具体来说,儿童文学有着明确的"儿童"指向性,成人围绕"儿童是谁"而展开的假设构成了儿童文学的意识形态。正因为如此,儿童文学在整个文学体系中也自成一格,成为文学不可忽视的子类之一。类似于"儿童"之于"人"的关系,儿童文学也不是固化封闭的知识体系,它内含了特殊性与普遍性的统一。正是基于儿童文学学科知识化的建构,使其能为人类奉献出专属的知识形态,并在具体的实践中推动现代知识的系统更新。在建构自身知识体系的过程中,中国儿童文学没有忽视儿童所置身的社会情境,而是将"中国议题"内化为发现、解放和发展儿童的背景及方法。

(一)"中国议题"的提出与作为现代知识的儿童文学

毋庸置疑,人文学科的现代知识体系的确立离不开现代人文传统的建构。自此,人从宗教、道德等知识体系中解放出来,成为知识文化的创造者和立法者。伴随着知识的分门别类,人们对于人与世界的关系有了更为科学理性的认知,对于社会历史中的人的思考也趋于深刻。同时,不局限于僵化的"分科立学",在跨学科的引领下,知识的碰撞、组织、融通给人们提供了动态的语境,人们对于知识的择取、运用也有一个阔大的前摄背景。现代知识体系的"现代"显在地体现在知识本身的现代性上,更为重要的是这些知识不是适用于某一国度、地方的特殊性知识,而是具有人类共通性和普遍性的知识。那么,这是否意味着现代知识没有特指性、落地性呢?显然不是。现代知识体系的建构尽管起源于人类理性主义的觉醒,但任何知识的获取与运用都有适用范围和实施目标。这即是说,普遍性知识的生成离不开特定民族、国家、地方的知识性汇聚,不存在超越历史、文化和国家的普遍性知识。

在中国儿童文学知识体系中重提"中国议题",是为了破除儿童文学给人留下的那种远离现实人生的错觉。儿童文学注重幻想,思想相对简单、语言浅易,似乎容易与百年中国的社会现实脱钩,无法呈现中国议题。在论及儿童文学的学术史时,针对儿童文学不是"一个可供研究的对象"的说法,彼得·亨特认为这种误读的根源在于,将儿童文学特有的文本特征和低层次的、"劣质的"成人文学特征混淆在了一起。更有甚者,儿童文学还被视为一种保守的文学。罗斯认为儿童文学的保守源自其"排斥文学现代主义",在创造力方面有依赖

性。其实,儿童文学的保守性只是表象,其隐含了成人为了确证自己文明、理性的现代人身份,而创造了具有野蛮、幼稚、不文明、未开化等特质的原始人/乡野人/儿童这一他者形象。尽管儿童文学具有简单、保守的特性,但是我们不能武断地将其视为一个单独的亚文化,而应理性审思其参与社会文化的可能性。按照贝克莱"人类知识的对象是观念"的说法,儿童文学的知识体系建构离不开人们对于儿童的观念,即成人社会的儿童观。儿童文学发生的原点是儿童观,或者说,成人对于儿童的设计与想象决定了儿童文学的知识生产。而成人的儿童观的生成不仅无法析离儿童这一主体,而且也不能脱离特定的历史文化语境。

从描述性的语义看,"中国儿童文学"的概念中就内含了"中国"这一议题。"中国性"意义重大,其不仅彰显了文学的民族性、本土化的质素,而且也扭转了中国仅仅作为知识消费者的形象,重拾了中国文学的主体性,确证了其现代知识生产者的身份。在儿童文学中彰明"中国议题"是其应对世界性与民族性纠葛的解决之策。它内在地包含了如下两种话语逻辑:一是中国自身实际的逻辑,二是儿童文学自我发展的逻辑。不过,由中国儿童文学提出"中国议题"看似非常便利,但在实际上却容易走入单向度的歧途,即以"内在人"的视角来审思自我。简而言之,对于自我的言说如果缺乏"外来人"的观照,很多问题的解答可能会衍生"身在此山中"的短视和遗忘。但同时,如果绕开自我主体直接施之以外来他者的视野,那么对于"中国议题"的理解也是有偏误的。

在百年中国的语境下,儿童问题实质上是中国议题的具体体现,成人对于儿童的规划、设计及想象构成了其之于未来民族国家构想的内涵,体现了其直面中国的现代沉思。这即是陈独秀提出"儿童文学"应是"儿童问题"之一的文化根由。这即是说,讨论中国儿童文学的理论问题,不能拘囿于文学的内部,而应视为思想文化问题乃至社会问题,这样才能更好地获取儿童文学问题的解决方案。当儿童文学介入了中国人思索儿童问题时,其基本命题、思考方式、艺术构思都是中国式的,为中国文学参与现代中国的社会进程做出了其应有的贡献。与其他知识门类相较,包括儿童文学在内的中国新文学对于中国现代化的思考是内敛的,文学反映中国议题时也是若隐若现的。由于文学自身的审美性追求,这使得其在思考中国议题时必须兼顾思想性与艺术性的平衡,走入任何一个极端都不利于中国儿童文学的现代化。

在西学东渐的过程中,中国人是作为现代知识消费者的角色存在的。他们学习西方先进的人文知识和观念来再造新文化,这种以西为师的姿态不断地蚕食着传统文化的根基。新文化人的焦虑在于,他们必须借用西方的"武器"来改造中国传统文化,但又忧虑这种外来资源会销蚀中国文化的母体。尽管有此自省的意识,但他们意欲将现代知识的消费者转换为生产者的想法依然困难重重。基于现代化的难题,新文化人的文学想象变得相对单一,即将立人与立国归并,以思想启蒙带动中国社会的现代变革。这种思想现代化的牵引在很大程度上提升了新文学的现代质地,其不再是孤立的、个人性的唱和,而是关乎着时代、文化与人等宏大的命题。但是,这种沉重的现代性诉求还是压抑着作家的创作生命力,甚至还限制了其知识体系建构的想象力。在论析新文学思潮时,王本朝指出,新文学运动的目标脱离了文学的旨趣,所关注的是"思想"而不是"文学"。借用到儿童文学的发生学上,可以得出这样的结论:儿童文学的本质不是"文学"的议题,而是关乎"儿童"思想本体的问题。显然,如果没有现代思想的引导,中国新文学无法斩断粘连在知识形态之上的陈旧质素,从而难以真正实现文学的现代转型。但是,不可回避的是,中国新文学思想的优胜带来了艺术审美上的偏狭,而这种受缚的艺术形式又反过来限制了思想性的创造与传播。由是,现代知识分子被现实关怀所牵制,"无力依从纯粹的学术逻辑来建构其知识体系"。当然,如果没有百年中国社会思潮的牵引,包括儿童文学在内的新文学也无法在中国的文化土壤中获取强大的思想资源和精神动力,现代知识体系也将缺失民族性和本土性的滋养,而这又是现代知识分子不乐见的。

  作为现代中国的产物,中国儿童文学的发生发展都铭刻了百年中国的深厚印记,其深度地参与了现代中国新文化创造的伟大工程。在人学的知识系统中,新文学"立人"及"为人生"的现代传统催生了儿童文学。同时,中国儿童文学也以自己独特的方式参与了新文学知识体系的建构。百年中国不仅是儿童文学无法绕开的历史背景,而且还是探究儿童文学知识体系建构的思想母体。因而,重建百年中国与儿童文学各自主体性的对话非常有必要,两者之间的同构性在很大程度上简化了人们对于文学与时代关系的理解。但文学不是政治的副本,文学与政治的关系非常暧昧、多歧。用时代的风云变幻来套用、比附中国儿童文学的发展变化,显然无法切近儿童文学的本体,也势必消解中国议题的现实性与当下性。中国儿童文学界围绕"思想性"与"艺术性"何者为第一性问题的讨论从未停歇,其根由在于中国儿童文学结构的独特性。如何理顺儿童文学与百年中国的关系,实质上体现了儿童文学正视"中国议题"的自觉意识。具体的方案是尊重文学与时代各自的主体性,借用汪晖的话说即是要实现"从对象的位置上解放出来"。具体而论,这意味着不再将百年中国视为当代价值观和意识形态的注释,而是要重建儿童文学与百年中国的对话关系。在确立儿童文学与百年中国各自的主体性的基础上开展对话,洞见时代语境对于儿童文学的组织、编织与塑造等作用力,同时也考察中国儿童文学的发生发展对于时代语境的反作用力。

在中国儿童文学中思考中国议题,除了将"儿童"作为知识主体外,还要考察其作为一种文学门类是如何设置中国议题以及如何烛照中国经验、中国道路的。中国议题包罗万象,既有悬而未决的老话题,又有时代促发的新议题,在时间层面上关涉了中国的过去、现在和未来,在空间层面上则事关世界的格局与走向。因而,在时空的视域下审思中国议题要依循"在世界中的中国"这一文化模式。走出了自我本质主义的窠臼后,中国议题才会在更为开阔的视野中予以正视与解答。作为世界体系中的一员,中国的思想和知识也是世界的一部分。那种武断地割裂中国与世界联系的看法,显然不利于中国主体性的确立。在确定了"世界中的中国"的前提下,中国议题才不至于弱化为一种无关大局的地方性知识,而是牵连着世界整体走向的问题。值得一提的是,将中国置于世界整体体系中考察固然重要,但也不能忽视另一个同样重要的环节,即"以中国视野看取中国"。落实于中国儿童文学这一文学门类中,则要从其对中国议题的择取、反映、应对中立意,将儿童文学的外部问题纳入作家的写作之中,并进入儿童文学的内在的肌理,以此返归"儿童文学是什么"与"儿童文学怎么样"的本体论域。

(二)民族国家想象传统与儿童文学知识体系新构架

不言而喻,思想和知识都是历史的产物,脱离了历史过程的观照,思想和知识是无法被型塑的。进入20世纪以来,中国人在知识领域发生了一场深刻的革命。在启蒙思想的主导下,知识领域更注重"人"的现代化,这也驱动了中国文学的现代转型。显然,人的现代化就是解答中国现代化难题的方略。确立人的主体性,文学的主体性才有依靠的基石。中国儿童文学以"儿童"的发现为基座,致力于儿童的现代成长和未来国民性的养成,这本身就是对人的现代化的落实。正是在解答中国议题的过程中,儿童文学潜在的社会功能被充分激活,颠覆了国人对于儿童文学所谓超历史的"小儿科"的偏见,从一个现代概念向现代知识体系跃进。既然中国儿童文学是一种现代知识,那么它就拥有区别于其他文学门类的知识范畴、概念、术语。尽管中国儿童文学也拥有文学史、文学理论和文学批评三大板块,但每一个板块都有着指向儿童文学本体的知识特质。为了避免陷入自说自话的陷阱,在探究儿童文学知识体系建构的中国议题时,我们有必要重申知识和思想的历史化,即在历史中审思中国儿童文学知识生产的动因、过程及价值,并将中国议题在历史的流变中"再问题化",以凸显中国儿童文学的本土性、民族性质地。

"中国议题"的提出呼应了国人对于现代化的构想,之所以要"再问题化"是因为在不同时间段关于中国现代化的设想会有变化,此前所设置的中国议题在面临新问题后需要重新调整。中国文学经历了古代与现代两个阶段,古代中国文学与现代中国文学最大的差异在于文学的性质上。中国现代文学是现代性的成人文学,中国儿童文学则是现代性的儿童文学。因而两者同属于中国新文学这一文学母体,是"兄弟"关系而非"母子"关系。近年来,学界倡导中国儿童文学与现当代文学之间的"一体化",其目的在于将"人学"意识贯彻于"全人"之中,同时在百年中国同构的语境下开启各自主体性的道路。一旦两者有了一体化的联动后,就能从人学的角度考察百年中国文学现代性与民族性的辩证议题。"中国议题"的提出是基于中国被带入世界体系后,在现代性的视域中探询中国的发展路径而衍生的问题。中西文化的"位"与"势"是不对等的,如何借西方文化来实现中国文化的现代更新是现代知识分子的使命。但盲目地"移植"西学又容易被西方话语宰制,进而失却了中国的文化自信。对于后发现代化国家而言,中国亟须建立起自身的知识体系来满足中国人的现代诉求。中国儿童文学转换传统资源时要树立现代性的标尺,从而使其发挥古为今用的效用。在整合域外资源时也应增添民族性的过滤机制,有选择性地择取外来资源,变异质性的域外资源为本土化的现代性资源。林毓生的"创造的转化"和李泽厚的"转换性创造"的差异在于前者的话语全在于西方,是西方话语的推衍,后者则是立足于中国本土的新模式,这个新模式指向将中国文化转向更合乎时代发展的立足点。

在中国儿童文学领域提出"中国议题",绝非狭隘的民族主义在作祟,而是要克服中西二元对立的思维范式,打破"唯西方"的路径依赖,重归儿童文学历史生成及发展的时空境遇,深刻把握儿童文学因时而变的内在机制和发展动力,这一切都要根植于"中国情境"。在这里,我们要警惕以全球化的"空间"来销蚀中国总体性发展"时间"的企图,以重拾中国的主体性。而对于"中国议题"的切近,其目的在于让中国儿童文学回到文学、回归本体、找到自我和阐发自己,从而使这种浸润了中国本土化经验的时间能重新进入全球化的空间。

换言之,中国儿童文学知识体系的生成与建构内置于动态中国社会文化的情境里,因而其表现和描摹的文学世界必然或隐或显地要涉及中国的社会人生,尤其是要切近中国儿童生存和发展的问题。在革命与战争语境下,中国儿童文学致力于发现儿童、启蒙儿童和培育儿童,塑造了多种形态的儿童新人形象,而这种形象也是中国人自塑中国形象的表征。进入后革命时代,儿童的语义中被增加了人民的意涵,思考"中国式童年"就成为中国儿童文学书写中国议题的重要图景。"中国式童年"是中国人以童年为对象的现象还原与精神追索,铭刻了民族性的文化特质和思维方式。在童年前面加上"中国式",主要是为了反拨那些脱离中国本土化、民族性的思维观念而言的。着力于中国人自己的立场、视野,对于童年的理解显然是中国式的,为世界奉献的也注定是"中国创造"的精神产品。譬如,在探询曹文轩获得国际安徒生奖的缘由时,很多学者将其归因于描绘了具有"人类性"的童年,但曹文轩却坦言其创作的背景是中国,"我的作品是独特的,只能发生在中国"。这显然不是孤例,作为中国的儿童文学作家,根植于中国儿童的童年现状能更好地阐发自己的思想。面对由外而内的幻想儿童文学大潮,增添中国童年的民族文化含量也势在必行。同样,基于媒介变革而引发的"童年消逝"的思考,也应置于中国的情境中予以理性审思。不过,正如方卫平所说,中国童年有"现实"童年和"真实"童年之别,对于中国式童年的理解也因这两类童年而有差异。但尽管有差异,却并不妨碍民族性与世界性的勾连,中国式童年书写必将因聚焦中国而使儿童文学具有了走向世界的辽阔空间。

"在世界中看取中国"衍生的后续议题是"中国走向世界",这一议题渗透于百年中国新文学的话语实践中。在现代中国,知识分子思量最多的是中国在世界民族之林的身份,作家的文学创作也围绕这种民族国家身份的建构与确认而展开。在众多的国家形象塑造中,"乡土中国"与"现代中国"是最具代表性的中国形象。两者的"发现"离不开中西文化的碰撞与交流。费孝通认为,"乡土中国"的确认是源于"近百年来更在东西方接触"而产生的。换言之,如果不是有异质文化的参照就不可能有城与乡的发现,此前乡土中国的文化特质无法被国人发现。有了乡土中国的发现,自然就有了现代中国的另一种形象预设。问题的关键在于,仅有现代中国的理论预设远远无法解决中国的实际问题,现代知识分子恐惧的"中国永远与世界隔绝"始终挥之不去。这种焦虑衍生一种内省式的归因逻辑,使其将矛头指向中国的传统文化、机制,如何进一步融通中国与世界也成为现代知识分子审思中国议题的内核。于是,在被激活的民族主义之后又有了葛兆光所谓的"奇特的世界主义背景"。正因为交织着民族主义和世界主义的复杂背景,中国知识分子的文学书写才不至于走入某一种极端,始终贴近"世界里的中国"这一议题而展开民族国家想象。

在中国走向世界的进程中,现代化的焦虑既是中国议题的表象,又是内核。在启蒙思潮的驱动下,"中国往哪里去"取代了传统天人关系的追问而占据了文学想象的高位,这其中内含了一种现代性的时间意识。问题的复杂性在于,西方他者的参照颠覆了国人自足的文化系统,但是对于如何消解中国现代化的困境却并未指明具体方案。因此,"他们就不具备唤醒中国的号召力"。言外之意是中国议题的发现有西方他者的镜鉴,但是问题的解决只能从中国自身去追索答案。回到文学的畛域,文学对于社会人生的思考只能通过专属于文学的符号和叙事来呈现。对于这种独特的功能作用,安德森将其归纳为通过"文字(阅读)来想象的"。中国儿童文学以"儿童"的想象为出发点,所开启的民族国家想象必然打上了厚重的人学印记。在这里,"儿童"不再是一个年龄概念,而是一个包含了历史、文化与政治的范畴。同时,"儿童"也不再是一个实体的概念,而是一个抽象的全新的符号,是"新民""新人"和"新生"的隐喻。在传统中国的文化机制中,"儿童"长期受制于成人本位的束缚、压抑,其作为"完全的人"的价值没有得到彰显,因而并不具备上述隐喻功能。对于"儿童"现代风景的"发现"扩充了其主体的意涵,其成为现代知识分子谋求与过去决裂、开启未来想象的现代性资源。由于设立了"成人本位"的靶子,新文化人自觉地将"儿童"的新变视为"人的发现"的必然结果,也是解答中国议题的现代之途。由是,被发现的"儿童"不再是过去"无声"的旧儿童,而是洋溢着现代气息和精神气度的新儿童。

在现代性的框架中,民族国家是一种全新的知识,它的建构离不开人们对于自身及世界的重新认识。近代以降,随着列强的入侵,民族危机所带来的焦虑撕扯着国人的内心,也摧毁了中国古代"天下中心"的陈旧观念。在世界体系中看待中国逐渐成为新文化人的共识。也正是这种观念的转换,国人在审思自己的民族国家时有了鲁迅所谓"入于自识"的意识。于是,在民族主义的思潮下,作为未来国民的"儿童"被视为中国迈向现代性时亟待解决的问题。儿童的新旧转型牵连着国运的兴衰,也成为现代作家重点关注的对象。由于预设了这种现代性的转换,儿童就成为一个现代概念,它注定要与"贫弱"等前现代状态告别,成为"人的主体",并与"国家主体"一道构筑"立人"与"立国"的现代工程。梁启超的《少年中国说》是一篇关于"少年中国"的寓言,"老大帝国"的式微激活了未来中国的少年之气、青春之气。少年儿童不再是"非人",而是表征未来民族国家的现代符码。儿童文学是书写"儿童"的文学,在儿童被赋予现代话语时,儿童文学也就连带被赋予现代性。这样说来,中国儿童文学既是一个现代概念,也是一种现代知识。

事实上,儿童的新旧转变看似是一种理论预设,但其构成了"人的文学"现代化的理论原点。没有"人"的出现显然不可能有新文学的出场,同理,没有"儿童"的发现就无法推导出现代的儿童文学。周作人的《人的文学》与《儿童的文学》都依循着这一话语逻辑。两篇文章讨论的核心问题是"人"的问题,但也是实实在在的"中国议题"。在文章中,周作人设置了古今对峙的知识体系,拉开了古今的距离。古代缺乏"人道",走入了"兽道"和"鬼道",因而要首先解决"人"这一根本问题,目的在于"辟人荒"。类似于"人"的发明这一现代装置,"儿童"的发现也是基于打破此前"非儿童"或"无儿童"的偏见,将"缩小的成人"转换为"完全的个人"。在这里,周氏关于"人"及"儿童"知识的重建的构想根植于现代中国的现实,是当时知识分子面对中国议题所作出的选择,并借由"人"向"文"的推演来驱动中国新文学和儿童文学的现代发生。

研究百年中国文学时,很多学者都特别注重文学与时代、社会之间的同步性,并强调文学在时代的现代进程中所起到的重要作用。这样一来,社会史的中国议题就成为新文学所要表现的中国议题,而新文学所涉及的中国议题本身就是社会生活的中国议题的具体展开。作为新文学子类的儿童文学自然也被编织于这种话语结构之中。不过,这种时代与文学同步的"大叙事"容易遮蔽和抑制文学性的多元形态,对于两者之间的错位及文学的反抗性缺乏必要的关切。因而,对于两者关系的研究需要强化结构性的参照,否则难免流于相对主义的"多元性"及实际上的"碎片化"。如何以儿童文学独有的方式应对中国社会所提出的中国议题,怎样敏锐地把握社会结构的变化对于儿童文学创作的影响,这些都是儿童文学作家和研究者需要正视的根本问题。中国儿童文学知识体系建构是文学重构历史与现实的具体化。在其中贯彻和揭橥"中国议题"不是一个阶段性、短时段的权宜之计,而是整体性的伟大工程。"中国议题"不是一时一地的议题,也不是始终不变的议题,在历史化的进程中其表现出不同的内涵和特性。中国儿童文学以强烈的"儿童性""民族性"与"现代性"来观照中国议题时,势必会介入中国社会的现代进程,在体悟百年中国转型的过程中生发出多元的创作风格和思想意涵,由此呈现的文学想象、运思方式与其他文学门类是不尽相同的。

(三)从儿童文学本体论向价值论延伸与反思

中国儿童文学描述历史和展示社会现实有其独特的方式,那就是凸显儿童的情感结构及在此基础上的精神品格。中国议题是社会学和历史学的命题,儿童文学对于这种历史、社会细节的把握有其细腻情感的人学经验的参与。具体来说,它注重以"两代人"心灵情感的交流来触摸历史理性的深度,催生了思想性与艺术性的双向发力,从而更好地阐释了人学的丰富内涵。应该说,没有超越文学性而存在的主体性,文学形式与主体之间构成了动态关系,探讨文学的形式问题可理解为"主体的建构和生成的问题"。饶有意味的是,儿童文学心智结构的敞开有助于更好地回应中国议题,在中国议题的历史化中释放儿童文学的文学性,并用这种独属于儿童文学的文学性来体认中国议题的现实性和未来性。毋庸置疑,中国儿童文学的基本性质是现代性的,它包含了思想现代性、语言现代性和儿童的现代性三种形态。通过对三者的叙述和追索,可开掘中国儿童文学知识体系的现代品格。现代具有当下性,同时也会成为历史,当中国议题的现代性与儿童文学的现代性相遇时,延展过去、现在和未来的时间意识至关重要。儿童文学"中国身份"的确认需要返归中国议题的现代场域,从儿童文学反映中国社会结构的关节点入手,研究儿童文学本体论与价值论的复杂关系。

辨识本体论是探询中国儿童文学知识体系建构的逻辑前提。如果不能弄清楚儿童文学是什么,那么探究与此相关的其他理论问题将是徒劳的。在儿童文学本体中,"儿童"是一个有鲜明辨识度的关键词,它作为限定语规约了儿童文学的知识结构。从表面上看,尽管"儿童"是"完全生命"的人,但是它似乎无法指涉"人"的整体,毕竟还有另一种群体即成人是天然存在的。意识到这一点,就不难理解诸如儿童文学是"省略东西的文学"或"排除和限制的文学"等论说了。单一化的所指及简单的语言与思想是儿童文学给人的初步印象,这在很大程度上也造成了人们的误解。事实上,儿童文学的结构中包含了儿童与成人的双逻辑支点,成人作家与儿童读者的分立使得儿童文学容纳了"两代人"的互动共生模式。这样一来,即使是出于"为儿童"或"写儿童"的考虑,但其文本意涵却不限于狭小的、虚幻的儿童世界,而是关涉"童年"与"成年"的完整板块,是一种关乎"全人"的文学门类。因而在表述和呈现"中国议题"时,儿童文学并未缺席,它简单的背后隐含着对于世界和人更为复杂的"影子文本"。这里所谓的"影子文本"是一种未被说出的状态,却是实际存在的、可理解到的知识形式,中国议题自然也包含于其中。

成人作家是儿童文学话语的实际操控者,这意味着儿童文学知识体系中必然要贯彻成人之于儿童的假设。但与此同时,这种成人话语的浮现也不是无限制的,儿童读者的特性是不能被忽略的结构性因素。因而,儿童文学中呈现中国议题实际上是成人与儿童共同商讨的结果。这种双逻辑支点共在的特性决定了儿童文学表述中国议题时既不是"孩子式"的,也不是"超孩子式"的。即便如此,儿童文学还是要围绕"儿童主体"展开历史的、社会的、文化的观照,将儿童问题具体化、历史化,从而贴近儿童所置身的历史文化语境,更好地阐释"儿童是什么"及"儿童文学是什么"的根本议题。既然儿童是社会系统中的儿童,它的及物性牵引出儿童文学的及地性。在中国儿童文学知识体系中探究中国议题,体现了这种及物性与及地性的辩证统一。从元概念来看,儿童文学实质上包含了生产与消费两个环节,成人和儿童分别为儿童文学的生产者和消费者。儿童文学价值生成的主体是儿童而非成人,因为只有儿童阅读儿童文学后这种价值才会显现。落实到儿童文学表述中国议题时,儿童对于中国议题的接纳、理解和吸收才是检验儿童文学价值的标尺。

事实上,一旦将儿童文学置于生产与消费的完整链条中考察,就不难发现中国议题对于儿童文学知识体系建构有着价值论的意义。本体论与价值论并不割裂,理顺了"儿童文学是什么"之后,"儿童文学何为"也被提上日程。在百年中国转型的情境下,儿童文学最为主导的价值在于助力儿童身心发展并借此推动人类的进步,"从儿童本位与中国社会实际发展需求这两个支点被致以价值关怀"。由于儿童作为受众的被动性,儿童文学的教育性被充分彰显。这就要求儿童文学既要反映社会结构,又要将具体化的中国议题传达给儿童读者,从而发挥儿童文学的社会功用。这实际上就将儿童文学的本体论与价值论连接起来了,中国议题也得以在两者的延伸中"去魅",展现出一幅立足于儿童与中国的复杂图景。为此,对于中国儿童文学价值论的评估也应予以高度重视。从发生之日起,中国儿童文学因其致力于儿童发现等宏大命题而与中国社会现代化进程融为一体,在反映和表现中国议题时也彰显了其独特的文学个性和精神品格。

与本体论相比,中国儿童文学的价值论相对滞后。这固然有着逻辑的先后顺序:先要弄清楚"儿童文学是什么",才有进一步追问"儿童文学怎么样"的可能。但更为关键的是,要进一步审思我们设立的儿童文学价值的标准,对于儿童文学的性质和批评标准应予以深层次的重审。朱自清认为文学有"不自觉的"与"自觉的"标准之分,前者是一种"照样接受"传统的标准,后者则是"修正了"的传统的标准。新文学显然属于后者,它的发生源于人们对传统文学的批判与反思,是一种新的尺度。中国儿童文学发端于新文学,是人学体系中重要的组成部分。自此,新文学的标准一度成为评判百年中国文学的价值尺度。于是,在这一标准的统领下,举凡"为人生""人道主义""立人""启蒙""革命""个人主义"等现代命题都被编织于新文学传统之中。这种自觉的纳入有助于中国儿童文学价值坐标的下沉,但这种贴近现实、注重教化的意识又与儿童文学的本义有差异,进而影响了人们对于儿童文学本体、性质的判断,加剧了儿童文学在自然性与社会性、为儿童还是为成人等问题上的难度,学界关于"儿童文学是教育儿童的文学"的论争则本源于此。由此看来,对于儿童文学价值的评估需要建构专属于儿童文学的标准。具体来说,这种专属于儿童文学的标准要切近其性质,在"中国性""儿童性"和"文学性"三个关键词上来考虑问题。更进一步说,三者构成了相互参照的语法关系,任何一个关键词都要借助其他两个关键词来获取意义生成的条件,切断其他两个关键词的统摄和关联都是不科学的。特别需要说明的是,这一关乎儿童文学性质的标准具有相对稳定性的特征,但在百年中国发展的过程中又有着流动性和变异性,不能僵化地予以整一性的征用。

整体来看,"中国议题"并非一成不变,在不同的历史语境中有着不一样的内涵。中国儿童文学聚焦、设置、表述中国议题,让新文学所开启的人文传统在此领域得以落实和延续。离弃儿童文学,成人文学承续的新文学传统将是不完整的。重申中国儿童文学知识体系建构的中国命题,不仅有助于科学认识儿童文学的性质,而且能扩充新文学的人学畛域,在人的完整序列中彰显百年新文学的民族性与现代性。伴随着对"中国议题"的持续发问,中国儿童文学自觉地统合儿童本位与国家本位,在"立人"与"立国"一体化的机制下进一步凸显其知识生产的社会效用。同时,借助中国议题的书写及传播,中国儿童文学弥补了其"小"且"浅"的结构缺失,为育化儿童这一新人发挥着无法取代的作用,而这种构筑于中国文化土壤的儿童文学也必将在推进儿童发展的道路上获取更大的精神动力[①]。

[①]吴翔宇."中国议题"与儿童文学知识体系的建构[J].江西社会科学,2023(2):31-39.

第二章　儿童文学的审美策略

第一节　儿童文学审美的性质与意义

一、儿童文学审美

(一)儿童文学审美的概念

美是我们一直都在追求的,一般人追求的只是表面上的美。这是相对简单的,但是内心的美是不容易实现的,一个人的审美观念的养成一般是在儿童时期。所以对儿童审美的研究非常重要,而审美的形成一般是通过文学作品,儿童通过对作品的品读,不经意间影响自身的审美观念。所以人们在创作文学作品的时候也要注意儿童文学作品的审美性。

1.儿童文学审美性概述

关于儿童的定义,很多人都不清楚其年龄界定是多少,每个领域对儿童的界定也不相同,在医学上是0~14周岁,在国际上是0~18周岁。一般公认的年龄界定是0~14周岁,而儿童文学审美中,要求有一定的文字或图片是的识别能力的儿童,与这些界定不大相同,但是由于不同儿童的表现不同,所以在文学上也无法明确。儿童是一个人成长的重要阶段,这个阶段的生活环境和接触的人都会影响其成长,尤其是其对文学的审美。这是人类把握精神世界的重要方式,也是最基本的方式。

审美是儿童文学学习中的第一位,也是其第一属性。儿童文学不仅要具有文学性,同时又要满足儿童这一特别的群体,根据儿童的特性正确的认识儿童文学。如,汤汤的《我很蓝》,这个文学作品给我们描绘了一个很有特色的形象,我们的主人公蓝蓝,她的名字来源于她脸庞的颜色,由于其脸是蓝色的家人都不喜欢她,她和外婆一起生活,后来蓝蓝幸运的达到天堂,那里的人们的脸庞都是紫色的,天堂的人们都很喜欢她希望能留下,但是她选择回家陪外婆,其中最让人感动的就是"老紫"过来,送给蓝蓝几个花盆,让他在花盆上写下自己最爱的人的名字,除了外婆和朋友,她不喜欢她把家人的名字也都写在上面,国王让她擦掉一个人的名字,这个人将在世界上消失,蓝蓝并没有报复家人,而是写上自己的名字,想擦去自己的,国王拦住了她,并夸奖了她。这篇文章的辞藻虽然并不华丽,故事也很简单,但是这个作品的教育意义很强,可以引导儿童的行为,让其了解人性,人可能并不都是善良的,但是我们要善良的对待社会。这是较高水平的审美,既实现了教育的目的,对儿童也是一种精神享受。

2.儿童文学审美与美育的区别

儿童文学审美的目的是通过文学作品对儿童进行教育,其方式是文学作品的阅读,而且终极目的是教育,但是其具有的特性除了教育性,还有其他的文学性等。儿童文学作家郭风,将儿童的审美性和美育放在一起,他认为两者可以合二为一,但是儿童文学的审美性只是儿童审美的一个特性,其并不只是为了教育,还有其他的作用。将美育和儿童文学混为一谈,这样并不严谨。儿童文学的受众是儿童,若是不加入"教育",也是可以的。如《敏豪生奇游记》,这篇文章主要是通过幻想和夸张的想法,给儿童以精神上的享受。比如骑士的喇叭被冻住,发不出声音,但是在篝火旁被烤化后,自己发出了优美的旋律。又如,猎人将通条放在猎枪中,扣动扳机,一下射穿了七只鹧鸪,而滚烫的通条将鹧鸪都烤熟了。这就是美学的意义,为读者带来较深的美学享受,教育并不是儿童文学的唯一目的。美育是培养儿童的审美能力,审美是审美能力提升的实现路径。

3.儿童文学中审美性研究

(1)对儿童的精神的愉悦

儿童对荒诞而大胆的文学作品格外地喜欢,如《敏豪生奇游记》,就是一部让儿童如痴如醉的作品。这就是儿童的天性,说教和训诫是他们讨厌的,一味说教无法引起他们的注意,他们天性好奇,喜欢对未知的世界进行探访,向往自由、奇幻、陌生的境界。很多流传于世的经典作品,采用的都是荒诞、新奇、神秘、陌生等艺术效果,实现读者精神上的满足和愉悦。如《爱丽丝梦游仙境》等。

(2)对儿童想象力的培养

想象力是儿童具有的最大的特点,儿童文学具有的奇思妙想,可以辅助学校对儿童的教育。文学作品种很多的都具有这一特征,如《树叶》《树》《蓝萤火》等,都是由简单的事物引起的幻想。

(3)对儿童的爱美情感的培养

爱美是人的天性,儿童文学就是根据儿童的审美创作的,文学作品中的情感可以净化儿童的心灵,很多的小诗人也表现出美好的情感,如,《雨》中的"你就将我的小雨伞借给雨,不要让雨打湿了雨的衣裳",表现出了一种特有的关爱思想。又如《雪孩子》《冰河上的激战》等表现出的勇往直前、无所畏惧的精神,对儿童美好情操的培养有重要的作用。

儿童文学的审美与美育文学不同,儿童文学不仅具有教育意义,更多的是让读者获得精神上的愉悦和满足。本文研究发现,儿童文学的对儿童审美观培养的作用非常大,包括对儿童的精神的愉悦、对儿童想象力的培养、对儿童的爱美情感的培养、儿童作文写作素材的积累等,对儿童的成长和学习都有着十分重要的作用[①]。

(二)儿童文学审美的特征

儿童文学作品以其丰富的艺术要素吸引着儿童的注意和兴趣,最为关键之处在于使儿童对审美和游戏的需求得到了满足。儿童对游戏的兴趣极为浓厚,并且有很强的游戏精神。从游戏精神中可以抽象出儿童的审美观念和需求。优秀文学作品的审美特征会带来儿童的审美需要所产生的主观体验和精神上的满足,让儿童在情感识别中唤醒情感,在想象与演绎中体验情感。儿童往往凭想象虚构情境,表达情感,这也是儿童文学作品的特点。

1. 蕴含丰富的游戏精神

游戏是儿童生活的起点。席勒曾对儿童游戏进行分析并提出"过剩精力"的概念,席勒认为所有人类活动的生理基础都是人类本身,动物往往通过嘶吼或者奔跑等身体行为发泄旺盛的精力,人类发泄精力的途径除了身体上的行为以外还有精神层面的途径,游戏就是人类特别是儿童发泄精力的一种方式,从一定程度上可以认为游戏是人过剩的精力在精神层面的发泄。对于人而言,游戏不仅是自然的还是审美的。人类的一切活动,都饱含着游戏精神,这种精神贯穿于人类的生活。胡伊青加曾在《人:游戏者》中对游戏的价值进行研究,胡伊青加指出"儿童游戏具有最本质、最纯粹的游戏形式。"游戏能够让人体会想象力、创造力高涨的快感,这就是游戏的价值所在。儿童的游戏能够为其带来这种自由的感觉,并在游戏中陶醉和享受。

儿童游戏与审美具有一致性。朱光潜曾分析过儿童游戏的特点,主要是

[①]张绪华.儿童文学的审美性探究[J].中国文艺家,2017(7):89.

音像的客观化、幻想性、虚拟性、游戏的移情作用、创造性、情感抚慰性、非功利性、即时性、媒介象征性。他在分析中多次强调游戏在精神层面给人带来的作用，这样的精神观照对于分析游戏对儿童的审美作用是有意义的。二者的表现形态十分相似，因为儿童都是通过感性来认识世界、了解世界，而不是向成人一样用理性探索世界甚至控制世界，原因主要在于儿童的生理机能仍然处于发育阶段，所以他们有特别的思维方式、价值观念和人生态度。游戏中的儿童已不再是那个处处需要依赖大人的"小皇帝"，他成了创造者、发明者和建设者，成了这个世界的真正主人。儿童心中积压的情感自然而然地释放出来。这与审美中的移情十分相似，因此在一定程度上可以认为儿童游戏是创造审美的过程，其动力来自于儿童丰富的想象力。

　　文学审美与儿童游戏的内部结构也具有高度的一致性。儿童的成长过程离不开游戏，游戏随着儿童的成长不断变化，在不同成长阶段有不同的特点。在年龄比较小时，游戏的难度比较低，趣味性也比较强；随着年龄的增长，儿童的控制能力和认知能力也不多提升，游戏的难度不断增加，但仍然有很强的趣味性。随着游戏随着主体的需求以及客观条件的变化而不断改变，但这种改变只是游戏的形式与方法等外在的变化，游戏的内部结构却始终如一——一个循环往复的开放式结构。对应到文学审美中，人的审美观念也是不断变化的，随着人的观念以及外界环境的变化，对美的感受也会不断变化，但其内部开放性、发展性以及和谐性是确实不变的特征。贝尔曾对艺术的本质与形式进行探究，指出艺术的本质可以被认为是一种"有意味的形式"。苏珊·朗格曾对审美情感进行分析，指出情感往往以美的形式表达。按照这种观点对文学审美进行分析，可以将文学审美理解为对情感形式的认知、呈现以及把控。因为人类往往有着丰富的情感，所以产生的艺术的本质也各有不同，所以展现美的载体也应该种类丰富。由此可见，文学审美需要借助各种形式，保证文本具有开放性与和谐特征。

　　从功能的角度分析，文学审美与游戏也有很多共同点。国内外有很多学者从现实功能的角度出发对文学审美与儿童游戏进行比较分析，比如霍尔基于对儿童游戏的分析提出"生存预演说"，他认为儿童游戏可以去除一些原始本能，相当于人类的进化，将那些与现代社会不相适应的原始本能去除，帮助儿童更好的适应外界环境。弗洛伊德也提出"欲望补偿说"，他认为儿童游戏具有一定的补偿作用，可以发泄儿童的不良情绪，能够在一定程度上消除儿童的消极心理，是一种超我与本我的平衡。皮亚杰曾从认识发生论的角度出发对儿童游戏的功能进行分析,指出对游戏的判断不应该是孤立的,应该从儿童认知的角度出发对儿童游戏进行分析,儿童游戏可以帮助儿童设想某个情境,有利于提升儿童的认知能力,皮亚杰通过上述分析提出了儿童游戏的认知发展说。根据以上分析能够发现,儿童游戏的功能有很多,并且与文学审美具有高度一致性。

儿童游戏与文学审美都具有显著的无功利性。因为儿童可以通过游戏发泄自己的精力,挖掘自己的潜力,感受快乐、轻松的愉悦,沉浸于在创造中寻找自由、逃脱成人规则的约束的氛围中。在运用想象力进行奇幻创造时,儿童是抱以全神贯注的严肃精神与姿态投入到这项工作当中。在文学审美本质问题上,有许多学者通过分析证明文学审美具有显著的无功利性。康德曾对审美进行分析,他认为美是一种主观的情感,具有无功利性,审美具有"无目的的合目的性"。艺术也可以被认为是一种游戏,自我是活动的核心,所以人能够在游戏中感受到自由的愉悦。所以人的本质力量可以在游戏中淋漓尽致地体现出来,生命价值的深度在这自由中体现出来。审美看似无用,实则具有重要意义,有着十分重要的精神价值。

根据以上分析能够发现儿童游戏与文学审美都具有显著的无功利性,并且二者的结构、形式以及功能都具有高度的一致性。所以可以认为儿童游戏与文学审美存在密切的关系,文学审美是儿童游戏内化的意识,儿童游戏则是文学审美在儿童层面的表现。儿童游戏的本质在于游戏精神,这种游戏精神可以被抽象理解为儿童对生命价值和自由精神的追求。在实际生活中,儿童难免遇到挫折或委屈,很容易产生消极情绪,很多儿童文学作品中都有类似的情节。作家对于儿童在成长的道路中面对挫折与困境时所展现出来的生命状态与爆发出来的勇气、责任与担当以一种严肃的姿态呈现,并不仅仅关注文章的趣味性。这也可以视为对儿童游戏精神的具体阐释。

2.以儿童本质力量对象化作为情感桥梁

生命活动的过程是人的本质力量对象化的过程。主体的积极性会对人的一切活动或行为效果产生重要作用,包括精神和物质层面的活动。儿童在由审美情感带来的对作品的主观选择与接受过程中,实现自身的本质力量对象化。儿童心理学家皮亚杰提出,2岁左右的儿童"把客观事物自我中心地同化于主体行动"中,凭借语言和各种象征符号来表征事物,把主观情感与客观认识融为一体。皮亚杰曾举出这样一个例子:"在窗上放下窗帘,马上就会有阴影投到台子上,这时如问儿童为什么会有阴影,儿童会答:'这是树的阴影钻进来了'。"儿童赋予世界的情感与意识,散发出蓬勃的生命力。此时,处于"前运算阶段"的儿童,会产生情绪与情感的分化。安徒生著名的童话故事《卖火柴的小女孩》,圣诞节之夜,丹麦一个"卖火柴的小女孩"不幸在街角冻毙。故事中的小女孩虽然死去了,但作者有意识地让小女孩面带微笑地死去,并无痛苦。它反映的不是"卖火柴的小女孩"死去的自然属性,而是她满含希冀与憧憬的离开这个世界,冰冷地氛围中融入了希望的光辉。儿童能够体会文中体现的平和力量和带给他们精神的蕴慰。

儿童文学作品需要细腻丰富的情感,这种情感号召力能够吸引儿童进行文学阅读。优秀的儿童文学作品凭借与儿童达到情感上的共鸣,从而教导和引领儿童向健康乐观、积极进取、团结友爱、互帮互助等方向不断探索学习。文学传递给人们的情感力量是强烈而震撼的,关于"人性"的诠释一直是儿童文学作品的核心要素。即使大多数儿童读者不能对"人性"这类富有哲学意义的词语有深刻的了解,但社会交往中,对弱者的怜悯,对朋友的友善,对孤独的挑战,对痛苦的直视等等悯惜的情感色彩,儿童是感受得到的。人性于黑暗和困苦中熠熠闪烁的光辉是如此耀眼夺目,又同自身生活息息相关。儿童乐意阅读这些积极美好的作品,这源于此类作品和儿童情感达到共鸣,儿童通过此类作品满足内心渴望和情感需求,这也成为他们抒发自己情感的有效途径。

在这里,我们同样要关注一个问题,有一些学者对儿童的审美能力持否定的态度。认为儿童的理解能力低下,审美水平也较低,儿童审美是幼稚的。班马曾在作品中指出,儿童审美并不是真正意义上的审美,只是审美的前期,不是真正意义上的欣赏。他还对这种理解进行解释,认为儿童没有审美的原因在于"幼儿还没有获得自我意识和审美意识……",只有生理上的快慰。吴其南也在多篇文章中阐述他认为儿童审美能力处于低水平的观点。吴其南也曾对儿童审美进行分析,指出儿童的审美水平非常低。儿童"一般较为欣赏浅显的、故事性强的作品,而这些作品在美学上并不属于较高层次。"判定审美能力高低的标准到底是什么?班马与吴其南两位学者都是以成年人的审美能力作为标准,表现出一种"成人本位"的立场。以成年人的精神状态为标准来看,儿童的思想和精神状态尚不成熟,对事物并没有形成自己的认识。这种观点否定了儿童的独立性与其思想的价值。周作人曾对此类观点进行批判,他认为不应该以成人的精神标准衡量儿童的思维。他认为"儿童在生理心理上,虽然和大人有点不同,但他仍然是完全的个人,有他自己的内外两面生活。儿童期的二十岁年的生活,一面固然是成人生活的预备,但一面也有独立的意义与价值,因为全生活只是一个成长,我们不能指定哪一截的时期,是真正的生活。"儿童审美能力需要发展,这种发展是感受力的扩张,没有深浅的区别,与认知能力不同。文学作品的价值在于其中蕴含的想象力与情感。从感性的角度出发,审美就是个体主观的感受,对应到儿童审美中,影响儿童健康发展的就是想象力与情感。

3.蕴含着自由活泼的审美想象

鲁迅曾在《我们现在怎样做父亲》中提到:"直到近来,经过许多学者的研究,才知道孩子的世界,与成人截然不同;倘不先行理解,一味蛮做,便大碍于孩子的发达。"近代以来的学者,才开始关注儿童与成人的不同。研究表明,年龄处于2岁到7岁之间的儿童的思维具有我向思维的特点,所以往往分不清客体与主体的关系。假如一名儿童因为摔倒在地而哭泣,此时如果母亲敲打地面表示愤愤不平,儿童往往会因为地面得到了相应的处罚而破涕为笑。由于原始"泛灵"理念深深扎根于儿童的思想当中,使得儿童对审美的概念理解总是别出心裁。儿童眼里的世界,万物都是色彩斑斓新奇有趣。

由于年龄的增长,儿童内外两方面的变化使得审美想象的地位发生改变。与成年人相比,儿童的想象更为自由飘逸。严既澄提出:"如果儿童教育上不注重儿童的想象力,不但儿童的生活不能丰富,而且要弄到儿童的将来变成一个想象局促,感情呆笨的人",儿童理性思维渐渐从想象主导的幻想世界向理性主导的现实世界过渡。在年龄段稍高的儿童文学作品里,已经很难看到如童话般天马行空、不合逻辑的奇思妙想。随着经验的积累与教育的不断深化,在人的想象中,无意识想象不再占据优势,有意想象逐渐占据主要地位,想象趋于现实化。目的性逐渐变强,在现实生活中遇到的挫折和产生的不良情绪往往通过想象游戏得以发泄和排解,想象能够弥补成人在实际生活中产生的消极心理,满足在实际生活中不可能实现的愿望。

面对儿童心理、思维的改变,很多作家就把目光投向了对于自然的描绘上。把想象巧妙地寓于风景描绘当中,风景描绘这类作品给予作家一定的个人想象空间,不再仅局限于客观事实。但与此同时,这类审美想象不可避免地掺杂着作家的审美经验,这就使得审美想象由最初的台前工作转变为幕后工作,从而不知不觉地影响着儿童建立属于自己的审美想象。这类新颖的审美想象被绝大多数高年龄阶段的儿童读者所喜爱。

二、儿童文学欣赏的性质与意义

儿童文学的欣赏是指读者在阅读儿童文学作品的过程中对艺术形象感受、体验、抽象的一种精神活动、审美活动。这是由欣赏客体和欣赏主体之间建立起一定审美联系而造成的。它具有一定的差异性和共同性。它的过程是感受形象、体验玩索、审美判断的过程。它的特点在于它是一种审美享受和创造性活动。它是实现儿童文学审美教育作用,使之在社会生活中产生实际影响的必要条件,对儿童文学创作和批评具有重要的影响和推动作用[1]。

(一)儿童文学欣赏的性质

儿童文学的欣赏,既有文学欣赏的一般性质,又有其特殊性。这种特殊性是由欣赏对象与欣赏主体的特殊性决定的,即由"欣赏什么""谁来欣赏"的矛盾关系决定的。就欣赏对象而言,儿童文学在内容、形式和创作方法上与一般文学有许多不同之处,其核心在于适合儿童年龄特点的"儿童性"追求上。就欣赏主体而言,在欣赏主体是儿童的情况下,他们生理、心理的特点决定了他们欣赏过程中特有的情感活动和认识规律;在欣赏主体是成年人时,他们面对一个熟悉而陌生的"过去世界",其欣赏体验也将是"别有一番滋味在心头"。

欣赏对象与欣赏主体的特殊性决定了儿童文学欣赏的性质。这一性质的确定在一般的情况下主要限于以儿童为主体的欣赏指向。

1.欣赏的儿童性质

这是儿童文学欣赏区别于一般成人文学欣赏的根本特征。作家陈伯吹认为:儿童文学创作,要用儿童的眼睛去看,用儿童的耳朵去听,用儿童的心灵去体会,还要化为儿童,用儿童的嘴巴说话,只有这样,才能写出儿童看得懂的作品来。儿童文学的创作如此,儿童文学的欣赏又何尝不是如此呢?欣赏对象与欣赏主体的特殊性决定了儿童文学欣赏的儿童性质,同时,也使欣赏作为一种艺术的思维活动,同样表现出明显的儿童性质。一般欣赏所要求的积极性、主动性、创造性在儿童文学欣赏中表现得更为普遍、突出,甚至达到了欣赏者直接介入和参与的状况。儿童在欣赏的过程中,主体的喜怒哀乐会表露无遗地跟着作品的内容(或感情)起伏变化。明人吕坤描绘里间之中儿童传唱儿歌时"手之舞之,足之蹈之"(《去伪斋全集》),在很多时候,他们习惯于将作品中的某些形象当成自己的化身,于作品中所虚构的世界做一种沉溺式的漫游。在欣赏一些表演性的作品时,他们甚至将内部式的艺术思维迅速转化为外部

---
[1]刘海平.儿童文学的美学特征探究[J].女报,2023(4):121-123.

实践参与,看到好人得胜就欢呼雀跃,看到坏人得势则愤愤不平,更有甚者,超越欣赏界限,对扮演反角的同伴拳脚相加。这种在成人世界中违背艺术思维的表现,在儿童世界中恰成普遍的规律。这一点,我们只能从它区别于动物对外界事物的感觉和反应出发,看到他们同样调动了生活和艺术的积累与判断,认同它是以人类的感情为基础的一种高级精神活动,是一个人在童年时代特殊而又可爱的欣赏境界,同样保持着欣赏活动的本质特征。

2.欣赏的审美属性

儿童文学具有认识作用、教育作用和娱乐作用,而这些作用总是通过审美作用来实现的,这就是说儿童文学欣赏是一种以审美为途径的认识活动和享乐活动。作家田地在回忆他幼年时的一段文学欣赏经历时有过这样的描述:

"那时,除了捉蛐蛐儿(蟋蟀),打弹子(小玻璃球)……我对什么功课都没兴趣。养蚕宝宝算是正经的了,但放在课桌抽屉里,老师也不许。我只好逃学。……

"一个偶然的机会,我见到了叶圣陶先生的童话《稻草人》,竟然感动得哭起来。原来稻草人同我一样,是会看庄稼、赶鸟雀的。但他比我还懂事呢,世间有那么多的不幸,他都看出来了不是么,我为什么失学呢?

"又读了叶老师的另一篇童话《蚕和蚂蚁》。连活着觉得没意思的蚕宝宝,参观了蚂蚁的王国也相信世间没有白做的工作。我确实羞愧不堪了,难道我还不如蚕宝宝么?

"我变得喜欢阅读了。……我开始学点东西了。我又进了中学。"

(《我和儿童文学》)

在这里,叶圣陶的童话为小田地提供了欣赏对象,同时提供了认识社会、引发想象、深化教育、审美升华的文本。

(二)儿童文学欣赏的意义

1.儿童文学欣赏有利于作家创作水平的提高

一般而言,儿童文学有很强的目的性,即对儿童读者的健康成长产生影响。能否达成这一目的,关键在于是否在作者与读者之间建立一种中介性的桥梁——欣赏。没有欣赏,作品的审美教育功能就不能作用于儿童读者。从接受美学的角度出发,没有进入欣赏环节的创作不是完整的创作,欣赏是使创作的价值得以实现的必由之路。这仅是问题的一个方面。问题的另一个方面是:作家的创作目的、创作追求并不一定能在具体作品中得以充分实现,或者其目的、追求与读者间难以产生真正的交流与对话,或者干脆不能给读者带来欣赏的愉悦。概括地说,作家必须借助于欣赏使自己的作品对读者产生影响;读者的评价、反映也必然借助于欣赏反馈给作者。一个严肃的儿童文学作家应该对创作与欣赏间的这种相关性(特别是反馈)作经常性的深入而又理性的研究;一个想拥有广大儿童读者的儿童文学作家,更应以此为契机,调整自己的创作策略,自觉提高自己的创作水平。

2.儿童文学欣赏有利于培养儿童读者的综合素质

儿童是人类的未来,为他们创造各种有利条件,促成其健康成长,是我们这个社会中每个成年人的责任。为达此目的,途径是多种多样的。在他们人生的最初阶段,经由儿童文学欣赏无疑是其中重要而有效的途径之一。首先,儿童文学在认识、教育、审美、娱乐等方面的功能,通过有选择、有目的的欣赏活动将会对孩子产生全面深刻的影响。前苏联科学家齐奥科夫斯基和美国科学家西蒙等都从凡尔纳科幻作品的欣赏中确立了一生的方向,并取得了辉煌成绩。其次,儿童读者欣赏实践的开展和习惯的养成,自然会带动审美情趣的提高,最终形成对美的欣赏能力。马克思说:"艺术对象创造出懂得艺术和能够欣赏美的大众。"(《(政治经济学批判)导言》)再次,儿童文学欣赏使文学的魅力扎根于许多儿童心中,使其中的一部分人在以后的人生追求中选择了参与文学创作的行列。在这方面,郭沫若、冰心、赵景深、孙幼军等一大批作家的成长都能从他们童年的欣赏中找到最初的萌芽。

3.儿童文学欣赏是实践儿童文学批评的基础

儿童文学批评和儿童文学欣赏一样,都以具体感性的艺术形象作为依据和出发点。没有儿童文学欣赏就不可能有儿童文学批评,欣赏是批评的基础,这正如只有在坚实的基础上才能建筑风格各异的楼房一样,批评不可能脱离欣赏而独立存在[①]。

第二节 儿童文学审美的心理特征

儿童与成人作为欣赏儿童文学的不同主体,其欣赏心理特征是有明显差异的。

[①]陈世安.儿童文学[M].南京:河海大学出版社,2005.

一、儿童欣赏儿童文学的心理特征

由于儿童在生理、心理以及生活经历、文学素养上的局限,决定了他们欣赏儿童文学的心理特征。

(一)接受的阶段性

"儿童"是个宽泛的概念,它囊括了生命个体从出生到成熟的整个时期。这一时期,其生理心理所发生的迅速变化是成人阶段无法比拟的。他一般经过乳儿期、婴儿期、学前期、学龄前期、少年期和青年初期。各个时期的发展、完成虽有长短之分,但各自的特征是十分明显的,特别是在语言能力、想象能力、感受能力和理解能力等方面,也即在文学的接受上表现出了不同阶段的本质特征。日本儿童文学理论家上笙一郎在其专著《儿童文学引论》中,对儿童的发育阶段与文学体裁的相关性提出了如下研究结论:

大而分之,摇篮歌、儿歌、讲故事、图画故事等具有语言以外的因素和未分化的各种形式,适宜于由于心理尚未分化而对于世界的认识极其狭窄的幼儿欣赏。而童话、儿童小说、戏剧文学、传记、报告文学等,对于那些由于心理已经分化发达,从而能够认识职业集团以至基础社会的少年儿童,则是适宜的儿童文学形式。为了便于理解,谨将儿童发育阶段和相应的儿童文学形式的对应情况整理列举如下:

①婴儿期(家庭集团)——摇篮歌儿歌。

②幼儿期(游戏集团、邻居集团)——儿歌、童谣、讲故事、图画故事。

③儿童期(学校集团)——童谣、儿童诗歌、童话故事、儿童小说、戏剧文学,改编儿童文学、传记、报告文学。

④思春期(学校集团)——儿童诗歌、文学剧本,改编儿童文学、传记、报告文学。

这一论述虽未涉及内容的深浅和表现手法的难易,但已足够说明儿童在接受、欣赏文学作品中存在着明显的阶段性。因此,在儿童文学中,可以编出适合不同年龄、年级的读物,以便适应不同阶段的欣赏心理,这在成人世界里是难以找到的欣赏现象。

(二)感知的直观性

儿童的欣赏在很大程度上依赖于具体可感的艺术形象,这种感知的直观性几乎成了他们欣赏心理的选择定势。其中,包含着三层意思:一是感知首先接受的是那些具体鲜明的形象;二是感知的过程也主要采用从形象到形象的联想方式;三是感知的结果常是具体、直观的。因此,儿童普遍非常注意形象的外部特征,并在这种对象外部特征影响下理解和评价作品艺术形象的内涵。

(三)想象的活跃性

年龄的限制决定了阅历的狭隘,阅历的狭隘却激发了想象的活跃,这种从科学上讲也许缺乏逻辑联系的道理在儿童的欣赏中却成了普遍现象。想象的活跃在欣赏中主要有三种表现:一是求知欲使他们的想象触角一直渴望蔓延到作品所描绘的那个多彩世界;二是阅读的限制使这种想象常常跃出作品设计的情境轨道;三是经验的不足使想象洋溢着一种浪漫化的创造激情。一、三是可取的,是欣赏心理中值得大加肯定、提高的,而第二方面却需要必要的暗示与指导。

(四)感情的强烈性

没有不动情的欣赏,但这似乎不足以形容儿童欣赏心理中的情感表现。他们动情的程度往往不只是一种感染或潸然泪下,还表现出超越生活与艺术的界线,将艺术虚拟的现象当成现实来接受。因此,情感表现在表情上大喜大悲,绝不掩饰;在语言上大喊大叫,绝对外露;在行动上大手大脚,绝无保留。这是欣赏心理上最彻底的情感投入,它引发了一种较真切的体验,并于其中完成了情感的审美陶冶。

二、成人欣赏儿童文学的心理特征

出于欣赏者年龄在生理心理上的成人性质,其欣赏心理也有着千差万别的复杂性:重温旧梦者有之,补偿失落梦幻者有之,逃避现实者有之,了解研究者有之,童心未老者有之……差异性极大。但也有一些比较接近的共同心理:

第一,成人总是带着一定的成人角度,把生活与艺术方面较为成熟的心理积累融进具体的欣赏实践,是一种较为高级的精神活动。

第二,或多或少地怀着一颗童稚的心,这是一种比较特殊的角色转换心理。在成人的欣赏中,真正具有一颗"赤子之心"(或童稚之心)的为数甚少,更多的是在欣赏心理上,忘却自己成人的身份,设身处地、转换角色,然后跨入感知、想象、情感的欣赏门槛。

第三,前两种心理特点在某种程度上是矛盾的,这种矛盾的不平衡引发出不同的欣赏心态,而最好的统一途径是:在心灵深处拥有一份对儿童的责任感或较为深刻的人道精神,这样才能使这种欣赏心理处于最健康、最积极、最有效的活动状态[①]。

第三节 儿童文学的审美策略

一、儿童文学欣赏的基本规律

儿童文学的欣赏是欣赏者对作品所表达的思想感情、所反映的社会生活、所采用的艺术手法的一种感知、体验、联想、想象、理解的审美认知过程。其基本规律可简单概述为:透过语言的品味而感知形象,经由形象的分析而体验思想感情,最后通过思想感情的领悟实现对社会生活内蕴和艺术手法的把握。这一规律体现了感性与理性的反复推移、形象思维与抽象思维的交叉深化。

(一)儿童文学欣赏的基本过程

1. 感性直觉阶段

最早进入欣赏视野的是语言或画面对欣赏者视觉和听觉的刺激,这种刺激带来了丰富的欣赏信息,主要是由语言文字唤起的相应形象感受。在这一感性直觉阶段实际上还暗含着一种心理过程:感觉(产生刺激信息)——知觉(信息联系综合成一幅幅画面)——形成表象(对感觉材料初步加工)。在欣赏的这一阶段,有两个因素要特别注意:一是要准确地掌握语言文字提供的各种信息,准确地把形象"再造"出来;二是要避免孤立、静止地欣赏一人一物、一情一景、一词一句。

2. 统觉参与阶段

这一阶段,欣赏者通过联想和想象的作用,将过去经验中其他表象积累同感性直觉阶段所形成的表象掺合在一起,产生了形象的再创造,丰富、补充和扩大了作品中的艺术形象。

这一阶段要特别注意的问题:一是联想和想象要主动、积极地展开;二是过去经验中的表象参与可能是直接的生活经验,也可能是间接的生活经验,关键是不要游离于作品所设置的情景之外;三是统觉的参与必须是富于创造性的,必须创造出新的形象。

[①] 陈世安.儿童文学[M].南京:河海大学出版社,2005.

3.交流共鸣阶段

交流共鸣是欣赏者与作品所表现的思想感情一致或相接近的一种欣赏状态、它是在前一阶段的基础上,反复感受、体验、思索而产生的。它的特点在于:欣赏者在意识中消除了他与作家作品的距离,以致感到欣赏的作品不是他人创造的,而是他自己创造的,其中所表达的一切也正是自己早就想表达的。

4.审视品味阶段

这一阶段的欣赏使欣赏者进入对作品的领悟,欣赏的层次也由"写了什么"开始转向审视品味"怎样写的""为什么这样写"等一系列涉及作品主旨、艺术构思等较深层的领域。这一阶段的欣赏需要借助分析、比较、推理、概括等抽象思维的能力,才能真正发现作品的价值。

(二)儿童文学欣赏的基本方式

作为欣赏主体的儿童,在进行儿童文学欣赏时常常处于被动依赖的地位。如何选择欣赏对象并有效地去欣赏,在大部分时候仍需要成人的引导。因此,为他们提供基本的欣赏方式,以便帮助他们更快地进入欣赏境界、更好地达到欣赏目的,就显得迫切而必要。

1.普及式

通过语言文字的中间媒介,投入自己的情感,展开相应的联想和想象,从而感受作品的思想内容,品味作品的艺术方法,从中获得美的享受。这种欣赏不受时空限制,也不需依赖什么条件,还可以反复进行,是欣赏方式中最普遍最自由的方式。但它不适合于小学中低年级以下的儿童,因为他们识字有限,不具备独立阅读欣赏的能力。

2.辅助式

辅助式主要指成人的参与、传播媒介的加入、美术手段的融合,使欣赏活动在一定的辅助条件下进行。如在婴幼儿阶段,儿童必须依赖成人的口头语言、表情、动作才能间接地参与儿童文学的欣赏。另外,儿童的欣赏活动需要音像资料的加入和美术图画的配合,使之摆脱相对单调的状态,在一种较轻松丰富、直观的条件中完成对以文字为中介的文学作品的欣赏。这种欣赏方式比"普及式"更能吸引儿童的注意力和欣赏兴趣,但欣赏者的主观能动性也往往因此退居适应的状态,欣赏效果也在很大程度上依赖于辅助条件的优劣。

3.表演式

这也许是欣赏方式中难度最大、效果最好的方式。这种欣赏方式,使儿童或可以在自己的表演中深入品味作品,或可以从他人的表演中印象深刻地实现对某一作品的把握。如朗诵表演、戏剧表演,儿童在舞蹈、音乐、造型、道具、布景、灯光的综合作用下,进入动静声色俱备的立体欣赏情景,大大强化了欣赏效果。但是,这一欣赏受到来自时间、空间及各种主客观条件的制约,注定不可能是一种经常性和普遍性的欣赏方式[1]。

二、儿童文学的教育路径

(一)强化教学基础,转变育人理念

教师是学生进行儿童文学阅读的导引者,教师的素质影响着教学质量,语文教师须具备扎实的儿童文学素养。教育部门、学校须为教师组织专门的培训,让教师深刻意识到儿童文学在语文教学中的重要地位,帮助教师梳理儿童文学的教学脉络,鼓励教师主动挖掘儿童文学的育人价值,能够积极为儿童提供科学的阅读指导。就语文教师自身而言,须主动学习相关教育知识和理论内容,不断提升自身的文学鉴赏能力。不同文体的儿童文学适用不同的鉴赏方法。例如,童话的情节完整、具有科幻色彩,常使用拟人、象征、夸张的表现手法。教师在引导学生鉴赏童话时,要把握本质、重视朗读、带领学生品味作品的语言美。儿童诗融情于景、语言简洁、富有韵味。教师在引导学生鉴赏儿童诗时,要带领儿童融入诗歌的意境,体会儿童诗的情感及语言美、意境美。寓言的语言简练、教育性强,教师在引导学生鉴赏寓言时,需通过喻体深入到本体,带领幼儿领悟其寓意。另外,语文教师还应具备创作儿童文学及指导儿童进行创作的能力。教师在长时间的教学中,了解学生的心理特点和阅读喜好,在儿童文学的创作上具有优势。教师要主动积累,用心观察生活,立足儿童的天性,创作出儿童喜爱的文学作品。

(二)阐析儿童情趣,吸引学生参与

与其他文学作品相比,儿童文学趣味性非常强。儿童的想象力丰富、思维独特、情感热切、精力充沛。儿童在进行阅读时会产生兴奋、快乐的情感体验。在传统的语文教学中,一些教师难以吸引学生的学习兴趣,那么怎样才能把握好儿童情趣,吸引学生积极参与课堂活动呢?

教师应挖掘儿童文学作品中的情趣元素。小学生的阅历和认知能力有限,需要教师的引导,如在导读环节,教师要从儿童视角对文本进行分析,儿童

---

[1] 陈世安.儿童文学[M].南京:河海大学出版社,2005.

情趣可以从主人公的心理活动、动作、语言来表现,还会随着故事情节的发展呈现。例如,《祖父的园子》一文通过对主人公活泼的个性、调皮的语言、可爱的外貌的描写展现童趣;《珍珠鸟》一文通过描写主人公与珍珠鸟的亲近交往过程呈现主人公的情感变化;《桂花雨》一文通过回忆童年时代的"摇花乐",抒发对故乡美好的生活的怀念。

教师在讲述儿童文学作品时要从儿童的角度着手,避免用成人的方式解读。例如,教师在引导学生阅读《荷花》时,要让学生闭上双眼想象这样的场景:在温暖的午后,阳光洒满大地,自己是一朵美丽的荷花正跟随微风翩翩起舞,借此呈现儿童情趣。总之,教师要发挥自身的主导作用,通过多种教学方法带领学生挖掘儿童文学的情趣,激发其参与兴趣,让学生在轻松愉快的课堂氛围中学习儿童文学,感知作品中的情趣。

(三)关注期待视野,尊重阅读主体地位

学生在阅读文学作品之前及阅读过程中,会基于家庭环境、个人爱好、人生经历、认知能力等的影响有自身的阅读经验和审美趣味,对于文学作品有预先的估计与期盼,也就是阅读经验期待视野,简称期待视野。不同的学生拥有不同的期待视野,会产生不同的阅读感受。教师要关注不同学生的期待视野,在让学生阅读儿童文学前引导学生预习,引起学生对文本的深度思考,鼓励学生在课堂上展开讨论,积极表达自身的见解,对文本内容做出多元化解读。例如,教师在教学《巨人的花园》时,可鼓励学生交流课前预习的内容,让学生谈谈花园的特点,然后带领学生共读内容,在读到巨人在花园砌起围墙,竖起牌子后,向学生提问:"大家觉得巨人是什么样的呢?"有的学生认为巨人没有爱心,有的学生认为巨人非常自私,有的学生认为巨人的脾气太过暴躁,有的学生认为巨人冷漠无情。教师要尊重学生在阅读中的主体地位,鼓励他们自由发表看法,并且引导学生通过分工合作勾画文本中的精彩语句,促使他们对文中的人物有更深入的理解。学生在成长过程中,其阅读接受心理开始从语言层转化为语象层。他们在阅读文字后,会在头脑中构建形象。教师在教学过程中要避免为学生单一解读儿童文学内容,应通过整体感知、细节分析、拓展延伸、总结升华的方式开展教学,先让学生对文本产生粗略印象,再提出问题,带领学生阅读整篇文本,让学生自主地对文本有一个整体感知。

(四)优化教学方法,提供愉悦体验

教师良好的教学方法能够给学生带来美的享受和体验。小学阶段的学

生，其思维主要为具体、形象思维，他们容易被趣味性强的故事吸引。教师须优化教学方法让学生产生愉悦的学习体验，具体可从以下几方面展开：

1. 以信息化手段创设情境

具体、生动的情境能够让学生联想到自身的相关经验。教师在创设情境时，要发挥信息化手段的优势，借助微课视频、音乐等方式创设情境让学生沉浸在阅读氛围中。儿童文学作品会附有大量的精美插图，教师要利用好插图，用栩栩如生的语言结合信息化手段营造丰富的情境带领学生探索作品中的趣味故事。

2. 打造表演式课堂

儿童对于游戏、表演等活动有着浓厚的兴趣，他们可在此类活动中收获快乐。不少儿童文学故事性强，非常适合用表演的方式呈现。教师可选择其中的一个片段创编剧本，让学生分组扮演角色。例如，《赶海》描述了这样的片段："我兴奋极了，飞跑着追赶远去的浪花。""我在海水里摸呀摸呀，嘿，一只小海星被我抓住了！""哎，那边一个小伙伴，正低着头寻找着什么。我走过去想看个究竟，小伙伴只努努嘴儿，不作声，原来是一只螃蟹不甘束手就擒，正东逃西窜哩。""它摇摆着两条长须，活像戏台上的一员武将。"……教师可让学生表演这些情节，片段式的表演不会花费较多时间，但能营造轻松愉快的课堂氛围。

3. 在想象中融入意境

很多儿童文学作品本身就是想象的产物，教师要带领学生通过想象感知作品的意境。教师要为儿童提供丰富的想象空间，鼓励他们在想象的世界中驰骋，丰富审美经验。例如，教师在教学《我想》一文时，可引导学生想象："一年之计在于春，春天万物复苏、草长莺飞，提到春天，大家会想到什么呢？"在提出问题后，教师播放舒缓的音乐，带领学生融入春天的意境中，让学生联系生活进行想象。在音乐的烘托下，学生很快融入了情境，教师进一步引导他们说出自己的所思所想。

（五）制定阅读计划，鼓励课外阅读

教师要鼓励学生在课外阅读不同风格的儿童文学作品，此时制定阅读计划至关重要。教师要为学生精心选择儿童文学读物，向他们推荐一些情绪饱满、情感真挚的作品，如《长袜子皮皮》《窗边的小豆豆》《尼尔斯骑鹅旅行记》《木偶奇遇记》等。教师要引导学生在每个学期开始时就制定阅读计划，课程标准指出,第一学段(1~2年级)课外阅读总量不少于5万字,第二学段(3~4年级)课外阅读总量不少于40万字,第三学段(5~6年级)扩展阅读面,课外阅读总量不少于100万字。教师要根据学生的实际情况与课程标准的要求为其精心制定阅读计划,将计划细化到每一天。学生在长期的阅读积累过程中厚积薄发,提升文学素养。

儿童文学具有丰富的育人价值,对提高学生的语文素养、增加学生的生活阅历发挥着重要作用。教师要利用好儿童文学,在教学过程中注重强化教学基础、转变育人理念、阐析儿童情趣、吸引儿童参与、关注期待视野、尊重阅读主体地位等,让儿童文学在儿童成长过程中发挥育人价值[1]。

三、儿童文学审美教育策略

少儿有很强的可塑性。《墨子·所染》言"染于苍则苍,染于黄则黄"。对初涉人世的儿童来讲,他们极易受到身边环境的熏染。如何营造有利于他们身心健康的环境,以及提供什么样的精神养料予以灌溉,成为儿童教育首要关注的问题。儿童文学应该是我们的首选。优秀的儿童文学作品具有优美的语言、积极正面的内容,有利于儿童及早养成良好的品德习惯、建立健全正确的价值观,激发其审美兴趣,使其形成良好的审美心理结构,进而适应目前素质教育的要求。

(一)儿童文学审美教育的现状

目前,很多学校或家庭教育都借助儿童文学对儿童进行智育和德育,没有真正发挥儿童文学的情感功能、审美功能,忽略了儿童审美情感、审美态度的形成与发展,错失了从小对儿童进行审美教育的良机。

心理学的有关研究表明,儿童对文学作品的欣赏大体上都是停留在对形象的整体欣赏阶段。首先,幼儿早期处于整体模式识别阶段,大脑总是不假思索地选择自己熟悉的对象进行完整摄取,凭直觉做出非理性的判断;其次,幼儿的形象记忆较强,所获表象比较丰富活跃。幼儿这种知觉的整体反应模式和记忆的具体形象性使其总是把客体的表面现象,如色彩、声音、音响、节律等使人愉快的审美特征形式,内化到认知结构中,积聚为心理图式。如果从一开始接触文学作品时,就进行过多的条分缕析,没有让孩子们积聚起足够多的文学审美图式,文学的审美功能最终就会被众多实用功能所代替。

---

[1]周桂诗洋.儿童文学的教育价值与教育路径[J].学园,2023(7):81-83.

(二)儿童文学审美教育的路径

实施儿童文学审美教育,无论是对美的特征的探索还是对美的本质的把握,整体性和形象性都是值得高度重视的问题。

如何实现文学美育呢？家长及教师应在自己对文学情感有充分体验的基础上,以丰富多彩的诱导方式让儿童在审美教育过程中产生愉悦的情感体验,唤起儿童阅读的强烈兴趣,使他们自觉加入学习中。

1. 创造性的复述与角色演绎

文学审美教育中,幼儿会经历感受、体验、移情、理解等一系列心理阶段,会不由自主地进行创造性的复述和角色演绎,将自己的日常经验和情感状态投射到作品中,不断参与作品的再现、扩充以及重构。

因此,教师及家长在进行文学作品讲解时,不应该只是逐字逐句读绘本上的文字,从题目到情节顺序理明,而后归纳主题。过于注重条分缕析,毋庸置疑会减损文本的整体美感,降低作品的情感浓度,为幼儿的想象人为地设置藩篱。对词语一一对应的解释破坏了汉语词汇的整体美和含蓄美,汉语里很多只可意会不可言传的无尽意蕴被简单的一一对应的解释固定后,丧失了审美价值,语义的模糊性和多义性被剥夺,独特的魅力也消失了,变得毫无美感可言。

因此,在讲述绘本时,可以采取先讲述,然后让幼儿自己进行创造性复述的方式来锻炼其口语表达能力、逻辑思考能力以及想象力。对于幼儿喜欢的故事,教师及家长在阅读时也可以采用戏剧化的形式予以呈现,利用夸张的动作、表情和姿势,声情并茂地展现人物的心理状态,然后让幼儿通过戏剧表演的形式再现。幼儿作为阅读活动的主体,有充分的主观能动性,作品中的内容往往能唤醒其日常生活经验与审美体验,以情感宣泄的方式自由发挥、演绎文本的内容,这种再创造其实就是戏剧的本质。角色扮演是提升幼儿审美体验的有效途径。例如《西游记》中的"三打白骨精"和《红楼梦》中的"刘姥姥进大观园"片段,最初是因为新鲜有趣,受人物活灵活现的表情和夸张幽默的肢体动作感染,幼儿非常喜欢扮演其中的角色。后来,原本以情节为主的表演在细节上还体现了另一个作用,一些奇怪的动词开始发酵,幼儿开始明白"眉开眼笑""抓耳挠腮""翻跟头"的含义,还能够通过动作表演领会意义相近的动词之间的区别。此外,还有一些优美的形容词降落在幼儿的心田,使得他们的世界充满了变幻的色彩。幼儿学习到的形容词愈多,他们描绘世界展露内心的素养就愈强,与周围世界的联系也就愈发紧密。

2.自由作画、手工及其他自由游戏

教师及家长需借助形象性来最大限度引起幼儿注意。文学作品的内容可以画出来,也可以融合在自由游戏中。例如,为了让孩子认知秋天及季节的更迭,可选取伊东宽的绘本《落叶跳舞》,教师及家长用金黄的银杏叶、梧桐树叶作头饰给孩子戴上,或在白纸上粘贴一棵金黄的银杏树,在银杏叶上绘画,用树叶拼凑出美丽的图形等,充分调动幼儿的想象力,让他们认识"秋天树叶发黄自然脱落"等现象,有效引导他们进入思考状态,进行生命意识的启蒙。

3.在旅行中构筑文学审美空间

儿童审美经验的发展、文学感知力的获得,最终都要与现实世界产生直接关联。大量的感知、直接观察与实地体验是构筑儿童文学审美世界的前提。但许多教师及家长对儿童的文学审美引导,往往只注重结果,反而缺少了审视世界的过程,而在旅行中认识文学则可弥补这种遗憾。

旅行的过程,不应该只是走马观花地奔走于各大热门景点,教师及家长应积极动用自己的文学知识储备,引导儿童感受文学作品中的地理面貌、风土人情、民俗文化、饮食服饰以及当地方言,进而构建属于儿童自己的文学地理空间。这样做不但能进一步丰富文学学习的内容,还能提升儿童阅读的兴趣,提升儿童的审美感受[①]。

四、儿童文学出版的审美价值失范与重构

全国有近600家的出版,90%以上的出版社都有童书出版,自2010年以后,儿童读物每年的出版都在4万种以上,年销售总额超50亿。在童书出版中,儿童文学所占比重最大,儿童文学出版呈现出井喷的态势。杨红樱的系列童话销售额达4亿元,曹文轩的《草房子》10年内印刷了100多次,《西游记绘本》累计销量超过60万册。文学是一门审美的艺术,传统的儿童文学都非常注重作品的审美价值。儿童文学作家秦文君也认为儿童文学应该"以审美为本",应该在审美中打动童心,培养儿童健康的人格。儿童文学类图书一直是占据着实体书店的排行榜,各种新书层出不穷。儿童文学出版的火热与国家推进素质教育、家长注重儿童成长、儿童文学"本位意识"的增强、儿童文学出版的精美装帧等因素紧密相关。儿童文学出版蜂拥而上,看似热闹,实则令人担忧,受商业利益的驱动,消遣性、娱乐性、实用性、成人化的儿童文学读物充斥着市场,儿童文学读物面临着审美价值失范的危机。作为儿童重要的精神

---
① 罗晶,刘丽彬,张轩.儿童文学审美教育探析[J].时代报告(奔流),2021(10):18-19.

食粮,儿童文学出版如何构建起合理的规范,这是我们面临的现实问题。

(一)儿童文学出版审美价值失范的表现

进入21世纪以来,我国的童书出版以每年15%的速度增长,童书销售呈现"井喷"的态势,我国已成为童书出版的大国。随着"互联网+"、融合发展、国际化、大平台等出版环境的形成,童书尤其是儿童文学的出版将出现新的"黄金时期"。在市场大潮冲击下,儿童文学出版呈现出复杂的态势,一些出版社和书商以牟利为目的,只是一味地迎合市场的需求,完全不顾儿童文学的审美需求,偏离了儿童文学的审美规范,削弱了儿童文学的育人功能甚至会危害到儿童的健康成长。

1.儿童文学出版的成人化

儿童文学的主体是儿童,儿童文学的出版应该以儿童为本位,根据儿童身心发展的规律来选择儿童文学作品,满足他们身心发展的需要。儿童文学作家王泉根认为儿童文学应当回归其"儿童化"的本位,保持儿童生活、儿童情趣、儿童审美意识,不应该过度地"成人化"。从当前的儿童文学出版上看,儿童文学出版成人化的现象是比较严重的,这主要表现在两个方面。一是主题先行,重思想教育,忽视儿童的实际精神需求。当前儿童文学的出版多是源于成人的旨意,家长和书商先入为主,从思想教育和应试角度出发设计童书的内容,在儿童文学作品的选择上注重思想性忽视娱乐性,重文化、重哲理成为当前儿童文学出版的一大倾向,焦虑和躁动替代了童心和童趣。当前儿童文学出版中,以各种主题如爱国、传统文化、友谊、励志等汇编的童书层出不穷,家长购买的意愿高涨,媒体也是一片叫好。传统儿童文学经典的价值毋庸置疑,我们需辨清的是,儿童文学是有时代性的,儿童文学出版过度倚重传统经典说明我们对儿童文学的认识是偏颇的。同时,传统儿童文学经典也存在时代隔阂的问题,不仔细辨别有可能会伤害孩子们阅读的兴趣,造成他们的心理负担。如《格列佛游记》,这部儿童文学读物有强烈的社会讽刺意味,儿童涉世不深,很难读懂其内涵,这种儿童文学读物与其说是儿童的需要,不如说是大人的需要,儿童文学出版拔苗助长的做法不值提倡。其实,儿童的需要是多方面的,有明确教育主题的儿童文学固然是好的精神食粮,但过度强调主题教育往往会挫伤孩子们的阅读兴趣,甚至诱发孩子们产生厌读的情绪。孩子们的精神需要是多方面的,他们其实也需要一些纯美、娱乐性的作品,因此,在儿童文学的选择上,我们应该坚持多元化、多样性,满足孩子各种需要。儿童文学出版成人化的另一表现是重传统的儿童文学经典,忽视孩子们的当下体验。在国学热的推动下,传统经典文学作品成为儿童文学出版的重头戏,《西游记》《水浒传》《三国演义》《红楼梦》《唐诗三百首》《宋词三百首》等传统文学重复出版,让人无所适从。国外经典童书如《安徒生童话》《一千零一夜》《格林童话》等经典儿童文学作品也是琳琅满目。

2.儿童文学出版过度追求潮流,格调不高

随着现代科技的发展,动漫、电子游戏等现代娱乐方式进入了儿童的世界,且有愈演愈烈之势。在儿童文学出版中,不少作品不是宣扬诚实、勤劳、正义、平等、兼爱等思想,而是直接或间接地宣传金钱至上、享乐、等级阶层、暴力等思想,将当前社会一些不良的情趣融入其中,以博销量。总之,在市场经济和现代科技的推动下,儿童文学出版鱼龙混杂,一些出版社出版的儿童文学读物格调普遍不高,审美性不强。近几年来,一些"少儿不宜"的童书成为畅销书,这些童书多是儿童文学作品,这些作品普遍有两个特点,一是新潮,二是娱乐性强。这些"少儿不宜"的童书从一个方面说明了我们的儿童文学出版有待规范。

3.商业化出版下的粗制滥造,缺乏审美品性

为了迅速扩大销量赢得利益,许多出版商缺乏精品意识,他们通过各种营销手段制造需求,一些低劣的儿童文学作品在炒作之下成为畅销书,不少不合适儿童阅读的作品也出现在出版书目中。以极度夸张、变异的手法迎合儿童好奇心理的"热闹派童话"在出版市场也屡见不鲜,这些儿童读物热闹有余,深度不足,只是满足儿童一时的好奇心理,没有起到精神提升的作用。这些童话经典的改编一味迎合读者的低级趣味,缺乏美感的提升。在"销量为王"的追求下,以迎合读者一时需要的儿童文学作品不断出现,这说明一些出版社在社会担当上仍有不足。

(二)儿童文学出版审美价值的重构

儿童文学出版销量大、利润高、出版容易,各出版社竞相在这一领域开疆拓土,实在是热闹。在出版"热"的背后,我们也要清醒地看到存在的问题,引导其健康、有序地发展,保证精神食粮的质量。

1.儿童文学出版回归"儿童本位"

儿童天生好奇,他们对世界充满幻想,试图在幻想中了解世界、征服世界。"童心"是儿童文学创作的基础,周作人认为儿童就像人类的童年,他们对世

的认识是感性的,他们在对世界的感性认知中获得了审美的娱乐,儿童文学正是这一审美娱乐的升华。高尔基认为儿童文学表现了人类的童趣,"儿童文学是快乐的文学"。儿童文学的创作、出版是成人的事情,但儿童文学的主体是儿童,在策划出版时,我们应当充分尊重儿童的心理特点,从儿童的需要出发,而不是从大人的需要出发考虑儿童文学的出版。在策划时应该深入调查,与儿童有效互动,了解儿童的实际需要。格林童话《长袜子皮皮》写皮皮在被警察抓去孤儿院的途中与警察玩起了捉迷藏的游戏,不仅戏弄了警察,还与小偷跳起了舞。这些富于游戏色彩的情节给孩子们带来了精神上的享受。《喜洋洋与灰太狼》《草房子》《宝葫芦的秘密》《爱丽丝漫游奇境》等作品在情节上波澜起伏,也很受孩子们的欢迎。儿童富于想象,儿童文学具有强烈的现实超越性,丰富的想象体现了孩子们好奇、好乐的天性,这也是儿童文学趣味性的表现。出版之后,我们应该及时收集反馈的信息,以儿童为本位,不断地调整、修订,让儿童文学真正地回归其本位。坚持以儿童为本位并不是完全抛弃成人的意见,优秀的儿童文学读物往往能够以"童心"为基点,在儿童与成人之间保持平衡,儿童文学在某种程度上也是成人文学。在儿童文学出版中,我们应当将"童趣"放在首位,注重培养孩子们的阅读兴趣,从阅读的兴趣出发考虑整个图书的出版,把一些主题过于沉重、时代隔阂性强的作品剔除在外,让整个图书轻松活泼、富于时代的气息。

2. 儿童文学出版要讲究格调,注重"寓教于乐"

一本儿童文学读本给儿童构建了一个世界,好的儿童文学读本能给儿童乐趣,同时也给他们带来教益。儿童的教育不仅仅是学校的事情,也是社会各行业的事情,在儿童文学出版时,我们不能仅仅考虑经济效益,必须将儿童的身心发展放在首要位置,多做一些有益于儿童、有益于社会、有益于未来的事情,坚决抵制低俗、不健康的儿童文学作品。儿童对世界充满了好奇,利用他们的好奇心理给他们以知识的教益,这也是儿童文学的应有之义,儿童文学往往能够在审美的愉悦中让孩子们长知识、辨是非。《小蝌蚪找妈妈》中的小蝌蚪一出生就没有妈妈在身边,找妈妈是动物的天性,也是孩子们的自然本性。小蝌蚪的体形不断地变化,它的妈妈到底是谁?这个问题困扰着小蝌蚪。不同的动物有不同的体形和习性,小蝌蚪寻找妈妈的过程中遇到了不同的动物,小蝌蚪的追问增进了孩子们对各种动物习性的认识,增强了他们观察能力、概括能力和推理能力,知识性与趣味性融为一炉。小蝌蚪最终找到了妈妈,这个故事不仅让孩子们知道了青蛙的成长过程,也知道了事物不断变化发展的世间规律。世间事态丰富，儿童文学是我们教育孩子重要的载体。孩子们辨别善恶的能力比较差，优秀的儿童文学作品往往能够给他们以教益，《农夫和蛇的故事》告诫孩子们要远离不知图报的坏人，《乌鸦和狐狸》让孩子们不要好慕虚荣，《赫尔墨斯和雕像者》劝勉孩子们要谦虚谨慎，不要妄自尊大。优秀的儿童文学作品不仅能给孩子们带来知识，而且能增强他们的思想情操和辨别善恶的能力，它对孩子们的健康成长具有不可替代的作用。好的儿童文学是孩子成长过程中的良师益友，我们应该好好呵护这一精神食粮。儿童文学要为儿童服务、为儿童的健康成长服务，儿童文学的童书出版应该注意文化内涵的挖掘，在出版中应该坚持主旋律，注意弘扬具有民族特色、文化品格的儿童文学作品，让儿童文学的童书出版与学校教育有机结合。

3.儿童文学出版要树立精品意识

优秀的儿童文学读本是真、善、美的统一，它经久不衰，成为一代又一代人的精神食粮，成人之后，曾经的儿童文学仍然是我们人生前行的精神动力。儿童文学出版不能走"快餐"化的道路，出版管理机构和出版社都应该制定相应的出版规范，坚持精品意识，反对过度的商业炒作，排斥粗制滥造之作，努力营造精品，让精品成为自己的品牌，以品牌赢得读者。"快餐"式的儿童文学读本虽然能够在短期内为出版社带来经济效益，但放眼长久，品牌才是出版社发展的根基，出版管理部门应该加强对出版人员的宣传教育，让他们能够立足长远，不为一时利益而动，推动出版品牌的形成。世界反法西斯战争胜利70周年来临之际，二十一世纪出版社推出了《狼牙山五壮士》《两个小八路》《杨靖宇》等抗战题材原创少年小说，在少儿读者中产生了广泛的影响，这些图书入选国家新闻出版广电总局"百种经典抗战图书"优秀原创少儿图书，充分展现了原创儿童文学出版的民族自信、国家自信、文化自信，以及"塑造民族未来性格"的使命感与出版担当。儿童文学出版必须坚持正确的价值导向，才能真正创造出无愧于这个伟大时代的童年文化景观。

儿童文学是孩子们的精神家园，儿童文学应该向儿童回归，向儿童的自然天性回归。我们拥有丰富的儿童文学资源，如何开发好、利用好这一资源，这是儿童文学出版面临的现实问题。出版行业在追逐经济利益的同时不能放弃社会效益，一定要有底线。我们的出版应该从儿童文学的趣味、益智、育人、构建儿童精神家园出发，遵循儿童文学的价值规范，维护精神食粮的健康，避免价值失范，让儿童文学作品中的优雅、童趣与诗意陪伴孩子们的成长[1]。

---

[1]林春惠.儿童文学出版的审美价值失范与重构[J].山西能源学院学报,2023(1):60-62.

五、儿童文学的情感浸润

成长是心理、生理、社会化、认知四个方面交织并进的一个漫长过程。其中,心理因素的外化体现便是情绪变化和情感表达。任何一个走过青春期的人,都曾多次体验过难以收束的情绪或情感的力量。这力量如水,干涸,无以滋养生命;泛滥,足以冲破理性堤防,摧毁自我、伤害他人。所幸,情绪或情感不只能在亲历中体验。作家、儿童阅读教育研究者艾登·钱伯斯(Aidan Chambers)在《书之蜜语——关于文学和儿童的偶谈》中提出:"儿童注定会在相当长的一段时间内,用'叙事'这种单一的方式来表述所有想法。"儿童文学/绘本正是借助叙事,搭建起成长过程中各种情境的"数据库",给孩子们提供安全体验情绪或情感风浪的"实验室"。通过阅读,儿童在生活中遭遇波动、情感起伏时,能联想起书中类似的情境,甚至可以借助角色采用的方法来应对。毕竟,当下儿童成长的环境可以说是人类有史以来最为复杂的:社会变化迅速,100年来的发展远超过去数千年;媒介发达,网络成为不同文化、观念、思维方式的混杂之地,却难以给出明确的人生指引。

人的行为模式与很多因素有关,如情感素养、价值观系统、道德体系、审美标准、生长环境、社会结构等。以情感素养为例,它包含多个维度,如情感的指向性、情感的深刻性、情感的表达、情感的自知与调控等。良好的情感素养不仅能有效保证儿童的学业成绩和认知能力发展,而且能促进亲子关系、师生关系、同伴关系,增强儿童的幸福感,降低心理障碍发生率。而在探讨如何培育学生的情感素养之前,我们有必要对情感素养及其影响因素进行准确的把握。

(一)情感素养及其影响因素

1.情感的指向性

一个人喜欢什么、不喜欢什么,这就是情感的指向性。很多孩子只要求别人爱自己,却想不到爱别人,表现出来的态度就是冷漠、自私,这就是情感指向性出了问题。造成这种现象的一个原因是许多家庭乃至学校只重视孩子对学习的态度,对于孩子的情感指向缺乏关注,或者只要孩子学习成绩优异,在物质方面家长会尽可能地满足。然而,在生命的早期阶段,很多情感指向是通过观察学习、模仿而来的。如果家长对雷电露出惊恐的表情、做出蜷缩的动作,如果教师对成绩不佳的学生表现出嫌弃、歧视的语气和表情,处于这个场景中孩子自然会无意识地对这些人和事产生同样的情感。类似的还有,如果家里有看书的氛围,孩子对书的兴趣也是自然而然生发的,但如果家长自己沉迷电子产品,孩子也会因为好奇而模仿,进而沉迷。

2. 情绪情感的感受力

对同样一个经历或故事,有的人可能无限感慨,将其视作重要的人生阅历;有的人却无动于衷,今后的人生并没有因此发生丝毫转变,这是因为不同的人对情感的感受力不同。所谓"拨动心弦",就是指具备情绪感受力的人,往往会因为某事、某人心情泛起涟漪;所谓"木讷"的人,则往往表现出一种凡事无动于衷的个性特征。在日常观察中,我们发现有的家长十分自豪地表示,自己的孩子很爱阅读,一天能读十几本绘本,三年级就能读70多万字的古典小说。但是,当我们要求孩子跟我们分享一些印象深刻的内容时,他却支支吾吾,陈述内容支离破碎,可见孩子对所读内容没有进行深加工,也没有深刻的情感体验。这也是当下学校教育的一个盲点,即更注重结果(成绩)而忽视了过程(体验)。没有情感体验的课堂教学,自然不能滋养孩子对所认知的人、事、物乃至社会自然的感情。

3. 情感的表达方式与管理能力

情感的表达能力和表达方式,是一个人人格外貌的主要组成部分,直接影响着孩子的情商和社会适应性。其中,情绪管理能力常常是通过模仿习得的。比如,家长因为孩子成绩不理想而大发脾气、摔书本、撕作业;又如,教师在学校期间或课堂上没有控制自己的情绪,愤怒地斥责学生,那么孩子自然也不会获得有效管理情绪的意识。因此,相比于生硬地让孩子控制自己的情绪,家长和教师更应该在日常生活中有意识地管理好自己的情绪,如和邻居友善相处,和教师及其他家长友善沟通,常与孩子分享温暖的故事,正面点评各种社会新闻等,这都能为孩子提供情感管理的榜样。

提升孩子的情感素养,是一个涉及家庭、学校、社会的系统工程。现在的孩子大多学业任务重,缺少真实的、充分的人际互动经历。基于全社会高度教育焦虑的现实,我们认为,除了成年人的言传身教,在家庭和学校提倡儿童文学作品的阅读,同样可以让孩子获得自然界和人类社会跨时间、跨空间的认知和体验,从而提高孩子的情感素养。

(二)媒介时代的情感发展困境

远古时期,人类在篝火旁讲述神话传说和民间故事,引导孩子形成集体身份认同,将其塑造为部落/氏族中的一员。专门写给孩子的文学类别——儿童文学,起源于18世纪的英国与德国,并在19世纪中叶发展成熟。德国情绪史学者乌特·弗雷弗特(Ute Frevert)带领研究团队,选取1870~1970年间的约一百本童书进行研究,在这些作品中发掘出较为集中出现的十种情绪或情感——信任、虔诚、同情、同理心、爱、羞耻、恐惧、勇敢、思乡、无聊,并认为情绪或情感是社会建构的结果。

这些童书在它们所属的时代是经典作品,直到今天仍被广泛阅读,可以说,童书影响了一代代儿童理解、处理情绪或情感的方式。

与1970年之前的欧洲社会相比较,今天儿童情感教育的状况更为复杂。我们面临着全球化的困境:"童年消逝"。媒介研究学者尼尔·波兹曼(Neil Postman)在他1982年的著作《童年的消逝》中指出:印刷术创造了童年,而电子媒介使之消逝。因为印刷术建立起来全新的符号环境,孩子需要经过漫长的学习才能理解这个世界中的新信息和抽象经验。而电子媒介大批量生产图像,改变了信息的形式。图像是经验的具体再现,取消了知识的等级制度,由此带来童年概念的消逝。此时的童年期不再与成人的秘密——禁忌语、暴力、死亡、性等相隔离。而成人的美德本应包括自控力、延迟满足的能力、理性认知能力,此时却饱受短视频、社交媒体上不需要承担后果的即时发泄、电子游戏的升级诱惑等网络时代特有的文化现象的冲击。不少成人如同生活在"数码永无岛"上的"资深彼得·潘",服饰无龄化、情绪易被激惹、心智摇摆于幼稚与故作苍老之间。

与此同时,中小学教育虽与时俱进,但仍以学科教育为主。成长的四个维度中,认知成长畸重。这在无形中强化了同伴关系中的竞争元素、亲子关系中的沟通失能、人际关系中的自我中心等问题。由此带来了今日儿童情感发育所面临的几组矛盾:丰富的情感需求和匮乏的情感教育之间的矛盾、寻找出口的情绪力量和网络上不良的情绪发泄方式之间的矛盾、寻找认同榜样的渴望和消极的成人形象之间的矛盾。在这样的社会背景下,情感教育如果缺席,情感不会消失,只会失控。

今天的儿童文学(或绘本)对当下的社会语境做出了回应,一系列作品呈现了现实给儿童带来的情感和情绪挑战:竞争带来的压力,兴趣爱好被学业压缩,亲子沟通渠道不畅。儿童文学同样试图在叙事情境中给出应对方案:提示管理情绪的方式方法,塑造可以成为"认同对象"的儿童或成年人形象。此外,还有一系列情绪管理方面的绘本及心理学读本面世。教育者可根据儿童的不同成长阶段,从中寻找合适的读物,在共读中为儿童体验情绪、情感搭建安全的"实验室"。

(三)儿童文学的情感浸润功能

借助儿童文学开展情感教育,涉及一个不限于儿童文学的书目系统,包括给儿童阅读的绘本、文字书,为家长和教师准备的"教养手册"——如儿童心理普及读本、儿童阅读指导手册等,其中后者接近于前者的使用指南。

1. 情绪认知与情绪管理的钥匙:理性

中低年级儿童往往可以在绘本和儿童文学作品中学习情绪认知与情绪管理。与情感相比,情绪更为原始、单一,是人们对外界刺激的本能反应。比如,绘本《鳄鱼侦探情绪认知书》就指出每一种情绪都有它的功能,尤其是负面情绪:"恐惧"使我们立刻进入"战或逃"的状态,"厌恶"帮助我们关注人际关系,留意自己在群体中的位置,"悲伤"无疑是一种求救信号。的确,即刻的情绪源自进化赋予人类的自我防御系统,是本能的自我保护手段。

儿童需要经过"教化"才能成为大人,而成人也需要经过学习才能成为合格的父母。儿童文学的成人"匹配"版本是"亲子关系指南"。对应上述绘本的,是一系列目标读者为父母的儿童成长心理学读本。比如,《读懂孩子的情绪信号》等著作指出,在学龄前乃至小学中低年级,人的大脑皮层——负责理性认知、思考的区域并未发育成熟。在情绪的"蓄水池"和"泄洪闸"尚未竣工的情况下,儿童经常被巨大的情绪洪水裹挟,却说不清楚它从何而来,或者向错误的对象(通常是最亲近的人)发泄。甚至开心、喜爱等正面情绪,也会因"过载"在瞬间转化成哭闹。让父母和孩子一起阅读情绪类书籍的不同版本,双方共同成长,或许是恰当的情感教育方法。当孩子在绘本中学习辨识情绪,父母也在学习参照一些合理的量表测量孩子情绪的强弱,并进一步引导孩子表达真实感受,掌握调控情绪的技巧。

情绪虽然是本能反应,但并不意味着它没有被社会建构的可能性。控制它的大脑边缘系统同时负责"眼耳鼻舌身""色身香味触"的感官知觉,负责储存记忆、控制语言。由此可见,情绪会因感官知觉刺激诱发,转化为语言和行动,并存入记忆中,影响此后类似情境下的反应。也就是说,情绪反应可以被训练、被控制。情绪是自然产生的,但也是社会历史文化的产物。恐惧蛇,或许是自然反应,但是恐惧车行道、公开演讲、工作短信提示音,是成长环境"喂养"的结果。从百余年的教育史和阅读史中,我们不难发现经典儿童文学始终是建构个人情绪模式的重要工具,而当前的儿童文学同样提供了情绪管理的故事情境。在焦耐芳的儿童小说《我没有故事讲给你听》中,男生薯条在同龄人互动中改变了自己对昆虫的本能恐惧。他曾被女生麦琪用一只毛毛虫吓晕。可以想象,当时他的大脑边缘系统迅速产生恐惧情绪,刺激脑干与小脑——负责维持生命,包括应激反应的"生存脑";后者在"战斗—逃跑—原地不动"中选择了"原地不动",而这种木僵状态会被夸张为"吓晕了"。此后,薯条查看资料,了解到每一只毛毛虫都会在生命的最后阶段长出翅膀。这时,负责理性思考的大脑皮层接管了对毛毛虫的情绪反应,渐渐地,他不再害怕。阅读时,读者当然不会分析情绪在角色大脑各个部位之间的"旅程",但是会看见、感知角色的变化,意识到恐惧源于无知,而了解是祛除恐惧的第一步。当孩子通过阅读建立起大量"从本能反应到理性控制"的情境记忆,其情绪管理能力就会一步步走向成熟。

2.打破心灵隔阂的秘方:共情

竞争压力和一度流行的由"社会达尔文主义"理念带来的功利化的教养方式,都会培养出孩子过度自我中心的思维方式。而共情(empathy)能带来人际理解,能够打破心灵之间的隔阂。共情是指对他人情感状态、他人经历感同身受的能力。脑神经科学研究已经发现了共情的生物学基础,而脑成像研究发现,亲历疼痛、见证他人疼痛,甚至仅仅是想象他人的疼痛的时候,大脑被激活的区域都是一样的([美]阿比盖尔·马什《人性中的善与恶》)。人毕竟是社会性的动物,肉体之痛、心灵之痛在人与人之间的流转,能将独立个体联结成朋友、团队、群体。共情的基础是境遇认同,即从自身的经历中找寻和对方类似的情境,设身处地,带入他人视角,理解他人感受。

共情的力量还可以让人反观自身、辨析负疚等消极的、自我指责的情感,并勇敢面对。张之路的小说《乌鸦不会道歉》中,刘子舟把好朋友钟学三告诉他的秘密公之于众,使自己的爷爷在竞赛中获利,令对方的妈妈失败。他的动机并非恶意、做法合乎程序正义,但这种行为让好友之间出现了隔阂。辅导生物小组的罗老师和刘爷爷分别给这对曾经的好友讲述了一个故事,主人公均未主观上做任何错事,客观结果却伤害了他人。刘子舟代入他人情境后,说出一句关键台词"乌鸦(在故事中同时是人类的施害工具和受害者)不会道歉,也不懂人的道歉"。潜台词便是,人不同于乌鸦,人需要为自己的行为负责。"一些特定的情感是人的存在方式的基础。这里一定有三种最重要的情感——焦虑、罪恶感和羞耻。"([丹麦]斯文德·布林克曼《当我决定成为一个大人》)当一个人出现了罪恶感,并且决定采取行为,这意味着他已经能够以他人境遇反观自身,为自己的行为和后果负责,并将自我推向成长的更高阶段。

3.寻找人生的意义:爱

心理学家维克多·弗兰克尔在"二战"期间被关押在纳粹集中营,支撑他熬过炼狱的力量,便是他在自己的人生中发现的意义:从事心理学研究。意义,意味着"知道自己为什么活着",如果要替换一个词,便是爱。在弗兰克尔看来,"爱是对世界和他人的一种关注",指向我们生活的世界。近期儿童文学塑造了一系列探寻生命意义的儿童及成人形象。荆凡的长篇儿童小说《颜料坊的孩子们》中,姜思爱着古老的颜料作坊,迷恋即将消失的传统工艺之美,为此她跨越性别障碍,力争进入这个"不适合女孩子"的行业。而这份爱反过来支撑她走出丧父之痛,因为她知道父亲依然活在她身上,她绘画,她调色,她做关于颜料的实验……她的一举一动都有父亲的影子、父亲传承的文化的晕染。手工艺也许会进入历史博物馆,连制色取水的七星泉都会因污染而被填埋,唯独这份热爱,将引领她走过童年,乃至走到人生的终点。李东华的长篇小说《焰火》中,哈娜如同"微风,流云,蔷薇的香气,灿烂的晴空"一样完美,却又如焰火一样生命短暂。她明知自己去日无多,却因满怀对世界的感恩与爱,用温柔、宽容润泽着周围的人们,影响着一度嫉妒她的叙事者艾米。作者认为"青春年少时一个人闪闪发光的美德,像焰火一样,拥有照亮自己和他人一生的力量"。这些被意义照亮的人们,将成为更多儿童的成长引领者,甚至化作他们人格中的成分。而《卧底机器人》等少儿科幻作品也有其别具一格之处,作品中往往会描绘人与人工智能共处的未来图景,而后引发读者思考:当人与人工智能在外观上无法区分,在理性、逻辑上毫无二致,那么,我们怎样从中拣选出真正的"人"?这些作品叙事进程百转千回,但最终指向的答案只有一个"情"。这个词中既包含了人类本能的情绪反应,又包含了爱与信念,进而界定着人性的独特。在阅读此类儿童文学作品时,孩子往往能被唤醒更深层次的情感认知和情感素养。

情感教育,应当是全社会的工作,这意味着成人应做儿童的引领者,因此,当我们试图以儿童文学阅读浸润孩子的心灵、激活孩子的情感体验时,成人的在场非常重要。在与低年级孩子共读时,成人主要负责引导孩子"入戏",进入书中的情境,体验角色处理情绪或情感的方式;随后"出戏",联想生活中的类似情境,试着以学到的方式处理,看看是否会带来不同的效果。而在与中高年级的儿童共读时,成人则可以借助一些符合阅读情境的问题,启发孩子思考,如"你会成为书中的哪一个角色""面对书中的挑战,你将如何应对""如果某个角色来到你的生活中,你们之间会发生什么故事"等,帮助孩子在创造性思考中理解文本传递的情感。当然,更为重要的是,成人必须先进行自我情感教育,做情绪稳定、拥有共情力量的大人,才能培养拥有情绪管理能力和丰富情感的儿童[①]。

(四)以儿童文学作品润泽情感素养培育

1. 儿童视角:作品的选择

面对琳琅满目的儿童文学作品,科学地选择儿童读物是一个很重要的环节。我们必须选择与儿童生活密切关联、真正具备儿童视角的读物。什么是儿童视角? 就是作品内容反映了儿童的生活事件。上学、考试、交友、游戏、旅行,面对不同个性的教师和家长、就医、分离、适应新环境、接纳自己和接纳家庭……对这些生活事件,孩子流露出各种各样的情绪,热爱、思念、恐惧、焦虑、厌倦等,但他们还不会准确表达内心的感受,甚至由于自我意识没有得到充分发展,他们还意识不到自己承受着什么压力,自然也不会处理这些情绪。这时,如果有合适的儿童读物,以相似的场景引发他们的情感共鸣,往往就能给他们提供学习的样例。

比如,《迟到的理由》讲述了一只小猪因为起床晚迟到了,上学路上它一直在思考编个什么理由应对老师,但是每个理由都不够合理而很快被自己否定了。最后,它走进教室被老师询问迟到的理由时,只能结结巴巴地说:"我……我起晚了。"老师的回答居然是:"下次要注意哦,赶紧坐下来上课吧。"故事就在这里结束了,就这么简单? 对,就这么简单! 一路上的担心都是不必要的,一路上胡编的理由此时显得那么好笑。家长需要注意的是,故事到这里就是结束了,不必要再吩咐一句"以后不要撒谎",故事的作用就是让孩子看了开心,他们便会记得这个故事,以后遇到类似的场景就会立刻想起故事里的主人公是怎么做的。

还有一些故事,看似是给孩子读的,其实是在提示家长要细腻地体察孩子的情感需求。比如,《阿文的小毯子》讲述了小老鼠阿文特别喜欢一块黄色的小毯子,一刻也离不开它,但是阿文要上小学了,不可能时刻带着这块小毯子。父母想尽办法都不能说服阿文放下小毯子。最后,妈妈把小毯子裁剪后制作成了很多块小手绢,让阿文每次带一块小手绢上学,难题就迎刃而解了。现实生活中,很多孩子也有类似的经历,但可能有些家长或者教师会不断地要求孩子"戒断"对物品的依恋,造成孩子强烈的焦虑反应。通过这个故事,孩子可以

[①] 李学武.媒介时代,儿童文学的情感浸润功能再审视[J].福建教育,2023(40):5-7.

感受到物品的"另一种陪伴",家长也可以思考如何更尊重孩子的情感。又如,《最最喜欢的野餐》讲述了有一天,双胞胎小老鼠提姆和莎兰和家人来到美丽的小河边准备野餐,谁料突然下起了大雨,全家人只得匆匆回了家。提姆和莎兰实在太喜欢野餐了,吵着闹着要打伞出门去野餐。爸爸妈妈开始抱怨他们不懂事,但很快又转变了思路——他们把野餐布铺在客厅的地面上,全家人就像在野外一样享用了丰富的"野餐",并且在雨声中,爸爸和妈妈带着他俩玩了划船、钓鱼的游戏,大家都很开心。这个故事同样告诉家长不仅要了解并尊重孩子的情感需求,而且可以换不同的方式满足孩子的愿望。

诸如此类儿童文学作品,不仅能让孩子很快代入故事中的角色,进入故事中熟悉的场景,获得真实的情感共鸣,习得处理生活难题、情绪难题的方式,而且能让家长、教师从中学习如何在孩子的情绪、情感产生波动时,给予有益的支持。

2. 生命体验:阅读的方式

传统的阅读方式是阅读文本、讲述梗概、复述故事、提炼寓意。但是,孩子从读物中获得什么,不仅取决于选择什么主题内容的读本,而且取决于以什么方式阅读。如何让孩子真正在儿童文学作品的阅读中完善情感能力、培育情感素养,生命体验是必经的途径。强调生命体验的阅读方式有如下几种:

(1)互动式阅读

互动,有助于孩子把文学作品中的人物、事件、因果逻辑掰开了、揉碎了,多角度理解文本。虽然教育的目的是让孩子尽早实现自主学习,但其实对于孩子来说,独自阅读一本书往往不如共读一本书,最好是在家长、教师或者高年级学生等人的带领下,孩子们组成一个小组共读一本书。在这样的阅读过程中,孩子们可以随时发表自己的感受、对故事的推测。比如,有个孩子读了《朱家故事》后说:"我在我奶奶家见过猪。"有个孩子读了《好脏的哈利》后说:"我以后养狗,也给狗狗取个名字叫哈利。"有个孩子读了《长大做个好爷爷》后说:"我长大以后要做个好奶奶。"有个学生读到《我不想生气》中的一幅很温馨的画面时说:"要是有这么好的家,我宁愿变成小兔子。"虽然只有一句话,甚至可能有些天马行空,但非常真实地表达了孩子当下的情绪和情感。这正说明儿童文学作品的阅读激活了他们的生活记忆。又如,读了《我的爸爸叫焦尼》后,有个孩子问:"他的爸爸为什么不多住一个晚上再走呢?"一个孩子回答:"估计要出国。"另一个孩子补充:"出国是要坐飞机的。"这些对话看上去有点离题,其实都是孩子真实的、即时的内心活动。我们通过这些对话可以知道,孩子们还没有读懂这个故事,所以需要再提示他们思考。这种互动阅读方式,不仅能让我们及时了解孩子的阅读理解水平,而且能培养孩子表达、倾听的习惯。尤其是一些孩子表达欲望很强,但在别人分享时会显得很不耐烦,通过互动阅读,培养孩子的倾听能力,亦是帮助他们稳定情绪、健全情感。

设想一下一家人一起看电视剧的场景,每个人都可以就剧情、表演、服装、布景等发表意见,谁也不会在看电视的时候一直在思考"中心思想""教育意义"。这种边阅读、边自由聊天的氛围也是如此,它能让孩子对阅读这件事情感到轻松、舒适、没有压力,真正享受阅读的乐趣,更好地展开情感融入、生命体验。情感能力、情感素养并不是完全靠教育获得的,更多是靠体验获得的,愉悦的阅读过程和认知过程强调的就是一种良好的情感体验。

(2)角色扮演

以莱柯夫为首的现代具身认知理论学派认为,身体的体验才是思维的源泉,身体的感觉和运动体验决定了我们怎样认识和看待世界,我们的认知是被身体及其活动方式塑造出来的。仅仅靠眼睛阅读、口语叙述,还不足以让孩子对读本进行深加工并获得真实的角色体验,最好让其全身都参与阅读,他们才能走进精神深处。角色扮演不同于剧本表演,不一定要按照文本表演,它是一种角色游戏,既可以复制读本的进程,又可以改变故事的发展走向。无论哪种方式,儿童都可以在安全、舒适的环境里,用声音语言、表情语言和肢体语言创造一个虚拟的世界,经历成功和挫折、高兴和恐惧、惬意和焦虑、得意和尴尬……

《长大做个好爷爷》讲述了小小熊每周五要去看爷爷,爷爷总是和小小熊爬上树屋,一起欣赏美丽的风景,爷爷还给小小熊讲他年轻时的故事。后来,爷爷老了,病了,最后永远睡着了。小小熊伤心极了,他爬上树屋,抽泣着说:"等我当了爷爷,我一定要做个好爷爷,就像爷爷那么好。"最后一页,没有文字,画面上是一个熊爷爷在和一只小熊说着什么。当我们要求孩子根据自己的生活体验去表演这一页的时候,他们首先要琢磨这一页是什么内容,熊爷爷是谁,小熊是谁,他们在说什么。经过讨论,孩子们达成了一致意见:这是当年的小小熊长大当了爷爷,带着自己的孙子爬上了树屋,他在给孙子讲自己小时候的故事。每个孩子在表演这一段的时候,都会回忆自己的童年生活,自己和爷爷(或者其他长辈)发生的故事。这样的角色表演,激活了孩子的记忆,帮助他们对过去的生活经历和情感体验进行深加工,那些被忽视的亲人之间的感情联系被提取,那些经历了却印象模糊的温情记忆被唤醒。整个过程为孩子营造了一个温暖的环境,而在表演的过程中,他们的情感素养不断得到提升。

除了亲情,童年友谊也是儿童感情生活的重要组成部分。比如,《我有友情要出租》里,渴望友谊的大猩猩找到了一个愿意陪他玩的小女孩,他们俩在高兴地玩游戏时,旁边还有几个动物,眼巴巴地看着他们玩。等到小女孩离开之后,大猩猩再次陷入了孤独,而那些旁观的动物依然默默地看着大猩猩——原来,他们也不会交朋友!于是,我们让阅读小组的孩子们每个人扮演一个小动物角色,或主动邀请玩伴,或回应他人的邀请。他们将有什么样的对话?他们将如何进行游戏?每一次表演,我们都会看见各种不同的故事,而这恰恰反映了孩子们对同伴关系、同伴交际的不同认识。通过表演和观赏,孩子们在与同伴相处时的情感表达也得到了有效提升。

又如,《小绿狼》讲述的是在一群灰色的小狼里,有一只绿色的小狼,受尽欺侮。这种感觉,许多孩子并没有体会过。于是,我们让每个孩子轮流到讲台上扮演小绿狼,开始的时候,所有扮演小灰狼的孩子都得意地、大声地嘲笑小绿狼,可当所有孩子都上去扮演过被欺凌的小绿狼之后,我们欣慰地发现:那些最初大声起哄的孩子的眼光和语气都变了,他们流露出了同情和不好意思,声音也不那么张扬了,后来我们再让孩子去"嘲讽"小绿狼时,他们无法做出这样的表达了——孩子的内心被真正触动了。"淋过雨的人才会懂得给别人撑伞",深刻的情感体验在无形中改变孩子的行为。

(3)角色写作

写作是大多数孩子都畏惧的一项学习活动。苏联教育学家维果斯基将角色游戏视为进入抽象思维前的一项准备工作,在关于儿童的发展和潜力的阐述中,他提出一个重要的概念"最近发展区",他认为:"儿童在游戏时总是超过他的实际年龄的平均水平,超越他的日常表现;游戏中的孩子比他实际的自己高出一头。"研究表明,一旦赋予孩子一个角色,并让他们以这个角色进行写作,孩子们的写作热情和写作水平会大幅提高。更重要的是,以往孩子提交自己的习作之后,写作活动就等于终止了,教师打分的作用也只是暂时的。然而,当孩子以文本角色进行写作后,便可以直接看到创作的效果——因为故事里的另一个角色马上就能读到它,并给予最直接的反馈,这种体验是有强烈的驱动作用的。

此外,角色写作还可以帮助孩子表达与接纳不同的观点和立场。比如,《我和我家附近的流浪狗》的主角是一个小男孩,他在上学路上经常遭遇流浪狗。在故事里,他的情感有三种状态:遭遇恶狗时很害怕、看到流浪狗被捕狗队粗暴打击时觉得很可怜、看到流浪狗幼崽时觉得很喜欢。到底能不能收养流浪狗的幼崽呢？在读了这个故事后,我们假设:小男孩拿不定主意,他向一个朋友征求意见,请孩子们以朋友的身份给小男孩回信,表示支持或者反对。孩子们可以自由选择自己的写作任务立场,而后需要仔细阅读故事,再根据自己的观察和经验,总结收养流浪狗幼崽要考虑的因素,并且有理有据地在信中表达自己的观点。应当说,角色写作是角色扮演的一部分,因为此时,阅读还在继续,剧情还在延续。写完后,孩子会密切关注其他人阅读时的表情,还可以在相互阅读中了解观点的多样性,学会接纳他人立场的多元性,强化同理心,降低自我中心倾向。这个过程对于孩子的心智培养、稳定情绪培养是一种非常重要的引导。

我们相信,如果儿童有机会阅读贴近他们内心需求的儿童文学作品,如果成人允许儿童用他们喜欢的方式阅读,鼓励他们自由表达阅读感受,如果成人能够弯下腰了解孩子们的内心世界,如果成人能给儿童更多的机会去和同龄人分享成长的压力,儿童的心智情感都将发育得更加完备,他们的情感调节系统亦能更加稳定、强大[1]。

第四节　儿童文学主要体裁的阅读欣赏

要在一节的篇幅中具体地阐明儿童文学各主要体裁的阅读欣赏,将会是一种捉襟见肘的努力。因此,这里所能提供的也仅是一些概括的规律,不可能具体演绎各主要体裁阅读欣赏中的方方面面。

一、各主要体裁阅读欣赏的共同规律

抓准儿童特点、洞悉体裁特性、透视创作意图(包括观念、题材、构思、形象、手法等)、把握语言特色是儿童文学各主要体裁阅读欣赏的共同规律。

二、各主要体裁阅读欣赏重点提要

(一)儿童诗歌的阅读欣赏

一抓情感抒发的童真童趣;二抓形象捕捉的儿童特点和新颖独特;三抓想象的大胆奇特;四抓构思的巧妙别致;五抓语言的天真口吻和音韵美。

---

[1]崔卓缘,吴念阳.让儿童文学润泽情感素养的培育[J].福建教育,2023(40):8-11.

(二)寓言的阅读欣赏

一抓寓言的主题(或哲理、或教训、或讽喻的启发意义和警醒价值);二抓寓言的譬喻(即"故事外衣"的设计);三抓寓言的形象(新颖程度和概括水平);四抓寓言的语言(简练的口语化的层次以及与此相关的篇幅的短小精悍)。

(三)童话的阅读欣赏

一是评判幻想、剖析现实(从种类入手,把握幻想特性;从流派着眼,洞察幻想风格;从形象落墨,体认幻想水平;从象征出发,剖析幻想对现实生活的折射);二是品尝语言、识别个性。

(四)儿童小说的阅读欣赏

一要抓住形象塑造的典型水平;二要抓准作者对题材与主题的开拓和挖掘;三要分析情节结构的匠心独运;四是品尝语言的个性化水平,等等。

(五)儿童故事的阅读欣赏

一看内容的健康意义与思想价值;二看故事情节的生动性与完整性,包括悬念和波澜;三看细节的趣味性和逼真感;四看表达的通俗性与口头性。

(六)儿童散文的阅读欣赏

主要围绕童真童趣与诗意美的创造来进行。至于报告文学、传记文学、游记等则与成人文学的同类作品的欣赏无大区别。

(七)儿童科学文艺的阅读欣赏

一从科学性入手分析内容(科学内容的性质以及对科学发展的作用、社会的影响、儿童的正面影响);二从文艺性入手把握形式(体裁上的特殊性、构思上的新颖性、表达上的形象性);三从教育入手评判思想。

(八)儿童戏剧文学的阅读欣赏

一要欣赏戏剧冲突的集中性和尖锐性;二要欣赏形象塑造鲜明生动的舞台性;三要欣赏戏剧语言的个性、动作性和口语性;四要欣赏其他辅助措施的合理性(包括歌舞、布幕、道具、灯光等)。

(九)儿童影视文学的阅读欣赏

着重欣赏形象的视觉性水平、描写的动态性层次、语言的影视化效果以及蒙太奇设计的表达效果[①]。

[①] 陈世安.儿童文学[M].南京:河海大学出版社,2005.

第三章　儿童文学的创作方法

第一节　儿童文学的创作要求

一、儿童文学的创作要求

(一)儿童文学创作的一般要求

根据儿童的年龄特征和儿童文学的基本特征,我们认为儿童文学创作应该有以下的起码要求,这些要求可以从三个方面加以说明。

1. 对创作客体的要求

所谓创作客体,就是文学创作的对象。一般文学创作的对象是具有审美价值和审美属性的人及其生活。儿童文学创作的对象则有别于此,作家在选择创作对象时,不仅要注意人及其生活必须具有审美属性和审美价值,而且要照顾到孩子已有的知识经验和理解水平。就后者来说,成人文学的创作是不需要考虑的。儿童文学的创作则必须考虑。儿童心理学告诉我们,儿童年龄有大小的不同,其知识经验就有多少的差异,理论水平就有高低的悬殊,兴趣爱好也有较大的区别。比方说,学龄前儿童喜欢优美的童话,各种小动物常常是他们喜爱的童话主人公,如果给他讲航天故事、科幻小说,幼儿们就不会感兴趣,到了少年期,兴趣的指向就颠倒过来了。所以,儿童文学的创作必须分幼年、童年和少年等年龄段来选择反映和描写的对象。一般地说,作家所反映的生活,应该是孩子们所熟悉的或向往的,应该是在他们的知识经验基础上可以理解和接受的,应该是他们可以模仿和学习的。

2. 对创作主体的要求

所谓创作主体,就是作家,他是文学创作活动的实践者,他处于对世界的审美关系之中,属于审美主体,他描写审美的对象,并审美地描写对象。儿童文学作家也是创作主体、审美主体。但因儿童文学创作实践不同于一般文学创作实践,所以,对儿童文学作家的要求也不同。

(1)入乎其中、超出其上

儿童文学作家要以儿童的身份,深入和体验儿童生活和儿童熟悉的或感兴趣的或向往的成人生活;以儿童的眼睛观察世界,用儿童的头脑分析各种自然现象和社会现象,照儿童的思维方式思考和解释宇宙奥秘,按儿童的趣味撷取创作素材。这就是入乎其中,即从儿童的视角出发,进入儿童的角色。

儿童文学作家又要发挥成人的主体性,显现出自己的本质力量。所谓发挥成人的主体性,就是发挥作家的主观能动性和审美创造性,创作出源于儿童生活又高于儿童生活的作品,塑造出以儿童生活形象为原型而又超出儿童生活形象,比儿童的生活形象更高、更强烈、更有集中性、更典型、更理想、更带普遍性的艺术形象。所谓显现作家的本质力量即通常所说的创作主体的本质力量的对象化,也就是使作家的思想感情、理想愿望、聪明才智转化并熔铸到创作对象——儿童及其生活中去,使之凝结着作家的才智,体现作家的意志、目的和要求,确证和肯定作家的自我价值,作家从自己创造的儿童世界中可以直观到自己的形象和本质力量。这个儿童世界是体现了作家创作个性和审美态度的"第二自然",是被作家加工改造过的观念形态的东西,处处打上了作家的印记,而不是纯自然形态的儿童生活的"复制"。歌德说过,艺术妙肖自然,而非摹仿自然;服从自然,又超越自然。我们也可以说,儿童文学作品妙肖客观的儿童世界,但并非摹仿客观的儿童世界;服从客观的儿童世界,它又要超越客观的儿童世界。这就是说,作家要跳出儿童的角色,站在比儿童视点更高的地方来观照、反映儿童生活或者儿童熟悉的成人生活。这就是我们所说的"超出其上"。

(2)以塑造血肉丰满的新型儿童形象为天职

成人文学的创作构思一般有三种类型,即主题先行、主题后行和主题模糊,大多数情况是先有形象而后提炼出主旨,甚至只有形象而自始至终都没有明确的主旨。儿童文学创作则不同,它一般都是主题先行的,在创作之前,一般就已有一个明确创作意旨呈现在儿童文学作家的头脑中了,诸如:纯洁儿童的心灵,开启儿童的智力,培养儿童美好的理想、高尚的情操、优良的品质、健康的艺术趣味和审美观点等等。但儿童文学作家的天职却不是表达这些概念,用概念去说服人,那是理论工作者和教育工作者的事。文学是要用形象说话的,儿童文学作家的天职是塑造血肉丰满的新型儿童形象,用形象本身去打动少年儿童,激发他们美好的情感,调动他们的潜知潜能,于潜移默化的熏陶之中达到上述目的。

3.对文本的要求

文本,指作品的用文字组成的实体,即与读者发生接受关系前的文学作品本身的自然状态。

对儿童文学文本有以下要求:

(1)要有很强的趣味性

一切文学作品都得有趣味性,因为只有具有趣味性的作品才能引起读者的阅读兴趣。但在创作上对儿童文学文本趣味性的要求比成人文学显得更为突出、更为强烈,因为儿童比成人更爱读有趣味的作品。儿童心理学告诉我们,儿童注意的根本特点是,无意注意占有很重要的地位,通过意志努力自觉地观察或者记忆某件事的能力较差,就是说儿童有意注意的能力较低下,注意的集中性和稳定性不强,容易分散注意力。用什么办法来集中和稳定儿童的注意力呢?从儿童文学创作来讲,就是从思想内容和艺术形式两方面设法使作品具有浓厚的趣味性。因为趣味性是吸引儿童并使他们注意力集中和稳定的重要手段。只有把儿童吸引到儿童文学作品上来并专心致志地阅读它,儿童才有可能感知它、理解它、记住它,并从中受到启发和教育。获得审美的愉悦和满足。

(2)要讲究图文并茂

"图"本是图画。这里指插图的一种,即插在儿童文学作品的文字中间以帮助说明内容的艺术性图画。"文"指儿童文学的文本。"茂"是丰富精美之意。图文并茂,就是儿童文学作品不仅内容要丰富,形式要精美,而且还要有艺术性很高的插图。

儿童文学创作为什么要求图文并茂呢?

从儿童文学作品本身来看,儿童文学作品中的形象具有造型和感受的间接性,它不像绘画、雕塑、音乐、舞蹈、戏剧、影视那样,或可视,或可听,或可触,或既可视又可听,或既可视又可触,而必须通过语言文字的中介,在理解语言文字含义的基础上,借助于联想和想象以及自己的生活经历,才能感受它。这就给儿童读者的接受活动带来了困难。对于幼儿时期和小学低年级的孩子来说,由于他们不识字或识字很少,因而不能阅读儿童文学作品或阅读起来十分困难,这样,他们就不能够或不能很顺利地感受儿童文学作品的艺术形象,如果在儿童文学作品的文字中间配上精美的插图,情况就大不一样,因为艺术性插图通过线条、色彩、明暗、透视、构图等造型语言,把儿童文学作品的不能直接诉诸人们感官的艺术形象直观化,使它转化成具有可视性的绘画形象(画面)。这样,既克服了文字的障碍,又有助于儿童感受儿童文学的形象,理解作品的内容,领会作品的意境,从而使儿童产生阅读和欣赏的兴趣。对于小学高年级甚至初中的孩子来说,儿童文学作品的文字中配以精美的插图也是必要的,其作用不仅表现在帮助孩子们理解语词或语句的含义和记忆作品的片断或全文等方面,而且表现在帮助孩子们抓住主要情节、主要人物和帮助孩子们感知艺术形象、理解主题思想进而展开审美的再创造、再评价等方面。

儿童文学作品中的形象不仅具有间接性,而且具有模糊性,就是说,它不像绘画、雕塑那样是精确的、定型的形象,而是不精确、不确定的、有着相对性的形象。这是因为塑造儿童文学形象的语言是模糊的、多义的、具有高度概括性的。语言的不精确性、不确定性、相对性、概括性和多义性是造成儿童文学形象模糊性的重要原因。此外,由于绝大多数词语的读音和它们所代表的概念的内涵没有必然联系,因而造成了形象的间接性。这也是儿童文学形象具有模糊性的一个原因。所有这些也给儿童带来了感受和理解艺术形象上的困难。如果用插图把儿童文学作品中用语言塑造的形象转化为用绘画造型语言描绘的形象,那么儿童文学形象就会客观化、定型化,变成了直观的、具体的"实体"形态,儿童把握起来就方便多了。

从儿童文学的接受者来看,成人读者爱看图画,儿童读者更爱看图画。从三岁左右开始,儿童就缠着家长给买连环画看,直到小学、初中,甚至高中,仍保留着爱看连环画的习惯。

儿童为什么喜爱图画呢？儿童心理学告诉我们,儿童爱看图画,与他们思维、想象活动的具体形象性有关,这就决定了他们在理解儿童文学作品时需要有直观性形象的支持;同时也决定了给儿童文学作品画的插图必须符合儿童的心理特点。

(3)要有符合儿童特点的艺术形式

文学作品的艺术形式指具体表现作品内容的内部结构和表现手段,包括语言、结构、表现手法和体裁等构成因素。儿童文学作品的艺术形式必须符合儿童的特点,即符合儿童的心理特点和审美特点。

第一,语言:要生动、具体、鲜明,具有情境性、通俗性、规范性。

语言是思维的物质外衣,少年儿童思维的基本特点是以具体形象思维为主要形式,抽象逻辑思维在很大程度上直接与感性经验联系,仍然具有很大成分的具体形象性。这一特点决定了伴随着思维发生的语言活动也具有很大成分的具体形象性。从心理学家调查的材料所显示的结果来看,儿童掌握语言的最初阶段,语词中名词和动词最多,名词都是表示具体人或具体事物的名称的,动词都是表示具体动作的。在整个少年儿童时期,孩子们掌握的词汇中,仍然是以表示具体人、事、物和现象的名词与表示具体动作、行为的动词居多。这一特点决定了作家在儿童文学创作中所使用的语言必须是生动、具体、鲜明的,富有情境性的。所谓"情境性"就是作家用来描写艺术形象的语言必须是具体可感的、鲜明生动的。人们看了这种和具体事物、具体动作相联系的语言符号之后,会有如见其人、如闻其声、如触其物、如临其境的感觉。

儿童文学创作中,最忌讳的是抽象的说理和逻辑推理式的描述,因此要尽量避免。对语言的这一要求,在成人作品的创作中也是适用的。不同的是,成人作品中的抽象说理和逻辑推理式的描述,只不过使读者感到枯燥乏味,儿童文学作品中如果出现了这种弊病,读者就不仅是感到枯燥乏味,而且是完全不能理解。这样的后果要严重得多。

此外,儿童文学作品的语言必须具有通俗性。这就要力求口语化。为什么要口语化?因为孩子们(尤其是学龄前儿童)刚刚学会用语言来表达思想,词汇贫乏,句子成分比较单纯,语句简短。这一切要求儿童文学作品只能用适应这些特点的口语来写,而不能用艰深的、生僻的词语和复杂的长句来写,否则,儿童就无法理解和接受。儿童文学作品的语言还必须具有规范性,要避免不加提炼地搬用含义不清的小儿口语和方言土语,反对文理不通,词不达意。

第二,在艺术表现方面:必须用简练、明快、生动的笔触来刻画鲜明的艺术形象,注意在运动或活动中来描写人物和环境,切勿作静态的心理刻划和环境描绘。故事情节要设计得曲折而不复杂,完整而单纯,一环紧扣一环,有悬念,又有波澜,忌情节跳跃性过大和情节淡化。结构要新颖、灵活多样、不要呆板,不要单一,不要老是用一个模式或一种程式来写作。如果是抒情性作品,就多用比、兴手法,讲求音乐性和意境美。

另外,在体裁方面,要从儿童年龄的特征出发去选用,使体裁与鉴赏水平一致,防止体裁与读者鉴赏、理解水平和审美要求错位的现象出现。

(二)各年龄段儿童文学创作的要求

儿童文学根据儿童读者年龄的不同而划分为婴儿文学、幼年文学、童年文学和少年文学。由于各年龄段的儿童有着各自不同的心理特征,因此各年龄段的儿童文学创作有着各自不同的创作要求。高尔基指出:"每一个儿童文学作者,都应当注意读者年龄的一切特点,否则他们的书就会成为没有用的书,儿童不需要，成人也不需要。"由此可见，仅仅把握儿童文学创作的一般要求还是不够的，还必须在注意了解各年龄段儿童心理特点的基础上，明确各年龄阶段儿童文学创作的具体要求。这样的儿童文学作家才是一个清醒的懂得儿童文学创作的作家。

众所周知，婴儿期儿童、幼儿期儿童、学龄前期儿童(包括幼儿园小班、中班和大班的孩子)，学龄初期儿童(包括小学低年级、中年级和高年级的孩子)和学龄中期的少年(初中学生)，因为他们的年龄悬殊较大，其心理、生理的发展状况也就不同，由此形成了思想、观念和文化科学知识方面的阶段差异性。儿童文学创作必须在客观上和它的读者的主观条件相适应。特别要符合各年龄段儿童的心理特点。

1. 婴儿文学的创作要求

(1)婴儿期和幼儿前期孩子的心理特点

婴儿期(即儿童出生后的第一年)儿童称为"婴儿"。在这一阶段，婴儿已经有感知、注意和记忆等心理活动，有了社会性交往、情绪和情感反应以及对成人(尤其是母亲)的依恋行为。

为了发展婴儿的感知力，父母经常为他们的宝宝提供丰富的环境刺激。如在婴儿尚幼小时，就在摇篮周围悬挂色彩鲜艳的或能发出音响的玩具，以引起躺卧的婴儿的注视、聆听或抓取摸弄。在婴儿长大一点以后，就为其准备一些彩色画册、玩具娃娃等；或把婴儿抱到庭院、公园等地方去接触自然景色；或使婴儿听儿歌、鸟鸣。

幼儿前期(即儿童出生后的第二、三两年，又称"先学前期")儿童的心理发展，从感知方面来说，他们能辨别一些物体的大小、形状或颜色，也常常说出有关时间的词语。从注意方面来说，他们以被动引起的注意为主，只在独立行动或成人提出"听故事要安静"或"喝水吃饭不要泼洒"时，才会出现主动注意状态。从记忆方面来说，他们已经能记住一些简短的儿歌和故事，但不会有意识地、主动地去记住某些经历过的事物，且对于记住的东西也不能保持很长时间。从想象来说，他们能把当前的事物虚拟地看作另一种事物，在游戏中假扮别的什么人。从思维来说，他们已有了初步的分析、综合、概括、发现关系和解决问题的活动。但他们的思维还处在感知动作思维阶段，主要特征是思维随着行动进行，如骑在小木凳上，就想到骑马或开汽车等。特别要指出的是他们有了更广泛的社会性活动。一是能把自己和"别人"区分开来，开始有了自我意识的发展，于是又有了自我观察、自我分析、自我体验、自我控制和自我教育等自我意识的具体体现。二是出现了最初的意志行动,既能说出自己的愿望、要求或行为目的,又能遵照成人的指导或要求,加强对自己行为、愿望的控制。这使幼儿的行为更能符合集体生活的要求。以便于他们更友好的相处。三是懂得一些简单的行为准则,了解成人所说的"可以"或"不可以"的意义,认识到"对"或"不对"。这些简单的行为准则只能从直接的指导和具体的榜样来学习,对于抽象的道理和说教方式是不能理解的。四是开始出现高级情感的萌芽。不仅在身体健康、饮食、休息等生理需要得到满足,能有积极活动机会,能和周围人们自由交往,能够获得丰富生动的信息时,会出现愉快、高兴的情绪和情感,在生理需要得不到满足,自尊心受到损伤,平日缺乏活动和与别人交往的机会时,会引起畏怯、愤怒、妒忌等情绪和情感,而且在社会交往过程中还出现了各种高级情感的萌芽,例如,完成了成人简单的委托,会体验到"尽了责任"的愉快,和其他儿童友好相处,会产生友爱、同情等情感体验。又如学会新的本领、学到新的儿歌、听了新的故事,会因好奇心、求知欲得到满足而感到愉快。又如对美丽的图画、动听的歌曲、秀丽的自然景色、和谐的动作等都会产生美的感受。这些和道德行为、求知活动及美的欣赏等相联系的情感体验是人类的高级情感,它为道德发展和个性形成奠定了基础。五是参加简单的有目的的游戏活动。如把布娃娃或小动物玩具当作有生命的东西甚至跟人一样看待,给它们喂食物,把它们放在摇篮里睡觉,为它们打针,说它们病了,等等,这标志他们已经有想象和带有拟人化、虚拟性的倾向。游戏活动使幼儿的动作更加敏捷、协调,即锻炼了他们的注意力、观察力、想象力,也培养了他们的集体意识和审美能力。六是开始了造型活动的准备,如用铅笔画出不确定的线条,进而发展为画小动物、堆积木、剪纸等,在这些社会性活动中,他们的口语能力得到发展,用词也较准确,创造能力得到了提高。

(2)婴儿文学创作的基本要求

婴儿文学指1至3岁儿童的文学,即婴儿期和幼儿前期儿童的文学。

婴儿和幼儿前期儿童接受婴儿文学需要媒介人,他们是母亲、托儿所阿姨和爷爷、奶奶、父亲等家庭中的其他长辈。婴儿文学是对婴儿和幼儿前期儿童进行早期教育的形象化的材料。随着儿童文学事业的繁荣和发展,我国专门为婴儿和幼儿前期儿童出版的书刊日益增多。如中国少年儿童社出版的《婴儿画报》(月刊)和《宝宝看》《宝宝乖》(书),前者是给1—3岁的孩子看的图文并茂的刊物,后者是给1—2岁的孩子看的没有汉字的彩色图画书。

婴儿文学由于接受者生理和心理的发展变化极为迅速,因此应该大体上以每一岁为一个阶段考虑其作品的内容和形式。

第一,婴儿文学在内容方成的要求。

对于一岁以前的婴儿来说,作品的内容一是在催眠中表现母爱和母亲对孩子的美好希望或母亲对孩子诉说情况。摇篮歌、催眠歌可以培养婴儿良好的情绪和情感,使他们在快乐的心态下和优美的情景中成长。二是反映婴儿的社会性交往和道德情感,或表现家长对婴儿社会性良好生活习惯的培养。

对于二至三岁的幼儿来说,作品的内容有以下几项:

首先,以加强早期教育,促进幼儿智力发展为中心内容。具体地说:

①扩充幼儿的知识,锻炼他们的观察能力、记忆能力、思维能力、想象和联想能力以及审美能力,使他们懂得是非、好坏和美丑的区别。

②扩展幼儿的生活范围,培养他们广泛的兴趣,其中特别要提高幼儿的学习兴趣,启发他们的求知欲和积极性。

③发展幼儿的聪明才智,培养他们及时解决问题的能力。

其次,对幼儿前期儿童进行道德教育,以表现道德美为内容。

最后,以进行劳动教育和积极参加集体生活教育的为内容。

第二,婴儿文学在形式方面的要求:

①就体裁来说,对于0至1岁的婴儿,以摇篮歌、图画故事为好;对于1至2岁的幼儿,以儿歌、图画故事为好;对于2至3岁的幼儿,以生活故事、童话故事和儿歌、图画故事为好。

②就表现来说,儿歌和故事都要篇幅短小、文字简练。儿歌要有韵律、歌词要重复:故事除内容上是那些有关日常生活,为他们所理解者外,在形式上讲求情节反复出现。所有这些都便于幼儿前期儿童记忆。

特别要强调的是,婴儿文学非常讲究图画的精美和文字的精练及富于婴儿和幼儿前期儿童的稚气、天真、童趣。

2.幼年文学的创作要求

(1)幼年期儿童的心理特点

幼年期(即学龄前期)儿童指3—7岁的儿童,也称学龄前期儿童,即3岁半到6月半上幼儿园的幼儿。这一时期,游戏的样式多了,有了活动性游戏、主题游戏、建筑游戏、智力游戏等。学习和劳动活动越来越占重要地位。正是在游戏、学习、劳动活动的条件之下,他们的智力逐渐发展起来。具体表现是:第一,观察力得到了发展。他们对自然界的动植物喜欢进行独立的观察,对周围的新鲜事物更是感兴趣。他们更多地注意诱人的、鲜明的事物的特征,容易匆匆下结论,但又缺乏稳定性。第二,记忆力得到了发展。他们最善于直观地记忆形象。第三,思维的各种形式日益得至发展,特别是具体形象思维逐步取代感知动作思维而发展起来,并在幼儿思维中占主导地位,其抽象思维能力较差。第四。情感更加丰富,常对不知道的、意外的事物表示惊奇,对音乐、绘画、故事(特别是动画片)发生兴趣,美感能力开始发展起来。道德感如爱周围的人、亲近的人、恨坏人,热爱祖国、热爱家乡,憎恨破坏公物的现象和损害他人利益的行为等情感也初步产生了。

(2)幼年文学创作的基本要求

幼年文学又称"幼儿文学""幼童文学",其接受主体主要是学龄前的儿童(幼儿)和少部分学龄初期的儿童(多是小学低年级学生)。

从上面关于学龄儿童心理特征的简介中,我们可以看出,幼儿的心理发展水平较之学龄初儿童更低一些;他们对事物的感知和理解,他们的兴趣爱好、思维和语言,有着不同于婴儿,幼儿前期儿童和学龄初期儿童的特点,这些就决定了以幼儿为主要接受对象的幼年文学的创作必须有符合幼儿心理特点的基本要求。

第一,幼年文学在内容方面的要求:

幼年文学是幼儿期实践活动——游戏、学习、劳动和学前教育活动的真实而能动的反映,其主要对象是连续在幼儿园小班(3—4岁)、中班(4—5岁)和大班(5—6岁)接受教育的儿童。因此,幼年文学作品的内容应该根据幼儿初期、幼儿中期和幼儿晚期儿童心理发展的实际状况,围绕学前教育这一中心来确定。

首先,描写道德行为,对幼儿进行道德净化。

所谓道德行为,就是在一定道德原则或信念支配下,人们处理人际关系时表现在外的实际活动。描写道德行为的目的,就是要通过美的形象的刻划来陶冶儿童的思想感情、美化儿童的灵魂,使之具有优秀的道德品质。

幼年文学所描写的道德行为,归纳起来大致有以下几种:

①团结友爱,互相谦让,乐于助人;②见义勇为,救助弱者,惩治歹徒;③待人以诚,尊重别人,反对欺诈和恶作剧;④渗透着人类美的情感的行为。

其次,表现学习的内容,对幼儿进行智力启迪

学习活动是幼儿期的一种实践活动,但还不是一种独立的活动,而是在游戏或其他实际活动中进行的非主导活动,它包括对语言文字、计算、常识、音乐、美术等基本知识和简单技能的接受和练习。表现学习内容的目的,是通过

艺术形象这种美的、具体可感的形式来向幼儿进行初步智育。如运用图画故事、谜语歌等来向幼儿介绍自然、数学、艺术、文字、生活等方面的知识,就是常用的方法。

再次,表现劳动的内容,以培养幼儿的劳动观念和热爱劳动的习惯。

最后,表现知觉、注意、意志、想象、思维、个性等方面的内容,促进幼儿的心理发育。

第二,幼年文学在形式方面的要求:

幼年文学和童年文学相比,人物关系不宜复杂。在形象描写上,应更注意外部特征(包括动作)的描写。为此,夸张手法往往用得更多。故事情节应更单纯一些,也应更多地注意童趣性。以上与婴儿文学、童年文学有别的地方不必展开阐明。下面只着重说明一下幼年文学作品在语言、图画的运用和游戏化等方面的特殊要求。

首先,幼年文学在语言方面的要求:

幼年文学在语言方面的要求是体现了幼儿语言的特点的。什么是幼儿语言的特点呢?归纳起来有以下几个方面:

①发音短促,近似的音常常混淆。

②使用语汇范围狭窄,语言结构比较单纯。

③在词法成分上,多使用名词、动词、代词,很少使用副词、连词。

④往往使用自己"创造的语言",其中不少部分是不合语法规律的、不连贯的。

⑤直观表达性。喜欢根据事物的特征来给事物命一个形象化的名字。

⑥重复。

⑦喜爱富有音乐性的语言和包含幽默滑稽成分的语言。

根据以上特点,我们认为幼年文学的语言应有以下的要求:

①语法要正确。

②语言要丰富而富有表现力,要生动、有趣、富有积极意味,要比一般儿童文学的语言更通俗、更具体、更生动、更形象。

③节奏要鲜明、调子要明朗,要更富有音乐性。

④语句要口语化、要简短。

怎样在创作实践中落实这些要求呢?

在用词上要注意以下几点:

因为幼儿特别好动,所以也特别喜欢动作性很强的故事,这就决定了幼年文学的创作需要充分发挥动词的作用。

在描写事物时,不要堆砌华丽的词藻或形容词,也不要使用复杂的或抽象的形容词,而要使用那些适合幼儿水平的、能使幼儿感到十分亲切的和能引起幼儿直观感受的具体形容词。

为了使作品的语言更生动形象、亲切感人、能集中幼的注意力和引起幼儿的兴趣,作家有时也可以选用一些准确摹拟声音的词语——象声词,用音响来帮助幼儿感知作品中的艺术形象。

在汉语的词汇宝为库中有很大一部分双声迭韵组成的复合词。这类词汇的运用,可以构成富有音乐性的语言,增强幼年文学语言的音乐美。

其次,在修辞上可选用以下手法:

比喻:为了使幼年文学的语言更具体、更生动、更形象,作家在创作中常用这一手法。

摹状:为了把事物的状态、颜色、声音照样摹拟出来,使幼年文学的语言更生动形象,作家在创作中也常用这一手法。摹状可分为三种:

摹形——描绘事物的形态。

摹色——用确切的语言描绘出事物的颜色。

摹声——一般用象声词摹拟事物的音响。"摹声"上文已经讲过,就不再赘述了。

在句式上应选择以下几种:

一是简单句,二是复合句,三是重复句。因为幼儿表达思想的句式以简单句为主,他们理解语言时,也是以简单句最为容易,所以给幼儿写作品要以造简单的句子为主。因为稍大一点幼儿逐渐学会发运用一些复合句来表达思想,对一些单一层次的复合句也有所理解,所以给稍大一点的劝儿写作品也可适当地运用一些复合句,以便提高他们的语言理解能力和语言表达能力。此外,为了便于幼儿理解、朗诵和记忆,幼年文学作品的语言要尽量口语化、特征化,有些词语和句子可以适当重复。

其次,幼年文学在表现手法方面的要求:

幼年文学比童年文学、少年文艺更讲求图文并茂,即是说更多地运用插图、连环画或无字图画的形式表现内容。

就插图来说,幼年文学作品中的插图不仅比童年文学作品中的插图多,而且大,还要套色。

就连环画来说,幼年文学作品中的连环画比婴儿文学作品中的连环画多得多,它是以线条、色彩为手段来表现其内容、情节(即使情节视觉化)的。几乎离不开连环画。

就无文图画来说,幼年文学中无文图画较多。

不论是插图、连环画,不是无文图画,就其装帧设计看都比较考究,色彩鲜艳,画面漂亮,富于吸引力。

比较而言,幼年文学画的分量和文的分量参半,不像婴儿文学画的分量重于文的分量,也不像童年文学文的分量重于画的分量,更不像少年文学以文为主间以图画为辅。

关于"无文图画"的问题,要多说几句。它实际上是一种没有文字的"图画读物",是凭借图画的线条,色彩等绘画语言来表现经过精心构思的文学故事。由于图画能够比文字更形象地直接作用于幼儿的感官,因此,幼年文学很受幼儿们的青睐。

最后,幼年文学在样式方面的要求:

多样化。幼年文学的样式要求总地说是文(诗)画合一,文(诗)的样式有以下几种:

儿歌,包括数数歌、对数谣、拍手谣、连锁调、谜语歌、游戏歌、古怪歌、绕口令和生活儿歌、动植物儿歌、乡俗儿歌以及摇篮曲、催眠曲等。儿童诗,包括故事诗、童话诗、科学诗和讽刺诗等。再就是低幼童话、知识童话、儿童故事、科幻小说、寓言、笑话等。

游戏化。幼年文学的游戏化、玩具化是它的另一样式要求:有的作品中夹有表现作品中某种内容的唱片,有的插图中的花有香味;有的作品配有录音设备,当孩子一页页翻阅时,旁边的盒子就会把一页页的文字读出来,像大人讲故事一样;有的画面凸出来,形成立体画面;有的还可以用来填画、涂色或做手工。

3.童年文学的创作要求

(1)童年期儿童的心理特点

童年期(即学龄初期)儿童指6-7岁到11-12岁的儿童,即正在小学学习的儿童,也称学龄初期儿童。

这个时期是儿童心理发展的一个重大的转折时期。儿童从以游戏为主导活动转入以学习为主导活动。儿童入校学习是一件严肃的社会性活动。从入学第一天起,儿童对待学习的态度、学习成绩的优劣,以及所从事的一些轻微劳动和自我服务性活动,都要受到老师或家长的评价。儿童参加班级和少先队的活动后,社会地位发生巨大变化,所有这一切都对儿童心理发展产生极大的影响。

儿童入学后,虽然游戏兴趣依然存在,却对学校的一切学习和活动发生更浓的兴趣。但在低年级,他们对为什么要学习,还是模糊不清的,还没有显现出社会性的学习动机。直到四、五年级,由于教师的不断教育和知识的不断积累,逐渐对学习有了较正确的了解,渐渐明确了学习的社会性目的,以及自己的责任义务。随之而来的是,他们在心理发展上也进入了一个新阶段。其总趋势是,全部智力活动,如感觉、知觉、注意、记忆、想象、思维等都在掌握知识和各种工作进程中逐步发展起来,并获得了一定的技能和技巧,首先是读、写、算的技巧。具体地说,可以从以下几方面来研究学龄初儿童的心理特点。

第一,在感知觉方面,他们已经能正确地感知事物的形状,不过,时常出现"形状物体化"的现象,如把"圆形"感知为"圆球",把"三角形"感知为"三角尺"或"小旗子"等。如果让他们画出熟悉的物体的形状,在不少场合下所画的都不是几何图形,而是带有一些细节的物体摹象。在方位知觉方面,他们已经能正确地感知事物在空间的位置、距离、事物之间的空间关系。低年级儿童已经能辨认上下、前后、左右等方位,但对左右的方位辨认,往往出现错误。学习汉字时常把字形的上下部位特别是左右结构颠倒。三年级时,能正确地看地图了。在时间知觉方面,他们对与生活无关的时间如秒、月等掌握得就不太精确。在理解历史时,常把过去和现代之间的时间,距离缩短,认为"古代"就是"奶奶小的时候"。

第二,在思维方面,他们的思维发展到正在由以具体形象思维为主要形式逐步向以抽象逻辑思维为主要形式的过渡阶段,他们不仅探求"是什么",还要追寻"为什么"。但是,这种抽象思维在很大程度上仍然与感性经验直接相联系,具有一定的具体性、形象性、易感性;他们常常是生动地感受体验自己所思考的东西。

第三,在记忆方面,他们擅长具体形象直观的记忆,逻辑记忆不够发达。这就是说,他们善于记忆具体事物或事实而不善于记忆抽象的道理。想象异常活跃,表现在他们自编的故事、图画和游戏之中。但是,他们还不善于向自己提出记忆的目的,没有记忆的指向性,无意记忆和情绪记忆还占有相当的优势。

第四,在情绪情感方面,他们的情感日益丰富起来,社会性情感包括道德感、理智感和美感逐渐形成并得到发展,其中美感发展得较快。具体表现为:

他们对自己在学校集体中所处的地位及集体对他们的要求和评价,都能产生各种复杂的情感体验和反应;他们对祖国、家乡的自然风光、对校园整洁美丽的环境,对某些艺术作品(如影视、歌曲、舞蹈、城市雕塑等)产生了热爱之情,也有了审美的需要,如喜欢看动画片、欣赏歌舞、喜欢装饰练习本、穿漂亮洁净整齐的衣服,等等。总地来看,他们的情感比学龄前儿童丰富多了,也深刻多了。但是,他们的情绪抑制调节能力不强,常常容易因受到感染而大笑或痛哭;情绪稳定状态也较短暂而易变,破啼为笑的现象时有所见。这在低年级儿童身上表现得很明显。

(2)童年文学创作的基本要求

童年文学即狭义的儿童文学,其接受主体主要是学龄初期的儿童。

童年文学创作的目的是为学龄初期儿童的美育提供审美对象(即童年文学作品的艺术美),并通过自己创造的美的形象去美化学龄初儿童的身心(主要是美化他们的心灵、行为、言语、环境,使他们身体变得健美),培养学龄初期儿童健全的审美心理结构(主要是提高学龄初期儿童感知、记忆、想象、理解等心理能力,使其情感高尚)和健康正确的审美观点、审美情趣,提高学龄初儿童对美的欣赏力和创造力。同时进智育和德育。

童年文学创作的取材范围比幼年文学广。除了游戏以外,主要是学习、劳动。此外,还有班队活动、文体活动、科技活动和一定的社会政治活动。童年文学和幼年文学虽然都以游戏、学习和劳动为创作对象,但二者各有特点。幼年文学作品所写的游戏是幼儿的主导活动,其本身就包含着独立的教育意义和目的,其内容所反映的社会内容比较简单。童年文学作品所写的游戏则是学龄初期儿童的课外活动,主要是为教育和教学工作服务的,其内容越来越多地反映较复杂的内容。幼年文学作品所写的学习活动还不是一种独立的活动,而是在游戏或其他实际活动中进行的活动。童年文学作品所写的学习则是在教师指导下,系统地掌握知识技能和进行行为规范训练的独立活动,是学龄初儿童的主导活动,是他们的社会义务。是一种具有自觉性、有意性、显示各种技能技巧和比较稳定的个性倾向的智力活动。幼年文学作品所写的劳动是自我服务性的劳动、家庭或幼儿园里的简单劳动(最常见的是值日生劳动)。童年文学作品所写的劳动则是服务性劳动,包括自我服务性劳动、家内服务劳动、值日生劳动等,这与学龄前儿童的劳动相同。但童年文学作品所写的劳动还有公益劳动、生产性劳动,生产性劳动远比幼儿的带有生产性的劳动复杂,它还包括一定条件下参加的工农业生产劳动。至于社会活动、社会斗争、科技活动,凡有学龄初儿童参加的,也可作为童年文学的题材。

童年文学创作的要求可以从作品的内容和形式两方面加以阐述。

第一,童年文学作品在内容方面的要求:

首先,完善学龄初期儿童的心理结构,提高学龄初期儿童的心理能力。

要有助于感知能力的提高。这里的感知能力即观察能力,亦即人的一切外在感官甚至内在感觉功能接受生活信息或审美信息的能力。其特征是具有目的性、专注性。童年文学作品的创作要把引导小学生进行专心致志的、全面深入细致的、目的明确的观察作为内容。

要有利于想象能力的提高。想象(包括审美想象)的水平是依人所具有的表象的数量和质量的情况为转移的。对于同一事物(或审美对象),成人和儿童想象的深广度都不一样,这主要是由于他们的表象的积累即已有的知识经验各不相同。

为了发展儿童的想象,首先要根据儿童心理水平通过童年文学作品使儿童获得足够的审美表象。因此童年文学作品的创作应该把丰富儿童的审美表象作为内容上的一个要求。所谓审美表象就是在审美感知的基础上所形成的眼前并不存在的感性映象。儿童阅读一部童年文学作品后,在他们脑海里并不是什么都消失了,有的感性印象会留在他们的记忆中。怎样的感性印象会留在记忆中呢?那就是比一般表象更鲜明、更生动、带有浓厚情感性的感性映象——审美表象。它的鲜明生动性、情感性是构成形象记忆、情感记忆的基础,最能引起对往事的回忆,从而为学龄初儿童的作文(包括改写、扩写、仿写)提供丰富的表象材料。

审美想象是学龄初儿童在直接观照童年文学的艺术形象的基础上,调动过去的表象积累,丰富、完善作品的艺术形象和创造新形象的心理过程,它是在审美表象的基础上发展起来的。要提高学龄初儿童的审美想象能力,作家除了丰富审美表象以外,还要运用生动的、带有情感性的语言来描绘儿童所想象的事物的形象。同时,还要培养学龄初期儿童正确的、符合现实的想象,及时纠正他们的一些不切实际的幻想或不良愿望,以免想入非非。

要有益于感情的培养。这也是童年文学作品的创作在内容上的要求。学龄初期儿童的情感丰富,但不够稳定,极易变化。作为施教于童的童年文学,在其创作过程中要注意两点:一是要把他们丰富的情感引向理性的轨道,一是引导他们运用理性去控制、调节易变的情感。这样不仅可以使情感趋向稳定、深沉,而且能使情感与理性结合起来,从而走向审美。

其次,美化学龄初期儿童的心灵、仪表、行为、语言和生活环境,使其身心健美。

要美化学龄初儿童的心灵和仪表,使之具有心灵美和仪表美。

人的美包括外在美和内在美,也就是我们所说的仪表美和心灵美,仪表指人的面容、体态、肤色、语言、服装、发式等;心灵指人的思想、感情、志趣、才学、道德、理想等。从一个人的仪表可以窥测其心灵,人的心灵影响着人的仪表。有经验的童年文学作家在通过作品美化学龄初儿童的心灵和仪表方面作了大量的工作,取得了可喜的成就。从他们的作品中我们可以看出作家应该从以下几方面来表现心灵美:

其一是表现理想美。理想是人类特有的高级心理现象和社会现象,是人生观的核心,是以现实为根据的一种理性想象,是人们对自己、对社会发展的设想和追求。它有三个属性:是美的善的、是指向未来的、是符合客观规律可以实现的。

其二是表现爱国的情感美。列宁说:"爱国主义就是千百年来巩固起来的对自己祖国的一种深厚的情感。"这种情感集中地表现为民族自尊心和民族自信心,表现为人民争取自己祖国的独立富强而英勇献身的奋斗精神,它是一种美和善的统一。爱国情感还表现在对祖国的山河、文化、历史和民族的热爱上,还表现在对家乡故土的热爱和眷恋上。

其三是表现道德美。所谓道德就是指调整人与人之间以及个人和社会之间的关系的行为规范的总和,包括人的理想、信念、情操、风尚等。人们常常把符合道德规范的言行称作"善",而把违反道德规范的言行称为"恶"。所以人们往往把道德与美的关系叫做善与美的关系。所谓道德美就是道德的崇高美,也就是优秀的道德品质(包括道德意识、道德理想、道德情感和道德行为)所显示的伟大、崇高、超群出众和令人敬仰的特征,既是善与美的统一,又是功利价值和审美价值的结合。这就是人们把符合行为规范的言行或优秀的道德品质称为"美德"的理论依据。

那么什么是我们今天所说的美德呢? 一是指社会公德,即社会中全体公民所公认的、要共同遵守的道德规范和行为准则,包括遵守纪律,讲究礼貌,维护公共秩序,保持公共卫生,尊老爱幼,尊师爱生,济困扶危,拾金不昧,见义勇为,以及邻里间团结互助、和睦相处等。社会主义公德除了具有社会公德的一般特点外,还有一些新的特点和更为丰富的内容,概括说,就是"五爱":爱祖国、爱人民、爱劳动、爱科学、爱护公共财物。它表现在人际关系上就是正直诚实、处世公正、为人坦率、言行一致、表里如一、实事求是、光明磊落、无私无畏、刚正不阿等。二是指共产主义道德,它是马克思主义的思想、信仰、立场和原则深入人们的心灵后,在品质、行为、作风和生活方面的体现,主要指公正无私、实事求是、坚持真理、主持正义、毫不利己、专门利人等。

童年文学要表现的道德美、要歌颂的美德,根据学龄初儿童的心理特点,主要是以五爱为核心的社会公德和共产主义道德中的部分内容,这就是爱祖国、爱人民、爱科学、爱公物、诚实、勇敢、正直、勤奋、坚强、果断、谦虚、谨慎、尊敬老师和家长、言行一致、表里如一、拾金不昧、团结同学、乐于助人、自觉遵守纪律等。

仪表美也就是人体美,表现为人体的外部形式或内部结构健康、匀称、协调统一、充满活力;姿态优美动人;动作敏捷、从容等,此外,还表现为服饰、发型、仪态、风度的美。童年文学创作应该从以下几方面表现学龄初儿童的仪表美:

其一描写健美运动。"健美运动就是采用各种具有显著效果的锻炼方法,发展人体外形健美的一项体育运动。"健美锻炼的项目有健美操、包括基本体操、广播体操、艺术体操等,再就是游泳、散步、跑步等。

其二是描写学龄儿童坐、立、走、卧的正确姿势,整洁入时的衣着、发式和讲礼貌,有教养的风度,描写他们天真稚嫩、十分可爱的容貌,匀称的四肢、端正的五官、俊美的体态。

其三是表现学龄儿童要讲究皮肤卫生,包括经常洗澡、洗脚等。

要美化学龄初儿童的行为、语言和生活环境,使之具有行为美、语言美和环境美。

行为美是人的心灵美在社会实践和处理人际关系的过程中的表现,是进步的思想、优秀的道德品质、高尚的情操、坚强的意志和高超的智能等的外在表现。它是以符合社会利益为准则的行为动作所显示出来的审美价值。如互助、礼让、敬老携幼、同情病残、举止仪表端庄大方、自然豁达、不卑不亢等。

在童年文学创作中表现行为美和表现心灵美通常是结合在一起、无法分割的。心灵世界的美必定用外在行为的美来体现,而外在行为的美又必须以内心世界的美来支配和制约。

语言美是人的心灵美在交际过程中的外在表现,包括用词造句美、谈吐方式(语气、语调等)美等。具体讲,它要求谈话内容言之有物、言之有理、言之有据、言之有序。在此基础上讲究语言的逻辑性和表达力,使语言准确、鲜明、生动;它要求谈吐方式恳切、和气、文雅、谦逊,表现出品格的高尚、行为的有礼貌。反对说空话、假话、谎话、粗话、脏话;反对模棱两可、矫揉造作、强词夺理。对于学龄初儿童的语言美的要求不能太高,主要是:谈话内容的言之有物,言之有序,讲究语言的准确;谈话方式的和气、有礼貌,能够很自然地运用"请""对不起""没关系""再见""谢谢"等用语,不讲假话、谎话、粗话、脏话和空话,不强词夺理。因此,童年文学的创作在描写学龄初儿童的语言美时,应把以上要求作为表现的重点。

环境美指人创造的生活环境的美。它有广狭之分。广义的环境美指一个民族、一个国家的整个自然环境、社会环境的美;狭义的环境美指个人、家庭、社会集体生活和工作(劳动、学习)的具体环境的美。对学龄初儿童来说,环境美主要是指个人、家庭、学校等具体环境的美。即要讲究清洁、卫生,并利用艺术品把环境加以美化,种上树木花草,把大地加以绿化,使自己或集体生活(或学习或工作、劳动)在美的氛围之中,感到舒适、和谐、精神愉快。它是心灵美在物质环境上的表现。童年文学的创作要把学龄初儿童保护和创造美的环境作为作品的内容加以表现,要描写他们生活环境的美。也要反映我们中华民族、中华人民共和国的自然环境、社会环境的美等。

环境作为环绕在人物周围的各种生活条件的总和,是不能离开人的,文学主要是写人及其生活的,写环境也是为了写人。因此写环境美总是同写人的美结合在一起。童年文学的创作也是这样。作家应该把写环境美和写儿童的心灵美、行为美、仪表美统一起来。

第二,童年文学作品在形式方面的要求。

首先,在语言方面,童年文学和幼年文学有以下不同的要求:

所用动词的量很快增加,所描写的动作有单项的,更有多项连续发生的,有外在活动的描写,也有内心活动的刻划。

所用形容词华美、丰富、多样,不仅有对具体可感事物的描写,而且有对抽象事物的描绘,不仅描写简单的事物,而且有对于复杂事物的描绘,但不能堆砌辞藻。

象声词、重叠词、带迭音的词和联绵词用得更多,音响、节奏更为多样、复杂,更富于音乐性,因而更易于引起儿童的阅读兴趣。

以短句为主,长句有所增多,单句和复句并用,复句大量增加。但是不要写结构复杂、修饰成分很多的长句子,而要写简练、短小的句子。

大量运用常见的修辞手法,用得最多的是比喻、比拟、夸张等,设问、反问、排比、反复、对偶、对比等，也时有运用。

儿童心理学指出，学龄初期儿童入学前虽然已掌握一定数量的词汇，但这些词汇大部分是具体的，抽象的词不多，很多词内容贫乏。这种情况是和学习的要求不相适应的。为此，作家必须从不断扩大，丰富儿童口头和书面的词汇的角度出发，写出远比幼年文学词汇丰富、精确、深刻的作品来。童年文学的动词、形容词、象声词、重叠词、联绵词和迭音词等的增多就是从发展学龄初期儿童的口头语和书面语词汇量的要求出发的。

如前所述，学龄初儿童思维的基本特点是从以具体形象思维为主要形式逐步过渡到以抽象逻辑思维为主要形式。但这种抽象思维在很大程度上仍然直接与感性经验相联系，仍然具有很大成分的具体形象性。这就决定了童年文学作品要以短句为主，长句虽有所增多，复句也大量出现在童年文学作品中，但又不能撰写结构层次十分复杂、修饰成分很多的句子。同时，也决定了童年文学作家在创作中应大量使用各种比喻的修辞方法，以增强作品的具体可感性、生动性和形象性。

其次，在文学体裁方面，童年文学和幼年文学也有以下不同的要求。

幼年文学的体裁虽有多样性，但基本上是以儿歌、低幼童话为主。童年文学的体裁则不同。我们从以小学四、五年级学生为主要读者对象的综合性半月刊《儿童时代》上刊登的作品和历年小学语文课本中作为课文学习的作品来看，童年文学的体裁以儿童诗、童话、寓言、儿童小说、儿童散文、儿童故事、科学文艺（包括科学诗、科学童话、科学小品、科学幻想小说和科学幻想故事）为主，兼及特写、通讯、回忆录、民间故事、笑话（包括政治笑话）、相声、数来宝、小快板剧等，再就是配画诗、摄影诗、图画故事等。

和幼年文学体裁相比，童年文学的体裁不仅篇幅长了，容量大了，反映生活的面也宽广了。就儿童小说来说，有了连载小说；就诗歌来说，有了篇幅较长的叙事诗（包括童话诗）和抒情诗，就故事来说，文字故事、图画故事都较长，情节较曲折；就童话来说，幻想更为奇特，想象更加丰富；就寓言来说，哲理更为深刻，讽刺意味更浓；就科学文艺来说，所讲的科学道理广泛深刻多了。

4.少年文学的创作要求

(1)少年期学生的心理特点

少年期（即学龄中期）的孩子指11—12岁到14—15岁之间的未成年人，即通常所说的"少年"（少男少女），他们大致相当于在初中学习的学生。少年期是从儿童期向青年期过渡的时期，因此，常常把这一时期叫做"过渡期"。少年期以前(即11—12岁以前)的时期是真正的幼稚期或儿童期。这一时期的儿童要更多地依靠成人的照顾、保护,他们的独立性和自觉性都比较低。青年期是个体发展上的成熟期,它标志着个体真正开始成为独立的社会成员。而少年期是从儿童期(幼稚期)向青年期(成熟期)发展的一个时期,所以称之为"过渡期"。少年心理的主要特点是处在一个半幼稚、半成熟状态,充满着独立性和依赖性、自觉性的幼稚性的错综复杂的矛盾。

少年虽然仍以学习为主导活动,但是和小学时期比较起来,无论在学习活动的性质和内容上,或者在集体生活的关系和要求上,都与之有本质不同的新特点。

在学习活动方面,中学的学习和小学的学习相比有以下不同之处:首先是学习内容不同:学科的门类比以前明显增加,学科系统已接近科学体系,学科内容已经不仅仅是一些简单的常识,而是反映事物一般规律的、有系统性的科学基本知识。其次是学习动机有了变化:一方面,远大的与社会意义相联系的学习动机日益发展,逐步认识到自己的学习和祖国、事业的密切关系,学习的自觉性比小学生有了更大的发展。另一方面,直接与学习活动本身相联系的学习动机仍然在起作用,例如为了得到好的分数、得到别人的称赞等等而努力学习。再就是学习的自觉程度还比较差,容易被学习活动中一些外部因素所干扰。再其次是学习兴趣比小学生广泛:喜欢读文艺、科技、哲理等方面的读物,积极参加文体活动,但又不够稳定,有时由于种种原因,兴趣又转向另一方面,兴趣常常分化并带有很大的选择性。最后是学习态度有了新的表现:对教师的态度开始有了较高的独立评价的能力,已不像小学生那样偏于情感上的依恋。对待作业的态度,比小学生有更多的主动性、独立性,能自觉地安排自己作业的时间,并注意作业的质量。对分数的态度也比小学生更加客观、更为正确。

在集体关系方面,初中时期和小学时期相比差别也较大。首先是在学校集体生活方面,班主任已不像小学教师那样给学生以很多的非常具体而细致的照顾,而是通过积极分子来实现对集体的领导,这要求少年有更大的独立性、主动性和积极性。在少先队集体生活方面,由于初中少先队员大多年龄较大,因此他们一般都担负着更加复杂的社会工作,这样,他们就有同志感、义务感和纪律性等新的个性品质。在家庭集体生活方面,家长开始给少年更多的独立权利,向他们提出更高的要求。他们也日益学会关心家庭中的事情,积极分担家中的劳动任务。其次是在对集体的态度上,能更加自觉地把自己的学习和生活跟班集体、少先队、学校和家庭的利益联系起来。

在生理方面,少年出现了一些前所未有的本质变化:首先是身体突然增长,这使他们意识到自己开始不再是"小孩子"。其次是性成熟期开始了。性成熟现象使少年开始意识到两性关系。

少年心理特点可以从以下几方面研讨。

第一,在感觉方面,其感受性和观察力更加提高和发展起来。首先是视觉感受性不断提高,区别各种颜色和色度的精确性在不断增加,初中学生区别各种色度的精确性比小学一年级儿童增高60%以上。其次是听觉感受性不断提高,区别音高的能力在不断增加。小学儿童常常不能准确地辨别音阶,而少年对音阶的辨别就有很高的准确性。15岁前后的少年,其视觉和听觉的灵敏度甚至可以超过成人。在少年中,很多人表现出特殊的音乐才能。

第二,在知觉方面,少年的知觉出现许多新的特点:首先,知觉的有意性和目的性更加提高;其次,知觉的精确性和概括性更加发展起来;再次,开始出现逻辑性知觉。此外,少年的空间知觉和时间知觉有了新的发展,空间知觉的特点是:一是带有更大的抽象性,但在很多情况下,直观表象的直接支持仍是必要的;二是远距离空间知觉(即宏观的空间观念)逐步形成。在少年的时间知觉的发展上,一是能更精确地理解一些较短的时间单位;二是对于各种事件或现象的时间顺序的知觉逐渐完善起来;三是开始理解一些较大的历史时间单位,但常常不很精确。还有一点,就是少年的观察力也发展起来,表现在观察活动更有目的性、计划性和系统性上。

第三,在注意方面,少年的注意和小学儿童比较起来有了进一步发展,有意性、集中性和稳定性在不断增长着。

第四,在记忆方面,有意识记、意义识记和词的逻辑识记能力有很大的发展。

第五,在思维方面,其抽象思维已经发展到一个新的阶段,即从童年期的具体思维向抽象思维过渡,抽象思维占了主导地们。不仅能叙述现象,而且能说明、解释现象,能比较正确地揭露内在联系和本质,能比较准确地表述概念,扩大或缩小概念的现象日益减少,因而思维的独立性和批判性有了显著的发展,但有时不免带有片面性和肤浅性。少年的抽象思维占主导地位,对其他智力发生很大的影响,逻辑性知觉能力、词的逻辑记忆能力、想象的创造能力都因之而出现。

第六,在情感方面,其情感趋向深刻、稳定,社会情感有了进一步发展,对祖国及危害祖国利益的言行都能形成鲜明的态度和不同的体验。道德感,特别是同志情谊发展迅速,开始有了真正的伙伴。对朋友的选择是有条件的,常常是根据兴趣和性格等方面的一致性加以考虑,也最喜欢与那些受人尊敬、有威性或在某些方面有特长的同学成为知己,还愿意与高年级的同学交朋友。男女少年之间的情感变化很微妙,表现为互感兴趣。

第七,在个性方面,其个性正处于逐步形成的阶段,个性的心理特征已有明显的表现,但还不十分稳定,自我意识有了新的发展,对人的内心世界发生兴趣,开始了解别人与自己的个性品质,体验自己的内心生活及评价自己。这是少年自我意识发展的重要标志。

第八,在审美方面,开始注意外表的美,喜欢修饰,开始讲究容貌、服饰、居室的整洁、美观、入时,爱读表现自然美、人体美、行为美、言语美的句子和段落,但也重视思想品德的修养,崇拜英雄或品德高尚的人,爱读表现心灵美或富于哲理的语句或片断。对美的感受日益加深,美感有了进下一步发展。

(2)少年文学创作的具体要求

少年文学也可以说是广义的儿童文学,其接受主体主要是学龄中期的孩子即初中学生。

少年文学创作的目的是为少男少女的美育提供具有艺术美的审美对象,并通过创造美的形象或意境去美化少年的身心,主要是美化他们的心灵、行为、语言和环境,使他们的身体变得更加健美;培养少年健全的审美心理结构,主要是提高少年审美感知、审美记忆、审美想象、审美理解等审美的心理能力,使其情感更加高尚;培养他们健康的审美趣味和正确的审美观点,提高他们对美特别是艺术美的欣赏能力和创造能力。同时,进行智育和德育。

少年文学的取材范围比童年文学广泛。虽然二者都要从孩子们的学习、劳动和社会活动获取创作素材,但学习、劳动和社会活动的内容和性质却有区别。就学习而言,童年文学创作多取材于小学儿童对一些简单常识的学习和练习,而少年文学创作则多取材于初中学生对系统的科学基础知识的学习和实验或实践。就劳动而言,童年文学作品所写的劳动大多为服务性的劳动,而少年文学作品所写的劳动则多是带有生产性质的劳动。就社会活动而言,少年文学和童年文学虽然都写社会活动,但少年文学所写的社会活动的范围要广,凡是成人的社会实践活动如经济建设、政治斗争、阶级斗争、战争、科学实验、文化艺术活动、体育卫生活动、外交活动等,都是可以作为创作对象的。

少年文学创作的选材要求是以选取具体可感的材料为主,不能选取过于抽象的材料。这是有心理学依据的。从感觉和知觉方面看,虽然少年的视听感受性和观察能力比童年有了提高,空间知觉有了更大的抽象性,但是在很多情况下,直观表现的直接支持仍然很必要。从注意方面看,虽然少年开始对一些抽象材料感兴趣了,但是那些过分抽象的、高深的、与他们的知识经验相去甚远的材料,还是很难引起他们的兴趣,因而很难使他们保持集中、稳定的注意。从记忆方面看,虽然少年的词的抽象识记能力有了进一步的提高,但不应作过高的估计,他们识记抽象材料的能力只是比小学生增长得稍微快一点,他们的词的抽象识记能力的形成和提高必须以具体形象识记为基础。从思维方面看,虽然少年的抽象思维日益占主要地位,但是他们思维中的具体形象成分仍然起着重要作用。正因为此,我们主张为少年创作的作家多写少年直接遭遇、直接感受、直接观察体验过的人物、事件、环境和景观。

少年文学要特别注重典型人物的塑造。这不仅是创作美学上的要求,也是心理学上的要求。

少年文学之所以要塑造典型人物,是因为典型人物有助于培养少年的高尚的审美理想。从审美心理学的角度看,审美理想就是和一定的审美观点、审美趣尚相联系的、以现实美为依据的、具有实现可能性的一种稳定的审美想象。小学儿童只有一些比较模糊的、对未来生活美的想象,真正的审美理想还是没有的。只有从少年时期起,审美理想才形成和发展起来,只是还谈不上高尚。体现少年审美理想的基本形式有两种:一是历史上和现实中的美的生活形象,不仅包括历史上的伟大人物和社会上先进人物如英雄、模范、领袖、烈士、科学家、思想家、政治家、文学艺术家等,还包括少年所敬佩的周围的人们如师长、亲人、朋友等。二是文艺作品中美的形象如英雄人物,少年从这些形象中看到了体现他们理想的美的个性品质如英勇、机智、坚强、热爱祖国、热爱人民、热爱劳动等和表现这些个性品质美的行为。少年文学应该以历史上和现实中美的生活形象为基础,运用典型化的方法,把生活美转化为艺术美,塑造出寄托少年的审美理想,堪称少年楷模的典型形象包括少年典型和成人形象。

少年文学在塑造典型人物时除了注意肖像描写、语言和行为描写外,还可以有更多的心理描写。这是由少年自我意识和行为的特点所决定的。少年自我意识的特点之一是对人的内心世界发生了兴趣,开始要求了解别人和自己的个性特点,了解自己的体验和评价自己。少年行为的特点是具有模仿性,他们对体现自己审美理想的典型人物表现出强烈的模仿倾向。然而他们的这种模仿又往往带有表面性质,其表现是对这种理想人物的相貌、表情、服饰、姿态、风度、气派、行为习惯和言谈方式的机械仿效,而比较忽视对其美好心灵和高尚精神品质的学习。因此,作家通过肖像、语言、行为的描写来表现典型人物的思想、感情、愿望和内心矛盾,即表现典型人物的内心活动和精神状态,反映典型人物的性格形成发展过程,是完全必要的。

根据少年言语发展的实际情况,少年文学作品的语言有以下要求:

在词汇方面,作家在作品中可以使用为少年所理解的,比较深奥的谚语、成语、格言和一些比较抽象的比喻性词语以及一些有着细微差别的近义词。在语法方面,作家在作品中可以写一些表明事物各种复杂关系的复句、多重复句,但仍不要写长句。在语言表达方面,作家在作品中不仅要描写为少年所知道的事物,而且可以合乎逻辑地阐明一定的道理,不仅要有正确的布局和结构,而且要注重语法修辞和象征、含蓄、夸张、隐喻等艺术表现手法的运用。

少年文学的体裁已接近成人文学体裁,除了诗歌、小说、散文、童话、寓言等以外,还有科学文艺、戏剧文学、电影文学、电视文学、说唱文学等[①]。

二、儿童文学的创作趋势

(一)坚持儿童立场,保持美学特征

在当前儿童文学的创作过程中应该始终坚定儿童的立场,全方面了解儿童文学与其他文学之间存在的区别和特点。这样通过以儿童的视角去进行创作和思考,便能够让儿童在阅读儿童文学作品中去深入观察世界和分析问题,让儿童的行为思路和逻辑思维更好地契合起来,这样才能够更好地满足儿童的身心发展规律和认知特点。同时,儿童文学在创作的时候应该建立在儿童的认知基础上,并始终对童心保持敬畏的情绪,这样便能够更好地将儿童文学的美学特征更好地表现出来,从而让儿童文学创作更好地服务于儿童成长与发展。

(二)减少儿童文学的商业化色彩,添加关爱性的内容

今后儿童文学创作改革的方向应该尽量减少创作中的商业化色彩,适当增加一些关爱性的内容,全方面关注儿童文学的基本价值,再借助儿童文学这个载体给予儿童生活化的指导。同时,在今后的儿童文学创作的过程中,坚决不能够搞"段子文化"或者是过于追求"快餐效应",这样才更容易被儿童接受,

---

①罗培坤,左培俊.儿童文学创作与研究[M].武汉:华中师范大学出版社,1994.

从而更好地引起儿童的情感共鸣。例如,通过以《窗边的小豆豆》这部儿童文学作品为例,其主要是以"小豆豆"的视角去进行创作,生动形象的描写了儿童想要的生活,所以很容易引起广大儿童读者的情感共鸣。这也是这部文学作品之所以成为儿童畅销读本的重要原因。因此,在今后的儿童文学创作过程中,应该积极跳出之前所描绘的儿童校园生活、家庭故事的局限性,以文学内容来为广大儿童创造充满希望的世界。

(三)善于创新尝试,科技让儿童文学更出彩

儿童文学的文体不尽相同,所以在今后儿童文学的创作过程中应该尽量保证儿童文学载体的丰富性。尤其是在融媒体快速发展的时代背景下,通过充分发挥网络、电视等媒介的优势作用,将儿童文学的故事场景立体、生动地展现在儿童的面前,并将好的儿童文学作品朝着动漫方向组汉化,这样并不意味着儿童文学在经济利益驱动下遭受破坏,所以便需要以辩证的方法来看待儿童文学在新时期将鲜活的形象深入到儿童读者群体中。同时,语言文字形式的传播速度明显较电子媒介传播速度慢,所以便需要在儿童文学的创作过程中积极关注科技成果,学会利用网络媒介来展现儿童文学的内容,这样便能够更好的让儿童文学创作取得成功。例如,通过以《宝葫芦的秘密》这部儿童文学作品为例,其在创作的过程中得益于《宝葫芦的秘密》这部动画作品,从而让经典优质的儿童文学内容更好贴合儿童群体的要求,这样不但扩大了儿童文学的知名度,更是催生了更多优秀的动画作品,让民族特色优秀文化得到了更好的传承。

总之,儿童文学就是对儿童进行教育中的重要精神给养,所以需要采取全方位的支持,不断进行量的积累,这样便能够取得质的提升,更好地将儿童文学的创作价值凸显出来。同时,在儿童文学的创作过程中还应该更好地把握美学特征,并通过采取针对性的策略来提升儿童文学的创作效果,这样便让儿童文学更好地发展下去[1]。

---

[1] 刘海平.儿童文学的美学特征探究[J].女报,2023(4):121-123.

第二节 儿童文学的创作方法

一、向传统文化探求

中华优秀传统文化是中华民族的瑰宝,需要一代又一代时代新人在创新中传承,在传承中创新。实现中华优秀传统文化的创造性转化,是出版人、作家,乃至每个中国人的文化责任。在当代儿童文学作品中展现传统文化也成为新时期儿童文学作家重要的创作取向。在此过程中,也诞生出一些独特类型的小说,如《故宫里的大怪兽》《神秘美术馆》等,作品将中华优秀传统文化中闪亮的文物和文化资源与风格多样的故事相结合,着力于用文学的方式,将传统文化有声有色、有血有肉地呈现出来。比如李北山的《神秘美术馆》系列,将《清明上河图》《千里江山图》《洛神赋图》等中国传世名画,通过奇幻的故事情节,带领读者完成一次次文化探险之旅。

二、向自然之美探求

"每个人都有童年,与大自然声气相通。"当代作家张炜在其《海边童话》作品中谈了自己对于童年,对于自然的理解。在他的笔下,一切生命都在大地母亲的怀抱中,沐浴阳光,成长和生存。在梅特林克看来,"凭借某些美的力量,灵魂才得以存活",用这句话来形容大自然的力量可以说非常贴切。天性是自然对儿童发展的规定性,也是儿童的自然属性。在大自然中自由奔跑也是每个儿童应有的权利。随着城市化进程的加快,人们越来越重视和呼吁自然的原生力量。优秀的文学作品将自然之美和文学之美相结合,将"诗意地栖居在大地上"变成了现实。云南省作家协会儿童文学委员会副主任吴然在其儿童散文集《那时月光》中,将故乡特有的乡土风物、西南边陲的自然风光和民族风情之美,还有蕴藏在山林、田野、溪流……的大自然之美,通过优美的文字描绘,展现出孩子们在大自然的怀抱中恣意成长的温润和欢脱。

三、向现代生活探求

一个时代有一个时代的文学,儿童文学同样也是如此。现代生活的商业性、秩序感在儿童成长过程中的作用无法低估。走近当下儿童生活,观察他们的生活、学习状态,创作出贴近他们生活的作品,也是中国当代儿童文学的一个重要命题。比如,颇具社交属性的校园文学作品及催生出的畅销书现象,这些都显示出贴近儿童生活创作的重要性。不过校园系列作品的繁荣,并没有取得相应创作质量的提升,这也是需要继续"破题"的一项时代任务。例如,商晓娜在其校园系列作品《拇指班长》中注入时代因素,不断扩大校园生活的场域,促进校园文学创作向更为多元化、更为广阔的天地积极拓展。

四、向时代精神探求

"人之成长,是一个从'自然人'变成'社会人'的过程。阅读是儿童成长过程中的'第一粒扣子',童年阅读给人的成长留下终生难忘的精神印记。如果说家乡决定了一个人的地域文化基因,那么童年时代的阅读经历则决定了一个人终生的文化审美,这是人成长的'文化味蕾',是永远不会忘记的童年之美、童年之味,给人生染上一层文化底色。"海飞将好书比作"文化味蕾",充分阐释了阅读对于儿童的重大意义。生活的车轮滚滚向前,时代的更迭与个人的生活息息相关。现实主义题材的优秀作品是一定要纳入当下儿童阅读的必读书单的。时代需要书写,时代的进步需要书写。读什么样的书,接受什么样的滋养,就会走向什么样的道路。尼尔·波兹曼曾说过:"儿童是我们发送给一个我们所看不见的时代的活生生的信息。"我们的时代需要优秀的作品,需要体现时代精神的作品,需要勇于向新领域开拓、胸怀天下、面向未来的作家,才能创造出滋养儿童心灵的优秀作品。新时代的工匠精神、劳模精神、改革创新精神……这些优秀的精神内涵都值得当代儿童文学创作去关注、去表现。

五、向红色文化探求

红色文化是在革命战争年代,由中国共产党人、先进分子和人民群众共同创造并极具中国特色的先进文化,蕴含着丰富的革命精神和厚重的历史文化内涵。当代儿童文学的创作,也需要将红色文化作为一项重要的写作资源,将笔触伸向红色历史,伸向英雄人物,伸向革命根据地,伸向那段战火纷飞的年代,讲述一段段可触可感的动人故事,诠释中国人感天动地的家国精神,表达对于战争、人性、和平的诸多思考,为我国少年儿童的成长注入家国基因、家国意识,在潜移默化中涤荡他们的心灵,从心底厚植爱国情怀。例如,张品成的一系列红色题材儿童文学作品《赤色小子》《最后的比分》,薛涛的《满山打鬼子》《情报鸽子》《第三颗子弹》,刘海栖的《风雷顶》等,他们自觉利用掌握的红色资源去观照战争,观照和平,观照国家,形成了各具特色的创作方式。

六、向语言之美探求

文学是语言的艺术。中国古诗词将汉语之美、古典之美、意境之美,体现得淋漓尽致。当代儿童文学作家也在语言艺术的道路上不断前行。每个作家都有自己的语言风格和追求,张炜《我的原野盛宴》将神秘广博的大自然之美与极具诗意和哲思的语言之美相结合,读后令人唇齿生香;董宏猷在《牧歌》中展现出的充满诗意的文风,将厚重坚硬的主题出版变得入情入心;高洪波的童诗简约天真,将哲思轻盈幽默地抖搂出来,不经意间沁人心脾;刘海栖的《游泳》通过生活化、质朴的语言,将童年写得恣意洒脱,展现出其成熟的笔风和独特的语言美学追求……他们都在努力开拓儿童文学语言风格的多样性和表现空间[①]。

第三节　儿童文学文本的传达

一、儿童文学文本接受

仁者见仁,智者见智——这是我国古代文论早就得出的符合阅读、鉴赏规律的具有中国人机智的经验概括,下沉到具体的儿童文学文本接受中,我们发现在这一过程中呈现出了诸多耐人寻味的景象和特点。由此产生的对文学文本的"误会"的解读——我们称为误读,为我们的研究提供了一个个有益的视角。在接受的层面上,只有意识到这是一个双向互动的关系,接受才具备其应有的意义。也就是说,一方面,从作者和文本自身的角度去触及;另一方面,又须由读者入手,结合多方因素,综合考察。以下试从两个"基本点"切入,一作探讨。

首先回到文本的本体中去。作家的所有才情才思都会深深浅浅地呈现在文本中,它所涉及的是一个不能用简单的直线型的判断所能涵盖的命题,其再现的姿态往往是山重水复、柳暗花明的。正如不是所有的音乐都会有生动的回应,在文学的山阴道上,知音的相遇和音乐的际会如出一辙。在文学文本接受过程中,有许多近乎悖论的命题让我们为之困惑,同时也让我们不得不为之自然地沉迷。来自文本自身的因素在某一阶段、某种历史条件下,可能会顺应

[①] 孙学敏.当代儿童文学创作与出版的文化内涵探析[J].文化产业,2022(26):67-69.

时代和读者的需要；但同样的，在某些时候，它又会自然地挑战着读者的接受程度，每每掀起阅读的"变异"状态。

　　文本毕竟是一个客观的存在，我们必须"由本到本"，进行沉潜式的探究。从这个意义而言，将儿童文学文本分为语音层、语义层（或谓表层意义和深层内蕴）是可取的，因而在这里就明显地发生了文学审美的多元化现象。这不仅是文学语言内在的歧义和多解，还涉及创作主体内在意识和心理机制上的种种特点。所以我们才有理由说，文学文本是创作者内心情感、思想、才情的符号化表现，它不是一个封闭的自足体，而是一个开放的系统。由本体而论，语言的表层即字面意义，仅是人的心理活动的表层（我们谓之"能指"），而深层的意义（即"所指"）则隐藏不见。由这些符号构成的文本的表现又可能不是作者"完全"的心声，里面或许他的"言不尽意"，也会有作者已经表达了而读者较难把握的"言外之意"。所以从作者无形的立体的思想、情感和才情转化到有形的平面的文字这一"传送"过程中，同样会产生许多有效资源的流失（如灵感的逃逸、烦恼的顿生、旁加的干扰等阻碍思路的正常发生与发展），因此会形成文本参差不齐的多样呈现。而当它们形成真正的文本时，对于这些"流失"，读者却往往不得而知，依然会以既定的思维去解读与阐发，因此误解就会自然地产生。由此看来，创作、文本和接受三者构成了多方的矛盾，也因此造成了我们常常遭遇到的文学现象的摇曳多姿。故清人谭献有言："作者之用心未必然，而读者之用心何必不然。"（《复词堂录序》）基于文本呈现的种种复杂现象，读者尤其是批评者考察其得失成败就应先端肃内心，沉潜到文本内部，回到"常识"的立场，灵活而辩证地作出解读。这也是文学批评的基本原则，也只有这样才能较大程度地避免误读和误读产生的负面效应，同时正确对待误读带来的是是非非。"诗无达诂"是文学鉴赏的一条基本规律，读者也不必强作解人，去刻意追寻文本的意义与内涵，否则会陷于穿凿附会和偏向一隅的泥淖，这同样是不可取的。

　　文本一环包含着文学本身的特殊性和文学事实的复杂性，因而对它的辩证分析是一个永无止境的过程，它的开放性加上阅读者的时代和自身素质等等不同特质，其本身的文本内涵也在层层积淀、不断丰富着，接受者要充分认识到其意义丰富的动态过程。

　　这是此处所要阐述之第一要义。

　　接下来，就是接受的事实了。文本一经产生（或言一旦脱离作家之手），它的命运就不由作家掌握，而是听凭读者左右了。而文学作品存在的意义，就是为了接受的需要。如果失去接受这一层面的参与和补充,再好的文本也会黯然神伤,"自开自落自清高"的生存姿态毕竟不是文学的终极命运,它不是高高在上的寂寞嫦娥,而应该接受世俗的种种"挑战"。从形而上的角度考察,失去接受依赖的文本,最终会茫无出路,是承受不了其"生命之轻"的。而当我们放心地把文本的终身托付于接受时,诘问几乎就在同时产生了——文本一定能够找到它终身相依的无怨无悔的皈依吗?

文本自然会有幸福遭遇的可能。这种情形往往表现为:文本的制造者和接受的参与者,有着较为切近的学养、才情、阅历和志趣,所以他们的相遇是相投而和谐的,即文本有怎样的流露,接受便会春风化雨。其表现或为合情合理的阐释,或为顺着文本即定的大道再向前行走。

而事实上的情形远为复杂得多。更多时候,文本是身不由己的,这就是说,文本自然的情形反而是被误读。它可能是接受善意的阐发(这当然包括不符合作者本意的种种现象),也可能是恶意的歧解,其间林林总总,情况实在太复杂了。这些旁逸斜出的"节外生枝",姿态是多种多样的。

误读是可能的,更是必然的。这其实是一个常识性的话题。没有哪一种表达能得到百分之百的恰如其分的呼应。当我们把眼光放到活生生的文本阅读过程中,就会发现,误读几乎触目皆是、层出不穷。所以我们在《皇帝的新装》里不仅看到了皇帝的鄙俗的屁股,更触摸了人性的弱点和丑陋;在《鲁滨逊漂流记》中也同样有参差不一的阅读获得;《男生贾里》也使不同身份的读者得到了多重的启示。

文学创作到消费的整个过程是复杂的,除去一般的创作规律所负载的"正常现象",其间充斥着许多难以预料的种种"格外"的情形,它们是那样偶然而又必然地牵引着审读的方向。在我看来,我们更应关注这种"偶然性",尤其是当时势(包括各种社会变化、文学潮流、创作流派等)发生变化时,应该有一种与之遥相呼应的文学状态生成。

文本创造与接受既然是一对双向互动的关系,理解"误读"就应遵循这样的阐释规律:从文本的创作出发,考察其间的种种得失,最后回归辩证接受的坦途。但是,这中间又有一个习焉弗察的事实,即在研究两者关系的"一般"过程中,往往忽视了接受同样直接反作用于创作一环,从而流于由此端到彼端的简单线性判断,于是在某种程度上也造成文学接受(包括文学批评)品格的某种丧失。事实上,创作和接受是复杂地交织在一起的,它们更多表现为我中有你、你中有我、纠缠无尽的关联,就像一句流行歌曲所表达的那样——"你是风儿我是沙,缠缠绵绵到天涯",这是一对永远的欢喜冤家,两者交相辉映的联袂演绎,让读者欣赏到了林林总总的光怪陆离。

这里我们不妨先借用德国学者汉·罗·尧斯的接受理论一作观照。接受理论的形成标志是1967年其发表的《作为向文学挑战的文学史》,他认为"读者决定一切",也就是说,文艺理论研究的中心应当是以读者为中心,重视读者的能动创造作用,重视研究读者的接受水平、接受习惯、接受热点。这一理论从一种意义上把读者的地位摆到了一个极端的高度,使作家对读者引起肃然起敬的反应。这不由让我们重温20世纪80年代李泽厚、刘再复等学者所倡导的文学主体理论,他们也从形而上到形而下对接受主体作了极大的还原(应该说他们在很大程度上纠正了我们以往文学观念的许多甚至是根本性的偏颇)。所以,对作品的修正与补充,是接受者"天赋的神圣的权利"。而落实到儿童文学文本,这又有其太过特殊的表征。相对于成人文学,儿童文学的世界是更加独特的。假如我们仅仅着眼于儿童本位而从一而终,那么其本身的生命力也是极其有限的,这一文学本体的特殊性也就无从发挥其本该具备的能量。因为在某种情况下,读者受一定的观念驱使,会不自觉地低下"高贵的头颅",而这种自卑心态会直接损害批评者应有的品格——这一类似的现象在当前的文学批评界是比比皆是的,且是尤其值得重视并高度警惕的。

那么,接下来的一个诘问也是自然而然的了:作为创作主体的作家,他应该如何正视时时出现于眼前的误读呢?或许会有许多人认为,作家的创作不会顾及种种误读。如果我们能沉潜内心去细察文本,就会发现,虽然创作先于接受而"诞生",但这并不能表明作者就不受读者的影响了。相反,创作者时时处处接受着来自外界的或显或微的影响。

以往,我们较多地关注着接受主体,而论及创作主体时,则看重他们对接受主体的认同和顺应,这样会直接导致创作者宝贵的"自由想象力"的缺失,从而降低甚至消解文本应有的美学意义——这无疑就是创作主体的失落。方卫平先生在如《童话的立体结构与创新》《儿童文学:在创作者与接受者之间》和《文本与接受》等诸多文章中都有开阔而精深的阐发,对儿童文学创作者构成极大的启示。

在笔者看来,儿童文学的创作者应该回到自身、回到当下来,找到适合于自己开放的"美丽花园",只有这样,其文学的最可宝贵的独特意义才可能得到最大程度的释放。如果仅仅为到位于儿童(儿童本位的参照)的那一步而沾沾自喜,那么更深更远的意味将无从拓延,创作的层面也只能是在一个机械的平面上浅浅滑行,更不要说我们孜孜不倦追求的经典文本了。

儿童文学创作者自然也必须具备优秀的"当下品格",这一理由的基本事实是:少年儿童的审美趣味是独特的,同时又是变化发展的。他们已不复是当年我们的"复制",多变快节奏的社会带动了全方位的变化,他们的生活在变化(相对于"当年的儿童"而言),而思想意识也在随之发展。在工业"恩惠"的劲风吹刮下,成人的思想又直接间接地影响着少年儿童的身心发展。从他们接受世界的方式来看,比以往更加丰富和复杂,他们或多或少地忽略或远离了许多质朴和平实的意味,而更迷醉于光怪陆离的现代科技包装的种种皮相。面对这一切,作为"社会良心"而存在的作家,就应该有自己独到的审察和前瞻,既要触摸活生生的"当下现实",把握少年儿童真实的体温,更要以自己对世界独特的感悟,作出个性化的审美对应。从另一端而言,不能强人所难也无需苛求读者的"理解",因为阅读同样是创造性的——这不是读者意义的削弱和丧失,而是对他们的真正尊重。

无论如何,儿童文学的审美意义要摆脱贫弱走向丰富,创作与接受双方是责任共肩的,不应该也不可能偏废哪一端,而对于其间出现的种种误读,都要正视之、扬弃之,从而超越之[①]。

二、儿童文学作品中的人文精神

人是万物之灵,有着自己独特的精神文化,其中的人文精神体现在许许多多艺术作品中。人文精神在儿童文学中也得到了生动的体现,从而赋予了其永恒的生命力。其在儿童文学中表现为对儿童思想、个性、心理需要的关注,对儿童自然天性的关怀,对儿童心灵的安抚等。人文精神强调以人为中心,注重人格的健全。许多文学作品中都有人文精神的人格化体现。要鼓励儿童自己进行感受、认知和思考,鼓励他们体会文化的价值和生命的真谛,强调人的尊严、自由,注重儿童的主动性和发展潜能。通过自我探索、自我革新、自我发现和自我评价,儿童能从探索和发现中获得自己所需的知识。此外,儿童必须学会相互尊重和相互帮助。在人文精神的培养中,既要使儿童注重对自身的认识,又要使他们能够关心他人、关心社会、关心自然,从而增强与他人有效合作、交流、和谐相处的能力。

(一)利用儿童文学作品培养人文精神的必要性

人文精神的培育应从儿童开始,而儿童教育是培育人文精神的重要途径,

[①] 王金金.浅论儿童文学文本之接受——由文本误读说起[J].新课程学习(上),2011(9):32-33.

其中儿童文学的作用不容忽视。儿童文学作品种类繁多,明确其地位,规范其创作内容、出版流程和发行市场具有十分重要的意义。对人文精神的认识不能只局限于抽象的概念,还要立足于学科发展、民族素质的培养,以先进的精神树立起人文精神的标杆。从当前我国人文精神面临的各种危机中发现,观念、态度与科学同样重要。国家的发展需要人才的培育,具有浓厚的人文精神与崇高品质的人才能够极大地推动民族文明的繁荣。在民族素质的改造上,必须从根本入手、从教育入手,把教育看作解决人文精神危机的必经之途。因此,探讨儿童的教育问题,是解决精神危机的必然要求。要牢固树立以人为本、德育为先的教育理念。

1. 人文精神培养有利于树立正确观念

在进行经典名著的儿童文学阅读指导的过程中,应该更多地关注儿童的阅历。虽然20世纪以来儿童文学蓬勃发展,但这种现象无法掩饰其缺陷。纵观世界文学的发展史,儿童文学发展较为缓慢,孩子大多阅读改编作品或部分原版经典作品。目前,市面上出售的《简·爱》《雾都孤儿》《骆驼祥子》《傲慢与偏见》等经典文学作品,大部分以成年人为目标,而非以儿童为目标。因此,儿童在读到这些经典作品时,往往会存在看不懂的问题。为了使儿童读者在阅读过程中能更好地了解古典作品的人文精神,必须对其进行重新处理。在外国文学的阅读中,译者对经典作品的认识对儿童的阅读体验有很大的影响,不同阅历和不同文化水平的译者对经典作品中蕴含的人文精神有着不同的认识。因此,在选择外国经典作品时应小心谨慎。但是,我们不能因噎废食,要培养孩子的人文意识,就要引导其体味中外经典著作的精髓。

儿童文学创作者要具备创新意识,敢于革新。心理学家研究发现,自由的谈话或阅读可以缓解儿童的不良情绪,从而有效促进儿童健康成长。由于儿童的语言表达能力有限,他们难以用语言准确表达自己的情感,因此往往在故事中寻求共鸣。阅读故事也会促进其语言表达能力的提升。在文学作品阅读的过程中,儿童可以在没有任何约束的情况下,自由、灵活地感受。通过这种方式,孩子的负面情绪能得到较好的宣泄和释放,从而缓解精神上的压力,让他们能更好地适应环境。

2. 人文精神培养能促进儿童发展

当前我国儿童教育获得了长足的发展,但仍然存在一些问题,对儿童人文精神的培养产生一定负面影响。大力培养人文精神,有助于实现教育的均衡发展,促进学生全面发展。

人文精神贯穿儿童文学创作的始终。真正意义上的儿童文学主要面向儿童，其中蕴含着丰富的人文主义精神，在儿童的人文精神建构上显示出了极其重要的意义。举例来说，被后世誉为"儿童文学之父"的约翰·纽伯瑞（John Newbery），有欧美儿童文学开创之功，走出了一条新的道路。以他的名字命名的纽伯瑞儿童文学奖（Newbery Medal），是一项在英美国家具有很大影响力的文学奖项。得奖作品无不体现出极强的人文精神。比如，获纽伯瑞儿童文学奖银奖的《夏洛的网》，就是一部知名的儿童文学作品。这是一部以友情与忠诚为主题的小说，用童话的叙述方式表达了对生活本身的热爱和赞美，使人深思生命与友情的真正意义。除了获得纽伯瑞儿童文学奖的作品外，还有许多内容丰富、题材新颖的儿童文学作品，比如近年来在儿童读物排行榜上排名较为靠前的日本儿童文学作品《窗边的小豆豆》，其深受广大读者的喜爱。从儿童教育的视角来看，儿童对文学作品的每一次阅读都是一场感性的对话，而不是科学与理性层面的对话。孩子可以在文学作品中体味生命与成长，体会作者在其中注入的人文精神，找到自由和快乐，从而成长为更出色的人。

3.各界共同关注

文学作品是人类创造性思维的结晶，通过读书可以得到智慧。孩子也可以通过读书了解与获得生命的智慧。在当代儿童文学创作中，应当重视精神文化的显现。因此，在当今的儿童文学市场，如何把人文精神充分渗透到作品的创作、出版、阅读等环节中，是值得思考的重要问题。21世纪以来，我国儿童教育的发展速度越来越快，特别是在中小学语文教育方面。教育部提出，工具性与人文性的统一，是语文课程的基本特点。2005年，北京师范大学王泉根教授主持教育部课题"儿童文学与中小学语文教育"，开始将儿童文学与中小学语文教育的整合作为研究对象，使其成为我国教育界人士关注的焦点。从上述分析和论证可以看出，化解人文精神的危机绝非一朝一夕之功，构建儿童的人文精神已成为当今儿童教育、儿童文学，甚至是思想界的一项十分重要的任务。

（二）儿童文学作品中的人文精神

1.语言背后的文化精神

在儿童文学作品中，作者往往运用各种语言技巧传达一定的精神与文化，比如隐喻。隐喻（metaphor），又称暗喻，是修辞手法比喻的一种，其本体与喻体之间不用喻词。很多深层次的文化内涵都是通过隐喻来表现的。除了隐喻之外,作者也多用联想、象征等手法,或直接传达。

如"海抱着天"描绘出海天相连的恢弘景观,充满了对蔚蓝、辽阔的大海形成的壮丽景观的赞叹,使人浮想联翩。同时,在语言背后,隐藏着深刻的文化。"海抱着天",使人想起"海纳百川,包容天下"的壮阔,想起"世界上最宽广的是大海,比大海更宽广的是天空,比天空更宽广的是人的胸怀",这是中华民族博大的胸怀,也是中国文化博大精深的表现。同样,"流了汗"这一看似普通的表述背后也有一定的意义。"流了汗"展示出渔民们在海上乘风破浪、挥汗如雨的辛劳渔作场景。

在一定程度上,儿童文学作品中"海抱着天""流了汗"等反映了语言和思维、语言和文化之间的联系,有利于将中华优秀文化基因与传统美德灌输给孩子,让孩子们在不知不觉中吸收中国的传统文化,形成宽广的心胸和勤奋的品质。同时,通过对大海的无限想象,孩子们能够深刻体会到大海的美丽、神奇和富饶。

2.生命仪式的展现

儿童文学有很多种,每一种都不乏对某种仪式的展现,从儿童诗歌到散文、童话、图画、戏剧,无一例外。其中隐藏着非常丰富的生命仪式相关内容。作家王一梅创作了儿童文学作品《绿山是一个谜》,讲述了一个童话故事。一只名叫绿山的不知父母是谁的青蛙,已经到了成年青蛙的年纪,但尾巴还是很长。由于这条尾巴,绿山被伙伴们嘲笑,并受到青蛙大王的惩罚。迷茫的绿山决定去远方寻找属于自己的温暖。在充满了艰难险阻的旅程中,他逐渐发现了自己尾巴的意义,完成了蜕变,找回了青蛙王族失落已久的尊严。这样的故事并不奇特,但每一次阅读都会触动读者的心灵。这主要是因为作家使小说带有一种传奇色彩,使其充满了悬念和转折,字里行间蕴含的无限想象力和感情,深深地吸引着孩子们。除此之外,它也有着丰富的文化内涵,表现了生命的成长与蜕变,展现了一种生命仪式的完成。在漫长的生命中,每个人的生存与发展都不会一帆风顺,必然充满了艰辛和挑战,每一次蜕变都必须有丰富的精神文化作支撑。

一般而言,人的一生可被分为不同的阶段,每个阶段都有专属于那个阶段的使命和经历。但一些时候,也不能以自然的年龄划定人生阶段,而且在不同的文化体系中,划分标准也不一样。但无论如何,人生的每一次蜕变都非常重要。绿山的故事并非个例,而是千千万万个生命蜕变过程的缩影,也符合许许多多读者对人生的理解。其向读者作出了一种展示,即当我们面临人生困境与挫折时,应当以怎样的人生态度直面生活。或许只有个人的精神史、心灵史,才能真正体现出每个人精神结构的不同特点。特别是在"留守儿童""单亲"等问题突出的情况下,以人为本的人文精神显得格外具有实际意义。

3. 儿童文学中价值观的透视

儿童的成长需要优秀文化的熏陶。上海《少年报》编辑谭杨红以文学作品中的想象世界为例,认为好的儿童文学能够给成长中的儿童以精神营养和人文关怀。儿童文学中的人文精神具有极为积极的意义,书中所蕴含的文化,为儿童提供了丰富的精神营养,对他们的健康成长起到了积极的推动作用。真实社会中正、邪、真、假、善、恶、美、丑无处不在,积极的价值观和消极的价值观相互交织,无时无刻不在影响着正在成长的孩子。在儿童文学中,积极和消极的价值观也在正面和负面人物身上得到了充分的展现。

古典名著之所以经久不衰,并非只因为其宣扬了积极的价值观,表现了真善美,还在于积极与消极价值观相互映衬、比较、斗争。积极与消极价值观的冲突和纠缠,使文本形成一种跌宕起伏的状态,而两种价值观的激烈对抗,更是增加了文学作品的魅力。这种冲突对抗中饱含着丰富的文化内涵,体现着深厚的人文精神。"如果你是一只天鹅蛋,那么即使出生在养鸭场也无所谓。"这句话听起来很普通,但是其中蕴含着深刻的文化内涵与人生哲学,让人深思。优秀儿童文学作品中,字里行间都蕴含着作者的文化素养、价值观,和对孩子最深切的关爱。个人的成长,往往是快乐与痛苦并存、欢乐与忧愁同行的,而正确的价值观往往能成就理想的人格与人生,是成长过程中不可或缺的宝贵财富。

儿童文学中的文化内涵是极为丰富的,这种内涵应使儿童易于接受,因而其在表现出内涵时,更表现出了作者对儿童的关爱。儿童文学中对生命的颂扬与赞美从未间断,因而各种生命仪式在儿童文学中不断出现。儿童在成长的过程中,要应对家庭、学校、社会中各种不同的冲突。积极的价值观可以促进孩子健康成长,消极的价值观则往往会妨碍孩子的身体和心理发育,从而影响到他们的成长。人文精神的培养对儿童人格的塑造起着重要作用,应高度重视文学作品中人文精神的引导,以促进儿童的全面健康成长[①]。

[①] 童彤,张小华.儿童文学作品中的人文精神研究[J].时代报告(奔流),2023(1):13-15.

第四章 儿歌

第一节 儿歌的概念

一、儿歌的概念

儿歌是一种采用韵语形式,以低幼儿童为主要接受对象的歌谣。

在我国古代,儿歌一般被称作"童谣",对此1914年周作人在《儿歌之研究》中做过解释:"儿歌者,儿童歌讴之词,古言童谣。"在漫长的历史进程中,儿歌除了被称作"童谣",还有别的种种名称,如"孺子歌""小儿语""童儿歌""童女谣"等。虽然名称不同,但它们所指的内容在实质上是大致相同的,即都是指在儿童口中传唱的"徒歌"。至于"儿歌"一词的普遍使用则是"五四"以后的事情。1918年,北京大学在校长蔡元培和学者沈尹默、刘半农等人的倡导下,建立了"歌谣研究会",并成立了"歌谣征集处",还创办了《歌谣》周刊来发表从各地民间所搜集到的歌谣作品。与此同时,他们对所搜集到的歌谣中的儿童歌谣冠以"儿歌"的称呼,从此至今,"儿歌"一词就代替了其他的歌谣名称而被广泛地使用。

传统的儿歌是指在民间口头流传的歌谣。对于歌谣的理解,古人认为歌是有曲谱和歌词的歌曲,而谣则是没有固定曲调而唱法自由的"徒歌"。可见,儿童歌谣不仅是一种接近儿童生活的口头文学样式,而且是一种没有固定音乐相伴奏的唱法自由的短歌。

二、儿歌的发展

儿歌在我国有悠久的发展历史。公认的最早的童谣,是《国语·郑语》:"弧箕服,实亡周国。"这首童谣的意思是:那卖桑树弓和箕草箭袋的夫妇,就是使周国灭亡的人。看来,童谣的适合儿童吟唱的特点在春秋战国时期并不明显。在封建社会里,虽然有与儿童生活紧密联系的童谣,但是由于儿童在那个社会里毫无地位可言,导致这些童谣的命运是:无人记录整理,自生自灭。这些童谣即使偶尔有被记录的,也往往被罩上天星垂象、儆戒世人的神秘外衣。所以,今天我们能够见到的古代童谣,大部分是被扭曲的。它们或者被当作政治斗争的工具,如秦末农民起义中流传着"阿房、阿房、亡始皇"的歌谣;或者被披上迷信的衣纱,如在相当长的一段时间里,儿歌被阴阳五行家当作反映"诗妖"现象的"咎征"。可以说,古代童谣被蒙上了政治色彩与迷信特征,失去了与儿童的生活和情感的联系。这种情况,直到明代,才开始有所转变。十六世纪后期,由于资本主义因素的萌芽,不少知识分子突破宋元理学的束缚,开始把目光投注到前人未曾注意的领域,这为童谣的重新认识提供了宽松的思想环境。而当时印刷业的兴盛也为童谣的收集整理提供了有利的物质条件。1593年,吕坤把从民间搜集来的童谣加以改编,著成了《演小儿语》。《演小儿语》就体现了对五行迷信思想的束缚的突破,成为我国古代第一部儿歌专集。此后,清代的儿歌观念更趋向多元化。其中既有神秘主义的倾向,也有"天地之妙文""纯乎天籁"的思想,还有"内存至理"的观点,等等。虽然清代的儿歌观念复杂,但是在本质上还是力求摆脱政治和迷信色彩,更多地尊重儿歌与儿童紧密联系的本来面貌,并且多从美学上来关照儿歌的艺术。在这样的儿歌观念的指导下,康熙初年郑旭旦编成了《天籁集》,收入浙江儿歌四十六首。"天籁"意为儿歌是"天地之妙文",犹如自然的声音。同治十一年(1872),署名悟彻生的人编成《广天籁集》。1896年,意大利人威大利出版了《北京儿歌》。然而,真正从儿童文学的意义上去关照、解释儿歌的则是在二十世纪初叶。在新文化运动思想的引导下,学者们对传统儿歌观念进行了批判与继承,同时又借鉴西方的儿歌理论,使我国的儿歌观念显得科学与民主,更接近于儿歌的实际。而创作儿歌的出现,则标志着儿歌从自由走向了自觉[①]。

第二节 儿歌的基本特点

儿歌既然是以低幼儿童为主要的接受对象,那么在内容的选择上、语言的运用上、节奏音律的把握上,都显示出低幼儿童的接受特点,从而形成了儿歌自身的独特个性。

[①] 孔宝刚.儿童文学理论与实践[M].上海:复旦大学出版社,2007.

一、内容浅显，主题单一

幼儿的生理、心理、思维的特点决定了他们是以形象思维进行认识世界的，注意力也是"无意注意"，因此，儿歌的内容除了要切近儿童的生活外，还要求不能复杂，应该简单明了、浅显易懂。一首儿歌往往集中地描述一种现象或事物，清楚地表达一种意思或道理，让幼儿在简单中得到启迪。

二、节奏明快，极富音乐性

和谐的音韵，明快的节奏能从听觉上给予幼儿愉悦之感，而幼儿对事物的认识就是从器官的接触中，从感知中获得的。因此，儿歌非常重视韵律节奏，要求节奏明快，音韵和谐，强调音乐感。构成音韵美，一是要押韵，即在某些句子末尾有规律地出现带有相近韵尾的字词，在回环往复中形成摇曳之美。构成音韵美，二是节奏要合拍，反映在诗句中就是在句式的错落有致中形成整齐而又跳跃的节拍。

三、篇幅短小，用词口语化

儿歌为了贴近儿童，除了描写他们熟悉的事物外，还可以在语言的运用上采用口语化的字词和短小的句子，因为复杂的长句和书面语对于幼儿而言是不易理解的。此外，幼儿的记忆能力还处在发展状态中，精短的篇幅可以便于幼儿记诵。

四、易诵唱，娱乐性强

儿歌被称为"歌"是因为它更适合吟唱。儿童富有游戏精神，在吟唱时配以一定的游戏，则更富有儿童情趣[1]。

第三节 儿歌的审美策略

一、儿歌的审美特点

对于儿歌的审美特点，可以引用泰戈尔的一段精彩描述："儿歌是心灵王国的游戏，那儿无法确定界限或形状或权限；那儿与警察的法律没有任何的关系。""在儿歌里没有任何善恶观念，正如看门人在秋季的万籁俱寂的晌午的甜

---

[1] 孔宝刚.儿童文学理论与实践[M].上海：复旦大学出版社，2007.

蜜的温煦里,安逸的伸开双脚,酣睡在宫殿的门口;漫不经心的搬开看门人的脚,甚至用自己的小手揪他的耳朵,随心所欲的漫游在巍峨的想象的幻觉宫殿里;假如看门人睡着睡着突然醒来,它们顷刻间逃之夭夭,不考虑如何落脚的地方。"这就为我们描绘了一幅儿歌形成于自然单纯稚拙的神韵的画卷,不受一切的束缚,也不会被随意刻画和创造特有的审美风格。

(一) 韵律和节奏

节奏是儿歌的灵魂,这也是它的最本质的特征。儿歌的"歌"字就突出地表现其具有音乐性。周作人认为:儿歌重在音节,多随韵结合,义不相贯。我们根据婴幼儿的心理特点可以知道新生儿就已经具有良好的听觉,连续不断的优美的音乐声对于婴幼儿有着很好的安抚的作用,在幼儿期孩子的心理是无拘无束的,不受任何的束缚,他们只要自己玩得开心就行,儿歌就有让孩子开心的因素——音乐性。

儿歌的押韵可以使声韵和谐统一,一般有三种情况:每句都押韵的叫做连韵;隔句押韵的,一般是逢双句押韵,首句可押可不押;一字韵,通篇都用一个字作为韵脚,如"子""头"结尾的。

节奏是儿歌的灵魂,没有节奏就无所谓儿歌。儿歌的行数一般相对来说比较短,因此节奏明快、单纯,一般是二拍或三拍,一般不会超过四拍。

(二) 趣味性

在孩子的世界没有忧愁,我们优秀的幼儿文学作品之所以能够深受孩子的喜爱就是其中的趣味性深深地吸引着孩子们。儿歌篇幅短小,内容精悍,但里面所包含的趣味性不会有所减少。

"趣味性"是儿歌的主要构成的因素。在儿歌的特殊的形式"游戏歌"中体现得更为明显。

(三) 形式多种多样

儿歌的形式没有严格的规定,一首儿歌可长可短,短的有两三句,长的可有十句。但由于儿歌这种文学体裁对象的特殊性,儿歌不宜过长,在句式上有二言、三言、四言、五言、六言、七言或是杂言。同时还有我们熟悉的谜语歌、数数歌、连锁调、问答歌、绕口令、颠倒歌。

每一种特殊的形式对孩子都会起到不同的作用,孩子们可以在校生之余学习到很多的知识。儿歌就像一个大的知识宝库,里面有着孩子们永远用不完的内容。

泰戈尔说过:从母亲嘴里听来的儿歌是孩子们最初学到的文学,在他们的心上最具有吸引盘踞的力量[①]。

二、儿歌的鉴赏策略

(一)抓情感抒发的童真童趣

诗歌的本质是抒情性的,儿歌既然属于诗的范畴,那么抒情就是其得到孩子及成人喜欢的基础。儿歌又是幼儿的歌,因此,一首好的儿歌必然在字里行间闪烁着天真活泼的幼儿情趣。这是欣赏儿歌最重要的一个方面。

在幼儿眼中,世界万物都具有别样的色彩和情趣。儿歌正是一种看不见摸不着但实际上却存在着的巨大力量,滋润着幼儿的心田,净化着幼儿的心灵,陶冶着幼儿的情操。

(二)抓语言的音乐美

音乐性本是对一切诗体作品的普遍要求,但儿歌在这方面的要求却格外突出。这不仅因为儿歌的阅读及传播在很大程度上是通过朗诵吟唱来实现的,还因为儿歌的读者对象是离襁褓时期不远的幼小儿童。他们正处于学习语言、提高语言表达能力的阶段,富有音乐感的儿歌语言可以引起他们的美感、愉悦感,激发起他们学习语言的兴趣。如唐鲁峰的《小树叶》。因此,无论是传统儿歌还是新创作的儿歌,也无论是世界上哪一个民族的儿歌,都具备合辙押韵、节奏明快易唱、语言活泼的特点。

节奏是儿歌的灵魂。没有节奏就无所谓儿歌。节奏主要表现为音步的统一和协调,其最典型、最普遍的是五、七言句式结构。一般而言,五、七言的音步排列如下:"××——×××;××——××——×××"。它们有一个共同点,即都以三言结构收尾,吟诵起来舒徐悠长,属于吟咏调性。但儿歌常以口语入歌,有的在二言处是个三言结构,于是出现了杂言,如"屋檐下——站着——张小宝",如果再添加一个字:"屋檐下——站着个——张小宝",其音步数量和三言收尾都不变,统一的节奏感和吟咏调性也不受影响。四、六言的音步排列情况则如下:"××——××;××——××——××"。如:"熊猫——宝宝,走路——摇摇,翻个——跟头,叫你——瞧瞧。"以上是就儿歌最基本的句式节奏而论。事实上,儿歌的节奏不可能这样严格,也可以灵活变通,可以出现杂言,但必须尽量在统一中求变通,不可因变通而破坏统一的格局。否则,其音乐性效果就要受到影响。

[①] 孙茜.浅析儿歌的审美特点[J].文学教育(上、下旬刊),2013(11).

(三) 抓儿歌的游戏性特征

喜爱游戏是幼儿的天性。幼儿生活中,游戏占了相当大的比重。为适应这一特点,儿歌的游戏成分就自然会成为一种必然要求。儿歌的传播在很大程度上是通过游戏方式来实现的,所以要求其作品适宜诵唱,并能与游戏过程相配合。

在众多的传统儿歌和特殊形式的儿歌中,如游戏歌、问答歌、数数歌、颠倒歌、谜语歌、连锁调、绕口令等,无不充满着浓厚的游戏精神。就是一般形式的儿歌,也大量融汇了游戏的情调,成为引发幼儿情趣的发酵素。如陈家华《大皮鞋》:"小弟弟/真好笑/爸爸的大皮鞋脚上套//皮鞋大/脚板小/走起路来像姥姥"。这里没有艺术夸张,完全是白描手法,但因其游戏性强,小弟弟的滑稽和憨态依然跃然纸上,很有幼儿情趣[①]。

第四节 儿歌的类别与创作方法

一、儿歌的类别

内容与形式总是不可分割,紧密地联系在一起。内容可以选择适合的形式,形式也可以决定相应的内容,两者互生互息,秉承的标准是要和谐统一。所以,儿歌外在的艺术形式往往与内在的内容联结着。对于儿歌的分类,为了便于命名,我们可以从内容和形式两个方面予以分别地考虑,但内容和形式不可分地都会涉及。从内容上,我们可以把儿歌分为:摇篮歌、颠倒歌、数数歌、时序歌;从形式上,我们可以把儿歌分为:问答歌、连锁调、绕口令。

(一) 摇篮歌

摇篮歌又称"摇篮曲""催眠曲""抚儿歌",是长辈哄孩子睡觉时所吟唱的一种儿歌。其内容一般有母亲对孩子的爱抚和安慰,有长辈对孩子命运的祝福等。其形式是语言柔美,节奏舒缓,具有"歌"的韵味。摇篮曲对孩子的意义在于在温柔悠扬的声调和节奏的摇曳中,营造出一种静谧、温馨的氛围,使孩子在轻松、愉快中安然入睡。所以,摇篮曲对孩子的作用主要在于"声",而不在于"义"。

---

①翟云.儿歌鉴赏方式初探[J].甘肃教育,2007(1):21-21.

（二）颠倒歌

颠倒歌又称"滑稽歌""古怪歌""反唱歌"等。它是一种通过展现违背常理的表象来揭示事物的本相与实质的传统儿歌形式。

颠倒歌有其实用目的和审美效果。颠倒歌的实用目的在于引导幼儿从违背事理的现象中去分辨是非、分清真伪，也就是从否定谬误的过程中达到提高认识能力的目的。颠倒歌的颠倒的内容构成了其审美效果，即内容上的悖理、错位和夸张而造成的幽默感。

（三）数数歌

数数歌是指将数字和具体形象事物结合起来，通过数数吟唱，帮助儿童认识数字和数序的儿歌。数数歌的特征是必须有数的排列，无论是顺着排，倒着排，横着排，竖着排。另外，数字的排列必须符合数字的逻辑数序，或从大到小，或从小到大。

数数在数数歌中既是目的，又是手段。数数作为目的是指当数字与具体的事物形象结合在一起时，这些抽象的数字便会变得具体可感，与幼儿的形象思维取得了一致，从而能够引起幼儿识记的兴趣。数数作为手段是指数字在与具体的事物结合后，可以被用来组织数字游戏，在带给幼儿娱乐的同时，也开启了幼儿识物的心智。

（四）时序歌

时序歌，也称时令歌，是指用优美的韵律反映不同时节的不同自然现象和活动的传统儿歌形式。

时序歌一般按照四季或以十二个月为顺序，反映不同时节中出现的不同的自然现象。儿童在朗朗上口的诵唱中可以明白四季的自然变化，加深对一年四季中的"农事活动""传统节日""民间风俗"的认识和记忆。

（五）问答歌

问答歌是一种通过设问的修辞手法，以自问自答的方式来铺展内容的儿歌形式。

问答歌有一问一答的，也有多问多答的，通常采用连环、排比等句式进行问答。为了便于孩子记诵，连问带答的问答设计一般并不超过四组。这种既有提问又有相应的回答的形式给孩子组织游戏提供了便利。此外，儿童在诵读问答歌的过程中，能够在问答中引起他们的思考和想象从而得到某种启迪。

(六)连锁调

连锁调是一种采用"顶真"修辞手法来组织语句的传统儿歌形式。

"顶真"修辞手法是指儿歌上一句的末尾一词是下一句开头的词。连锁调在用韵上,每个层次换一个韵脚,上句起韵,并由此韵引出下句,且往往是"随韵接合,义不相贯"。

(七)绕口令

绕口令,也称拗口令或急口令,指用声、韵、调相近的词语组成意义简单、内容诙谐幽默的儿歌形式。

绕口令的特点就是拗口。拗口的意思是难念。这类儿歌,是把许多近似的双声、叠韵词语或发声相同、相近的词语集合在一起,从而造成回环交错,拗口的朗读难度,以此来帮助儿童训练口齿、矫正发音,提高口语能力。绕口令的审美效果就是在拗口中,在发出异乎寻常的语音语调中产生幽默和诙谐。

除了以上介绍的两类七种特殊形式外,儿歌还有"字头歌""游戏歌""拼音歌""物象歌""风俗谣"等。

二、儿歌的创作方法

儿歌是儿童文学一种重要的体裁,以其娱乐性与教育性的融合以及可诵可唱的特点,颇受家长与孩子们的喜爱。从"五四"开始,就有创作儿歌的出现,近年来儿歌的创作作品不断出现,这就涉及儿歌的创作问题。儿歌作为低幼儿主要接受的文体,其创作避不开低幼儿童的年龄特征所带来的审美心理、接受能力等方面的创作上的特点。

第一,低幼儿童的阅读能力有限,不识字或识字很少,以口语的方式与外界进行交流,所以,儿歌在语言的选择上应该尽量使用幼儿熟悉的或贴近幼儿生活的口语化的语言,浅显明白的口语化的语言便于幼儿的接受。

第二,幼儿是以形象思维作为主导思维,那么儿歌创作就应当充分地运用形象思维,借助具体的事物形象,给幼儿以直观可感性。幼儿的审美主要是感知审美,主要是通过大人念诵、吟唱来获得快感,所以儿歌的创作要注意节奏与韵律,要节奏鲜明、音韵和谐,念起来朗朗上口。

第三,幼儿好动,喜欢模仿,这既是幼儿情趣的体现也是幼儿认识事物的方式,所以许多儿歌是可以配合游戏的,如数数歌、问答歌等。因此,儿歌创作应该考虑到幼儿的游戏精神,可以使儿歌和游戏相配合。

第四,幼儿纯真而又稚拙,因而儿歌在内容的选择上要切近幼儿的生活,表现幼儿的生活情趣,流露幼儿的天真、可爱,营造轻松、愉快的氛围。

  儿歌,以其可诵可唱的特点,较早地进入了幼儿的口耳之中,是婴幼儿接受到的最早的文学体裁。儿歌从民间的流传到诗人的创作,从通俗演变到诗化,这是儿歌发展变化的必然,也是儿歌寻求突破与创新的表现。创作儿歌的"俗"中带"雅"的风格,成为其有别于民间儿歌的特色。儿歌作为陪伴婴幼儿成长的文学,是婴幼儿的精神伙伴和向导,儿歌创作应当攀登上更高的山峰[①]。

---

①孔宝刚.儿童文学理论与实践[M].上海:复旦大学出版社,2007.

第五章 儿童诗

第一节 儿童诗的概念与分类

一、儿童诗的概念

儿童诗是指以儿童为主要接受对象,契合他们的心理特点,适合儿童听赏、诵读的自由体短诗。它以精练的语言、浓缩凝聚的形式、优美的意境,抒发表达浓烈的情感,集中概括地反映自然环境和社会生活,愉悦儿童的身心,使他们在诵读中展开丰富的想象,从中受到感染和教育。广义的儿童诗包括儿童能读的诗和儿童写的诗。儿童能读的诗包括古诗和大人写的诗,但必须适合儿童阅读。狭义的儿童诗包括儿童写的诗,以及大人刻意为儿童写的诗。儿童诗应该符合儿童的心理和审美特点,寄儿童之趣,不讲究严格的韵律,篇幅也不宜过长。

二、儿童诗的发展

中国是诗歌的国度,在漫长的历史长河中,却没有专门为儿童写的诗作,真正适合儿童诵读的诗歌不多。不过,在文人的诗集辞章里,偶尔能见到一些适合幼儿理解、背诵的诗作,如《静夜思》(李白)、《悯农》(李绅)、《赋得古原草送别》(白居易)、《春晓》(孟浩然)等。在古代也有一些由聪慧早熟的儿童自己写的诗,这些诗被称为"神童诗",如唐代的骆宾王七岁时所写的《咏鹅》:"鹅,鹅,鹅,曲项向天歌。白毛浮绿水,红掌拨清波。"辛亥革命前夕,20世纪初的中国文坛,出现了由维新派人物黄遵宪、梁启超等人发起的"诗界革命",他们倡导写诗要用通俗的语言,要应时而作,故当时出现为儿童创作的诗歌,如《新少年歌》《爱国歌》(梁启超)、《幼儿园上学歌》(黄遵宪)。五四时期,现代意义上的儿童诗是从当时的新诗中萌发出来。叶圣陶、冰心、刘半农、胡适、黎锦晖等著名作家都曾为幼小的孩子们写过诗歌。现代儿童诗是现代作家为教育儿童,启发儿童的想象,培养他们的情操而有意识、有针对性地创作出来的诗歌。

中华人民共和国成立后,出现了一批热心儿童诗创作的作家,其中颇有影响的有任溶溶、金近、圣野、鲁兵、柯岩等。进入新时期以来,儿童诗迎来了姹紫嫣红的春天,不仅创作成果丰硕,其理论研究也很活跃。尽管儿童诗的创作已经取得很大的成绩,但同儿歌的创作相比较,儿童诗的数量和质量都还远远不能满足孩子们的成长需要。

三、儿童诗的特征

(一)韵律明快、自然

在节奏韵律上,儿童诗比儿歌自由宽松,也比成人诗自然明快,这是因为幼儿的听觉比较敏感。儿童诗是自由体新诗,不像儿歌那样在整齐的句式中表现出有规律的音顿,也不像儿歌那样要遵循比较严格的押韵规则。儿童诗的节奏、韵律是内在的,力求内在的情感起伏和外在的音响节奏"声情相应",表现出一种自然天成的抑扬顿挫以及作品内在情感的起伏,成为"语言的音乐"。著名儿童诗人金波指出:"当你为幼儿构思一首诗的时候,你要考虑到伴随着'声音之流'展现出一幅幅连贯的画面,组成'声音的画面'。"

(二)语言浅显生动,具有音乐性

诗是最高形式的语言艺术,诗的语言应该是形象精练的,儿童诗对语言的要求更高。深刻的思想、鲜明的形象只有用凝练、具有表现力的语言来表现才能成为诗。只有当描绘出让幼儿能够觉察到的形象的事物时,他们才能得到诗的陶冶。诗歌本身就要求和谐美好的音韵节奏,而儿童诗又是供儿童欣赏的,自然更要求具有音乐性。诗歌外在的音乐性是韵律,以押韵表现;内在的音乐性则靠情感,诉之于文字而呈现出节奏。儿童诗在韵律节奏上,比儿歌宽松些,但比成人诗歌单纯明快,注重节奏自然、音韵和谐,力求在情感的起伏中表现语言的音乐美。

(三)构思饱含幼儿情趣,意境纯净

儿童往往从自己的视角来观察外在的世界,做出自己的评判,表达自己的态度。儿童是最富于想象和联想的,他们总是用自己创造性的想象来认识并诠释世界上的一切事物。儿童诗特别强调合乎儿童心理,以吸引他们的注意力,因此构思巧妙,饱含幼儿情趣。有的儿童诗对平凡生活中的物象加以新鲜的想象、精心的设计,给人以新颖独特的感受;有的儿童诗采用巧妙、别致的形式;有的儿童诗着力营造饱含幼儿情趣的意境;有的儿童诗设置一些悬念和情

节,增添了诗作的具体性和可感性,使爱听故事的儿童乐于接受。只有把真实的儿童感受通过巧妙构思,形象含蓄地表现出来,才能感动儿童。

意境,是指作者主观的思想感情与作品中所描绘的生活图景有机融合而形成的一种耐人寻味的艺术境界。儿童诗同样追求情与境的交融,力求通过形象化的描写,营造一种情感浓郁、意境优美的氛围,从而唤起儿童丰富的联想和情感共鸣。由于儿童诗取材于儿童生活经验,描绘的是儿童眼中的现实生活和自然景物,这就形成了一种与成人诗歌不同的纯净清新的意境。

四、儿童诗的分类

(一)叙事诗

叙事诗是介于记事与诗歌之间的一种文体。它是运用诗歌的语言,通过某一特定的生活场景,表现人物或事件的相互联系,创造优美的意境,真实地表现情感的文学样式。叙事诗也依靠情节或人物串联展开,但不像故事或小说那样具有较为复杂的人物关系或故事情节,而是更强调诗的特性。任溶溶的《爸爸的老师》《强强穿衣服》、柯岩的《帽子的秘密》《小弟和小猫》、鲁兵的《下巴上的洞洞》、金近的《天目山上好猎手》等,可以算得上叙事诗的代表作。

(二)抒情诗

儿童抒情诗是侧重直接抒发儿童内心情感的诗,一般不注重情节叙述和人物描写,通常是写对生活的感受或者歌颂人和事的。抒情诗的视角是多方面的,或是抒发孩子纯真独特的内心感受,或是表达他们对生活、对大自然的热爱,或是表现他们游戏、学习的快乐,抑或他们的思考、追问以及小小的苦恼等。儿童的抒情诗可以借景抒情、托物抒情,但大多是直接抒情。优秀的儿童抒情诗有圣野的《如果你是……》、柯岩的《我的爷爷》《种子的梦》、刘饶民的《春雨》、高帆的《我看见了风》、金波的《如果我是一片雪花》等。

(三)童话诗

童话诗是诗与童话的巧妙结合,也可以称为诗体童话,是以诗的形式叙说富有幻想和夸张色彩的童话(或传说)故事的作品。它既有诗歌语言的凝练与音乐美,又有童话中拟人化角色的形象、有趣完整的幻想情节,是深受小朋友们喜欢的一种文学样式。鲁兵的《小猪奴尼》《小老虎过马路》《雪狮子》、鲁风的《老鼠嫁女》、马尔夏克《笨耗子的故事》、普希金的《渔夫和金鱼的故事》等,都是童话诗中的代表作。

（四）散文诗

散文诗是一种介于诗歌和散文之间的文学样式，它具有诗的意境和散文的形式，比一般的抒情诗更自由灵活。在语言形式上，它分段不分行，不要求有严格的韵律；同时它又比一般的散文注重节奏，比如郭风的《我们来唱白云、银河……》、冯幽君的《春雨沙沙》等。著名作家泰戈尔写过不少优秀的儿童散文诗，如《孩童之道》《金色花》《纸船》《花的学校》《当我送你彩色玩具的时候》等。

（五）题画诗

题画诗是一种为适合少年儿童欣赏的根据图画或摄影作品画面题写的诗歌。此类诗歌的特点是诗歌的内容来源于画面，但又不为画面所拘束，往往是从画面的内容或其一点生发开去。题画诗可以与画一起供幼儿欣赏，但也可脱离画面，作为一首独立的诗歌存在。著名诗人柯岩的题画诗是此类诗歌中的典范。柯岩的题画诗大部分是为一位小画家卜镝的画题写的，但它不是对画面的简单说明和诠释，不是图画的附属品，因而具有独立的文学价值和美学价值。这些清丽的题画诗与卜镝的画集结为诗画集《童画诗情集》，于1981年6月出版。柯岩的《月亮，月亮，你告诉我》《小长颈鹿和妈妈》等，黎焕颐的《蒲公英》、金波的《小星星》、丁深的《狮》等都是优秀的幼儿题画诗[1]。

第二节　儿童诗的审美策略

儿童诗是诗人通过儿童纯真的眼光和新奇的想象把成人习以为常的现实生活和外界事物童心化、诗意化的产物。儿童诗鉴赏必须以阅读为基础，但它又不只是简单的阅读，而是运用艺术思维，借助创造性想象和联想，对诗中隐含的形象、情感与理念进行感悟。儿童诗鉴赏又是一种审美的认识活动、教育活动和娱乐活动。对于读者来说，鉴赏有利于发展他们健康高尚的审美情趣，提高鉴赏水平。对于作者来说，鉴赏有利于他们根据读者反馈的信息来，调整自己的创作，使创作更加贴近现实生活，贴近儿童，由此提高创作水平[2]。

---

[1] 汪小红.儿童文学[M].成都：西南交通大学出版社，2016.
[2] 汪小红.儿童文学[M].成都：西南交通大学出版社，2016.

一、儿童诗的审美特质

儿童诗是有魔力的文字,展示了一幅幅可以流动的画面,可以带着儿童一起飞,儿童诗的语言是那样的超凡与脱俗,儿童诗是用最浅显的语言来抒发诗人的情感,儿童诗是"浅语"的艺术。

(一)儿童诗具有节奏美

儿童诗虽稚嫩却总不乏诗歌的精致与纯美。儿童诗的节奏美更多地体现在诗句的停顿与分行上,只要能为儿童直抒胸臆,阅读起来停顿有序,我们就可视其为有诗歌的节奏。

金波的《春天》一诗这样写道:"晨光叫醒了风,/风叫醒了树,/树叫醒了鸟,/鸟叫醒了云。/云变成了雨滴,/滴落在大海,/海水变蓝了,/洗亮了升起的太阳。/太阳睁着亮眼睛,/望着树,望着花,望着鸟,/到处花花绿绿,到处热热闹闹。"

这首诗节奏明快,巧妙地运用顶真的手法,把春风、树木、云朵、雨滴、海洋、太阳串联起来了,最后"太阳"出来了,一切都是亮丽的,耀眼的,充满活力的。读着这样的儿童诗,儿童会感受到诗歌语言的自然的节奏美了,感受到快乐的歌声,他们都会摇头晃脑地吟诵起来。我知道这是诗歌的魅力所在!

(二)儿童诗具有想象美

儿童诗充满想象的语言可以让儿童拥有一双想象的翅膀,展翅飞翔。金子美玲的《草原》这样写道:露水盈盈的草原上/如果光着脚走过,/我的脚一定会染得绿绿的吧。一定会沾上青草的味道吧。/如果直到变成一棵草/我就这样走啊走,/我的脸蛋儿,会变成一朵美丽的花儿/开放吧?

诗歌为我们描绘了这样的意境:孩子们在草原上光着小脚走过,草原染绿了那双小脚,更奇妙的是,走着走着,变成了小草,而脸蛋变成了正在开放的美丽的鲜花,这多么奇特的感觉。我发现孩子们在读这首诗歌时,分明已经就是诗中的孩子了。让我感到震撼的还是儿童诗能够利用这富有无穷魔力的文字,彰显出儿童诗的语言美。在这精美的语言中,我们已经分明看见一群光着脚丫的孩子在浅浅草原上的开出灿烂的花朵。也许只有这样的、富有魔力的文字才会勾起孩子们心灵深处的欢乐,才会彰显语言的无穷魅力。

(三)儿童诗具有意境美

孩子们在诗中感受每一朵花儿的笑容,每一只鸟儿的歌声,每一条鱼儿的话语,每一阵风儿的亲吻。世界在孩子的眼里都有了情感和思维,孩子的眼中世界在想象中变得完美起来。孩子也在儿童诗的阅读中获得快乐。金波在《林中小景》中创造了美的意境。教学时,要引导学生通过语言文字去想象树林中美丽的情景。阳光下嫩绿的树枝,风儿在叶片上滑过,空气也变得柔和温润,鸟儿的叫声挂在一棵大树上。孩子们用感性的思维还原语言文字的画面,透过语言文字感受情感的力量,领悟儿童诗的意境美。

(四)儿童诗富有情趣美

儿童诗的谐趣是生长在孩子们的心中的快乐!儿童诗用幽默的手法重构了极其富有情趣的世界。台湾徐千雯的《板擦儿》更是妙趣横生:板板擦儿很爱玩 / 在黑板上跑来跑去 / 玩的满身都是灰 / 老师看了很生气 / 叫值日生促出去 / 打屁股。

林良的《爸爸回家》中的"我"与孩子们情感达到了共鸣。"家"就像孩子手中玩的"拼图"一样,只有一块也不能少,只有一个也不能缺,才会拥有心中真正的快乐。读着这样的诗,能触动孩子的心灵,激发孩子爱父母爱家庭,进而爱社会的情感。儿童诗的幽默与奇特的想象是分不开的。

(五)儿童诗富有"浅语"美

优秀的儿童诗都有独特的思考、形象的表达、独到的视角,虽然是"浅语",但是也是一种高雅的艺术。林良的《沙发》这样写道:大家都说, / 我的模样好像表示 / "请坐请坐" / 其实不是, / 这是一种 / "让我抱抱你"的 / 姿势。

你看,这首诗把善良的种子播撒在儿童的心田里了,在教学中,我们应让孩子感受儿童诗文字的奇妙,也要感受来自人性的温暖和良善。"让我抱抱你"的温情以及"请坐请坐"的客套,让我们感受到了真诚和热情。透过二十多个字,学生感受到了一种热情的额呼唤,一种随时可感的温度。这就是浅语的魅力。

(六)儿童诗可以释放儿童的心灵

孩子也是有梦想的,有追求的,有见解的,有烦恼的,他们也需要倾诉,也需要倾吐心声。儿童诗切合儿童的心灵,儿童诗与儿童的心灵几乎是零距离的。儿童诗是儿童心灵的歌。

例如[美]爱·格林菲尔的(王济民译)《我将做一个什么人?》:就我一个人的时候, / 闭起眼睛 / 我真快活。 / 我是双胞胎,我是小酒窝儿, / 我是玩具仓库, / 我是动人的歌儿, / 我是吱吱叫的松鼠, / 我是一面铜锣,我是棕色的面包皮,/我是树枝变成了红色/……/反正,/我想是什么,就是什么,/我愿做什么,就能做什么/可是/一睁开眼睛/唉!/我还是我。

孩子就是孩子,大人希望孩子能成才,早一点长大,可是孩子有自己的想法。孩子们读这首诗准会会心一笑。这样的诗歌说出了孩子们的心声,可以满足儿童的心灵对话和宣泄,成为儿童的心灵释放的工具。

再来看看洪志铭的《晚风》:黄昏的时候/我不经意地/从花园里走过/惊奇了一群灿烂的蝴蝶/以及,满园子的花香/蝴蝶望了望/发现我——爱散步的晚风/才安心地,一一落定/满园子的花香/被惊扰了以后/却再也不肯停止/涌动。

诗人用"爱散步的晚风"去感受、去发现、去表达。满园的花香被惊扰以后,再也不肯停止涌动。这个"涌动"让人们回味无穷。看似无痕迹的花香就这样浓浓烈烈地袭来了。以动写静,动静结合,让身边的生活场景变得生动形象,富有美的感觉了。

阅读这样的文字,教师轻轻一点,就会让学生感受到语言的魅力,让他们看到生活的美丽。这样的文字阅读必将能够提升儿童的语言感受能力,提升语言的品味[①]。

二、儿童诗的鉴赏策略

儿童诗与成人诗歌相比,有其独特性。台湾诗人林焕彰一首《日出》,就体现儿童诗是浅语的艺术,且童趣盎然:"早晨,/太阳是一个娃娃,/一睡醒就不停地/踢着蓝被子,/很久很久,才慢慢慢慢地/露出一个/圆圆胖胖的/脸儿。"这首精粹小巧的小诗构思新颖奇妙。诗人用拟人的手法将早晨刚露出笑脸的太阳,比做刚刚睡醒、在迷迷糊糊中踢开被子的儿童,形象活泼可爱。诗歌短小,句式长短不一,格律自由,语言浅白,节奏轻缓,轻柔的叠音词将小读者引进宁静明快的意境。诗中洋溢着浓郁的儿童情趣,可以让小读者享受到宁静恬淡的阅读快感,产生亲切、轻松、和谐的心境。指导儿童阅读鉴赏儿童诗,有以下几个基本策略与途径。

(一)诵读感悟,体验情感

诗的本质是抒情的,儿童诗也是如此。儿童诗的阅读鉴赏是童心与诗心的对话,而朗读是进入诗歌的最好方法。儿童诗明快优美的节奏和韵律、浅近亲切的语言,十分适合朗读、吟诵或吟唱。在教学中,教师可以通过个人自由

[①] 靳庆华.儿童诗的审美特质[J].作文成功之路(教育前沿),2017(10):71.

读、集体齐读、配乐朗读、教师示范读等多种方式引导儿童反复诵读,使儿童通过诵读发现诗意。儿童通过诵读亲近儿童诗,获得语感,把握节奏音韵,体验音乐美,初步体验诗的内在情感。例如,金波的《如果我是一片雪花》:如果我是一片雪花,我飘落到什么地方去呢?／飘落到小河里,变成一滴水,和小鱼小虾游戏。／飘到广场上,去堆胖雪人,望着你笑眯眯。／我更愿飘落到妈妈的脸上,／亲亲她,／然后就快乐地融化。

这首诗节奏轻柔舒缓,音韵和谐,形成了诗特有的音乐美。通过诵读,可以让人走进温馨柔美的意境,体验到儿童发自内心的快乐和幸福感。金波的另一首儿童诗《我们去看海》:"走啊,一起走,我们去看海／海风已吹进我们的心中／耳边已响起潮声澎湃／走啊,去看海,海是我们的梦／……"则是一首十四行诗,句式相对整齐,格律严整,节奏轻快通畅,适合诵读。字里行间渗透着饱满激昂的情绪,表达了儿童向往大海、热爱大海、乐于亲近大自然的真挚炽热之情。

(二)想象画面,填补空白

诗歌语言凝练概括,跳跃性大,为诗歌的阅读鉴赏留下了很大的空间。在教学中,教师要引导儿童在朗读中展开丰富的想象和联想,在自己的头脑中描绘诗歌的画面,建构"内心视像"填补诗歌留下的空白。例如,余光中家喻户晓的《乡愁》,诗人用四节诗行描写了诗人从儿到青年、再到成人对故乡绵绵无尽的思念和乡愁。时间上跳跃很大,诵读时给小读者留下了许多想象空间。又如朗读贺知章的《咏柳》时,儿童在脑海中会浮现一株婀娜多姿的春柳意象。这时教师可以用"说一说"的方式让儿童依据诗句描述自己想象中的柳树形象,或者用"画一画"的方式给诗配画,让儿童画出自己想象中的这棵生机盎然的柳树形象。借助想象画面,儿童能走进诗的意境,体验其内在情感,体味这时古诗的无穷意味。

(三)联想对比,领悟诗意

首先,要唤起联想,联系生活经验领悟诗意。金波曾说:"读诗是发现,是走进诗境之后,找到诗中的自我。"儿童要用心灵的眼睛去阅读,用童心和诗心对话,发现诗意,找到诗中的自我。这就需要教师引导儿童读儿童诗时,不仅要联系诗人的身世际遇,帮助儿童读懂诗歌的内涵,还要注意唤起儿童的联想,让儿童联系他们的生活体验领悟诗意。例如读《乡下孩子》这首儿童诗时,可以让儿童联想或者是城市,或者是乡村的生活体验,说说生活中让他们感觉有趣和幸福的事情,这样儿童就容易读懂乡下孩子充满诗情画意的生活,获得阅读的快乐和高雅趣味。

其次,拓展联想,在对比阅读中体会诗意。为了帮助儿童更好地领悟诗意,教师可以引导儿童比较阅读,即将描写同一类题材的不同诗人的诗或同一诗人的不同篇目放在一起读,开阔儿童的视野,使儿童更好地体会诗人的情感。例如,读望安的《雪花》时就可以把金波的《听听下雪的声音》《如果我是一片雪花》、柯岩的《初雪》及佟希仁的《雪花姑娘》等儿童诗比较着读,领会诗人对童话般晶莹洁白雪世界的热爱之情。又如读古诗《咏柳》时,可以把白居易的《题大理寺桃花》、杜甫的《春夜喜雨》联系起来,采用先练习、后比赛诵读的方式让儿童自主选择自己最喜欢的古诗吟诵,并交流自己的阅读体会。此外,阅读一些儿童诗时,如果教师引导儿童了解诗人的身世际遇,就不难与诗人的心相通,达成童心和诗心的对话。

(四)品味语言,体味言外之意

诗是语言的艺术。阅读鉴赏儿童诗时要注重品味语言,形成语感,体味语言的言外之意。儿童诗人为了营造优美的意境,常用比喻、象征、拟人、夸张和对比等艺术表现手法;常用反复的手法、叠音词、拟声词等,使诗的语言具有回环往复之音乐美。儿童诗的语言还具备动作感强、偏于暖色调的绘画美等特征。因而教师要引导儿童分析儿童诗的修辞手法,感受儿童诗的音乐美和形式美。例如,林焕彰的《公鸡生蛋》:"……/天亮亮,地亮亮,/公鸡跳到屋顶上:/喔喔喔,出来了!/喔喔喔,出来了!/喔喔喔,真的出来了!/我生了一个好大好大的金蛋蛋!"公鸡怎么会生蛋?题目就设置了悬念,激发了儿童的好奇心。诗人用了拟人和反复的修辞手法,将太阳描写成一个活泼稚气的儿童。"喔喔喔,出来了!"反复了几次,目的是让儿童思考。最后,儿童惊喜地发现,原来公鸡生出的"金蛋蛋"就是金红色的太阳。

阅读鉴赏儿童诗时要从诗眼入手,探究诗的意蕴。眼睛是心灵的窗户;诗眼是洞察诗人的内在情感、品味诗歌言外之意的窗口。例如李白的《赠汪伦》中的"桃花潭水深千尺"的"深"就是诗眼,诗人用水之深比喻情之深,巧妙地将水和情联系起来,用比喻和恰当的夸张手法形象地表达了汪伦与自己的真挚、纯洁、深厚的情谊,抒发诗人由衷的赞美之情。又如圣野的《欢迎小雨点》中的"泥土裂开了嘴巴等""小菌们撑着小伞等""小荷叶站出水面等",这里的动词"等"就是诗眼,准确表现了它们对滋润生命成长之水"小雨点"的迫切期盼,形象表达了诗歌"欢迎"的主旨[1]。

---

[1] 吕沙东.试论儿童诗的阅读鉴赏与创编策略[J].文教资料,2016(3):44-47.

第三节 儿童诗的创编方法

一、儿童诗创作的基本原则与策略

创作儿童诗时,首先要理解儿童诗的基本特征,其次要把握儿童诗创作的基本原则和策略。

(一)儿童诗创作的基本原则

1. 新颖性原则

儿童诗的构思新颖奇特才能满足少年儿童对未知世界的好奇心和对美好生活的向往。例如张晓风的《打翻了》运用通感的手法,沟通各种感觉,展开奇妙的想象与联想,描写太阳、月亮、花儿和风饶有诗意的意象,极具绘画美,意境优美。诗歌构思新颖奇特,抒发了儿童浪漫纯真的梦想和情思。这首儿童诗可以使儿童通过想象获得陌生化的奇异感觉,容易吸引儿童的眼球。

2. 童趣性原则

童心和诗心是相通的。那些童趣盎然的儿童诗常常体现为诗人善于以儿童独特的童心解读儿童的内心世界。创作儿童诗时需要以儿童的眼光观察世界,留意身边的每个细节,以儿童特有的方式体认世界。例如小诗人阎妮两首童趣盎然的儿童诗《爸爸的鼾声》和《致老鼠》。前一首用生动形象的比喻把爸爸的鼾声比作"山上的小火车",令她想起了"美丽的森林",爸爸的鼾声停了,她觉得是火车到站了。全诗饶有童趣,幽默亲切。在《致老鼠》中,小诗人用一颗童心写出了和一般人眼中不同的老鼠。在小诗人心目中,小老鼠机灵可爱,小诗人把老鼠当成了自己的朋友,希望它改正不爱干净、喜欢偷懒的缺点,并会介绍猫与它做朋友,体现了孩子式的包容和真诚。因此,创作儿童诗时可以从儿童喜爱的大自然、校园生活和家庭生活中捕捉日常生活中儿童的感受与体验,表现儿童式的情思和美好愿望,写出一首首童趣盎然的儿童诗。

3. 故事性原则

诗歌的本质是抒情。儿童情感炽热丰富,细腻敏感,热爱大自然,向往美好事物。情感性和体验性也是儿童诗的特点。儿童直觉感性的思维特点决定了他们尤其喜欢那些富有故事情节的童诗。这样他们容易幻化角色参与其中,在头脑里浮现一幅幅画面,进入诗的意境,丰富情感体验。例如黎焕颐的儿童抒情诗《蒲公英》:"你有翅膀吗?／告诉我,蒲公英。／你飞得很高——／天上的道路,／是云彩铺成,／我要跟着你,／去看神秘的星星。／你飞得很远——／远方的风景,／一定很迷人;／我要跟着你,／去做快活的旅行。"

这首诗用儿童天真稚拙的口吻,借助能够飞得很高很远的"蒲公英"意象展开丰富奇妙的想象,幻想着跟蒲公英去旅行,探寻大自然的奥秘。诗中开头的问句,舒缓的节奏,抒写了儿童对大自然的好奇心和对探究未知世界的向往之情。

(二)儿童诗创作的基本策略

1. 了解儿童,抒发率真情感

写儿童诗,首先需要了解儿童,准确把握儿童的年龄、心理和思维特征。金波说:"要和儿童的心灵相通,这是写好儿童诗必不可少的条件。"了解他们在家庭、校园生活中关心和感兴趣的事物是什么、热爱和憎恶什么、为什么而喜怒悲哀等。懂得儿童的爱好喜恶,熟悉他们的生活,才能与儿童心灵相通。只有这样,写儿童诗时才能用儿童纯真的眼光观察世界,以儿童特有的方式感知世界。因而,童心未泯的诗人才能写出发自儿童内心深处的声音,抒发儿童率真、快乐、稚拙的情感。

2. 放飞想象,创设优美意境

想象是诗歌的灵魂和生命。儿童天性浪漫,富有诗意,爱幻想,爱模仿,爱探寻。他们对生活有强烈的好奇心,向往美好的事物。因此,儿童诗应该表现自由不羁、新鲜活泼、新巧奇妙的儿童式想象或幻想,并且用富于儿童情趣的表现形创设出清新优美的意境,让儿童受到文质兼美的儿童诗熏陶浸润,丰富其情感体验,培养其纯正高雅的文学趣味。

3. 巧用手法,描绘鲜明形象

儿童以形象思维为主,他们认识事物的方式是直观的、具体的。儿童天性好动,他们对行动、富于动态的事物感兴趣。因而儿童喜欢欣赏具体可感、鲜明生动、富于动感的诗歌。写儿童诗要避免长篇静止地抒情。即便是儿童抒情诗,也要伴随一系列动态描写或者故事情节的安排。此外,写儿童诗要用浅显易懂、形象生动、富于音乐性的儿童口语描绘对象的声音、形状、色彩、动作等,巧用拟人、比喻、夸张、摹声等修辞表现手法,增强诗的语言的形象性和表现力。

二、儿童诗改编的基本原则和策略

儿童诗改编主要是指对儿童诗进行改编,或是把其他儿童文学体裁改编成儿童诗,改编后的文体是儿童诗。在这里不阐述把儿童诗改编成其他文体的情况。

(一)儿童诗改编的基本原则

1. 主题率真明朗原则

随着儿童的逐渐成长,他们的生活逐渐扩大到学校生活、家庭生活和社会生活等方面。少年儿童的生活越来越丰富,视野越来越开阔,对生活的体验和感受更丰富。儿童诗反映的儿童生活面较之儿歌而言更广泛,抒发的儿童情思更宽厚,儿童诗的主题内涵也显得越来越丰厚。儿童诗的改编要保持其明朗、率真、快乐和健康向上的主题意蕴,切忌表达过于晦涩、伤感、复杂和消极的主题。当然,人生是复杂的。有时候,儿童诗也会抒发一种轻轻的叹息和淡淡的忧伤。例如,杨牧的《故乡》抒发远离故乡的游子思念故乡时的一种薄纱似的忧伤,这样的诗能激起儿童对生活的深刻感悟,引起情感的共鸣,同样为儿童所喜爱。

2. 意象美和绘画美原则

"诗中有画",好诗往往就是一幅意境深远的画,因此儿童诗的改编要注重描写美的意象,描绘诗意的画面,营造优美的意境。这就需要多用拟人、比喻、夸张、设问等儿童喜爱的修辞表现手法描绘大自然和贴近儿童生活的、灵动而优美的意象、诗意的画面。改编后的儿童诗通过描写情景交融、清新优美的意境,让儿童在具体可感的意境中体验诗情画意。儿童想象奇幻大胆,丰富灵动,热爱大自然和向往美的事物,他们通过形象生动、优美凝练的语言能读懂诗人以一种诗性的思维把握世界的方式。

3. 节奏美和音乐美原则

诗是一种具有节奏美和音乐美的文学体裁。儿童对语言丰富、有律动的音乐性具有非凡的敏锐感觉。儿童与诗有着一种天然的联系,他们天性喜爱具有鲜明节奏、音韵和谐的诗歌语言。改编儿童诗时,要注意精心设计安排节奏、韵律、反复等,注重诗歌形式整齐的美感和诗歌内在的旋律,令人读起来朗朗上口,爱不释手;还可以用反复咏叹的修辞手法把情感一步步推向高潮,表达强烈深沉的情感,引起小读者的情感共鸣。

(二)儿童诗改编的策略与方法

1.改写

儿童诗的改写就是对儿童诗原作进行的改编。改写可以根据儿童诗原作进行改编;也可以把儿歌、儿童故事、儿童散文等改写成儿童诗。首先,根据儿童诗原作进行改编时,要根据儿童的接受心理特点进行改编,一般要保持原诗的主题意蕴,在内容和形式上做符合儿童心理年龄特点的改动。如滕毓旭的《窗前,一株紫丁香》被选入小学语文教时,教材编写者根据小学低学段儿童的心理接受特点,在原作的基础上进行了改编,将诗的题目由原来的《窗前,一株紫丁香》改为《一株紫丁香》,简明易懂;借一株紫丁香表达儿童对教师纯真的关爱之情;在诗歌形式的改编中,尤其注重把诗歌分节排列,使得诗歌形式整齐,节奏鲜明;在文字上稍加修改,如把"你"改为"您",强调了对儿童礼貌用语的教育,将"快放下教案吧",改为"休息吧",更通俗易懂;还根据语流音变对文字稍做变动,如把"呀"改为"啊",把"绿叶"改为"绿叶儿"等,使语言更凸显口语化的特点,令儿童倍感亲切。

改写儿童诗的另一种方法就是把儿歌、民间故事、儿童散文等文体改写成儿童诗。例如,普希金著名的童话诗《渔夫和金鱼的故事》就是在俄罗斯民间故事的基础上创作改编而成的。普希金保留了民间故事和传说常常用一些动物来惩恶与扬善的传统,用神奇的幻想塑造可爱动人、神通广大的超人体童话形象——小金鱼。她善良,正直,重感情,有义气。在形式上,普希金保留民间童话故事常用的三段论的结构形式,采用拟人、夸张、对比等表现手法。童话诗简单的故事情节、单纯的故事结构、强烈的对比和多次的反复咏叹,以及普希金诗歌语言朴素简约、纯净优美的风格,给人强烈的冲击和震撼,让人留下了深刻印象,受到了深刻教育。

2.仿写

儿童诗的仿写就是根据给定的儿童诗仿写句子和诗节乃至全诗。仿写时要注意原作特定的语言环境、思想内容的表达,在题目、主题、词语、句子、句式、诗节形式和内容上要基本和原诗保持一致。在仿写前,要体会原诗用词、句式的特点,体会节奏和语调的轻重缓急,感受原诗的韵律美和音乐美;同时,要放飞想象的翅膀,用诗意的幻想填补空白,仿写诗歌。赵永红的《乡下孩子》展现了一个个美好的生活画面,生动表达了对乡下孩子生活的喜爱之情,热情赞美温馨美好的故乡,能引起小读者情感上的共鸣。教师引导儿童读过原诗之后,在诗歌的主题和表现形式与原诗保持一致的前提下做仿写练习。

例如,一位二年级的小朋友吴佳泽仿写的《城里孩子》,就是一首童趣盎然的童诗:"曾是妈妈眼里,／快乐的小公主,／曾是爸爸背上,／可爱的小精灵。／拿几块儿积木,／拼出美丽的城堡。／拿一张白纸,／画出美丽的图案。／一张开嗓子,／唱出的歌谣,／拿一本本子,／能写出整洁的字。／哦,／城里孩子,／生在高楼里,／长在城市里。"

3.续写

儿童诗的续写就是在原诗的结尾处展开丰富的想象,进行续写改编。要求与原诗的情感基调和表现形式基本一致。例如,教师可以引导儿童对高洪波的《我想》、金波的《如果我是一片雪花》做这样的续写改编练习。如人教版教材根据白冰原诗改编的《假如》一诗,借马良的神笔表达了拥有一颗纯真善良的心的儿童对小树、小鸟、残疾人发自内心的关爱。读了这首诗,儿童会产生许多共鸣和联想,产生续写的兴趣。这时,教师可以让儿童基于原诗表达关爱之情,想象画面,用诗的句式和语调续写诗歌[①]。

[①]吕沙东.试论儿童诗的阅读鉴赏与创编策略[J].文教资料,2016(3):44-47.

第六章　童话与寓言

第一节　童话概述

一、童话的概念

童话是一种具有浓厚幻想色彩的虚构故事,是儿童文学的最基本的体裁之一。"童话"一词在我国古代并不存在,这个名称是在二十世纪初出现的。1909年,商务印书馆出版了孙毓修主编的《童话》丛书,"童话"这个词语才开始被使用。但是,当时的"童话"只是一种泛称,几乎包括了所有的儿童文学样式,并不是指某一种具体文体。1912年至1914年,周作人借用西方人类学理论对童话进行了探讨与研究,先后撰写了《童话研究》《童话略论》《古童话释义》等论文,童话的非生活本身的内容实质才逐渐地得以明确。"五四"以后,伴随着大量国外童话译作的涌入和立足国内现实的创作童话的出现,以及童话理论研究的日益深入,童话渐渐地被确认为是儿童文学的一种基本而又独特的文体,是"一种用非生活本身形式塑造艺术形象"的儿童文学。

二、童话的起源与发展

(一) 童话的起源

童话来自民间,与神话、传说有着共生的紧密联系。

神话产生于原始时期。原始人类由于生产力和认知水平的低下,对自己所不能解释的自然和社会现象作出任意主观的幻想性解释。如神话"盘古开天地"和"女娲抟黄土造人"就是把天、地、人的发生归附于神力。

传说是在神话的基础上演变而成的。神话中的人物是神、魔、仙、妖,而传说中的人物除神魔外大多数是人,是历史中的不平凡的人,多为英雄、奇人、名人、能工巧匠等。这些不平凡的人物是以史实为依据但又有着超人的智慧和力量,如大禹治水、鲁班造车等。

民间故事是由神话、传说流传演变而来的,而最初的童话就是在汲取民间故事的养料的基础上建立起来的或者本身就是民间故事。如民间故事中的动物故事、神仙传说等,就可以是"民间童话"。

(二)童话的发展

童话的发展经历了民间童话到创作童话两个发展阶段。

民间童话是童话早期发展阶段的形式,是以口头文学的形式出现、口耳相传的。民间童话中的角色大多数是妖魔鬼怪,也有世间凡人和动植物,如我国流传于民间的《田螺姑娘》《狼外婆》《蛇郎》中的人物既有神仙也有动物蛇。民间童话有着常用的创作模式,在故事开头我们经常可以看到这样的开场白:"很久很久以前,在一个小村子里,有一户人家……"。在故事情节的设计上,我们常见的有两兄弟型、三兄弟型,通过不同兄弟间的比较来进行道德的评判,而老大往往是坏的代表。民间童话凭借着其语言的通俗浅白与幽默风趣在民间有着极强的生命力。

随着时代的演进,人们按照各自的理念对民间童话予以补充和改造,呈现出向创作童话过渡的迹象。如古印度的《五卷书》、阿拉伯的《一千零一夜》就是对民间童话的收集与整理。十九世纪初,德国著名的语言学家格林兄弟搜集、整理的《格林童话》对童话的发展和研究产生了深远的影响。较早对民间童话进行改编的是法国夏尔·贝洛的《鹅妈妈的故事》,它是根据欧洲的民间童话改写的,深受小朋友的喜爱。

真正体现着童话从民间童话到创作童话的演变历程的是丹麦童话大师安徒生的童话作品。安徒生早期的一些童话作品的题材是来自民间故事的,如《打火匣》《小克劳斯和大克劳斯》等。当吸收了丰富的民间童话的养料后,安徒生逐渐地走上了独立创作的道路。《海的女儿》《丑小鸭》《小意达的花儿》等作品摆脱了民间童话的创作模式,探索出自己独特的创作风格,是作者自己人生历程的写照。安徒生开创了童话独立创作的新纪元,显示了童话的现代自觉,在他后面的一大批童话作家都在创作童话的道路上开出一朵朵属于自己的鲜花。

我国古代的民间童话,从整体上来说,处于自生自灭的状态,只有部分作品以不同的形式进入到文学典籍中,如晋代的志怪小说集《搜神后记》中的《白水素女》是田螺姑娘故事的原型,唐人段成式撰写的《酉阳杂俎·支诺皋》中的《叶限》十分相似于流传于欧洲的《灰姑娘》,还有一些小说是具有童话性质的,如明代的《中山狼传》《西游记》,清代的《虎媪传》等。我国古代的民间童话无论是寓言、志怪小说中的童话,还是具有童话性质的小说,都不是近代意义上的童话。它们虽然具备了幻想的性质,但是思想内容上多有"儿童不宜"的成分,而文言文的语言表达方式也构成了儿童接受上的困难。

我国真正意义上的创作童话出现于二十世纪。二十世纪初,从西方翻译过来的童话著作促使了中国创作童话的诞生。现代文学巨匠茅盾1918年创作的童话《寻快乐》初步具备了创作童话的雏形。叶圣陶在1921年冬至1922年夏相继创作的《小白船》《一粒种子》《稻草人》等作品标志着我国的童话创作迈出了自己的脚步,其中1923年出版的《稻草人》是我国第一部创作童话集,为我国现代童话的创作奠定了基础。张天翼在二十世纪三十年代初发表的《大林和小林》是我国第一部长篇童话。1949年至1966年是我国童话创作的黄金时代,新老作家童话作品迭出,如张天翼的《宝葫芦》、贺宜的《小公鸡历险记》、陈伯吹的《一只想飞的猫》、金近的《狐狸打猎人的故事》、洪汛涛的《神笔马良》、孙幼军的《小布头奇遇记》、葛翠琳的《野葡萄》等等。这些作品,以教育为己任但又注意童趣。然而,在"文革"十年,儿童文学备受摧残,童话也不可避免地呈现出凋零的景象。"文革"之后,中国童话又迎来了新的春天,焕发出新时代的生机。在开放的气象中,除了老作家坚持童话创作外,新作家名人辈出。郑渊洁、赵冰波、葛冰、汤素兰、周锐、彭懿、张秋生、方轶群、安武林、郑春华、杨红樱……这些作家作品的风格多样化,丰富与探索着中国儿童文学创作之路。

三、童话的特征

童话最基本的特征是幻想。幻想是童话的内容,也是童话的形式;幻想是童话的精神,也是童话的气质。

按照一般心理学的解释,"幻想是创造性想象的一种特殊形式,是一种和生活愿望相结合并指向未来的想象。"对于这句话的理解,吴其南在《童话的诗学》中是这样解释的:第一个层次是幻想是创造性想象的特殊形式;第二个层次是幻想是"和生活愿望相结合并指向未来的想象",也就是说幻想是人在面对现实生活中遭遇到的困难和障碍所采取的非理性的想象的思维形式;第三个层次是幻想常常用生活中没有也不可能有的人物、事件、环境构筑想象中的世界,使幻想中的世界呈现出和现实生活不同的形态。在童话中,我们所使用的幻想的含义主要是指内容上是非生活本身形式的。也就是说,童话是"一种用非生活本身形式塑造艺术形象的少年儿童文学"。所谓"生活本身的形式","无非是我们人类因其共同的生理、心理及生活经验等建构起来的共同的经验形式而已。"当作品中的"艺术世界给我们的知觉意象和我们面对真实的世界获得的知觉意象明显不同,一种以非生活本身形式呈现的艺术类型便出现了。"幻想打破了日常生活的诸多羁绊,使人从现实的束缚中摆脱出来,得到某种超越,这必然会带给人们无穷的快意。而在幻想的世界里遨游,也正契合了儿童丰富的想象力,给孩子们的想象找到了印证和发挥之地。

童话的幻想必须植根于现实。安徒生说:"最奇异的童话是从真实生活中产生出来的。"幻想,不管其看起来多么的无拘无束与荒诞不经:上天入地,起死回生,天马行空,无所不能,其实都是客观现实在人意识中的反映。只不过,这种反映是以一种非生活本身形式出现的,是与生活本身形式相对的形式,但其实质是反映生活的,是一种离形而神似的形式。

童话的幻想可以通过某些艺术手法表现出来,其中主要的是夸张、象征、拟人。

夸张是指借助奇妙的想象,将描写对象的某些特点予以扩大或缩小,从而强调、突出其本质特征,增强艺术效果。许多文学形式都运用夸张的手法,但童话的夸张别具一格,有其独特的特点。童话的夸张是一种强烈、极度的夸张,是从内容到形式的整体、全面的夸张,是为表现非真实的虚幻境界服务的。如安徒生的《拇指姑娘》里的"拇指姑娘"还没有人的大拇指一般长,她的摇篮是一个漂亮的胡桃壳,被单是玫瑰的花瓣。夸张能增强童话的幽默感和趣味性,符合虚幻的意境和孩子们无拘无束的想象。

象征是通过某一具体事物去表现抽象的事物或思想情感的艺术手段。象征手法是利用象征物与被象征物之间的某种类似或联系,集中、含蓄而又形象地表现被象征的内容。如安徒生的《皇帝的新装》中的皇帝对服饰的偏爱至狂,每天都痴迷于他的衣服,不理朝政,而且不惜花掉所有的钱用于置办新服装,最后被骗子欺骗而当众裸体上街游行。这个皇帝就是贪婪、愚蠢的象征。

拟人是指赋予人类以外的事物以人的思想感情、言行举止。拟人手法在童话中的普遍使用是因为儿童"万物有灵"的思想和富于想象力的思维,正如列宁说的:"如果你给儿童讲童话时,其中的鸡儿、猫儿不会说人话,那儿童便不会对它发生兴趣。"拟人的手法还使得童话中的人物具有人的特点的同时又兼具物的特性,使得童话形象具有亦真亦幻的色彩。如《风筝找朋友》中的风和风筝,既有人的特点又有风和风筝的特点,风对风筝说:"你要是哭了,你的身上吸了泪水,就会变湿了,变得很重很重,我就推不动你,你也就飞不起来啦!"风要是换成雨就不能推风筝,风筝换成汽车,也不会这么怕水弄湿,也不能飞到天上去。如果拟人手法完全丧失物性,不顾物性去虚构故事,那么物就失去了存在的价值,作品也失去了亦真亦幻的美感。

四、童话的分类

不同的分类标准,可以把童话分成不同的类型:从作品形象分,可以分为超人体童话、拟人体童话和常人体童话;从作者分,可以分为民间童话和创作童话;从内容分,可以分为文学童话和科学童话(又称知识童话);从体裁分,可以分为童话故事、童话诗、童话剧等;从篇幅长短分,可以分为长篇童话、中篇童话和短篇童话;从创作的时间分,可以分为古典童话、现代童话等。

(一)超人体童话

这类童话描写的是那些具有超人的神奇能力、能造就自然奇迹的形象。他们往往都拥有魔法宝物,能够变幻莫测。如普希金童话诗《渔夫和金鱼的故事》中能够满足老渔夫各种要求的金鱼,《灰姑娘》中能把南瓜变成四轮马车的仙女,《田螺姑娘》中的田螺姑娘等。

这些超人形象利用自己的魔法宝物,为故事中的人物实现其无法实现的愿望,替他们完成不能办到的事情,制造出种种匪夷所思的奇异画面,充分体现了童话幻想色彩。超人体形象在童话故事中的出现,虽看似极其偶然但往往又为事情的发展提供转机,推动着事情向前发展,使情节变得曲折惊奇。

(二)拟人体童话

这类童话描写的是那些除人类外的各种事物的人格化的形象。这些人格化的事物不仅具有人的思维而且具备人的情感与活动,如安徒生笔下的丑小鸭、米尔恩创造的小熊温尼·菩、科洛笛塑造的木偶匹诺曹、郑渊洁描写的小老鼠舒克和贝塔……

拟人体形象因其生动有趣得到广大读者的喜爱,更以其对小读者的"泛灵"观念的契合,得到他们的热烈欢迎。

(三)常人体童话

这类童话描写的是那些以人的本来面目出现在童话中的人物形象。这些人物看似普通,但对他们的性格、命运的刻画是极度夸张的,如《一个天才的杂技演员》里的台骄傲与郑成功,虽然都是常人形象,但对他们的塑造极其夸张,台骄傲由于懒惰,身材从瘦长、轻巧变为异常肥胖、笨重,以至于要用装大象的卡车才能运送他。这种夸张使他们既区别于生活常态又在本质上具有真实性,从而能够制造出讽刺意味与象征意义,为童话增添滑稽幽默色彩。

这三种形象在作品中并不截然分开,而是共存的。同一篇童话既可以有常人体表现方法,也可以有拟人体表现方法。如在《西游记》中,既有孙悟空的拟人体形象,也有唐僧的常人体形象,又有如来佛祖的超人体形象。各种类型形象在作品中交相辉映,放出奇光异彩。

五、童话在儿童文学中的地位与作用

童话是儿童文学最早、最基本又是独特的文体,在儿童文学中不仅创作的数量大而且广受儿童欢迎,在儿童文学中占有特殊的地位,发挥着自己独具个性的功能。

童话的非生活本身形式的创作方式,使得想象尤其是幻想渗透进童话的每个角落。它的天马行空、荒诞不经总是带给人们无穷的惊奇与狂喜,让人们从中获得想象的翅膀,在飞翔中得到轻松与愉快。并且,童话的虚幻世界又恰恰与儿童的"万物有灵"的思想观念、"形象思维"的观察方式不谋而合,是儿童想象的天堂、游戏的乐园。

童话有趣的故事情节容易把抽象的概念与事物转化为具体的形象,而洋溢着的儿童情趣又易把孩子们引入心与心的交流。儿童在阅读或倾听中走进童话中的故事情节,贴近故事中的人物形象,为其喜为其悲,在同喜同悲中与角色融为一体,这就使得童话的教育功能在无声无息中潜入儿童的心灵,使孩子在无形中获得知识与得到启迪。

童话作家凭借着虚幻化的世界、生动曲折的情节、形态各异的人物与独具个性的语言,把孩子们带入梦的园林,置身于或诗意或荒诞或热闹的氛围,感受着意境之美。优秀的童话对于意境之美的营造对于孩子来说是一种享受,也是一种陶冶,更是一种提升。

童话以其不同于生活本身的意象,生动离奇的情节,活泼有趣的人物,非凡的夸张、象征、变形、错位等带来的幽默滑稽,富有的童真童趣,梦幻式的意境等,使童话区别于儿歌、儿童诗、儿童小说、儿童故事、儿童戏剧、儿童科学文艺,成为儿童文学中一朵奇葩[①]。

[①]孔宝刚.儿童文学理论与实践[M].上海:复旦大学出版社,2007.

第二节 童话的审美策略

一、童话的审美特征

童话是一种具有独特审美特征的文学形式,它以简洁的语言、丰富的想象和美妙的情节展示了一种纯净、美好、梦幻的世界。童话的审美特征主要体现在以下几个方面。

第一,童话故事通常以"从前有一只……"开头,给人一种童真、梦幻的感觉。它们创造了一个与现实世界完全不同的奇幻之地,让人们能够暂时逃离现实的压力和烦恼,沉浸在一个充满想象力和奇迹的世界中。

第二,童话故事中的人物形象多样且鲜明。无论是勇敢的公主、善良的仙女,还是邪恶的巫婆、凶猛的怪兽,每个角色都有其独特的特点和形象。这些形象往往是夸张的,让人们能够在故事里忘记自己的现实身份,与故事中的人物产生共鸣并投射自己的情感。

第三,童话故事中的情节通常是简单而富有戏剧性的。它们往往以冲突和解决冲突为主线,通过各种曲折的情节引发人们的情感共鸣。故事中常常有一些挑战和障碍,用来考验主人公的勇气和智慧。在最后,主人公往往能够克服困难,取得胜利,给读者带来一种美好的感觉。

第四,童话故事中的语言简洁明了,富有音乐感。它们通常使用简单的句子和词汇,使得故事容易理解和记忆。同时,童话中也常常运用押韵和重复的修辞手法,如"一切都好了,他们幸福地生活在一起",给人一种和谐而美妙的感觉。

童话故事中的情感表达真挚而纯粹。童话故事往往以善良、勇敢、友爱等美德为核心,通过主人公的奋斗和成长,传递出一种积极向上的价值观。它们让人们相信,善良和正义最终会战胜邪恶,幸福和美好的未来属于每一个努力追求的人。

童话故事以其独特的审美特征吸引了无数读者,无论是孩子还是成人。它们在简单的故事中蕴含着丰富的情感和智慧,让人们在阅读中感受到一种纯净、美好、梦幻的世界。通过童话的审美特征,人们可以在现实生活中寻找到一丝希望和勇气,从而更加积极地面对生活的挑战。童话故事的美妙之处在于它们不仅是一种娱乐,更是一种教育,一种引导人们向善向美的力量。无论是童年还是成年,童话故事都能给人们带来无尽的快乐和启示。让我们一起走进童话的世界,感受那份纯真和美好吧!

二、童话的审美教学策略

(一)接受美学视域下童话教学策略

童话是儿童文学领域中极具代表性的文学体裁,不仅契合小学生的生理和心理发展特征,而且对启迪心智、丰富想象也具有重要作用。《义务教育语文课程标准(2022年版)》在"文学阅读与创意表达"中建议小学生"阅读富有想象力和表现力的儿童文学作品,欣赏富有童趣的语言与形象,感受纯真美好的童心,学习用口头或者图文结合的方式创编儿童诗和有趣的故事,发展想象力"。但在当前的童话教学过程中,普遍存在童话文本解读不到位、学生缺乏个性化理解等问题,如何提升童话文本解读的深度、助推学生个性化思维发展,应该成为童话教学研究中值得关注的问题。

接受美学代表人物尧斯提出的"期待视界"理论可以运用于童话教学。"接受美学对阅读的分析,是从阅读期待入手的,主要依靠'审美期待视界'把作家、作品与读者连接起来,从而把文学的演变与社会的发展沟通起来。"在阅读过程中,读者与作品实质所蕴含的各类以往的视界融合,构成新的视界,从而实现对作品的创意理解。当学生本身所储存的经验不足或者在阅读过程中对文本处理不恰当时,会导致学生对童话文本的理解不深入,难以透过童话文本真正感受作者要传达的思想。以下结合语文教材中的教学实例,探析如何以学生的"期待视界"为切入口,通过唤醒、更新与超越的方式帮助学生真切感受童话故事想要传达的思想情感。

1.挖掘文本信息,唤醒"期待视界"

学生自身经验与文本信息之间的相关性是影响"期待视界"构建的重要因素。文本信息与学生经验的关联越多,学生就越有可能形成"期待视界"。因此,在童话教学中,教师应尽可能挖掘文本信息,找到与学生经验相适配的"期待视界",寻找最适切的切入点,以激活学生的"期待视界",引发阅读兴趣。

(1)联系相近角色,引起"角色期待"

童话大多运用夸张、拟人等表现手法构建富有想象的情节,作者在童话故事中塑造的角色不仅是推动故事情节发展的重要力量,更是承载课文思想情感的媒介。另外,不同童话文本中的角色也具有互通性。因此,要想让学生对童话故事产生阅读兴趣,教师可以从已知童话角色入手,以已有经验为跳板激发学生的想象力,引起角色期待。

[案例1]

在语文教材二年级下册《大象的耳朵》这篇课文中,因为大象的耳朵是耷拉着的,这一特征与别的小动物不同,所以小动物们都认为大象生病了,大象也开始怀疑自己的耳朵有问题。大象的解决办法就是用竹竿把耳朵竖起来,但耳朵竖起来后,很多小虫飞进大象的耳朵眼儿里,吵得它又头痛又心烦。最终,大象照旧让它的耳朵耷拉着,做回了自己。

教师在引导学生理解这篇课文时,可以从文本语言入手,通过发挥想象、联系已知角色,让学生融入文本角色。在故事的最后,大象说:"我还是让耳朵耷拉着吧。人家是人家,我是我。"教师可以从"人家是人家,我是我"这句话入手,让学生在学习前从两个方面进行分析:一是联系之前学过的《小马过河》,说一说你是怎样理解这句话的,这里大象的角色与小马有什么共同之处?二是推测本文大概讲述了一件什么样的事,大象才会发出这样的感叹?《小马过河》中的小马最终明白了"原来河水既不像老牛说的那样浅,也不像松鼠说的那样深",我们做事不能只听取别人的意见来做决定,不论什么问题一定都要经过亲身实践,在这个过程中寻找最适合自身的问题解决方法。小马与大象最后所说的话是有相通之处的,背后体现的道理也相似。教师可以引导学生通过小马这个角色和本文最后大象说的话来推测文本中大象的角色,引发学生对角色的期待,激发学生的阅读兴趣。

大象最终明白了它的耳朵本就与其他动物不同,大象的话也带给我们启迪,每个人都有与他人不同之处,对待别人的看法,我们要保持理性,辩证地看待问题,凡事要有自己的判断。学生在联系《小马过河》中小马这个角色的基础上,对大象的角色进行分析,并以此为跳板来领悟文本传递的思想情感,激活自身的"期待视界"。

(2)剖析文本插图,引起"情节期待"

除了以童话文本中出现的角色为抓手来激活学生的"期待视界",文本插图也是激活"期待视界"的一种有效载体。语文教材中童话故事的配图多是对文章关键情节的形象展示和高度概括。在阅读活动前,教师可以引导学生观察插图并展开想象,从而帮助学生形成对童话关键情节的基本认识和阅读期待。在阅读活动中,可以引导学生根据插图对故事情节进行猜想,引起对下文的期待。在阅读活动后,教师可以组织学生进行故事情节续写,并自己绘制文本插图。

[案例2]

语文教材二年级下册收录的《蜘蛛开店》一文讲述了蜘蛛开纺织店创业的故事。原本纺织是它的专长,它开纺织店能施展所长,然而它却畏惧困难而选择逃避。因此,它三次开店经历,结局均以失败告终。插图中有很多细节是对童话故事情节的提示,需要教师引导学生重点分析。

这篇文章配有三幅插图。

图1　　图2　　图3

图6-1 《蜘蛛开店》

在阅读活动前,教师可以引导学生观察图1和图2,并设计驱动性问题引发学生对故事情节的期待:首先,蜘蛛在做什么工作?图1、图2描述了怎样的场景?河马的口罩与长颈鹿的围巾有什么特点?其次,教师可以利用多媒体将河马和长颈鹿的身形大小与身边熟悉的事物相对比,使学生能够直观感受河马口罩之"大"与长颈鹿围巾之"长",以及蜘蛛要完成这项工作之"难",引起学生对情节的想象。在阅读活动中,让学生观察图3,面对蜈蚣的到来,蜘蛛的表情是怎样的?蜘蛛为什么会有这样的神情?在前面情节的基础上,结合图3猜想蜘蛛会如何做呢?在阅读活动结束后,教师可以鼓励学生大胆猜想,蜘蛛该怎样将这个店经营下去?试着续写故事,并配上故事插图。童话故事的文本插图往往是最主要的情节提示,不仅能帮助学生在阅读活动前和阅读活动中理解故事情节的走向,而且还能在阅读活动后作为培养想象力的载体,引起学生对续写童话故事的兴趣,达到教学活动结束而教育影响继续的效果。

2.整合所得线索,更新"期待视界"

在童话教学中,学生借助已有经验引起阅读兴趣从而激发"期待视界",是提升童话教学效果的重要途径。但"期待视界"是动态变化的,在阅读过程中,随着深入探索与思考,学生会经历自我否定的过程,会使"期待视界"发生变化并更新。因此,在童话教学中,教师要着重关注那些可能引起学生"期待视界"变化的线索,并引导学生以这些线索为支点,尝试思考和总结,整合与之相关的"偏见"并通过自我否定的方式超越原有的"期待视界"。

(1)利用突出线索,引发深层思考

在童话阅读过程中,当学生自身已有的"视界"与童话所表达的"视界"有一定差距时,就会推动学生不断更新自身经验来获得新的"期待视界"。因此,童话课文中的那些突出的线索往往是助推学生获得新"期待视界"的最佳跳板。

[案例3]

语文教材一年级下册收录的《小壁虎借尾巴》讲述了小壁虎断掉尾巴后向小鱼、老黄牛、燕子借尾巴的故事。小壁虎在断尾巴之后向别的小动物求助,别的小动物应该把尾巴借给小壁虎吗?最后有没有小动物把尾巴借给它呢?教师借助这个冲突点使学生在不断推测中进行思考。

课文中小壁虎被蛇咬掉了尾巴,没有尾巴多难看呀,于是小壁虎想去找别的小动物借一条尾巴。教师可以向学生提问:你觉得小壁虎此刻的心情是怎样的呢?它能成功借到尾巴吗?学生可以进行讨论并发表自己的观点,此时得到的反馈会因学生自身认知不同而存在差异,在乐于助人的思想熏陶下,可能会存在这种观点:小动物们应该助人为乐,小壁虎可以借到尾巴。教师应抓住文中关键线索来为故事后续发展做铺垫。学生带着问题进入下文的学习,通过小壁虎向其他小动物借尾巴的过程推进故事情节的发展。在得知小动物们都不同意把尾巴借给小壁虎时,教师应当引导学生思考:为什么小动物们不把尾巴借给小壁虎呢?原因是小动物们的尾巴都有着重要的作用,是身体不可或缺的一部分,所以不能外借。故事的最后,小壁虎失落地爬回家里找妈妈,可是它发现自己又长出了一条新尾巴。原来小壁虎是不需要借尾巴的,它会重新长出新尾巴。

以突出线索为中心来梳理故事情节是最直接的童话阅读方式,通过梳理故事线索,使故事内容更直接明了。虽然小壁虎没有借到尾巴,但是小壁虎能够长出新尾巴,这正是小壁虎尾巴的特殊功能,与之前教师向学生抛出的线索相呼应。生活中我们经常教导学生要互相帮助,而这篇课文告诉我们,有些时候不要以单一的标准去衡量别人是否需要帮助,例如小壁虎是可以自己长出新尾巴的。教师应当以文中突出线索为支点,引导学生思考总结,使学生原本的"期待视界"得到更新。

(二)构建平面"故事链",激发关联想象

审美功能作为童话的重要功能,发挥着不可替代的作用,它体现在能使读者获得丰富的情感体验,培养健全的人格上。利用突出线索,引发深层思考是纵向层面的文本解读,虽然能帮助学生突破原有的"期待视界",但是缺少其他相似物的巩固可能会存在片面解读的问题。因此,教师在教学过程中也应该注重横向层面下文本整体的架构,构建平面"故事链",编织开放式"关联网",让学生的"期待视界"处于动态发展中。

[案例4]

语文教材二年级下册收录的《青蛙卖泥塘》中的小青蛙嫌弃自己的烂泥塘,想把它卖掉搬到更美的地方去住。为了能将泥塘卖出去,小青蛙听从了老牛、野鸭等动物的建议,将烂泥塘改造成了一个美好、安逸的居处,小青蛙也不想再卖泥塘了。

"请同学们阅读课文并找出小青蛙卖泥塘的原因,它为了卖掉泥塘做了哪些事?最后为什么又决定不卖泥塘了?"教师引导学生阅读课文,在思考讨论中梳理故事线。小青蛙起初因为烂泥塘的环境不好而想卖掉,在卖泥塘的过程中,小动物们给小青蛙提出了很多建议,老牛说泥塘周围缺少草,野鸭说泥塘缺少水……小青蛙每次都听小动物们的话,"对!对!要是那样的话,泥塘准能卖出去"。泥塘渐渐变成了美丽舒适的家园,小青蛙开心极了。教师在这时可以引导学生思考:你认为小青蛙的烂泥塘变得这么美丽是谁的功劳呢?有些学生认为是小动物们给小青蛙的建议好,有些同学则认为是小青蛙勤劳才能成功改造泥塘。当然,因为小青蛙善于听取建议,对于小动物们的建议都予以采纳,不怕困难动手改造现状,才使原本的烂泥塘焕然一新。此时,教师可以及时追问:那别人给你的建议你都会一一采纳吗?学生思考后得出,虽然我们要听取别人的意见,但并不是所有的意见都要采纳,因为每个人喜欢和在意的东西是不一样的,就像故事中的老牛会在意周围是否有草,野鸭会在意泥塘里是否有水。

因此,教师除了帮助学生串联整体线索,分析主要情感,还应该引导学生挖掘课文潜在的思想情感,启发学生深层思考,更新"期待视界"。

3.超越"期待视界",推动"高位期待"

童话在小学阶段发挥着独特的教育功能。在教学过程中,教师不仅要落实基本的知识教育,而且还要挖掘童话本身所具有的独特教育价值。教师通过课前补充资料和课中精读课文,引发学生兴趣"偏见"来唤醒童话课文的"期

待视界",并通过分析文本线索来不断更新"期待视界"。在此基础上,学生在阅读过程中形成的"期待视界"得到发散,并推动"高位期待"的萌芽。

(1)创编童话故事,培养个性思维

童话蕴含丰富的美学价值和情感体验,教师应及时更新童话教学观念,重视童话教学审美价值的引导和学习。另外,教师可以给学生创造一定的空间,让学生尽情想象,联系实际生活,将自己的体会和理解融入故事中,去编制一个属于自己的童话故事,在创作中体验童话的乐趣。

[案例5]

语文教材三年级上册《在牛肚子里旅行》讲述了蟋蟀红头偶然间被牛吃进肚子里,它的好朋友青头一直鼓励它不要放弃,机智勇敢的青头用牛反刍的机会将红头救了出来。

教师可以抓住课题进行导入,引导学生讨论:你旅行过吗?这只蟋蟀是怎么去牛肚子里旅行的呢?原来这一场刺激惊险的旅行是指蟋蟀红头被牛吃掉后又得救的故事。蟋蟀红头与青头是一对好朋友,教师可以提示学生在文中找几处来说明。在红头误入黄牛口中后,好朋友青头勇敢机智,利用牛反刍的机会帮助红头逃脱牛口,这真是一场无比惊险的旅行。教师可适时引导,蟋蟀青头能够帮助红头脱离险境,不仅是因为它在危急关头能冷静地运用智慧解决问题,而且也是因为它博学多识,了解牛胃的特殊之处。此时教师可以组织学生分享自己经历过的令人难忘的旅行以及在旅行中遇到的困难,以自身经验为基础创编一个属于自己的故事,思考如果重新经历这次旅行,现在有没有更好的应对方法。

学生结合现在所获得的经验,对之前的经历进行反思,同时可以发散思维、创编属于自己的故事。

(2)依托课外资源,重组经验体系

读者的经验、兴趣等共同构成了"期待视界",并且处于动态发展中。因此,童话教学的目的不能单纯指向文本提供的"期待视界",而是应该基于落实"期待视界"并推动"高位期待"。由于小学生的已有经验可能存在部分不足,教师在教学设计过程中可依托课外资源来帮助学生获得相关经验。同时,教师也可借助课外实践等方式加深学生对新经验的认识,为"高位期待"奠定基础。

[案例6]

一年级下册《棉花姑娘》讲述了棉花姑娘的身体长了许多蚜虫,四处寻求医生给自己医治的故事。棉花姑娘请求燕子、啄木鸟和青蛙来医治自己,可是它们都是"心有余而力不足",并不擅长医治棉花姑娘。蚜虫依然折磨着棉花姑娘,正在这时,七星瓢虫飞来,扫除了这些蚜虫,治愈了棉花姑娘。

本篇童话故事的主人公棉花来源于生活,教师可在课前抛出问题引导学生大致了解棉花,例如棉花其实是一种农作物,与菊花、荷花不一样。课中通过观察图片,来直观感受棉花姑娘生病时与痊愈后颜色、表情的变化,明白蚜虫是危害棉花生长的害虫,教师可抛出问题:为什么燕子、啄木鸟、青蛙不能医治棉花姑娘呢?课后可组织学生开展实践活动,通过阅读这篇文章,了解导致棉花生病的是蚜虫,它只依靠汲取植物叶子里的水分和营养存活,是一种害虫。最后棉花姑娘的病是七星瓢虫"医生"治好的,而文中的小燕子、啄木鸟、青蛙也会捉其他种类的害虫。教师可以组织学生做一个小调查——我们的好朋友。学生可以通过查阅资料或向他人请教,寻找益虫或益鸟,了解它们的本领是什么,用图片或文字做好记录,并谈一谈该如何保护这些"好朋友",互相交流分享。

从接受美学视角出发,以"期待视界"为基点对小学语文童话教学进行探究是一种立足学生的教学探索。通过课前引起学生的已有经验与利用文中插图,能有效唤醒学生的"期待视界",提高他们的阅读兴趣;引导学生把握童话经典课文中"线索"和"故事链",能帮助学生更新"期待视界";创编童话故事与借助课外资源则是帮助学生立足已有经验,不断拓宽视域以达到视界重构,为更高位"期待视界"的形成奠定基础。在这一系列教学活动中,不仅落实了语文性知识学习的任务,更有利于童话经典课文发挥真正的教育价值[1]。

(二)实现童话审美功能的教学策略

童话是儿童文学的特有样式,作家洪汛涛认为"童话是一种以幻想、夸张、拟人为表现特征的儿童文学样式。"它以生动的语言和曲折的情节反映现实生活,表现人们对美好的向往和追求,深受儿童喜爱。在教学中,教师可以创设有趣的情境,激发学生的阅读兴趣,培养学生的审美情趣,提升其感知美、理解美、表现美、鉴赏美、创造美的能力。笔者结合自身教学实践,积极探索总结出实现童话教学审美功能的五种教学策略。

1.品味语言,朗读感知美

品味语言,是学生感受童话之美的一把钥匙。学生要想感受童话故事的

---

[1] 邹文玉,方玺,钮约.接受美学视域下小学语文童话教学探析[J].基础教育研究,2023(3):18-21.

语言之美,走进童话的美好世界,就需要进行充分的朗读。

教师在教学时要根据教学目标选择合适的朗读方法。比如,学生刚接触到童话课文时,教师可以让学生通过自由朗读初步感知课文内容。对于篇幅较长的童话,教师要给学生充分的时间去自主阅读,了解故事的大概;在讲解课文重点情节时,教师要多花时间并运用多种形式引导学生朗读。如三年级上册《在牛肚子里旅行》的课后习题,要求学生"分角色朗读课文,体会青头和红头对话时的心情,读出相应的语气"。为了实现这一目标,教师进行了如下教学实践。

师:请大家读一读第7~12自然段,关注它们的对话,你们从哪儿感受到红头这次旅行的可怕、刺激和惊险?边读边拿笔圈画出来。

生:"'救命啊!救命啊!'红头拼命地叫起来。"我从"拼命"一词中感受到红头心里特别害怕,它使出全身力气在呼喊。

师:红头是拼命叫起来的,你关注到了文中的提示语,真会读书!你能读好这句话吗?(指名读)除了文字,我们还可以关注标点符号。说说你们发现了什么。

生:我发现这句话里连用了两个感叹号,说明红头心里可着急了。

师:小眼睛真亮!感叹号的语气更强烈,你们能把这种语气读出来吗?(生齐读)

童话故事需要通过不同语言来展现各个角色的心情和性格,因此,朗读是让学生品味童话语言的好方法。我引导学生抓住对话的提示语和标点学习朗读,体会红头着急、紧张和害怕的心理。再通过个别读、同桌读、教师范读、给动画配音读等不同形式,激发学生朗读童话故事的兴趣,激发学生的积极性,使他们有感情地读出童话故事的味道,体会到红头的旅行是一场险象环生的历程。

2.创设情境,想象理解美

接受美学认为,读者进入文本的意义在于对文本进行丰富的联想、想象去填补作者的空白。其中有一种文本召唤结构,是指读者被吸引到文本中,会不自觉地对文本中的空白之处进行填补、想象,这是读者的具体化过程。童话故事中的情节有很多留白之处,教师要善于发现,充分挖掘,有效利用。在教学《那一定会很好》时,教师是这样引导学生进行想象的。

师:种子变成大树、推车、椅子、木板,都是因为心中的心愿——"那一定会很好"。你能不能走进它的内心,想象它为什么觉得"那一定会很好"。

生：种子想，我冲出泥土就可以自由呼吸，再也不用待在地下。我能见到阳光，我能长得更高。那一定会很好！

生：大树想，我要是成了一棵会跑的树，就可以在田间穿梭，和每一棵植物打招呼。那一定会很快乐！

生：小推车想，如果我成了一把椅子，就可以在家里等候主人回来，为主人扫除疲惫。那一定会很好！

生：椅子想，如果我能如愿以偿地躺下，就可以舒展腰肢，好好休息。那一定会很好！

师：是啊，每次大树心生梦想，有新的追求时，都会满怀憧憬地说——（学生齐读：那一定会很好！）

这个教学片段中，教师紧扣三年级上册第三单元"感受童话丰富的想象"的单元目标，创设情境，带领学生想象理解美。教学活动中，既有基于故事角色心理活动的想象，又有进一步拓展基于角色功能的想象。真正实现了基于童话特点，有效地进行童话教学。在想象的过程中，学生走近故事的情境，丰富故事的内容，言语实践能力得到了锻炼，想象能力得到了提升。

3.活化课堂，表演表现美

儿童对游戏和表演有着天然的兴趣，且对新奇的事物充满好奇。他们常常以童话情境为背景，以童话人物为伙伴，将自己想象为主人公，经历一次次有趣的冒险，攻克一个个难关。在教学中，教师要充分利用这一年龄段儿童的心理，创造表演情境，精心挑选内容，设计表演环节，鼓励学生走近人物，演绎故事，融入故事情境。学生通过表演和角色对话，和作者对话，感受作者传达的情感，体会童话故事中蕴含的美。如，在教学一年级下册《小壁虎借尾巴》时，教师在引导学生整体感知课文，了解故事内容的基础上，再带领学生分角色读对话，排练动作。通过表演，故事中难以理解的词也会变得生动直观，学生在表演的过程中也会爱上童话故事，爱上语文学习。

4.引发思辨，拓展鉴赏美

童话充满童趣，但这并非意味着童话教学只能与活泼有趣的故事情节相关联。有些故事中蕴含着丰富的道理，教师可以开展讨论，发展学生的批判性思维，让其发现童话中的思辨之美。如学习二年级下册《大象的耳朵》这一课，学生可以通过读童话明白"人家是人家，我是我"的道理，并在自己的生活中找例子证明这一观点。学生在思考的同时，会在反复阅读中寻找线索，支撑自己的观点。在这一过程中，学生的思维得到锻炼，同时也加深了其对童话蕴含的人文精神的理解。

　　语文的阅读教学还要重视阅读范围的拓展，教师须引导学生从课内走向课外，丰富自己的阅读体验。教师在课堂中可以推荐优秀的书目供学生阅读，从教材中几篇童话的阅读到整本书的阅读，是教师实现精读、略读、课外阅读"三位一体"理念的有效策略，同时也可以让学生通过童话观照现实，对现实生活有更深刻的认知与理解。

　　5.提供支架，编写创造美

　　对童话进行改编、续编是学生学习创造美的有效途径。学生要想编好童话故事，首先要把握好原作品的内容，再放飞思维，积极创作。教师在教学中也要适当提供支架，帮助学生编写创造美。

　　童话中有很多的故事情节会反复出现，属于"反复结构"。如三年级上册《卖火柴的小女孩》中的小女孩一共划着了五次火柴，出现了不同的幻象。这些丰富又合理的想象，写出了小女孩对幸福生活的渴望，也反映了她现实生活的痛苦，给读者留下无限的想象空间。教师要善于利用这种"反复结构"来引导学生发散思维，编写童话，并启发学生学会迁移运用到自己的童话创作中。

　　很多童话的故事情节跌宕起伏，属于"起伏结构"。比如《在牛肚子里旅行》，虽然只是一次"旅行"，但故事中红头的处境随着情节的发展越来越危险，甚至面临死亡。最终故事的结局峰回路转，在青头的帮助下，红头得以成功脱险。学生改编时也可以模仿这种起伏结构，设计扣人心弦的有趣情节，给人物设置困难，再让其去克服困难、解决问题。创作之前，教师可以提供"情节梯"的支架让学生先设计好故事的大体走向。故事框架建好后，学生再动笔编写对应的童话情节，让故事情节如爬楼梯般逐步发展。

　　在童话教学中，教师可以通过引导学生品味语言，朗读感知美；创设情境，想象理解美；活化课堂，表演表现美；引发思辨，拓展鉴赏美；提供支架，编写创造美。教师要高瞻远瞩、与时俱进，注重学生的审美体验，引导学生由感知到理解再到创造，使学生的审美能力得到提升，以美的心态健康成长[1]。

---

[1] 张丹丹.实现童话审美功能的教学策略初探[J].七彩语文，2023(16)：40-42.

第三节 童话的创编方法

一、童话的创作

童话作为一种虚幻性浓郁的体裁,深受孩子甚至成人的欢迎。它以其虚幻的气质,曲折动人的情节,性格鲜明的人物形象等在儿童文学中占有不可动摇的位置,是儿童文学各种文体中历史悠久、创作数量庞大的一种文体。

童话往往是以故事作为寄托的,即使是以人物作为线索,其对人物的塑造也离不开故事情节的演进。对于故事情节的设计,作者需要设置悬念、形成波澜,使少年儿童在矛盾冲突中,在好奇心的驱使下,沿着一个个波澜一路跟寻下去,直至解开悬念。

童话的人物形象可以包括常人型、拟人型和超人型。对于这些人物形象的刻画,需要依靠细节来进行。细节是小说的生命,也是童话的灵魂,好的细节可以准确、逼真地点出人物微妙的心理活动,展现人物的性格特征。此外,对于拟人型人物形象的塑造,要处理好物性与人性的关系,可以选取两者中的一点或几点,但绝对不允许脱离事物的物性,使得拟人形象失去依托,成为无根的人化物。人物物性的脱离违背了童话中拟人型人物形象要求现实的一面,丢掉了事物现实的根,从而会导致亦真亦幻的美学效果的丧失。对于人物形象的描写,由于读者主要是少年儿童,成人文学中意识流的手法,一些后现代的手法等,都不宜移入童话。童话对人物的表现还是应该以形象展现为主。

童话虽然极具虚幻性,但是其幻想应该植根现实,要求故事发展、人物的言行等应该具有逻辑性,以体现童话世界的艺术真实为主要准则。童话中的人物虽然生活在超现实的世界里,但是其思想活动、言行举止以及相互之间的关系的变化,都不应该是毫无逻辑章法的。虽然童话世界与人物都是假定,但人物也会随着故事情节的发展,依据他们的性格的变化,做出他们各自的反应。也就是说,作家应该深入细致地想人物所想,做人物会做或可能会做的事,而不是胡编乱造。自然,故事情节的发展也要讲究逻辑性,即使宝物的出现是一种偶然性,但这是童话的虚幻所赋予的且被读者所认可的偶然,故事情节也要跟随着宝物的出现而有序地发展下去,而不是自行其是。总之,虚幻是一种内容,但这种内容的偶然性与不可思议性是童话这种文体所给予的,是读者所默认的,在除此之外的情节的发展与人物的塑造上都应该遵循逻辑性,而不应该以童话虚幻性来掩盖其逻辑发展性,把虚幻性当作否定逻辑性的盾牌,其实这两者一个是内容,一个是逻辑,没有必然的关联。

童话自古至今,从民间童话走到创作童话,从童话创作的自在到童话创作的自觉,经历了一条漫长而艰辛的历程。在创作童话中,新老作家新作辈出,风格各异,呈现着百花齐放的兴盛景象。童话的创作,除了保持童话的虚幻性外,还跟随着时代的潮流,在内容与形式上发生着相应的变化。不过,不管怎样变化,童话的创作应该牢牢地秉持以审美为首,以儿童的审美为要的理念[①]。

二、童话的创编教学

(一)从一次童话创编"事件"说起

在以"小熊贝贝去上学"为主题的童话创编中,教师出示要求:"小熊贝贝上学啦!它来到了森林学校,会发生什么事情呢?请你展开想象,写一个小熊贝贝上学的故事。"

原以为童话创编是学生喜爱的习作方式,会催生不少充满个性的表达,谁知学生抓耳挠腮、冥思苦想后呈现的作品,却让教师一言难尽。下面是其中的三个片段:

终于放学了,小熊坐着妈妈的车子回家了。回到家,他把书包一扔,一边吃零食一边玩游戏。妈妈做好了饭,小熊来吃了。吃完饭,小熊做起了作业,妈妈看他有半张不会,就仔细地教他做了起来。

——《小熊贝贝上学了》

到了森林学校,老师开始讲课,小熊贝贝认真听课。今天语文课学了《春光染绿我们双脚》。小熊贝贝把这首诗完整地抄了下来,又完成了其他作业。放学了,再见!

——《小熊贝贝去上学啦》

下课了,小伙伴们跟小熊贝贝玩跳绳、赛跑、跳远、跳高。上课了,大家回到教室里认真地听老师讲书上的内容。放学了,大家开开心心地回家了。

——《小熊贝贝上学记》

类似的片段还不少。不一样的学生,表达却惊人地相似。当学生的言语表达只剩下任务式的简单被动再现时,语言就失去了生命力。

[①]孔宝刚.儿童文学理论与实践[M].上海:复旦大学出版社,2007.

(二)"天马行空"的童话创编

童话创编不是凭空产生的,是作者细心观察现实生活中的人、事、物后,通过想象和处理创作出来的。童话创编不仅需要细心观察,还要经历想象和处理的过程,也可以说是生活幻想化的过程。如此,生活才能融入文字,转化为童话。童话创编应鼓励学生自然且无拘无束地表达自己的想法,充分唤醒学生对童话故事的情感体验和独特理解。由此,教师在以下几个方面做了思考和尝试:

1.模仿教材选文创编

首先,模仿童话选文的写作手法。

统编小学语文教材选编了不少童话故事,如《那一定会很好》《一个豆荚里的五颗豆》《宝葫芦的秘密》《卖火柴的小女孩》等。这些童话多采用拟人、夸张、比喻的手法,情节上富有幻想,人物活动曲折离奇,引人入胜,深受学生喜爱。教师可以引导学生模仿这些童话的写作手法,采用续写、仿写、改写等形式,开展合情合理的想象,对童话形象的语言、行为、心理等进行细致描写,把童话故事写得生动形象、富有创意。

以三年级上册《卖火柴的小女孩》为例,本文在美妙的故事中蕴含着醇厚的诗意。课文中,反衬手法的运用贯穿全篇:当小女孩在街上受冷挨饿时,街上房子"所有的窗子都射出光来,街上飘着一股烤鹅肉的香味";小女孩划亮火柴时分别看到了火炉、烤鹅、圣诞树、外祖母,这是用虚幻的美好情景来反衬小女孩悲惨的现实处境。三年级的学生虽说刚步入中年段,但也有一定的感知新事物的能力。于是,讲完反衬手法后,教师让学生模仿写几句话。很快,就有学生写出了"当我们坐在宽敞明亮的教室里上课时,山区的孩子却还在四处漏风的草房子里上课""当我坐在空调房里舒舒服服地读书和娱乐时,工地上的叔叔阿姨们却还在汗流浃背地工作"等句子。

其次,迁移童话选文的知识背景。

教材选入的童话都蕴含着一定的知识背景,如《在牛肚子里旅行》将科学知识与童话完美结合,通过重复、对比、拟人等手法,再现了一个生动、曲折的红头蟋蟀在牛肚子旅行的故事;《雨点儿》通过大、小雨点的对话,告诉读者植物的生长与雨水的关系……这都给童话训练以明确的目标导向。教学中,教师可以尝试迁移童话选文中的知识背景,引领学生在知识运用中提升表达能力。如教学完《在牛肚子里旅行》,教师鼓励学生迁移文中的科学知识,同时运用重复、拟人等手法创编一个故事。学生积极思考,生成了不少精彩的表达。

如一个学生在《神奇的眼泪》中这样开头：

夜幕降临，黑暗笼罩大地。动物们全都回窝了，植物们也渐渐入睡。"啊——"一声尖叫划破了夜的寂静。睡梦中的动植物们都被吵醒了，一个个揉着惺忪的睡眼四处探望。一只小鸟瞪着充满恐惧的眼睛，一脸惊恐地看着某处。到底发生了什么事？是谁让小鸟如此恐惧？大家刨根究底才搞清楚，原来是小鸟身边的大树悄无声息地滴下了一滴眼泪，神奇的是，这滴眼泪黏稠无比，竟然将小鸟的好朋友犀鸟包裹了起来，想救它都救不出来。

学生设置了一个悬念四伏的开头，很快抓住了读者的心。接着，他融入科学知识，运用夸张、拟人的手法，想象创编了伙伴们一起探寻神奇的眼泪形成的原因、合力救助身形奇小的犀鸟的故事，情节起伏，极具张力。

2.借助展示交流平台创编

习作教学要增加学生展示交流的机会。搭建童话创编的展示交流平台，鼓励学生展示交流创编作品，除了当堂展示，还可以借助线上线下不同的载体，搭建展示交流平台，指引学生积极参与互动交流，逐步体验童话创编的获得感。

教师可以借助家校互动群、教育博客、"人人通"等线上平台，鼓励学生将自己认为优秀的童话作品拍成图片，发到这些平台上，掀起交流互动的高潮，通过他人的评点提升个人创编水平；可以利用童话作品推荐会、"童话创作大比拼""你评我评话童话"等线下活动，让学生通过自己的推荐和介绍，多个层面展现自己创编的童话作品的亮点，同时接受他人的点评，取长补短，共同进步。例如，在近期关于"童年·童话·童梦"主题的个人创编作品展示中，教师为学生搭建了"你评我评话童话"平台。借此平台，学生与教师、同伴很好地实现了互动。有学生一开始展示的创编片段如下：

一天，大彩公鸡起来，蓝蓝的白云，小草和花都很美丽，小草长得绿绿的，小花都开了。

小作者认为，在展示大彩公鸡美好一天的童话故事中，环境描写可以起到较好的烘托作用，所以专门对环境做了描写。同伴们认同小作者要渲染环境描写的想法，但提出了一些意见，如：与原文的描述不连贯，主人公的行为与环境描写之间要有动词连接；片段中的用词也不形象，建议用上才学过的"蓝蓝的""湛蓝湛蓝的""洁白洁白的""如棉絮一般的""绿油油的""绿得发亮"等形容词……大家一同出谋划策，这个片段的内容就"变身"为：

这天，大彩公鸡睡眼惺忪地起床了。它无意间往窗外瞥了一眼，发现周围的一切都好美:天,湛蓝湛蓝的;云,雪白雪白的;小草呢,油光发亮,晃人的眼;各种各样的花竞相绽放笑脸,五彩缤纷,光彩夺目……大彩公鸡的精神为之一振,觉得自己要出去走走了。

这样的语言,较好地改变了原有语段表达上语序不清、表达平淡、搭配不当等多方面的问题。

借助展示交流平台进行童话创编,具有头脑风暴、集思广益之效。现时生成的动态评价,鲜活生动、针对性强,不仅让参与童话创编的小作者得到了语言能力的提升,还让所有参与交流点评的师生收获满满。

3.跟着童话剧本创编

演童话剧是语文教学中常用的教学方式,主要有演课本剧、演哑剧等方式。教师尝试让学生在表演前先创编剧本,提升表达能力。

(1)创编课本童话剧

实际上,语文教学中的演课本剧,不仅仅是一个"演"的过程,也需要参与者仔细揣摩想象童话故事中的语言、动作以及神态,积累表演素材。据此,教师让学生先完成童话"剧本"创编,再表演,之后通过表演发现问题,进而改进"剧本"。其间,教师会提醒他们创编多角色、对话丰富、故事性强的"剧本"。如教完《在牛肚子里旅行》,教师让学生在熟读并理解课文的基础上创编剧本。学生创作时,教师重点指导抓住青头和红头的语言和动作,体会红头被吃进牛肚子里时两个主人公不同的心情。揣摩文本语言,学生就会在剧本中备注"'救命啊!救命啊!'这样的重复性语言,体现了红头拼命呼救时的慌张、着急甚至绝望,语速要稍微快一些""表演'可是你说这些对我有什么用呢?'时,语速要慢,语气要低沉,体现红头的悲哀""'青头急忙问'中的'急忙'表明青头此时很着急,说这句话时语速要稍微快一些""'青头大吃一惊……'这段话,其中的'一下子''不顾''一骨碌'体现了青头的不顾自身安危及其对红头的关爱。读这段话时,语速可以稍快一些,形象表现青头的神态、动作等。到了后半部分,青头说话的声音要大些、沉稳一些"……学生创编童话剧本时的这些细节,形象再现了文本中青头的动作、语言、心情,让师生感受到了他们之间深厚的友情。

当然,师生的创编到这里并没有止步。表演结束,教师又让学生结合自己的表演感受,续写《在牛肚子里旅行》。正处于表演兴奋阶段的学生,根据自己的想象生成了一篇篇新的童话故事。下面是一个学生的创编片段:

逃出牛肚子的红头觉得正是因为自己对牛反刍的知识知道得太少,才遭遇了一连串的"惊险",让青头也为他担心了好久。自此,决定要好好学习知识。它和青头每天一起上学、一起回家,认真学习,互相帮助,成了一对有学问的好朋友。

有一次,两个好朋友一起放学回家,一路上有说有笑地谈着学校里的趣事,正谈到兴头上,青头一不小心掉到水里了,红头急中生智,立刻找来路边的小树叶推到水里去。青头顺着树叶,爬上了岸。

两个好朋友再次感受到了小知识的大用处,以后学习更用功了。

另如《巨人的花园》《海的女儿》等课文,采用创编课本剧的方式引导学生夯实表达能力,也能收到事半功倍的效果。

(2)创编哑剧童话剧

将创编好的童话,以哑剧的形式表演,就是避开语言对话,用神态和动作来表现内容,之后,再以表演过程中挖掘到的表现细节优化创编"剧本",可以达到表演与创编"双赢"的目标。这种创编形式对学生体悟文本语言的能力提出了更高的要求,当然也有利于发展学生对童话文本内容的深度品悟能力和创编能力。如教学《乌鸦喝水》一文,教师让学生在创编剧本环节关注描写乌鸦动作的句子。学生默读揣摩"瓶子里的水渐渐升高,乌鸦就喝着水了""把小石子一个一个地放进瓶子里",脑海里逐渐浮现出随着小石子的增多,水面上升,乌鸦喝到水的场景,就在剧本创编环节提到了"水不多""瓶口小"与一个一个小石子之间的关系,写到了乌鸦衔石子时的艰辛和想要放弃的心理,备注了乌鸦喝到水时的欣喜,标注了乌鸦的机智和不容易,梳理了"一个人要做成一件事情,不仅需要多动脑,还要付出辛苦的劳动"的道理。

(三)童话创编带来的变化

经过一个学期不间断、有针对性的童话创编训练,学生的变化十分明显。首先是表达的兴趣浓厚了。他们在充满爱的童话世界里自由翱翔,再现自己想象的一个个美好的童话场景,想要讲述一个个真善美的童话真谛。其次是表达能力大大提升。他们会用夸张、比喻、拟人等手法营造光怪陆离的世界、会用辨析、推断的思维揭示童话世界的美与丑,会有条理地、有逻辑地讲述一个个完整的故事。

下面是他们最近在"童话创作大比拼"活动中展示的作品:

在一个茂密的树林里,住着一只可爱又聪明的小白兔,它有一双炯炯有神的眼睛,长着一对长长的耳朵。

有一天,小白兔正在开心地散步,突然,它那机灵的耳朵听到不远处有一阵脚步声。小白兔回头一看,啊!有一只凶猛的老虎正在向自己逼近。小白兔撒腿就跑,老虎在后面紧追,越来越近,眼看就要追上了。小白兔发现前面有一棵大树,它便灵机一动,往左边一闪,老虎一下被粗壮的大树撞得晕头转向。小白兔抓住这个机会逃走了。

回到家后,小白兔自言自语地说:"真亏我聪明,想到这个好办法,能让我虎口逃生。"

——《虎口逃生》

一个周末的晚上,一只小老鼠偷偷摸摸地跑到一户人家的楼下找食物。它已经好几天没有吃东西了,肚子饿得咕咕叫。

正当小老鼠准备上楼偷吃的时候,突然听到两声"喵喵"的叫声,一眨眼,眼前出现了一只大花猫的身影,小老鼠吓得拔腿就跑。

"哪里跑,你这个偷吃鬼。"大花猫一边喊一边对小老鼠穷追不舍。小老鼠眼看就要被捉住了,它灵机一动,钻进身边的洞里去了。大花猫束手无策,对小老鼠说:"你别跑了,我不吃你,只要你以后不偷吃,咱俩可以成为好朋友。"小老鼠被大花猫的真诚感动了。它停下脚步对大花猫说:"猫哥哥,以前是我不对,以后我再也不偷吃东西了。"

从此以后,小老鼠再也没有偷吃过别人的东西。它和大花猫成了最要好的朋友。

——《他们成了好朋友》

……

结合兴趣点及个人优势创编出的属于自己的童话,是最具个性的表达。

学生是沃野孕育的精灵,教师要引领他们在童话创编的天地里散发生命原初的色彩,拥有在言语世界自由徜徉的能力,让生命与童话美好相遇[1]。

(四)童话创编类习作教学

在童话创编中,学生虽然使用了拟人化的方法,让物体像人一样说话、行动,却忽略了物体的特征,它们似乎不再有物性而真的成了人,实际上这是过度虚构和随意拼凑导致的结果。对此,教师要指导学生在遵循物性表达的前提下,开展合理的想象,创编出符合物性特征的精彩故事。现以三年级习作"奇妙的想象"为例,谈谈具体的教学思考。

---

[1]苏宜海,李静.童话创编"进化史"[J].教育研究与评论,2023(3):106–110.

1.捕捉主角的人物特点

在童话创编中,学生经常选择自己喜欢的动物甚至玩具作为主角,其人物故事虽然是想象的结果,但这种想象要符合童话的逻辑,才能将物性和人性有机统一。

(1)抓住想象的切入点

选择合适的对象作为故事的主角很重要,这里的合适需要体现在学生对主角的物性很熟悉,能够把握主角身上最显著的能够区别于其他事物的特征。如学生选择了"小土豆"作为故事的主角,加上前面有修饰语"滚来滚去的",学生容易把"圆圆的"作为小土豆的独有的物性特征,实际上"圆圆的"作为小土豆的物性特征时,容易被当成"小皮球",二者就容易混淆在一起;可见有些事物在选择物性特征时,仅仅关注单一的特点是不够的。因此,教师要引导学生从多个角度思考主角的物性特征,使其能够很清楚地与其他事物相区别。如小土豆,还可以考虑的特征有颜色(黄色)、食材(能吃或制作食品)、种植(切块也能发芽)等,学生把小土豆多方面的特性组合起来,与人物的某些特点有机融合在一起,写出来的故事才具有独特的意味。

(2)注意想象的生发点

学生抓住主角的物性特征作为切入点,在拟人化的过程中,还要为主角确定适宜的性格特点。如学生选择"小树的心思"作为话题,教师要引导学生抓住主角物性特征中的"小"这一外形上的特点,与设定故事中的小孩相对接,开展由"小"生发的想象:"小"通常被赋予可爱的意味,自然盼望着快些长大,能够像父母一样用绿色守护村庄;"小"又容易产生自卑的心理,夹在大树的缝隙里,不能够尽情享受阳光、雨露;"小"也会产生依赖心理,躲在大树背后,避免风暴雷电的摧残;"小"还可能产生奇特心理,梦想自己像鸟一样飞起来在大树顶上跳舞,等等。到底"小树的心思"是怎样的,适合开展怎样的想象,取决于学生为"小树"设定的在独特故事里去做些什么,想达到什么样的目的。从本质上说学生在创编童话时,就是想象自己是那个具有物性的对象,然后生活中或平日里自己最想做什么的一种折射。

2.假定故事发生的环境

学生为童话主角进行性格定位后,还要为童话主角设定适宜的活动环境。教师指导学生在建构童话环境时,应重视根据故事发展和主角活动的需要,想象出不同情形的环境。

（1）从真实的环境出发

阅读童话时,真实的环境能够让学生不知不觉进入故事之中,自然产生如临其境的感觉。这也提示学生在创编童话故事时,对环境的设定可以从真实的环境出发,努力营造吸引人的地方,这又不是随便选择一个自己熟悉的环境就行,而要积极寻找最合适的真实环境作为故事的发生地。如学生选择《一本有魔法的书》来创编童话,对于"书"将要出现的环境,如果习惯以书房、书店、图书馆等,受环境所限学生难以写出很独特的内容来。对此,教师应激励学生能不能想到更奇特的情形,如太空中的宇宙飞船上、作家的大脑里面,等等。从真实出发的环境,能够给故事带来不同的场景与情节。

（2）想象新的奇妙环境

创编童话如果写的都是真实环境,就会有与想象不匹配的情形,所以学生要根据想象建构一些新的具有奇妙意义的环境。一是创建有新奇感的环境,如学生选择《最好玩的国王》创编童话,既要着力写出国王好玩的特点,又要让国王置身好玩的独特环境中,这样国王的好玩就显得顺理成章了。二是创建的环境本身具有人的特点,如学生写《小树的心思》时,对小树生长的泥土、阳光、雨露等也赋予人的特点。从小树的角度看,这些环境本身也具有神秘感,能够看出自己的心思,故事自然会变得很奇妙有趣。

3.追求新奇合理的情节

在创编童话的过程中,好的故事情节可以让人物立起来,让环境活起来。这种故事情节就是要让人物在设定的环境中做自己想做好的事情时,经历波折,克服困难,最后才获得好的结果。

（1）在选材中追求陌生化

教师指导选材时,可以让学生回忆学习过的童话故事,如《小猴子下山》《青蛙卖泥塘》等,思考这些故事在选择材料上的可学之处。《小猴子下山》与日常的旅游活动有关,《青蛙卖泥塘》与生活中的买卖行为有关,都是作者将物与人巧妙结合起来的结果,但看起来又是那么具有新鲜感,这就是追求陌生化带来的好处。如学生创编《假如人类可以冬眠》这个故事,很显然需要从自然界的动物冬眠这个角度去思考:人类冬眠的目的,在冬眠中可以解决哪些难题,会遇到什么困难,可能发生哪些故事等。当学生带着自己的想法设定人类冬眠的环境时,就会顺势想象出一系列故事情节,这些原本只会发生在动物身上的故事,发生在人类身上后会出现哪些意想不到的情形……学生以这些内容作为材料来创编故事,陌生化的追求就在其中了。

(2)在构思时重视反复性

小学生学习的童话故事,比较常见的是反复结构,也就是为了让童话人物达到一定的目的,一再重复自己的追求,形成了有趣的情节。如学生写《手罢工啦》,就可以利用反复结构,描写主人嫌手管事太多与手发生争吵,手一气之下不干活后会出现的情形:晚上读书时,翻不了书页只好用嘴代替,很吃力;早上起床时,衣服穿不上身,只好喊妈妈帮忙;吃饭时,看着丰盛的美食直流口水……最后,主人只好向手赔礼道歉,请手复工。这样的情节具有新奇合理的特点。

(3)在表达上追求可读性

这里的可读性是指学生创编的童话故事,既符合学生的思维习惯,又适合学生阅读的口味,如具有新奇性、竞争性、美好性等。如学生写《躲在草丛里的星星》,天上的星星躲在草丛中本来就是很新奇的事情,自然需要写出躲的原因、躲的过程中遇到的新奇的事情、躲的结果。这样的表达清新自然,可读性也很强。

总之,在童话创编类习作中,教师要重视指导学生从选择的主角特征出发展开想象,并在环境创设、情节表达上努力做到虚与实的有机结合,创编可读性强的童话故事[①]。

第四节 寓言概述

一、寓言的概念

寓言,是一种寄托着明显的讽喻意义的简短故事。

"寓言"一词最早出现在《庄子·寓言篇》中。《庄子·寓言篇》:"寓言十九,藉外论之。"《释文》的解释是:"寓,寄也。以人不信己,故托之他人,十言而九信。"所以,庄子对寓言的理解应该是:因为借助他人来说服比自己直言更有说服力,所以"藉外论之"。因此,寓言指的是借他人说的话。看来,寓言并不是指某一种文体。此后,人们对寓言的理解也产生过一些其他称呼,如储说、譬喻、蒙引、况义等。后来,《伊索寓言》(1902)和《中国寓言(初编)》(1917)的出版,表示在中国学术界,把寓言作为一种文体的认识取得了统一。

---

① 陈丽.童话创编类习作教学探索[J].语文世界(小学生之窗),2023(2):66-67.

二、寓言的产生和发展

寓言有着悠久的历史。寓言同童话一样,也起源民间,受到过神话传说的影响,同时是人们理性逻辑思维逐渐觉醒的产物。

随着事物的发展、历史的演进,人们开始有意识地认识这个世界,思考周围的生活,感悟人生的哲理。慢慢地,他们把自己的思考、感知、信仰和行为方式等,通过想象与联想,浓缩在虚构的艺术空间里,以口头的形式在人们之间广泛地流传。后来,有人把这些富有生命力的故事,记录下来,编辑成集,形成了流传千古的一篇篇美丽的神话、传说、童话、寓言……可见,寓言是世界上最古老的一种文学体裁。

在世界上,寓言主要有三大发祥地,即希腊、印度和中国。

古代希腊的寓言,就历史上所起的作用和影响而言,堪称古代寓言中的珍品。《伊索寓言》被誉为西方寓言的始祖,是后人在搜集古希腊流传的讽刺故事的基础上整理而成的。它在内容、形式和语言风格方面,都奠定了寓言在文学之林中的地位,并且为后世的寓言创作提供了参照。

印度寓言是世界寓言史上的又一座高峰。公元二世纪至六世纪发行的《五卷书》就是一部著名的童话寓言故事集,以七十七个动物小故事连缀在五个大故事里,语言幽默诙谐,富于智慧。印度寓言还散见于古老的宗教文献中。

我国的寓言就文字记载而言,大约产生于先秦时期。在生活中,我们耳熟能详、喜闻乐见的寓言故事有《列子》中的《杞人忧天》《韩非子》中的《买椟还珠》《吕氏春秋》中的《唇亡齿寒》《战国策》中的《南辕北辙》等。虽然在那个时期,寓言作品不计其数,但是从文体的角度看,寓言在当时并未取得独立,而是处于附庸的地位。两汉时期,寓言劝诫性突出,如《叶公好龙》《螳螂捕蝉》《反裘负薪》等,这些都是脍炙人口的佳作,但在艺术成就上逊于先秦。魏晋南北朝时期,邯郸淳的《笑林》首开笑话体寓言的先河,以《搜神记》为代表的志怪小说和以《志怪小说》为代表的逸事小说里也有着寓言作品。印度的佛教寓言的传入,在内容和形式诸多方面都为中国寓言提供了借鉴。唐宋时期,韩愈和柳宗元的寓言作品标志着寓言逐渐摆脱了先前的附庸地位,成为独立的文学体裁。柳宗元的《三戒》《捕蛇者说》《种树郭橐驼传》等描绘精细,寓意深刻,对后世产生了广泛的影响。至明代,寓言取得了巨大成就。刘基的寓言集《郁离子》和宋濂的两部寓言集《龙门太子凝道记》《燕书》,都颇显功力。明中叶的

《中山狼传》以其形象的生动、情节的巧妙和结构的完美成为古代寓言的典范之作。清代寓言风格以幽默诙谐为主,较著名的有石成金的《笑得好》、吴趼人的《俏皮话》等。"五四"新文化运动对儿童文学的重视使寓言的发展步入了新阶段。鲁迅、胡适、茅盾、郑振铎等名家都创作、翻译过寓言作品,活跃于儿童文学园地的作家也积极地从事寓言创作,如陈伯吹的《小友》、贺宜的《随你便先生》、聂绀弩《天亮了》、何公超的《丑小鸭》等,而以冯雪峰的创作成绩最显著,仅1947年至1948年间,就创作了近二百篇寓言。新中国成立后,寓言作家不断涌现,如刘征、黄瑞云、湛卢、申均之、金江等,他们以其不同的风格使寓言作品呈现出多元的艺术特色。

三、寓言和童话的区别

寓言和童话都源自民间,受到神话、传说的直接影响,都采用了夸张、拟人、象征等多种表现手法,具有较强的虚幻性,都蕴含着一定的象征意义。然而,仔细比较寓言与童话,也不难发现两者有着诸多差异。

寓言的篇幅简短,语言精练,在一个短小的故事、场面甚至片断中把寓意表达出来,所以寓言字字如金;而童话篇幅较长,结构也比寓言复杂,注重对人物的刻画和细节的描写。

寓言的寓意明确,以集中、鲜明地表达道理为首要目的。为了更直接地表达寓意,许多寓言还会在开篇或结尾直接地点明寓意,所以训诫意味比童话明显;而童话是以审美为第一功能的,教育功能是要通过审美得以实现的,所以道理往往是含蓄地传递出来。

寓言和童话都具有虚幻性,但寓言以训诫为主旨,重视讽喻和影射现实,因而多着眼于虚构事物与现实事物之间的相似、相通之处,不受自然逻辑的束缚;而童话追求艺术真实,尊重故事情节发展的逻辑,达到真幻自然和谐的结合。

寓言中的形象是为表达寓意而存在的,所以没有塑造个性形象的要求;而童话中的人物形象则必须有鲜明的性格特征。

四、寓言在儿童文学中的地位与作用

寓言是儿童文学的一种体裁,适合儿童的审美益智,可以训练儿童的思维以及帮助儿童建立起对世界的哲理认识。

儿童的注意力难以持久,而寓言的篇幅短小,故事单一且又主旨鲜明,所

以阅读这类简短的作品，对他们非常适合。儿童想象丰富，而寓言运用夸张、拟人、象征等手法呈现出的虚幻色彩，容易得到儿童的喜爱。总之，寓言符合儿童的审美心理，受到儿童的青睐。

寓言不仅符合儿童的审美心理，而且对儿童有益智的作用。寓言中包含的其他动物常识与生活经验，对孩子的成长是有裨益的。

寓言可以帮助儿童理解哲理，认识复杂的社会现象，并训练儿童的思维能力。寓言通过奇特故事或具体画面，使儿童在阅读中从具体形象走入抽象的哲理，从中完成了类比思维的能力，这与儿童思维从具体形象思维向抽象思维的过渡相契合。如《揠苗助长》告诉孩子做事情不能违背客观规律。

寓言以其自身的特点在适合儿童接受心理的基础上对儿童的成长教育发挥着积极的作用，这使得寓言在儿童文学中有着无可替代的地位[1]。

第五节 寓言的审美策略与创编方法

一、寓言的美学意义

（一）寓言具有深刻的审美教育作用

寓言，它用智慧的语言，告诉人们什么是真善美，什么是假丑恶。古今中外，任何优秀的寓言都显示了作家对生活的深刻的认识和美学评价。作家们对生活的真知灼见像灯塔一样照亮了整个作品。《蓝色的豺》讲述一只豺夜里进城找食，被群狗追得东躲西藏，掉进了染匠家的蓝靛缸，逃回树林后，从此变成蓝色的啦。野兽们见了不知为何物，诚惶诚恐，尊为主子。这条豺从此享受起统治者的一切特权。一日，它听见同类的叫声，也忘情地叫了起来，因而在臣民中露出了自己的本相。狮子、老虎发觉受到愚弄，大怒，于是将豺撕成了碎片。这则寓言告诉我们：以假充真，本相终归是掩盖不了的，以假充真也绝不会有好下场！

又如《小山羊和狼》讲述了一个这样的故事：小山羊落在羊群的后面，狼追上来了。小山羊掉过头来对狼说："狼，我知道我会成为你的食物，但不要让我默默无闻地死。你吹箫，我跳舞。"狼当真吹起箫来，小山羊跳起舞来。狗听见

---

[1] 孔宝刚.儿童文学理论与实践[M].上海：复旦大学出版社，2007.

了连忙跑来追捕那只狼。这则故事说明了弱者依靠自己的智慧是可以战胜强大敌人的。

作家在寓言里用象征的手法,用真理的明镜去辨识人间的美与丑、贤与奸、智与愚。真善美的总是和智慧联系在一起的;假丑恶的总是和愚蠢联系在一起的。作家在寓言里,热情歌颂真善美,无情鞭挞假丑恶。广大读者可以从寓言的学习中直接受到教育,领悟到应该怎样,不应该怎样,使自己变得更聪明,不上当或少上当,不走弯路或少走弯路。这便是寓言的审美教育作用。

(二)寓言具有理性美

寓言是人们长期的生活斗争的总结,是人类认识客观世界的结晶。利用幽默、机智的口吻讲述一个简短的故事,哲理深藏其间。中国古代寓言《杨布打狗》《揠苗助长》《包丁解牛》《郑人乘凉》等等,作家诙谐揶揄的谈吐,令你在不知不觉中接受一个又一个深刻的哲学道理。有的寓言反映出下层人民和奴隶的呼声,如:伊索的《狼和小羊》《赫剌克拉斯和财神》;有的抨击和揭露当时的统治者,如:克雷洛夫的《鱼的跳舞》《杂色羊》;有的极大之讽刺了病态的人和事,如《赫尔墨斯的雕像》《吮痈舐痔》等,作家对客观事物、客观规律的认识,借助拟人的修辞手法表达出来,它既具有热情的外现的文学趣味,又有清醒的冷凝的理性核心。智慧的语言、深刻的内涵构成寓言的理性美。寓言的理性美是特殊的、突出的。所以俄国的评论家陀罗雪维支把寓言称为"穿着外衣的真理"。

(三)寓言有很强的夸张性

寓言的夸张是强烈的。它不求其表面的真实,但求其本质的真实。虚构的故事,借助象征的手法,借某一事物某种鲜明的特征,将具那一特征的那一类事物和人都进行了褒贬和奖惩。如:松的坚韧、梅的高洁、狼的凶残、狐狸的狡猾、羊的怯弱……作家借这些寓言形象表现千姿百态的社会。如《隐士和熊》这则寓言,讲当隐士头上有只苍蝇,这苍蝇被熊赶了再三后还不走时,真诚而友好的熊举起了一块大石头朝隐士的头砸去,苍蝇被打死了,隐士的头也被砸成了两片。这则寓言告诉我们,紧急的时候得到帮助是宝贵的,而交上了愚意的朋友,过分殷勤的藏才比敌人还危险。当熊举起石头向隐士的头砸去,头被砸成两片时,这个问题的本质便鲜明地揭示出来了。千万不要交上像熊这样的朋友。又如《夫妻食饼共为要喻》讲的是夫妻二人吃三张饼,夫妻各先吃一饼,还剩一饼,说好如果谁先开口说话,就不能吃第三张饼了。不一会,贼入家偷盗,取走家中一切财物,夫妻二人都没说话,任贼轻取。贼见状,侵其妇,其夫也不说话,妻忍不住,大叫"有强盗!"其夫说,"这饼归我,不给你吃!"这里把只追求小利,而把大的利益置之不顾的一类人的特征充分暴露出来,让人认识,并告诫人们千万不能因小失大。再如《农夫和蛇》《狼》中的农夫和东郭先生是没有的,但社会上当坏人捉住后、当他们露出可怜相时,动恻隐之心,暗暗同情并帮助狼和蛇这样的人确实是有的。

寓言的夸张性,使得寓言能揭示事物的本质,人们从寓言的学习中鲜明地看清事物的本质。

(四)寓言具有很强的讽刺性

寓言作为一种思想武器,锋芒总是指向社会上不良的现象和病态的人。寓言的思想是严肃的,但是,它把严肃的道理放在一个幽默风趣的故事之中。《鱼的跳舞》讽刺了沙皇纵容官吏鱼肉人民。又如《客套误事》里,火已烧到了朋友的衣裳了,但读书人仍慢条斯理,繁文缛节,终于酿成大祸。如《一条学问渊博的猪》讲的是一头猪自以为多年在图书馆里生活,就可以成为渊博的学者。八哥来请教,它详尽地介绍了它熟悉的图书馆的情况,如四周粪坑、垃圾等。八哥要它介绍图书馆的东西,猪自诩说它最清楚不过了,无非是一个简单的木架子,上面有各种各样的书,可那些书没有香气,也没有臭气,干巴巴的,嚼起来一点味道也没有。一些人到这里来、把书翻来翻去,结果什么也没得到,仍把书放在架子上。这里也强烈地讽刺了愚昧至极,践踏文明的丑类。这则寓言寓意深刻。

(五)寓言具有特殊的结构

寓言的结构是比较特殊的。有的寓言先讲故事,后点明寓意,如《狼和小羊》《农夫和蛇》;有的先说寓意后讲故事,如《天鹅、梭鱼和虾》《老农夫和他的长工》;还有的只说故事不点寓意,让读者自己去体会,如:《蟹和他的母亲》《乌鸦和狐狸》。优秀的寓言作家将生活的经验、道德、伦理的教训熔铸在妙趣横生的故事之中,让二者水乳交融地结合在一起。法·拉封丹说:"教训统帅故事,故事揭示教训"二者珠联璧合,相得益彰,从而给读者以深刻的印象。如《一头学问渊博的猪》,故事和教训作为一般寓言的两个部分(当然有时教训并没单独写出来),故事是艺术的虚构,但这虚构的故事却充分地体现和烘托了教训,寓言的故事几乎都是短的、是片断、是不完整的。它没有曲折的情节,没有对人物的细致地刻画.议论也简洁。它只要把道理说明白,能让人理会了,

故事就结束了。如《酒鬼的理由》酒鬼何等模样、如何喝酒、作者怎么言论都十分简洁,只是从简短的故事中所

"一个不肯承认自己错误的人,他一定会千方百计地

找出理由来替自己辩护"的道理,故事就结束了,寓言的篇幅是短小的,结构是特殊的。

寓言的篇幅是短小的,语言是精炼的。它没有对

寓言形象作细致的刻画,也没有复杂的心理活动的描写,仅作二三百字或者更少的字,给我们说明一个深刻的道理。哲理与诗意的结合,更显出寓言的美学价值。它是智慧的结晶,它也是"理智的诗"!它是艺术宝库里一颗璀璨的明珠[1]!

二、寓言的创编方法

寓言不以情节取胜,不以人物为宗,只是以事理的传达为要旨,要在较短的篇幅中把哲理清楚地传递给读者,这是一件不容易的事情,所以寓言的创作并不简单。

寓言虽然篇幅简短,但是这并不意味着不能塑造出人物的个性,所以寓言的人物创作在考虑文字数量限制的情况下,可以运用细节来描写人物。细节的采用能够写活人物,而人物刻画的成功其实也预示着事理传达的成功。细节可以是一句话、一个动作,如《狐狸和葡萄》里狐狸的"这些葡萄是酸的,还没成熟呢",这句话就是一个细节,也是一个点睛之笔,把这则寓言的寓意不露痕迹地带了出来。在人物的塑造上,除了细节外,还有拟人、对比等手法。寓言虽然短小,但也可以有情节,以故事情节的形式传递事理也是一种非常有效的方式。在情节的设计上,通常会使用反复、突转等技巧,使情节显得曲折,有波澜。

寓言由于受篇幅所限,要求语言精练。作家在创作时自然要注意语言的字斟句酌,但也不应该把圆润的语言推敲成干瘪的符号,适当地使用夸张、错位的语言,可以使作品显得幽默风趣,增添文本的生命力。

寓言的创作形式不拘一格,可以是故事型的,也可以是诗歌型的,还可以是散文型的……作家应该根据自身的喜好与擅长,寻找到适合自己的创作类型。同时,需要注意的是,创作类型的选择也是要受到题材的左右的。作家在选择创作类型时,也应该考虑题材内容,在综合两者的基础上选择适当的创作

---

[1]刘国华.寓言的美学意义初探[J].小学语文教学,1994(C1):87-88.

形式可以更好、更适当地表现思想内容。

　　寓言作为世界上最古老的一种文学体裁,许多文学大家都尝试过它的创作,也有的为儿童写过寓言。寓言篇幅虽短但创作易显艰辛,文学家对其语言、结构形式、题材、哲理等的把握,需要调动自身多种元素,需要有较深厚的文学能力与较丰富的文学实践经验,如果是为儿童创作的,还需要照顾到儿童的接受水平。尽管如此,寓言创作还是受到诸多文学前辈与青年作家的青睐,他们在其中投入自己的精力,有的甚至以寓言创作为自己的主要创作。只要不断地钻研与奋斗,寓言必定会走向繁荣[①]。

[①]孔宝刚.儿童文学理论与实践[M].上海:复旦大学出版社,2007.

第七章 儿童故事

第一节 儿童故事的特征与分类

一、儿童故事的概念

故事是儿童最喜闻乐见的文学样式之一,它以叙述生动有趣、动人心弦的事件为主,激发儿童的阅读兴趣。故事最初是由编撰人口述给旁人听,通过听者的再次传播而得以流传。在不断地口耳相传实践中,故事的创作手法日趋多样,形式也越来越丰富、完善,慢慢形成了较为定型的神话故事、传奇故事、历史故事、动物故事、生活故事等形式,后经文人的专门整理收集和充实,使得许多故事都得到了保存。随着文学各类体裁样式的定型发展,故事也逐渐形成了较为固定、独特的文体特征,成为一种专门的文学类别。

儿童故事是专为儿童编写的,以叙事、写实为主的一类作品。它主题单纯,内容浅显,篇幅短小,人物集中,故事性强,语言口语化,是一种运用广泛、流传性强的儿童文学体裁之一。

儿童故事题材范围很广,但主要还是与儿童密切相关的生活故事,其中的人物、事件可以是真人真事,也可以是从生活中提炼、加工经过虚构的人物事件。但无论是真实的还是虚构的,都必须符合儿童的生理心理特征,既要是他们所关心、感兴趣的,又要在深度和广度上合乎他们的接受能力。

二、儿童故事的特征

儿童故事是故事的一个分支,它符合故事的一般特征,如注重情节的完整性、连贯性、悬念性、趣味性,表现方式以叙述、写实为主等。但儿童故事因其读者对象的特殊性,又形成了自身特有的艺术特点,主要表现在以下四个方面。

(一) 主题明朗,有教育意义

儿童故事的主题大多较为明朗集中,带有一定的教育意义,这与传统故事的影响不无关联。传统故事具有较为固定的主题类型,惩恶扬善、以智斗愚、因果报应、勤劳致富等都是创作者乐于表现的主题。通过故事,作者往往希望传达给人们一种基本的社会道德观念,颂扬勤劳、勇敢、诚信、善良等优良品德。儿童故事主要是供儿童读者,尤其是幼儿听赏和阅读的,在有趣的故事中融进一定的教育主题,自然更容易令他们接受,有助于其道德品质的培养与完善。

(二)线索单一,脉络清晰

儿童故事通常要清楚流畅地讲叙某一事件或生活片断的来龙去脉、前因后果,使儿童获得鲜明的印象,因此它通常采用单线推进、顺序展开、首尾贯通的结构形式,线索单一、脉络清晰,很少设置复线或交叉叙述。这与儿童的思维处于发展阶段,不善于同时把握几条线索,不喜过繁的故事有直接关系。针对学龄前幼儿和学龄初期儿童而言,故事的内容可以简单而不必具备多义性,以便于孩子记忆和理解。

(三)情节性强,富于趣味

由于儿童故事的读者、听众年龄偏小,注意力易分散和转移,因此平淡无奇的故事很难把他们引入作品中去,必须有曲折多变的故事情节、饶有趣味的语言情境贯穿始终。这就要求儿童故事必须在短小的篇幅中迅速提出矛盾或产生冲突,以吸引儿童的注意力。在叙述过程中,儿童故事大多以直线式展开,环环相扣,少有头绪纷繁的穿插和过大的跳跃,也不宜作过多的铺垫和细腻的描写。另外,语言的幽默感,人物特征的夸张,悬念、闪回、对比等艺术手法的运用,都有助于增强儿童故事的趣味性。

(四)语言口语化、简洁明快

儿童故事以叙述为主要表达方式,为便于讲述给儿童听,语言上就会带有鲜明的口语化特征,即简洁明快、生动浅显、容易让孩子理解接受。这种语言与书面语言有着明显的区别,它必须和儿童所具备的听学语言的能力相适应,在词汇、语法、节奏等方面合乎儿童的表达习惯,但这种"合乎"又绝非"娃娃腔",而应是根据儿童的欣赏习惯和理解能力,对儿童的生活语言进行筛选、提炼而成的艺术化的口头语言。

三、儿童故事的分类

儿童故事按不同角度可分出多种类型。按故事来源分,可分为民间故事

(包括改编的)和创作故事(或文学故事)两类;按表现形式分,可分为文字故事和图画故事两类;按题材内容分,又有生活故事、动物故事、民间故事、历史故事、神话故事等类别。这里我们重点介绍几种典型的儿童故事类型:

(一)生活故事

生活故事是指直接取材于儿童现实生活的故事,大多反映儿童身边的事,有着浓厚的生活气息和儿童情趣。这类故事在儿童故事中数量较多,有着重要的地位。如《圈儿,圈儿,圈儿》《学校真有意思》《鸟树》《谁勇敢》等,都选取儿童生活中平凡而又有趣的细节编成故事,意在对儿童进行某种教育和引导,使他们在轻松的阅读过程中知晓道理、明辨是非。这种取自生活、表现生活的写作方式,对儿童而言,更有一种真实感和亲切感,易于理解。

(二)动物故事

动物故事是指以动物或主要以动物为主人公的儿童故事,即通过描摹动物的生活、活动以及动物间的相互关系,富有趣味地讲述各种动物的习性、特征、与人类的交往,并间接地反映人类的生活样貌。如《黎达动物故事集》中的八篇动物故事,细致地描述了八个主人公的出生、成长和为生存而作的斗争,妙趣横生。不仅如此,作者还附带提及了其他一百三十余种动物、七十余种植物的面貌和习性,为小读者增添许多自然科学知识。由于儿童与动物之间有一种天然的联系,这类作品也自然为孩子所喜爱。

(三)民间故事

民间故事是指劳动人民口头创作和流传的可供儿童读和听的故事,其丰富的想象、神奇的情节、民间的特色、完满的结局都满足了儿童猎奇心理的需要,也有助于他们认识民族的传统。许多中外伟大的作家都受过民间故事的哺育,如高尔基说:"我听过外祖母和乡下说故事的人说过民间故事,它们在我的精神成长中曾经起了非常良好的作用。"儿童的民间故事往往具有丰富的思想内涵,如《鲁班学艺》揭示了非凡的才能是经艰苦磨炼、刻苦学习得来的;《阿凡提的故事》歌颂了劳动人民的智慧,鞭笞了好逸恶劳、投机取巧等丑行。

(四)历史故事

历史故事是指根据真实的历史事件编写的适合儿童阅读的故事,它不仅以浅易生动的方式向孩子们传授历史知识,而且还可以培养他们朴素的民族自豪感。此类故事通常可分两类:一类是描写历史中发生过的重大事件,如

《中国古代四大发明》《上海小刀会的故事》等;一类则以历史人物为主要表现对象,如《岳飞》《水浒故事》等。《上下五千年》就是一套有关中外历史的大型儿童故事丛书,曾一版再版,影响广泛。

(五)图画故事

图画故事是一种以连续的画面来表达一个完整情节的故事形式,其直观的形式、富于趣味的表达深受各年龄段的儿童尤其是幼儿的喜爱。从处理文字与图画的关系上看,图画故事通常可分为两种类型:一是单纯的图画作品;二是图文并重的作品。前者适于幼儿,后者适宜面较广,可供各年龄段儿童甚至成人阅读。图画故事具有直观性强、想象力丰富、戏剧冲突明显、文字简洁等特点,用前苏联诗人马尔夏克的话来说:"这种书正是站在生活的门槛上来迎接儿童的。"可见图画故事在儿童文学中的重要作用和地位[1]。

第二节　儿童故事的审美策略

一、儿童故事的审美特征

儿童故事是指内容单纯、篇幅短小、情节生动有趣、完整连贯,供儿童阅读或聆听的叙事性文学样式。儿童故事和童谣一样有着源远流长的历史,最初的故事在民间流传,是从人民的口头创作中发展起来的,后来才出现了经文人加工整理的成文故事。

儿童喜欢听故事,因为故事符合他们大轮廓、粗线条的观察与接受事物的方式,符合他们喜鲜明、生动的具象思维特点,更满足了他们旺盛的好奇心。故事富于吸引力的情节常常令儿童在听故事时欲罢不能,他们紧紧地被人物的行动、情节的进程所吸引,急切地想知道下面的发展,孩子们在听故事时问得最多的一句话恐怕就是:后来呢?可以说,故事迎合了人类天然的好奇心,而儿童故事则以其独特的艺术构造满足了儿童的好奇心。

儿童的好奇心还使他们喜欢接触新鲜的、还不熟悉的事物和世界。儿童正在成长,对未知世界充满好奇,故事中多样的题材、丰富的生活场景、开阔的瞭望视野给儿童认识世界、了解世界提供了极好的活动平台。儿童喜欢问为

---

[1]孔宝刚.儿童文学理论与实践[M].上海:复旦大学出版社,2007.

什么,但很多为什么,儿童囿于知识经验而无法解答,儿童故事就如一个装满了宝物的百宝库,不倦地解答着儿童的疑惑,帮助儿童身心的成长。

故事是叙述性文学体裁的一种,它侧重于事件过程的描述,强调情节的完整性、连贯性、生动性和趣味性,比较适合口头讲述。儿童故事是故事大家族中的一个成员,它具有故事的一般特征,同时,由于读者对象年龄特征上的差异,儿童故事也拥有了自己所独有的一些审美特征。主要表现在以下几个方面:

(一)结构完整、线索清晰

结构完整、线索清晰是儿童故事在结构框架上的特征,这种结构特征以时间顺序为主导,以时间的因果关系为叙述动力,追求情节上的环环相扣和圆满的故事结局,以此满足读者的阅读要求。因为,儿童在阅读或听故事时,求全心理十分突出,他们总是希望能了解事件发生的原因和结果,看到事件发展的全过程。同时,儿童的思维判断能力尚处于发展阶段,盘根错节的线索布局容易背离他们的审美需求,而单轨的线性时间序列,极为清晰的事件发生的前因后果,前后衔接紧密,首尾完整的故事能恰到好处地切合他们的阅读取向,并不断获得轻松愉悦的阅读享受。

马光复的《瓜瓜吃瓜》就是一篇能充分体现故事完整性、单纯性特征的作品。故事讲述了一个名字叫瓜瓜,特别喜欢吃西瓜的孩子的故事。一个大热天瓜瓜吵着要吃西瓜,妈妈给了他一个小西瓜,他满心不高兴地吃了,"他吃完一块,心里生着气,一甩手,把西瓜从窗口扔了出去,掉在胡同里的路上。"这是故事的起因。接着外婆抱着个大西瓜来了,正当瓜瓜高兴地奔下楼迎接外婆的当儿,外婆却一脚踩在瓜瓜刚才扔出的西瓜皮上,摔了一跤,"手里抱的大西瓜,吧嗒一下,摔了个粉碎。"瓜瓜眼看就要到嘴的甜蜜希望瞬间破灭了,这是故事的发展过程。最后,瓜瓜把满地的碎瓜块扔进了垃圾箱,不知情的外婆还一个劲儿地夸奖他:"真乖,真乖,都像咱瓜瓜这么懂事就好了。"这是故事的结局。故事的篇幅虽短却有完整的结构,它以时间为线索,在"扔瓜"——"摔瓜"——"吃不到瓜"的线性序列结构引导下,把事件发生的整个过程从起因、发展、高潮到结局一一展现给听众。充分排除不必要的繁琐的描写和延宕,快节奏地单向推进,场景迅速从一个空间单元进入另一个空间单元,使小读者容易把握住事件的前因后果。基于以上缘由,单线展开的故事还具有清晰的叙述导向,有利于作品制造悬念、设置圈套,通过对叙述事件的藏与露、铺陈与照应的驾驭来强化故事结构的张力,从而让人产生认同感,有效地操控读者的阅读情绪。

(二)情节新奇、巧中显趣

儿童故事深受儿童欢迎,还有一个很重要的因素就是具有很强的情节性。由于读者对象特殊的生理心理特征,儿童故事必须以动人心弦的情节取胜,因而情节进展往往快速敏捷,在单纯中求曲折,在简单中有反复。既有贯穿首尾的情节主线,从头到尾抓住听众;又有散落在段落中的小高潮,不断给孩子们带来审美幸福和愉悦。在这种品评的行为中,透过情节的外衣体验到的新奇而充满情趣的内涵大致可以从以下几点窥见端倪。

1. 富于悬念的情节布局

悬念是指在故事的开头或中间提出问题,摆出矛盾或设置疑团,以引起读者或听众的关注。实质上,悬念是现实生活中的矛盾或问题的集中概括,它往往带有一定的偶然性和突发性,因而悬念最能激发儿童的好奇心。小读者在阅读时,往往带有一种迫切的心理期待,他们急于知道故事的结局,但又不愿意马上就知道结局而结束享受故事的过程,这种矛盾的审美取向使得他们对那些富有悬念、一波三折的故事抱有极大的兴趣和热情。例如美国作家梅布尔·瓦茨的《卡罗尔和她的小猫》就是一篇以猫为线索,情节发展跌宕起伏的优秀儿童故事。这篇作品用铺垫手法,向小读者讲述了一个名叫卡罗尔的小女孩非常想要一只猫,她在报纸上登了一则求猫广告。第一天,有人送来一只叫伯洛的花猫;第二天,又有人送来一只系着蝴蝶结的黄猫;第三天、第四天……猫越送越多,卡罗尔家的抽屉里、橱里、拖鞋里、门背后,到处都是猫,这可怎么办呢?怎样解决猫患,就构成情节推演的第一次起伏。接着,爸爸又在报上登了一条免费赠送小猫的广告,孩子们从四面八方跑来了,卡罗尔一整天都沉浸在与小猫告别的伤情之中,等到卡罗尔从奶奶家回来时,一只小猫都没有了,卡罗尔伤心地哭了,此时,情节再掀波澜,外在冲突和内在冲突交织在一起,使得故事起伏跌宕,单调感一扫而空。故事最后写道:

"忽然她听见了喵喵的叫声,一只黑白颜色的花猫从厨房里跳出来。卡罗尔高声叫了起来:'啊,是伯洛!'伯洛亲热地用身子擦卡罗尔的手,好像在说:'我藏起来,是不愿意给送掉,我想和你在一起。'卡罗尔完全懂得小花猫的意思。她终于有了只她自己的小猫。"

故事就这样在不断出现矛盾、解决矛盾,再出现矛盾、再解决矛盾的过程中走向结局,叙事节奏快慢变化,情节起伏有致。这种建立在现实生活基础上的新奇感,既可以激发儿童的阅读兴趣,还能使儿童变被动的接受者为主动的参与者,使儿童的思维能力和解决问题的能力得到锻炼和提高。法国作家埃斯库迪叶的《天上掉下一只烤鸡来》、前苏联作家尼古拉·诺索夫的《米什卡煮粥》、任大霖的《无法道歉》等作品也都是展示情节性特征的优秀代表作。

2.独特的趣味元素

儿童故事还以独特的趣味元素吸引孩子们关注的目光,成为其标志性的特征之一。儿童情趣指故事情节必须有使儿童读者(或听众)感到愉快、有意思、有吸引力和感染力的审美特征。儿童故事追求趣味性,是由阅读对象的审美情趣所决定的。因为,儿童阅读或聆听故事,并非为接受教育,而是为了从中寻求愉悦。儿童的注意力容易分散和转移,平淡无奇的故事很难把他们带进作品的境界中去,童趣盎然的故事才会激发他们的兴趣和热情。儿童喜欢想象、神奇、惊险与充满游戏性的快乐生活,因此,他们渴望所读(听)到的儿童故事中也具有这些快乐的元素。

其一,儿童故事中的儿童情趣,来自生活中那部分能够为儿童心领神会的、饶有风趣的、足以引起儿童的幽默感和会心微笑的东西;来自作家对拟人、夸张、对比、反复、讽刺、幽默、诙谐、闪回等艺术手法的灵活运用,尤其是夸张手法被大量运用于情节当中,促使儿童故事趣味盎然。例如,作家郑春华的十二则系列故事《大头儿子和小头爸爸》中采用了强烈的对比夸张手法。"大头儿子和小头爸爸",光看题目,就极富幽默感。儿子是大头,而爸爸反而是小头,夸张对比引起强烈的反差,富有情趣,令人忍俊不禁。作家赋予儿童故事的游戏精神也会给作品增添无穷的情趣魅力,例如《大头儿子和小头爸爸》的十二则故事中,专写父子游戏的就有《大灰狼》《好鬼》《游戏》等。而在每则故事中又突出了叙述形式的游戏性,大大增强了作品的趣味性。像《两个人的小屋》中,大头儿子拿出羽毛,狠狠打小头爸爸的脚心的情景;《两个人出门去》中,大头儿子喂小头爸爸吃花生米的动作等等,都充满了儿童情趣,使孩子们读来觉得十分亲切。

其二,奇巧的结尾也是显示儿童故事趣味性的重要方式。列夫·托尔斯泰的儿童故事《李子核》就是一个很典型的例子:

妈妈买回许多李子,打算午饭后分给孩子们吃。万尼亚从没吃过李子,他趁没人的时候吃了一个。吃饭前,妈妈发现少了一个李子,就告诉了爸爸,爸爸问了孩子们,个个都说自己没有吃李子,爸爸不动声色地说:"你们要是谁吃了李子,这可很不好,不是怕你们吃,怕的是李子里面有核,要是哪一个不会吃,把核吞下去了,那他过一天就会死的。我怕的是这个。"

万尼亚一听,吓得脸色发白,说道:"不,我把核吐到窗子外面啦。"

大家一听,哈哈大笑,而万尼亚却哭起来了。

整个故事似乎都是为了这个精彩的结尾而存在,父亲高明的教育艺术和小万尼亚稚气纯真的儿童心理被表现得淋漓尽致,情节发展关键之处出现的意外,使新奇和巧趣在读者的视觉中展开,他们的阅读兴味则在新异强烈的刺激下不会衰竭。

(三)语言明快,便于讲述

儿童故事常常是用绘声绘色的讲述形式传达给儿童听众的,所以它在语言上最突出的特点就是口语化,即通俗、明快。它要求故事的语言首先必须和儿童所具备的听学语言的能力相适应,在词汇、句法、节奏等方面要合乎儿童的言语表达习惯,它是根据儿童的欣赏习惯和理解能力,对儿童的生活语言进行筛选而成的艺术化的口头语言。因而,少用长句、书面语、抽象词语,多用短句、具体动词、象声词、语气词、叠音词、儿化词等,这构成儿童故事叙述性语言特征的基本要素。

动词的使用是儿童故事口语化的主要特征之一,尤其是那些直接产生动作形态的具体动词,既能够清晰再现人物内在心理和外在情状,又能快速推进情节展开,形成一波三折的功效,还能调节场面气氛,使事件在发生、发展的过程中充满情趣。请看以下例证:

"妈妈切开西瓜,上班去了。瓜瓜斜着眼瞧了瞧那西瓜,噘起了嘴巴。……他吃完一块,心里生着气,一甩手,把西瓜皮从窗口扔了出去,掉在胡同里的路上了。……瓜瓜出了门看见外婆坐在地上,连忙跑去把她搀起来,一边气呼呼地抬起脚,往西瓜皮上踩……"

——马光复《瓜瓜吃瓜》

"小松丢下竹竿,捂着脑瓜就跑,钢钢年纪小,跑得很慢,眼看马蜂扑过来,他'哇'的一声吓哭了。小勇回头一看,急忙跑回去,把钢钢拉到身后,抡起手中的小褂,拼命抽马蜂。"

——杨福庆《谁勇敢》

"没等她说完,我就冲到窗口大吼一声:'小弟,快上来!'见他没动,又吼道:'吃西瓜了!'这一招挺有效,小弟迈着胖嘟嘟的小腿,急急忙忙地回来了。

小弟一进门,我就拉.住他的手厉声问:'我的收音机呢?快说,搁哪儿啦?'也许我手势重了点,小弟一个趔趄坐在地上,害怕地瞧着我,突然哇的一声哭了起来,嘴里含着的一粒糖掉了出来,两只沾满泥巴的小手还紧紧地攥着几粒糖。奶奶过来把我推开,抱起小弟,给他擦去手上的泥巴。……"

——任大霖《无法道歉》

这些作品均围绕动词的核心作用构建句子,在动词的运用上下功夫,使动态描写具有很强的张力。这些动词力量感强,即使是静态的行为也动感十足,因此不但让人印象深刻,还收到幽默的效果。

由于动词造成人物连续活动的画面,产生了强烈的层层推进的描写气场,行动场面表现得活灵活现。读者视线随文字的导向而移动,使描写的物态形象化、生动化,使场面叙述显得细腻和精准,使情节、人物变得生机勃勃,洋溢着浓郁的儿童情趣。

夸张、反复等修辞手法,象声词、叠音词、儿化词等词语的运用也是促进儿童故事口语化趋势的常用手法,这些辞格和词语,常用于口语语体,可以较好地调节叙述语言内部节奏,使语言风格轻松、自然、明快、生动。如安伟邦的《圈儿、圈儿、圈儿》就是一篇以口语语体为主的儿童故事:

……

一天,上语文课,老师要大家听写,大成一听着慌了,他拿着铅笔,手有点发抖,只听老师念道:

"啄木鸟,嘴儿硬,笃笃笃,捉小虫,大家叫它树医生。"

大成有好几个字写不出来,只好在纸上写道:"○木鸟,○儿○,○○○,○小虫,大家叫它○医生。"

大成写完,就交给老师。

第二天,老师让他把自己写的念一念。他念道:

"圈儿木鸟,圈儿圈儿,圈儿圈儿圈儿,圈儿小虫,大家叫它圈儿医生。"

故事借○生成儿化韵,讲述过程充满变化音,在言语表层形式的变化中产生幽默诙谐的美学效应。它使文本语言呈现出更为活跃的语码系统,除了增添语言的节奏美和旋律美之外,在表意上也更加细腻生动,富于描述性,是一篇仅借助口语讲述就可以直接呈现盎然情趣的儿童故事。

儿童故事的诸多特征,在审美表现上,充实了儿童文学的表现疆域,是儿童文学领地里不可忽略的一簇绚烂的花朵。它以其富有感召力的叙事框架,描绘了一幅幅儿童生活图景,以情节的动态起伏,满足了儿童求奇、求险、求趣的心理期待,带给孩子无尽的愉悦,使阅读过程充满了趣感。同时,自然地融入故事里的思想主题,对儿童的智慧、性格、个人生存能力的养成具有潜移默化的作用,它不仅使故事好看,而且对于培养孩子具有持久效应[1]。

二、儿童故事的审美教学策略

爱听故事,几乎是每个孩子的天性。故事中生动具体的形象、浅显易懂的语言、引人入胜的情节,都能吸引幼儿的注意,打动幼儿的情感,发展他们的想象力、创造力。

故事是美的,以故事教学来触动孩子爱美的心灵,激发他们的审美情趣,是一件很有意义的事情。

(一)反复倾听,多让作品说话

平时在故事教学中,老师讲了一两遍故事后,为帮助孩子理解,往往习惯于根据故事的情节进行提问,让孩子去回忆。实际上,他们听了一两遍故事后,名字叫什么,故事里有些谁,讲了件什么事,就是不问,孩子也是知道的,而对一些细节性的问题却是比较含糊的。过多、过细的提问往往只是强拉孩子进行回忆,很可能将一部完整的作品、一个优美的意境、一幅动人的画面弄得支离破碎,预定活动目标很有可能无法实现。教师在故事教学中,紧紧抓住作品,多让幼儿感受作品中规范优美的语言,运用作品的力量来感染孩子,以其特有的魅力吸引孩子,使孩子获得深刻而有益的启迪。如教师自己编写的故事《小兔搬家》,故事里是这样讲述的:"小兔搬到城外的小河边,这儿有静静的夜空、徐徐的微风、清清的河水、淡淡的花香……"伴随着老师亲切、动情的朗诵,那美妙的场景就如同出现在幼儿眼前一般。故事优美的语句、愉悦的情感,都随着深刻的感受而自然传达给了幼儿,激发他们的审美情趣。

(二)合理提问,引导有意倾听

在故事教学中,并不是丝毫不提问,如果只是让幼儿一遍又一遍地听,那老师不就成了"放音机"了吗?其实,提问恰恰是一个很关键的环节。幼儿每听一遍故事,老师在提问时,都应有个很具体的目标,即让孩子听什么?重点听哪一段?使孩子带着问题、带着思考去听。教师就应以合理的提问引导孩子学会怎样听故事,帮助他们感受故事中所蕴涵的思想内容,增进对美的事物的感知、理解。

---

[1]张炎.儿童故事审美特征浅析[J].教育探究,2011(2):67-71.

如在欣赏故事《去年的树》时,讲述第一遍故事前,教师就引导孩子们思考:故事里会有谁?会发生了一件什么事?自然而然地引发幼儿认真倾听的愿望。讲完故事后,教师只问了一个问题:你听了这个故事有什么感觉?使孩子在总体上把握故事中友爱、真诚、的情感基调。在第二遍欣赏故事前,教师又提问:去年的树是怎么变成了火柴?由此引导孩子注意认真倾听故事,思考问题,因为孩子是有目的、有意识地认真倾听,对树的去向都留下了深刻印象。最后教师让孩子一边听一边想"为什么鸟儿一定要找到树,为它唱去年的哪首歌?"带着小小的疑问听第三遍故事。故事听完,孩子们自然明白了这样的道理:要真诚地对待自己的朋友,答应别人的事一定要做到。

(三)充分感受,贴近作品形象

孩子是天真可爱、稚嫩无邪的,故事中鲜明生动、具体可感的人物形象更能打动他们的心灵。在故事教学中,教师尝试着把握作品中的艺术形象,让孩子反复倾听故事,使作品形象走近孩子,使孩子贴近作品形象,从而更深地喜爱文学作品。如《狗和影子》,在讲故事之前,教师就提出了一个有趣的问题:森林里要开运动会了,小狗去参加摔跤比赛,它想得冠军,你认为它行吗?孩子们激烈地讨论回答后,都认为不行。教师没有否认他们的观点,而是神秘的说了一句:"可就有一只小狗想得摔跤比赛的冠军。"以此引发孩子听故事的欲望。接着,教师采用分段讲故事的方法:讲第一段,尽量用活泼、欢快的语调,讲述小狗看到自己身影后的天真想法和做法;讲第二段,情结忽然高昂,来表现小狗骄傲、自满的情绪;讲第三段,则以痛苦又自卑的神情,讲述小狗看到自己身影变小后的模样的心理变化。讲每一段教师都以自己的音色、音调、节奏、表情等方面的变化,让孩子们感受不同的故事情节,使他们自然而然贴近作品的形象。

(四)注重联想,挖掘蕴含的美

幼儿故事题材众多、内容广泛。优秀的幼儿故事,丰富了孩子们的生活,并以其独特的艺术魅力给孩子们以享受。但孩子在听故事时,往往只注意到故事中显著的特点,易被一些表面的东西所吸引,而其中隐含着的美是不易被孩子注意,甚至易被老师所忽略的。在教学中,试着和孩子们一起去挖掘隐含于故事中的美,感觉是有益、有趣而又可行的。

(五)引导思考,试与作者沟通

在故事教学中,老师也许很少会考虑到让孩子与作者沟通。教师和孩子们在活动中便有意尝试去实现这样的沟通,此法有时恰恰是活跃思维、实现新旧经验融会贯通的好机会。童话《小红帽》是孩子们十分喜爱的作品。这个故事的突出特点便是作者的想象奇特。教学中,教师在讲述了两遍故事后,引导孩子思考:"故事的什么地方你觉得很特别,听了之后让你开心呢?"以此了解孩子对故事的艺术构思是否有所感悟。没想到孩子反应很强烈。有的说:"大灰狼把外婆吃下去了,最后外婆还从它的肚子里出来了,真奇怪!"有的说:"大灰狼的肚子被剪开了,怎么还活着呀?"接着,教师又问:"那你听过哪些故事也像《小红帽》的作者一样想得也很特别呢?"这一问小朋友反应更热烈了。他们说出了《老虎外婆》《我知道》《神笔马良》等故事中的奇特情节或人物,教师不禁惊异于孩子们的头脑中是一个多么丰富的童话世界呀!

儿童故事教学中的审美教育,笔者仅作了初步的尝试,但在这有益的探索中,用心思考,认真实践,勤于分析,逐步改进,获得了这些零碎的感悟,愿它能给儿童语言审美教育开辟一条新的思路[1]。

第三节　儿童生活故事的创作方法

儿童故事在低幼读物中的比重很大,它形式活泼多样,内容丰富有趣,不但是儿童的朋友,也是家庭、学校教育的好帮手。它的创作与改编应注意以下四点。

第一,内容、题材要契合低幼儿童的心理特点和审美感受力,题旨应明朗、积极,有教育引导作用。儿童故事的选材,可以是儿童生活中熟悉或关切的事物,也可以是他们所陌生、需了解的事物。我们要多注意开阔儿童的视野,多表现其生活中的快乐、情趣,使其受到真善美的教育。

第二,构思要有新意,情节要能吸引人。我们有些幼教工作者急于用幼儿故事解决孩子身上的缺点,于是容易出现构思概念化、公式化的弊病:犯错误——教育指正——认识错误。这样的故事写得太实,缺乏艺术提炼和想象力,不易被孩子接受。好的儿童故事,应该着力在构思与情节的趣味性上下工夫,尽量使故事结构精巧、跌宕起伏、情趣盎然。

第三,形象鲜明、性格饱满的人物对一篇好的儿童故事也是非常重要的。

---

[1] 秦引.浅谈如何在故事教学中激发幼儿的审美情趣[J].读与写(教育教学刊),2017(4):249.

儿童故事虽然不像儿童小说那样强调人物形象,但也不宜把创作对象写得类型化、千人一面。事实上适当地突出、写活人物形象,有助于儿童对故事留下深刻印象,也更能起到应有的效果。

  第四,对于图画故事来说,还要妥善处理文字与画面的关系。文字与图画要相互对应,相得益彰,不应使文字成为画面的简单注释,或是图画成为文字的附庸。文字要简洁优美,贴近儿童的语言思维特点;画面则要生动活泼,力求灵活富于变化,带有浓厚的儿童情趣。针对不同读者对象的阅读特征还应选取不同的纸质、开本和装帧形式等[①]。

[①]孔宝刚.儿童文学理论与实践[M].上海:复旦大学出版社,2007.

第八章 儿童图画书

第一节 儿童图画书的概念与类型

一、儿童图画故事的概念

以图画表现故事内容即为图画故事。在儿童文学里,图画故事是一个重要和基础的种类,是低幼龄儿童最喜爱的文学形式。图画故事在我国也被叫作图画书。图画书在英文中叫"picturebook",在日本称为"绘本",它不同于我们平时所称的"图画读物""连环画""小人书""卡通"。"图画书"的概念是近年来提出的,但已经得到广泛认同和使用。值得注意的是,图画故事作为一种文学样式,与图画故事书或图画书意思并不相同,前者是文学的概念,后者是文本的概念,两者需加以区分。但为了叙述方便,本书所说的图画故事,有时也兼指两者。图画故事是以幼儿为主要阅读对象的一种特殊的儿童文学样式,它是绘画和语言相结合的艺术形式,是包括了文学和美术的综合艺术。它的基本特点是以图画为主、文字为辅,或全部用图画表现故事内容。

图画故事突破了传统意义上的儿童文学的含义,它变单纯用文字表现故事内容为用图画为主表现故事内容,变儿童用耳朵听故事为用眼睛看故事,是一种适合低幼龄儿童直接阅读的"视觉化的儿童文学"。其实,图画故事中图画也是一种特殊的"语言",它也向小读者传达了很多信息。孩子们阅读图画,能通过这种特殊的绘画语言,大致把无声语言和有声语言联系在一起,使一幅幅静止的图画活动起来,在头脑里变成连贯完整、有声有色的故事。所以,虽然儿童图画书的外部形态主要是图画,但它的基础仍然是文学。

二、儿童图画故事的发展

儿童图画故事的起源可以追溯到很久以前,但作家真正为儿童编绘图画故事并集结成书出版发行,则是17世纪的事。捷克斯洛伐克教育家夸美纽斯编绘出版的《世界图解》(1658)是世界上第一本专为儿童编绘的图画书。19世纪末,随着印刷技术的发展,图画故事极大地丰富和发展起来,在欧洲得到普及。19世纪,英国出现了三位杰出的图画故事作家:瓦尔特·克雷恩、兰道夫·凯迪克、凯特·格林纳威。如今,美国权威的图画书奖是用凯迪克的名字命名的,英国的图画书奖是用格林纳威的名字命名的。在两次世界大战期间,许多外国作家和画家流向美国,他们的艺术天分和不同的文化背景使美国图画书得到了长足发展。比如,列欧·列奥尼的《小蓝和小黄》,打破以往追求"形似"的绘画方式,使抽象的绘画方式取得成功。莫里斯·桑达克自写自画的《野兽出没的地方》,获得了1964年凯迪克奖金奖。《野兽出没的地方》,再加上获得1971年凯迪克奖银奖的《厨房之夜狂想曲》和获得1982年凯迪克奖银奖的《在那遥远的地方》,被莫里斯·桑达克自己称为"三部曲"。他自己说这三本书"是同一主题的变化:孩童如何掌握各种感觉——气愤、无聊、恐惧、挫败、嫉妒——并设法接受人生的事实。"他非凡的艺术成就受到全世界瞩目,对现代儿童文学的发展影响深远。克罗格特·约翰逊的"阿罗系列"、艾瑞克·卡尔则的《好饿好饿的毛毛虫》、威廉·史代格的《驴小弟变石头》、詹姆斯·史蒂文森的《鳄鱼放假了》等都是具有世界水平的佳作。20世纪五六十年代,欧美图画故事文学被译介到日本,日本很快形成了图画书热并后来居上,取得了很高的成就,形成了独特的风格,涌现了一批世界知名的作家,如松谷美代子、中川李枝子、官西达也等。图画故事书拥有了广大的读者,创作数量和质量也都令世界刮目。

我国的图画故事文学从20世纪20年代开始起步,出现了为数不多的一些图画故事作家和作品,其中,现代儿童文学先驱郑振铎是我国图画故事的倡导者和开拓者。中华人民共和国成立后,我国图画故事出版出现了两次飞跃。一次是20世纪50年代,《小马过河》《蜗牛看花》等图画故事的出版;一次是20世纪80年代。现在我国的图画故事市场呈现出越来越繁荣的局面。从整体上看,我国的图画故事的发展比西方晚一百多年,目前还存在作者不稳定、文图创作分离等不足。不过,随着各方创作者对图画故事的作用认识的不断深入,国内的图画故事的创作质量一定会越来越高。

三、儿童图画故事的特征

(一)画面的趣味性

以幼儿为主要读者的图画故事,必须具有浓郁的趣味性。这种趣味性,就是幼儿情趣视觉化的艺术表现,画面应让幼儿感到亲切。例如,曾获国际安徒生儿童文学大奖的美国画家安东尼·布朗的《我爸爸》这部作品,选择了超现实主义的风格,内容主要讲述"我爸爸"是如何的出色,情节则完全是孩子式的想象。比如,说到"我爸爸吃得像马一样多"时,画家把爸爸的头换成了马头,坐的椅子也变成了马腿,但下半身却保留人的形状,并穿着爸爸一直穿的睡衣,神态也仍是爸爸的自信表情;说爸爸像鱼一样灵活时,也是采用这样鱼头人身的组接方式,整个画面充满趣味性。图画故事的趣味性主要通过画面来表现,色彩、线条、构图的各个环节都应符合幼儿的审美需要。这种趣味有时并不需要夸张的造型和浓烈的色彩来表现,优秀的图画故事有许多都具有素描写实风格。而那些以"甜、俗、浅、陋"来表现图画故事内容的作者,实际上并未真正了解幼儿的审美能力。

(二)整体的传达性

图画故事的整体传达性特征指的是图画故事的图画和文字甚至每一个细节都具有整体感,都与故事的内容有关,能够完整地表达故事的内容。它是图画故事的内在特征。图画故事要用画面来说话,从封面到封底甚至扉页、环衬装帧等,都要求极鲜明地表现它的整体性。优秀的图画故事尽管长短不一,文字图画多少不定,但都考虑了情节、人物、场景的变化,显示出画面之间的流动,给人一种整体感。多幅图画在幅与幅之间也是连续相通的。图画和文字相互交融,有机结合,鲜明地表现出它的整体传达性。美国画家安东尼·布朗的《穿过隧道》,内容是写小兄妹俩只要碰到一块儿就吵个不停,后来经过隧道中的一番探险后,兄妹俩终于和好了。书的封面画的是妹妹正在穿过隧道的场面,脚边有一本打开的书。而到封底则只有一个隧道口,书却合上了,暗示故事已经讲完了。在扉页上,画面是一片花纹和一堵墙,暗示女孩儿和男孩儿,画的下方则放了一本书,暗示妹妹心里的孤单,到故事讲完后的环扉上,却变成了书和足球放在一起,暗示兄妹俩已经和好。从图画故事的整体传达性考虑,幼儿教师在给幼儿讲述图画故事时,不应遗漏画面,可以让孩子通过封面猜测故事内容,并通过对比,发现有意义的细节。

(三)直观的形象性

图画故事主要靠一连串的图画来叙述故事内容。人物的动作、神态、性格、情绪甚至心理活动,故事发生的背景、环境、事件发生的过程、具体的场景、生动的细节无一例外都是通过画面来一一展示的。所以,图画故事首先要以新鲜感人的图画吸引孩子,他们阅读图画故事书,注意力也更集中于图丽。一幅幅生动鲜明的图画作用于孩子的视觉,通过连续的画面,借助孩子的想象,那一幅幅独立的图画就组成一个完整的故事。图面语言作为图画故事中的一种象征符号的系统,具有指涉和示意两种功能。所谓指涉功能,即画面中的事物代表的就是现实中的事物,这一功能让图画故事呈现出直观性的特点。所谓示意功能,是指当图像需要表达抽象的意念、状况、想法等无法直接说明的东西时,不论是据实描绘还是用暗示的手法呈现,都可以借助图像本身的质地与包含的物件显示出来。图画书的意义主要是靠示意的方式传递的,凭借示意功能,图画故事成为一个意义丰富的表征世界,儿童只有深入理解图像的象征意义,才能获得丰富的审美经验,才能进行创意性的阅读。如图画故事《流浪狗》,作者以一个小孩的角度来叙事,小孩讲自己有父母疼爱,而她看到了没人疼爱的可怜的流浪狗时,书中出现了这样一幅画面:大大的一张画面上,一只小狗蹲坐在小小的一角。大大的留白空间,与之形成鲜明对比的是小小的流浪狗,就像一个可怜的小孩形单影只地默默躲在角落里,更加彰显了流浪狗的可怜与孤单。这样的构图让孩子通过空间大小的对比,可以直观地感受到流浪狗的境遇。

(四)构图的连续性

图画故事区别于图画插图的特征是它的连续性,强调画面的连贯,形成一个连续的视觉影像,就仿佛是一部电影短片。所以,一本好的图画书应该做到,一个孩子即使不识字,仅是靠"读"画面,也可以读出个大意。为了让孩子们"看画就能明白故事",图画故事非常强调画面的连贯,它通常被规定在32页或40页之内,这几十页画面要形成一个连续的视觉映像,在不断的翻页中讲述故事。由于故事所表现的时间、空间、人物变化等很大程度都依赖画面来实现,如果画与画之间跳跃太大,幼儿就很难看下去。图画书画面的衔接大都靠主人公的动态来表现,如莫妮克·弗利克斯的无字书系列作品《颜色》,故事在描绘小老鼠的淘气和好奇冒险中,只是在书桌上笔和颜料盒与白色本子这几个有限的物体之间展开,读者聚精会神地跟着小老鼠的动作,被稳定连续地引导着理解了故事。

四、儿童图画故事的分类

(一)无文图画故事

无文图画故事也叫"无字书",是由有着内在联系的画面组接以表现内容的图画书,因为没有作为主要媒介的文字参与,故事内容都交予图画来表达。对于这种艺术形式,需要有高超的画面语言传达技巧,这样才能让幼儿在翻阅中理解故事的内容。无字书全部使用画面语言,因此,这类故事一般情节单纯、篇幅短小、内容浅显、主题单一、富于幼儿情趣,有助于促进幼儿智力和语言能力的发展。因为这种图画故事中没有文字说明,幼儿为了弄清作品的内容,寻找某些问题的答案,就需要通过观察、分析、比较画中人物的行为、表情,寻找故事发展的线索,从而促进智力的发展。生动形象的图画能启发幼儿的联想、想象,幼儿把看到的故事用语言表述出来,也能促进幼儿口语表达能力的发展。如大卫·威斯纳的《疯狂星期二》,全书没有一个字,用极具视觉冲击力的画面,描述了这么一个故事:星期二晚上八点左右,池塘里昏昏欲睡的青蛙被惊醒了!在荷叶上尽情飞翔的青蛙穿越城镇的每个角落,人和动物都被吓坏了:电线上惊恐的小鸟,厨房里吓坏了的男人,马路上被青蛙追得狼狈不堪的大狗。第二天,初升的太阳照耀着恢复了平静的城镇。下一个星期二的晚上,房子的外墙上,半空中又出现了飞翔的动物影子——猪,一个不平静的夜晚又要出现了。这本书对孩子最大的吸引力,是书中梦境般的故事展现。作者用他天才的想象和对绘画语言的掌控的高超技术,让孩子们面对这个不着一字的图画书时不时地发出快乐的尖叫。

优秀的无字书不仅讲述着奇妙的故事,也蕴含着隽永的情感和哲理,如《变焦》《小红书》《推土机年年作响》《小黄伞》就是这方面的典范。明天出版社出版的瑞士著名画家莫妮克·弗利克斯的无字图画书,整套书没有一个文字,却通过小老鼠的形象,教会孩子学会认识颜色、正反、字母、房子、飞机等事物和概念。国产的棒棒糖无字书和泡泡糖无字书也是用图画叙事尝试的典范。

(二)有文图画故事

这种图画故事,既有图画,又有文字,图与文之间互相配合而又具有一定的独立性,图画用线条、色块和形状描绘世界、表达情感,往往能显示文字所不易表现的意境、韵味和美感;文字清晰的语意表达,弥补了图画难以直观显现的思想、情感以及时空变化等,使儿童更好地理解作品的内容。这是图画故事中最常见的一种形式。美国画家芭芭拉·库尼曾对有文图画故事做过这么一个形象的描述:"图画书像是一串珍珠项链,图画是珍珠,文字是串起珍珠的细线,细线没有珍珠不再美丽,珍珠没有细线也不存在。"有文图画故事表现形式多样,有的是一文一图,有的是一文多图,图与文相互结合又彼此独立。克拉格特·强森的《阿罗有支彩色笔》,图文并茂地讲述了光头阿罗凭借手中的彩色笔,能画出月亮、道路、苹果树、自己的家等的故事,以丰富而奇特的想象力为自己创造了一个广阔的世界。英国作家乔恩·布莱克创作、德国画家阿克塞尔·舍夫勒所画的《我不知道我是谁》,讲的是达利不知道自己是谁,于是决定自己去寻找答案的故事。自己是一只猴子吗?一只袋鼠吗?一只豪猪吗?在寻找答案的过程中,问题一个接着一个,他甚至不知道自己应该住在哪里,应该吃什么;不知道自己的脚为什么那么大。图片配合着简单的文字,不知道自己是谁的达利当然也不认识专门吃他们的杰西,可最终恰恰是杰西告诉了它真相:"我吃兔子,像你一样的兔子。"

以上分类是根据图画故事有无文字来进行分类的。除此以外,根据材质不同,图画故事书可以分为硬纸页书、布书、儿童电子读物;根据画面颜色,可分为彩色图画书和单色图画书;根据画面多少,可分为多幅图图画书、单幅图图画书和连续图画书等;根据书中语言文字的文体不同,可分为儿歌童谣童诗、概念知识书、数数书、图画故事书;根据主题不同,可以分为自我认识类图画书、家庭关系类图画书、社会关系类图画书、幻想体验类图画书[①]。

第二节 儿童图画书的审美策略

一、图画书与儿童审美素质的关系

审美是人类一种主观的心理活动的过程,是人们根据自身对某事物的要求所作出的一种对事物的看法。审美是在理智与情感、主观与客观的具体统一上追求真理、追求发展,它不仅具有鲜明的主观特征,同时也受制于客观因素,尤其是人们所处的时代背景会对人们的评判标准起到很大的影响。审美素质的内涵主要表现为审美感知、审美想象、审美评价等方面。

图画书是一种新兴而独特的儿童文学类型,它是用图画与文字来共同叙述一个完整的故事,是图文合奏,说得抽象一点,它是透过图画与文字这两种媒介在两个不同的层面上交织、互动来诉说故事的一门综合艺术。在图画书中,要用画面来说话,图画是主体,具有讲述故事的功能,它本身就承担着叙事抒情、表情达意的任务。一本好的图画书,孩子在阅读过程中,即使不识字,仅

---
①汪小红.儿童文学[M].成都:西南交通大学出版社,2016.

靠"读"画面,也完全可以读出故事的大意。此外,一般来说图画书都有一个精心设计的版式,从封面、扉页到正文以及封底,构成了一个完整的整体;左右两页文字与图画相互依存;依靠翻页推进剧情。同时,图画书通过文学与美术这两种综合艺术的完美融合,从而激发儿童对美的感受能力,培养了儿童审美感知、审美想象、审美评价等素质发展。

(一)图画书可以促进儿童审美感知能力的发展

1.感知形象美

著名的儿童心理学家皮亚杰指出儿童思维的特点是具体形象思维比较突出,其思维主要是凭借事物的形象或表象以及对表象的联想来进行的。图画书最显著的特点是通过图画这一主体形象来传递信息,图画形象多是对现实生活形象的突出反映,是对现实生活中的人、事、物的再现,它与现实事物更为相似,因此图画形象的直观性、生动性对已经在生活中积累了一定表象经验的儿童提供了认识、理解事物的基础。

作为儿童,他们喜欢动的人物形象,如蹦蹦跳跳的小猫小狗、摇摇摆摆的小鸭子、吧嗒吧嗒走来的小熊,甚至在他们的眼中,"月亮走,我也走,我和月亮手拉手",他们认为晚上天空的月亮和他们是好朋友,是跟着他们一起向前走的……图画书运用拟人的手法塑造了一系列人物形象,他们有的聪明有的笨拙、有的活泼开朗有的内向腼腆,在图画书中更多体现的是人类的宝贵品质,比如诚实、勇敢、乐观等等。

图画书《小熊的阳光》讲述了一个温馨感人的故事:雪人为小熊挡住阳光,让小熊在冬天睡了一个好觉。随着春天的到来,雪人却融化了。结尾处,小熊伏在桌子上画自己没见过的雪人,它身后的绳子上挂满了画好的各种各样的雪人。小熊为什么要画那么多雪人呢?这样的画面吸引着儿童走进小熊的世界,体验它对雪人的思念和感恩。与文字相比,这样直观的画面更容易感染儿童。

如《逃家小兔》,这个故事是通过母子二人的对话来结构的。"如果……,就……"这样的句式应用在母子二人的对话中,也是全文的故事内容,其实,这样的假设就像是在幻想中展开的美丽奇特的游戏一般。这个故事非常简单,一只小兔子,没有任何征兆,突然有一天他对妈妈说他想要离家出走。这位妈妈像一位哲学家,又像是一个诗人,每次都能想出令小兔子感动的语句。接下来的故事便是在母子二人之间的对话中展开的,母亲的一个个假设并不是感天动地的表白,但字字句句都渗透着母亲对孩子深厚的爱。画面中小兔子与兔妈妈可视、可感、可触、可摸的形象,给儿童留下了深刻而美好的记忆。

儿童在欣赏、阅读图画书的过程中,会被这些故事的内容所吸引、所感动,这些故事中的主人公会深深地印在他们的脑海中,这些美好的品质和性格也一定会慢慢地体现在他们的行为中。

2.感知构图美

图画书是一种通过图画来叙述文学故事的形式,图画书围绕一个故事展开,由几幅或者十几幅跳跃式的静态画面,配合简短、浅显的语言,来完成故事的讲述。如尤里·舒尔维兹的《黎明》便是一本非常经典的图画书,它几乎没有什么情节,只是依靠天光水色的微妙变化,表现了一个黎明的全过程。最激动人心的画面出现在最后两幅画面,之前的画面有的仅仅是不断渐变的灰色,最后两个画面色彩突然艳丽起来,整个画面布满了绿色、黄色和蓝色,这骤然迸发出来的颜色告诉我们,太阳就要出来了。果然,下一页,太阳从山上露出脸来,画面上的色彩更加丰富、更加绚丽。无论再细致的描述,不管再美好的语言,都不能如此直接的让儿童的感官受到如此强烈的刺激,感受到如此的震撼,他们对于美的感受就从这一刻开启了。

对于图画书而言,连续性是图画区别于插图的主要特征。构图是在营造可无穷变化的空间。图画书的构图十分自由,有时完全打破了客观世界的排列规则,有虚构、夸张、荒诞等成分应用其中。图画书《玛德琳卡》,描写了一条普通的街上住着一个名叫玛德琳卡的小姑娘。一天早上,她突然发现自己的一颗牙齿松动了! 她立刻想到要将这个惊人的消息通知全世界的人。于是,现实与玛德琳卡幻想的世界相互交织,画面也给读者呈现了两类语言:记录我们所看到的,描绘我们所幻想的。这种独特的构图引起了读者的极大兴趣。

(波兰)麦克·格雷涅茨编著的《月亮的味道》,为了够到月亮,乌龟爬到了高高的山头,可是够不到月亮;于是,叫来了大象,大象踩在乌龟的背上,伸长了鼻子去尝可还是够不到;紧接着又叫来了长颈鹿,大象脚踩着乌龟,长颈鹿脚踩着大象的背,伸长了脖子去够月亮,可月亮每次都像是在和动物们做游戏一样,总是差那么一点点。后来陆续来了斑马、狮子、狐狸、猴子,最后来了小老鼠。他们一个踩着一个,像搭建的天梯一样,在大家的共同努力下,终于尝到了月亮的味道。在每个动物出场的时候,画面与画面之间便有了动感,有了连续性,从而使故事完整、顺利地演绎到最后。

3.感知色彩美

图画书作为一种视觉艺术,画面的色彩是一种丰富的语言。色彩是传递情感、营造画面气氛的重要元素。孩子对于色彩十分敏感,色彩运用合理的图画书能使儿童获得美的感受。比如在欣赏《天鹅湖》时,通过启发和引导,孩子们可以有感受到天空、湖水和白色的天鹅等营造的优美景色,灰蓝色,深绿色,纯洁的白色,构成了这幅画面的静态美,给人一种恬静、闲适的情绪体验。

在图画书《小蓝和小黄》中,作者将小蓝和小黄这两个色块拟人化,之后在小蓝和小黄两个孩子不小心融合在一起时,他们便变成了绿孩子。故事通过色彩明朗的形象一方面让小读者学习色彩的相关知识,同时还吸引小读者的阅读兴趣。二要与作品的内容相适应。如《调皮鬼,恐怖心》的第一页到第二页,夜晚笼罩在蓝灰色中,色彩变化非常少,显得夜晚非常安静,窗帘中拉开的一小角色彩与室外的色调形成鲜明的对比,这样更衬出了黑夜的寂静,并预示着恐怖的来临。随着男孩所谓的"恐怖心"的逐渐发威,白色的面积越来越多。直到第十二页,男孩全副武装起来,发起进攻,画面色彩瞬间变暖,紧接着,暖棕色、深蓝色、浅蓝色……夜晚在淡淡的蓝灰色中仍然是宁静的。

色彩是认识对象的外部特征,色彩的不同和对比不仅可以使孩子们更好地感受事物之间的区别,还可以更准确地感知图画书中的事物所蕴含的意境。

(二)图画书能培养儿童审美想象的发展

想象是人在头脑里对已储存的表象进行加工改造后形成新形象的心理过程,它是一种特殊的思维形式。想象与思维有着密切的联系,都属于高级的认知过程,它们都产生于问题的情景,由个体的需要所推动,并能预见未来。

1.以再造想象为主要特征

想象按创造性的成分可分为再造想象和创造想象。再造想象是根据某种事物的图式或语言表达,在头脑中生成关乎这一事物的新的形象。创造想象是人们根据某一目的在脑海中单独创造某一种事物的新的形象。如让儿童将听过或读过的故事重复一遍是再造想象,让儿童单独创编一个故事即为创造想象。

在图画书阅读过程中,所运用的主要是再造想象,因为儿童在阅读时,是一个根据画面中的图画和文字的提示,甚至是在成人的讲述辅助作用下,在脑海中复现作品的过程。图画书《三只小猪的真实故事》中,坏蛋大野狼想吃掉猪老大,便一口气吹倒了猪老大的草房子,猪老大被吹倒在地,画面上的这只小猪极富夸张色彩,头和上半身整个插进了土里,露在外面的是小猪圆圆的屁股和微微翘起的卷尾巴,在它的周围布满杂草。孩子通过阅读这样的画面,便可以想见发生了怎样的故事情节。

2.审美想象丰富,有时偏离主题

儿童的想象天马行空,无处不在。事物之间有联系的,会引发他们的想象,没有联系的,他们也会随意搭配,任意想象。他们会在图画书阅读过程中,想象到现实生活中的人和事,会和其他的故事情节联想起来,也会由现实生活想象到图画故事中去。

儿童在审美活动中审美想象日渐丰富、大胆而又奇特,且带有幻想色彩。在他们的世界中,树叶、瓦片、小草简直是世界上最美的餐具和佳肴;鱼可以游到天上,小鸟可以飞在水底。但是,想象力并不是与生俱来的,而是通过直接体验和间接体验获得的。儿童想象力更是如此,图画书中简单的线条、明亮的颜色给孩子提供了更多、更好的想象空间。

图画书《彩色的乌鸦》就是用彩色乌鸦的美丽打动孩子们的,当他们看到千姿百态、五颜六色的乌鸦栖息在光秃秃的大树上时,所有孩子都惊呼"太美了",当孩子们看着图画书时,他们的世界也变成彩色的了,那种由图画传达的美是其他媒介所无法替代的。

图画书的作用就是呈现给孩子们创造出来的故事的世界,从而带给儿童美的感受,为儿童审美提供了一个个更为生动的画面,一个个更为鲜活的形象。但是图画书是静止的,儿童要读懂图画书,就需要充分发挥审美想象,就必须把一个个断断续续的画面连成一个完整的故事,这也是对儿童审美想象的一种激发。

(三)图画书与儿童审美评价的关系

古尔维奇说:"儿童的评价和见解常常是比较原始的,并且一般会在他们的概念范围里转来转去……"但是,这是一个美学见解的幼芽,我们不可忽视。儿童的审美评价愿望强烈,但是标准简单,只有好与坏、对于错的是非观念,而图画书可以帮助儿童更好地进行审美评价。比如儿童在认知'嫉妒'这一情绪词时很难将它与"生气""不开心"等情绪准确区分开来,但是通过阅读图画书《我不要嫉妒》,随着一幅幅画面的呈现,儿童可以逐渐领会其中的细微不同,在图画书的启发下,儿童不仅准确地认识到了嫉妒,同时也获得了有价值的经验,懂得了嫉妒的危害,从而做出自己的审美评价,健康良好的自尊心能帮助孩子正确应对诸如嫉妒这样的负面情绪。

同时,图画书通过帮助儿童建立了正确的审美评价观念,从而为儿童正确价值观的形成具有举足轻重的作用。儿童在阅读的过程中受到了图画书中角色所带来的成功感以及快乐和自信的感染,从而建立了自己的信心和希望。《爱画画的塔克》中有黑色偏爱的塔克找到信心和勇气后,开始接受新的颜色。正是通过这种角色的良好改变和故事的圆满结局让儿童看到缺点和不正常终究会成为过去,让儿童体验到成功、自信、力量等积极的情感,从而培养儿童正确的人生价值观。

审美是一种情感活动,当孩子们看到自己喜欢的事物时,他们会表现得很直接、会蹦、会跳、会笑、会叫,甚至会打滚,由此可见儿童审美有一个非常显著的特点,即情感强烈并且外露,因此,设计精巧的图画书封面,富于色彩与灵动的图画,极具感染力的故事内容都很容易成为他们的关注对象,从而培养孩子正确的评价观。比如在《我给月亮做衣裳》中,通过形象生动的图画,展现了月亮有时像小钩,有时像小船,有时像半圆,通过不同形象的月亮引发了儿童对图画书的阅读兴趣,也同时引发他们认识月亮的激情。儿童在阅读图画书时总结出了月亮是在不断变化的,没有办法给它做件合体的衣服。

在经典图画的语言文学作品中,我们经常听到这样的语句"春风吹绿柳树,吹红了桃花,唤醒了青蛙",诸如此类的形象化的语言,能够更清楚、更准确、更具体形象地表达人们对各种事物的观点和印象以及人物情境的思想,对于儿童来说,这些形象化的语言对他们是极具魅力的。儿童通过感受语言美和形象美从而获得美的感受与认知,让儿童在惊讶万物的神秘和美丽的同时,认识万物,尊重生命。

图画书作为一种综合了文学与美术的艺术形式,具有独特的的审美价值,培养了儿童对美的感受能力,这种对美的感受可以使儿童将认知与情感相融合,将思想与感情相融合,使儿童体验到审美的愉悦,并对文学作品的感悟更为深入,进而提高他们的审美素质,激发他们追求美、创造美的激情[①]。

二、图画书阅读中儿童的审美接受

图画书作为一种特殊的儿童文学样式,不仅能让尚未识字的孩子"读"懂其中的故事,也能借助图画和文字的完美结合,表达单纯的文字所不能表达的深刻内涵。彭懿在《图画书阅读与经典》中提到:"经典图画书以震撼心灵的方

---

① 郭艳芹.图画书与儿童审美素质的关系[J].安阳师范学院学报,2014(6):123-126.

式,让孩子感知生命、解说父母无法生动言说的挫折、灾难、离别和死亡。"的确,图画书能够将儿童带入一个未知的世界,让他们在文字与图画交互穿插中徜徉。然而,我们不能简单地把有图有文的图书称为图画书,图画书不同于一般的卡通图书,它不仅诉说一个故事,更传递着一种美感,因此图画书和艺术之美息息相关,和阅读者的审美接受密不可分。图画书对文字和图画的构成形式是有特定的规范和要求的,这些规范和要求是符合儿童审美心理发展特点以及儿童的审美接受的。鉴于儿童审美心理发展阶段的特点,优秀的图画书应包含一些特有的要素,这些要素结合在一起,互相影响,共同作用于儿童图画书的阅读效果。

(一) 影响儿童在图画书审美接受中的要素

1.故事题材

故事题材是图画书的灵魂,决定了一本图画书想要传达的思想。图画书涉及的故事题材非常广泛,可以是童话、幽默故事、生活故事等与儿童经验和理解力非常贴近的题材,也可以是战争、死亡、单亲家庭等负面消极的题材。不论是充满童真童趣的积极题材,还是充满悲伤痛苦的消极题材,作为图画书的故事题材都应该具备一个共同的特点,就是能给予读者正能量,能传达对生命的热爱。

比如,薇拉·B. 威廉斯(Vera B. Williams)的《妈妈的红沙发》讲述了女孩有一个大玻璃瓶子,她要让大玻璃瓶子存满钱,去买一个世界上最漂亮的红沙发,好让妈妈和外婆舒服地坐在上面。可是一场火灾烧掉了一切,最后,女孩从灾难中振作起来,和妈妈外婆相依为命,努力打工,最终实现了自己的愿望,买到一个她自己认为的世界上最漂亮的红沙发。这个故事并没有提到女孩是单亲家庭,但是从字里行间我们早已感受到单亲家庭生活的艰辛。画面中色泽鲜亮、温暖舒适的红沙发给人温馨幸福的感觉。作者正是通过温暖的基调给读者讲一个在逆境中积极成长的孩子的故事。

2.插图版式

插图版式作为图画书的表达形式,给予读者最直观的感受,因此,插图版式如同图画书的骨架。图画书的插图版式包含许多方面的因素,而有些因素恰恰是读者容易忽略的部分。一般来说,我们在阅读图画书的时候应该关注封面、环衬、扉页、正文、封底、开本、留白、方向性、颜色、视角等。成人由于受到思维定式的影响,在阅读图画书的时候往往只会关注封面、正文、颜色等,常常在粗略地了解了图画书主要内容后就结束阅读了。但儿童却不一样,他们翻来覆去地翻看图画书,不仅关注封面、正文、颜色,而且关注环衬、扉页、封底、留白等。比如漂亮的扉页、插图版式所体现出来的潜在的故事节奏、画面中隐藏的作者经意或不经意间留下的细节等。可以说,图画书的边边角角、里里外外都在他们的关注范围,这也正是我们成人不会去注意的细节。图画书认真对待儿童的这些关注特点,对于培养他们的观察能力、想象能力以及良好的阅读习惯都至关重要。

我们看一看安东尼·布朗创作的《我爸爸》《我妈妈》系列图画书。书中的环衬为故事人物"我爸爸"的格子睡衣和"我妈妈"的花睡衣。色泽亮丽温暖,图案鲜明个性的居家睡衣,给小读者留下深刻的印象,也使爱心爸爸和爱心妈妈形象跃然画面,产生意想不到的艺术效果。这样的设计使环衬和故事内容很好地呼应,读者在读故事时不仅对爸爸和妈妈的睡衣图案产生"似曾相识"的认同感,而且产生对爸爸妈妈情感的认同,这会让小读者沉浸在这充满温暖和快乐的氛围之中。

3.语言文字

图画书作为特殊的儿童文学样式,语言文字的表现形式有其特殊性。在图画书中,除了少量人物对话以及用来关联故事的叙述等一些文字直接出现在图画书中,图画书的故事叙述大量是通过图画来表达的,图画有很强的表述性。从表面看,图画书文字很少,且不一定连贯。但实质上,这些文字就像图画书的肌肉和经络,恰到好处地贯通图画书内容,丰满了人物形象。因此,图画与文字在图画书中是通过二者的合力完成故事的讲述,共同构成图画书艺术的整体。失去了语言文字,图画书就失去了故事性和文学性,其审美功能也必然大打折扣。

图画书中图画与文字的关系区别于文学作品中插图与文字的关系。插图是为表现作品内容而采用的辅助手段,其作用在于对文本进行直观的演绎、补充或说明。就如E.B.怀特的《夏洛的网》,加斯·威廉斯为其文字配了插图。如果去掉这些插图,也丝毫不影响我们对这个儿童文学经典作品的阅读。图画书则不然。语言文字在图画书中虽不是主导,但它是配合图画增进审美效果的不可缺少的组成部分。因此,对于图画书文字的要求是文字适合念出来听,具备朗朗上口、生动、简练等特点。文字与儿童的理解力和生活经验相适应,图画与文字要配合默契,有一种互动的协调关系。只有具备了这个特点,才能称之为优秀的图画书。

（二）图画书对不同年龄阶段儿童的适宜性

图画书以其鲜明的艺术特点和文学形式产生了独有的影响要素，这些要素无不影响儿童的审美接受。不同阶段的儿童具有不同的审美心理特点，把握儿童审美心理发展阶段特点可以帮助我们选择更加符合儿童审美接受的图画书。由此我们应将二者结合起来，发现图画书对不同年龄阶段儿童的适宜性。

1.审美萌芽期可选择色彩鲜明、图形丰富有趣的图画书

审美萌芽期的儿童对色彩、图形都较为敏感，这一时期为其选择图画书，可以根据其对色彩敏感的特点，选择色彩丰富、色调鲜明的图画书；根据其对形状的特殊偏好，选择轮廓清晰、丰富有趣图形的图画书。比如法国画家埃尔维·杜莱创作的《点点点》，整本书以不同色彩的圆点为主角，幼儿通过与图画书的互动，如按一按圆点、摸一摸左边、摇一摇书本等动作，感知书中呈现出的魔法般的神奇。再如美国的李奥尼著的《小蓝和小黄》，讲述了小蓝和小黄的故事：他们俩是一对好朋友，他们抱在一起后变成了小绿，爸爸妈妈认不出他们了。后来发现他们的眼泪——黄眼泪和蓝眼泪流到了一起就变成了绿眼泪，爸爸妈妈总算明白是怎么回事。这两本图画书以色彩和形状为主题，融入了生动有趣的故事，十分吸引儿童，非常适合审美萌芽期的儿童阅读。再如米菲绘本系列，讲述小兔米菲日常生活的故事，图画简洁，易辨认，选择六种纯色很容易吸引儿童的注意力。虽然不是直接以色彩和形状为主题的绘本，但是这样的图画风格也非常适合审美萌芽期的儿童阅读。

2.审美初期体验期可选择富含语言之美的图画书

在审美初期体验期我们可以根据儿童的审美特点，为儿童选择语言浅显押韵，情节简单的图画书作品。为什么要选择语言浅显押韵的作品呢？因为这一时期儿童正处在语言敏感期，在父母的朗读中感知语言的美妙，对其语言的习得有重大意义。比如改编自北方民谣、周翔绘图的图画书《一园青菜成了精》，其画面融合中国元素，动静结合，别有一番韵味，最主要是这本图画书的语言生动优美，朗朗上口，和画面相得益彰。"出了城门往正东，一园青菜绿葱葱。最近几天没人问，他们个个成了精。绿头萝卜称大王，红头萝卜当娘娘。隔壁莲藕急了眼，一封战书打进园……"整齐押韵的童谣中叙述着有趣的故事，幼儿怎能不喜爱呢？

需要注意的是，父母不要让孩子一个字一个字地去认读文字，因为图画书不是识字书，过早地识字不仅对儿童毫无意义，反而会对其阅读兴趣造成伤

害。父母要做的就是一边欣赏图画,一边读给孩子听,引导他们充分感受语言之美。儿童在一遍一遍的重复中自然地习得语言,体会着汉语的美感。

3.审美创造期可提供丰富多样的图画书

在审美创造期,儿童有了自己的审美判断,加上他们的情绪情感迅速发展,他们能够自己选择喜爱的图画书进行阅读。因此我们应该给儿童自主选择的空间,为他们提供丰富多样的图画书,并且给儿童独立思考和判断的机会。在亲子共读图画书的时候,父母尽量不去加入自己对图画书的理解,给儿童安静思考的时间,让他独立思考、判断,主动表达。这一阶段可供我们选择的图画书非常多,在选择过程中应把握图画书在儿童审美接受中的影响要素,比如故事题材的积极向上、插图版式的艺术内涵、语言文字的生动优美等,其他的交给儿童就足够了。不要小看儿童的选择能力,儿童对美有着天然的感受力,他们对图画书有一定鉴赏能力。

当然,图画书的题材、画面以及文字等因素并不是割裂的,正是由于它们的相互配合,共同作用,才能形成图画书特有的艺术美。所以我们依然要综合图画书的诸多因素,为儿童选择适宜的图画书,只是在不同的年龄阶段要有所侧重。

图画书是孩子人生中最先接受的书籍,它作为儿童文学中的一种特殊样式,对儿童的发展产生着深远的影响。选择适合的图画书一定要兼顾图画书自身的审美要素和儿童的审美发展的阶段性特点。当然更重要的还应该有父母的陪伴,亲子共读才是图画书发挥其价值的真正途径所在[1]。

第三节 儿童图画书的创编方法

儿童图画书的创编并不是遥不可及的,我们了解图画书的概念、发展概况,理解它的文学特征和掌握它的鉴赏方法,这个过程其实和图画书的创编是相通的,要想创编一本合格的图画书,就必须对图画书作系统的了解,这是创编图画书所需具备的基本素养。

大量系统地阅读经典图画书、研究图画书的整体结构、分析图画与文字的关系,这些都为图画书的创编提供了实践和理论的依据和参照。经典图画书

---

[1]陈懿婷,杨锋.图画书阅读中儿童的审美接受[J].郑州师范教育,2016(5):52-55.

对于指引我们进行创编有着非常重要的作用,我们通过对它们进行阅读和分析,发现其中的规律,发挥自己的想象补充书中的留白空间,仔细观察图中的细节,从而体会阅读的乐趣,对图画书产生发自内心的喜爱,以这些图画书的为指引试着创编自己的图画书。

一、故事因子

图画书中图画和文字是两种讲故事的方式,它们共同为故事的讲述服务。作者所关注的一个重要问题就是如何用图画和文字结合的方法把故事讲述出来,那么故事因子的选择就非常重要了。

在选择故事因子的时候,有些绘本作家会选择传统的故事作为表现对象,如安徒生、霍夫曼的作品。

在初学创编图画书时,可以选择自己感兴趣并且熟悉的经典故事为范本,结合自己的绘画技巧,尝试用图画和文字结合的方式表达这个故事,这样可以从文字故事的改编入手,并且思考用何种画风,怎样把图画和文字更好地结合起来。

在图画书表达的故事因子中,有很多是难以用故事的特征描绘的,我们可以把这种故事因子称为"立意",其涵义就是作者要传达的主要思想或创作主旨。立意的特点就在于它并不是一个传统意义上的故事,我们在讲述时也很难把它作为一个完整的故事讲述,它只通过图画和文字的结合传达作者的某些想法。

立意大概有以下几种来源,来自对现实生活的观察和体验,如家里增添了新成员、亲人离世、搬家、饲养小动物等等。比如《爷爷变成了幽灵》里爷爷的突然去世,让小男孩艾斯本不知所措,每天都梦到爷爷,后来爷爷变成了幽灵,和艾斯本一起回想到底是忘记了什么。当爷爷回想起发生的一切事情,和奶奶、艾斯本在一起生活的快乐时光,似乎没发现忘记什么,随着故事的展开,逐渐呈现出来——原来是忘记了和小艾斯本说再见。

成人无法进入的童年的经验,也是作者立意的重要来源。

在自己创编绘本时可以回忆一下自己童年的经验,寻找立意,然后用图文结合的方式表现这一立意。

二、文字表述

图画书的文字表述并没有太多限定,但是一定要注意的是文字与图画的关系,文字要和图画相关联,共同讲述故事。

（一）文字要生动、简练、形象、富有童趣

图画书中文字的字数并没有过多限制，有的无字、有的文字很少、有的文字比较多，这要看作者需要怎么利用图文讲故事。不管是字数多少，在表达的时候都必须生动、简练、形象并且富有童趣。

在创编时要考虑读者对象，如果对象是低幼儿童，文字要尽量生动简单。

（二）文字要有乐感和节奏感

图画书是可听的书，儿童对它们的阅读不能缺少听觉感受，其中的文字听起来要有乐感和节奏感。

文字的乐感应该暗藏在故事的情感中，文字中的节奏感往往会通过不断重复展现出来，有音韵的重复，还有句式的重复。

很多图画书的文字部分就是一首有韵律的诗，比如《勇气》像一首俏皮的格言诗，《我爸爸》像一首温馨的儿童诗，《月亮的味道》像一首奇幻的童话诗，《花婆婆》像一首叙事散文诗。

在自己创编图画书时，也要注意文字读起来是否朗朗上口，听起来是否和故事的主题相吻合，一般来讲温馨的故事节奏比较舒缓，而幽默的故事节奏比较欢快。要学着利用适当的拟声、重复等技巧对文字部分进行润色。

（三）文字要成为图画的一部分

文字和图画要各司其职，都要为书的整体服务。文字不能喧宾夺主，同时又要和画面形成一种和谐感。

传统的图画书，都是图画居上，文字居下，两者在不同的区域中各司其职。

在很多图画书中，文字也参与了图画，参与的方式比较多变，如文字的变形，文字的排列等。

在创编图画书时要思考采用什么样的方式才能让文字与画面和谐地结合在一起，文字用什么样的方式参与图画之中，这样文字和图画才能结合成有机的一体。

三、图画表现

图画书作为一种综合性的艺术形式，其中的图画带给我们最直观的感受，图画是这类书的生命线，它不是作为文字的陪衬出现的，它本身就是一个完整的创作，它的内涵甚至比文字讲述得更丰富。儿童直接被图画吸引，这是他们阅读的最初入口，图画的表现要关注书的封面、封底、环衬等结构问题，同时要

注意造型、色彩、布局、边框、细节等的展示。

（一）造型、色彩、布局、边框

图画的造型、色彩是直接吸引儿童的要素。一般来讲给低幼的孩子看的图画书色彩比较鲜艳。美国的艾瑞克·卡尔和李欧·李奥尼在图画的色彩运用方面是非常大胆而且有创意的，如艾瑞克·卡尔的《爸爸，请为我摘月亮》，大面积深浅不同的蓝色构成的天空、银色、白色、灰色组成的有质感的月亮，绿绿的草地，很能吸引小孩子。英国的大卫·麦基的"花格子大象艾玛"系列，画面的色彩采用了红黄等暖色系，给人的感觉明亮而温暖，非常符合故事中大象们所生活的温馨氛围。

形象的造型，也是图画重要的表现内容。所以，在故事或立意的雏形出来后，采用什么形象去表现故事和立意是非常重要的，而且造型还要符合儿童的认知心理，不能让他们觉得太幼稚或者产生害怕的情绪。桑代克的《野兽出没的地方》中的野兽形象是他想象出来的，里面的野兽乍一看令人害怕，但却深受小孩子的喜爱。原来尽管这些野兽是尖牙利爪的形象，但是他们的头圆圆大大的，身体也是圆的，眼睛、鼻子等都是圆的，很多野兽还长着人类的肉乎乎的脚。这样的怪兽形象让孩子们不至于害怕，反而产生好奇，继续去看读故事。

我们自己创编图画故事书时，在想好了故事和立意之后就要思考用什么样的造型和色彩表现它们，造型可以传统也可以有突破，可以从模仿做起，慢慢带入自己的个性，多观察，多练画，逐步学会用图画传达故事和信息。

（二）细节

图画书中细节不是通过文字的描述去体现的，而是通过图画展现的，在图画中作者会故意安排很多细节，透露自己的心机，读者只有在反复读图中才可能发现。如《打瞌睡的房子》里的那只跳蚤，一开始读时很多人都会把它忽略掉，后来再读时，才在一页页中发现它。《小鱼散步》中，小鱼在路边摘的两朵野花，要送给自己最爱的的人，在故事即将结束时，我们看见一枝花已经插在了爸爸胸前的口袋里，另一只插在桌上的瓶子里，当然是留给还在加班的妈妈的。

我们在创编图画书的过程中，在绘制图画时也应当有意地用细节展示故事，在图画中也尝试着巧设机关，注意前后图画的照应，让图画有更丰富的意味。

(三)图文结合点的表现

用图画讲述故事,依靠图画的展示和文字的帮助,图文要找到最佳结合点。画与画之间的衔接、连续,形成一个个不断诉说的画面,推动故事的发展。

安东尼·布朗的《朱家故事》中,妈妈走后,留下了纸条:"你们都是猪。"随后的画面中的墙纸、月亮、水龙头、手绢、挂画等,一直到最后爸爸和两个儿子的头也变成了猪头。文字诉说了一次,画面一直在诉说。这是图文结合的一种方式。

总之,图画书中的文字和图画各自都有自己的表达,他们相结合所产生的意义远远大于他们独自承担的意义,在文字中找不到的答案,企图在图画中寻找,这就牵引读者继续往下看,这样也就达到了图画与文字结合的效果。我们在创编图画书时,也要在文字部分留有余地,让图画能说话,并且吸引读者继续在下幅图中找答案,这样就找到了图画与文字的完美结合点。

图画书的创编是一个可以逐步进行的任务,在大量阅读图画书的基础上,掌握图画书的基本理论,明确图画书创编的一些技巧,结合自己的童年体验。可以首先从模仿、改写、续写等方式入手,仔细揣摩,认真表现图文结合的特点,经过长时间的积累,逐步达到创编真正表达自己和儿童生活的图画书[①]。

---

① 徐蕊.论如何进行儿童图画书创编[J].商丘职业技术学院学报,2014(3):119-120.

第九章 儿童戏剧与影视文学

第一节 儿童戏剧文学概述

一、儿童戏剧文学的概念

儿童戏剧文学,即剧本,是指为儿童戏剧演出创作的文本,也是适合少年儿童阅读的一种儿童文学体裁。

二、儿童戏剧文学的分类

儿童戏剧文学有几种不同的分类方法,依照不同的标准,可以将儿童戏剧分为多种类型。

第一,按场次不同(即容量大小)可分为独幕剧和多幕剧。独幕剧是不分幕的小型戏剧,情节简单集中,故事在一个场景里演完,如《"妙乎"回春》。多幕剧是分作若干幕演出的大型戏剧,情节复杂,人物众多,如《报童》。

第二,按作品的内容、性质和产生的审美感受不同分为悲剧、喜剧和正剧。但儿童戏剧中最常见、最受儿童欢迎的是喜剧。儿童与明快乐观的事物有着天然的亲和力,因而他们更乐于接受充满幽默滑稽色彩,基调轻松活泼的喜剧。

第三,按表现题材的不同可分为历史剧、现代剧、童话剧和神话剧。而童话剧在幼儿戏剧中占有优势地位。

第四,按艺术表现方式的不同可分为儿童话剧、儿童歌舞剧、儿童舞剧、儿童戏曲、儿童木偶剧、儿童皮影戏和儿童哑剧等。这是最普遍、最常用的分类方法。

此外,从演出场地、演出条件分,儿童剧还可分为舞台剧、街头剧、广播剧、学校剧、课本剧等等[①]。

[①]孔宝刚.儿童文学理论与实践[M].上海:复旦大学出版社,2007.

第二节 儿童戏剧文学的审美策略

一、儿童戏剧文学的审美特征

儿童戏剧文学作为戏剧文学的一支,必然要遵循戏剧文学的基本艺术规律,诸如人物、事件、场景的相对集中,语言的性格化等等。但是儿童戏剧文学的特殊性在于它所提供的演出的观众是少年儿童,因而它的艺术特点也必然是戏剧的一般性与儿童剧的特殊性的完美结合。

(一)富有儿童情趣的戏剧冲突

戏剧是以社会生活的矛盾冲突作为主要线索去塑造人物、展开情节、组织结构的,没有冲突就没有戏剧。儿童戏剧与成人戏剧在矛盾冲突的内容和方式上有很大的不同。儿童戏剧必须具有儿童情趣,必须适合儿童的年龄特征和审美心理,必须在他们生活经验的范畴和审美期待视野中展开。其冲突的特征表现在:

1.单纯性

儿童戏剧从内容到形式都具有单纯性的特点。因为儿童与外界事物的冲突,都是由于自身生活经验与认识水平的不足引发的角色本身性格的心理冲突。如柯岩的《照镜子》,小姑娘长得很漂亮,却懒得洗脸,弄得浑身肮脏。作者利用爱漂亮的小姑娘与镜中肮脏的小姑娘互相嘲笑来制造冲突,实际上也是小姑娘自己的愿望与行为习惯相矛盾造成的冲突,由此也形成生动诙谐的戏剧效果。

2.幽默温和

儿童戏剧中即使是尖锐的冲突往往也是通过幽默温和的方式表现出来。例如,童话故事改编而成的《大象救小兔子》把较为紧张激烈的矛盾冲突场面处理成:老虎追赶小兔子,小兔子却故意绕着大树兜圈,老虎追至河边,大象用鼻子吸水喷击老虎,卷起树干抽打老虎屁股,使老虎起伏跳跃,嗷嗷乱叫。这一系列动作都极其幽默生动,没有惊心动魄之感。

(二)故事性强,情节生动

儿童看戏,首先是引人入胜的故事吸引了他们,然后才在欣赏有趣故事的过程中逐渐认识人物,理解剧情。所以故事性对儿童戏剧来说是至关重要的。这里所说的故事性,主要指剧本里核心事件的发展、高潮、结局的整个过程。核心事件的发展必须符合事物本身发展的逻辑性,其发展的根据是人物的性格,而情节是人物性格的成长史,所以儿童戏剧必然注重情节的设计,而且,如果儿童戏剧要始终抓住小观众的心理,必须以生动曲折的故事情节,并巧妙运用突变与悬念,让他们在剧情变化中得到新奇有趣的审美感受。

(三)动作性突出,语言口语化

戏剧艺术的直观性要求文学剧本必须具有强烈的动作性。动作是戏剧艺术的基础。儿童天性好动活泼,喜欢有动感的场景,因而儿童戏剧对动作性的要求比一般戏剧更为突出,包括每个人物舞台行为的动作性和整个戏剧事件的行动性,以使儿童剧的节奏更明快、更活泼,戏剧效果更强烈,更鲜亮。

儿童剧很少有叙述性语言,主要是人物的对白和独白。因为儿童戏剧的观众主要是儿童,所以戏剧语言(包括对白和独白)浅近晓白,新鲜而富于动感。如方园的独幕童话剧《"妙乎"回春》,小猫夸自己能够"妙乎回春",小兔子说:"好像只有妙手回春。"小猫自以为是地反驳:"不对,你记错了,我这儿有书为证。(翻书,翻不着。)反正是你错了。"台词非常口语化,简洁明了地表现了小猫的无知。

(四)音乐与游戏的融入

儿童戏剧比成人戏剧更强调音乐的重要性。戏剧中如果常运用优美的旋律、明朗的歌唱,使剧情更具生动活泼的气氛,会给小观众留下深刻的印象。此外,儿童剧中剧情气氛的渲染,人物性格特征的展示,往往要以音乐为重要辅助手段。

高尔基认为,游戏是儿童认识世界的方法和工具。年龄越小的孩子,越要借助于游戏形式加深对戏剧内容的理解并激发他们的兴趣。对幼儿戏剧来说,其内容大多数是幼儿游戏活动的写照,如柯岩的《小熊拔牙》《照镜子》,都把游戏性作为戏剧的核心;在艺术表现形式上,更具有幼儿游戏的特色。另外,有些幼儿戏剧中采用对话和动作的反复形式以及情节反复的场面,也十分接近幼儿游戏特征。

(五)儿童情趣浓郁

儿童情趣是儿童戏剧表现儿童特点的重要标志,它是指儿童的性情志趣及其独特的表达方式,绝不是顺手拈来用以逗乐的佐料。儿童情趣是从人物性格派生出来,通过人物的言行举止表现出来的,具有时代感[1]。

二、儿童戏剧文学中的游戏元素对幼儿情感表达的影响

(一)儿童戏剧文学中的游戏元素设计对幼儿情感表达的影响

在儿童戏剧文学中加入游戏元素可以使幼儿有更好的融入感,可以更好地感受剧中人物的情感状态。很多比较害羞、内向的儿童不喜欢在众人面前表现自己的情感,通过戏剧中扮演角色,可以放松自己,释放自己,学会表达情感。还有一部分儿童在遇到问题的时候不知道该如何解决,喜欢用肢体接触来解决问题,教师如果直接给儿童讲道理,幼儿是听不进去的。通过戏剧表演,幼儿可以逐渐学会明辨是非,掌握处理问题的尺度。

(二)儿童戏剧活动对幼儿情感表达的影响方式

1.儿童戏剧活动对幼儿面部表达的影响

幼儿年纪较小,理解、表达情感的能力较弱,只有教会幼儿正确的面部表达方式,幼儿才能正确识别他人的情感,在日常生活中与他人顺畅沟通交往。

2.儿童戏剧活动对幼儿语言表达的影响

儿童剧《小熊拔牙》中,小熊与要上班的妈妈亲密告别时的语言表达可即兴创作;吃甜食导致牙疼的小熊就医片断也可让幼儿进行语言的表达;拔牙后兔医生又嘱咐小熊要少吃甜食,小熊却表示不愿意,动物们一起劝说小熊,列出了吃甜食的危害,终于让小熊听了劝,这些场景都可以让孩子们尽情地表演。

3.儿童戏剧活动对幼儿肢体表达的影响

《小动物学本领》中,由幼儿扮演小乌龟、小兔子、小鸭、小青蛙。儿童在老师的指导下,对每一个角色动作的仔细观察与模仿,同时在学艺过程中小动物产生了懈怠的情绪,幼儿都能进行深刻的体验和外在动作的模仿。这对幼儿肢体表达产生了内外双重效果。

塑造幼儿天真无邪的游戏精神与儿童戏剧文学追求的审美价值是不谋而合的,两者对于幼儿阶段的情感教育都具有重要的作用,对陶冶儿童情操与培养审美情感有着无可替代的积极意义,最终会促进儿童积极地发展,健康地成长[2]。

[1]孔宝刚.儿童文学理论与实践[M].上海:复旦大学出版社,2007.
[2]罗彬.儿童戏剧文学游戏与幼儿情感表达的影响[J].知识文库,2019(10):19.

第三节 儿童戏剧的创编方法

由于儿童对事物的理解水平和接受能力有限,所以编创儿童戏剧,除了遵循戏剧创作的一般艺术规律,还要考虑他们的年龄心理特点,才能写出好的剧本来。

一、选择适合儿童特点的题材

儿童剧题材的选择要立足于能对儿童产生积极的意义。儿童戏剧是儿童认识世界的特殊方式,他们观看或参与演出的过程,实际上是认识社会和道德发展的过程。所以,给儿童看的戏剧,无论是反映家庭、学校、社会生活,还是神话传说、民间故事、童话故事、历史题材、科幻题材,都必须积极健康,有益于他们身心的发展。儿童剧题材的选择,要研究当今时代社会的物质和精神生活状态对儿童产生的影响;要研究儿童内心世界,精神需求和兴趣爱好的特点,才能对孩子心灵发生陶冶作用。此外,电子媒介的普及和动画片等各种儿童电视节目对儿童的审美意识及趣味产生了很大的影响,这些都使儿童剧创作面临挑战。

二、塑造好人物形象

儿童剧中尤其是幼儿剧的人物性格的主要侧面都要十分鲜明突出,如狐狸的狡猾、小猴子的机灵、老鼠的贪婪、大象的无私、狼的凶残、熊的迟钝、乌龟的憨厚,都只突出性格的一面,其他侧面则较为模糊。这样写易于让小观众理解和接受。不过,以青少年为主要观众的戏剧可适当表现人物性格的丰富性和复杂性。

儿童剧中要注意正确把握三类人物的心理和性格特征,即儿童剧中的儿童、成人和拟人化后的动植物形象。儿童看戏时,常与剧中年龄经历相仿的戏剧人物进行对比,所以编剧时要了解角色的年龄、生活知识水平和兴趣爱好,才能写好人物的心理和性格特征,写出人物之间的性格差异。儿童剧中的成人形象,不仅要符合其自身生活逻辑、性格和语言特征,而且要符合儿童的心理和欣赏角度,使他们感到真实、亲切、可信。儿童剧中人格化的动植物形象的塑造既要注意性格的刻画,又要注意"物性"和"人性"的巧妙融合,进而设计它们在特定的戏剧环境中的语言和行为。

三、写好具有儿童情趣的戏剧情节和细节

人物活动的戏剧情节和细节能够很好地体现一出戏的主题思想。情节和细节如果富有儿童情趣，戏剧则更能吸引住小观众，达到寓教于乐的目的。如童话剧《"妙乎"回春》就是一部寓思想教育于儿童情趣的情节和细节的成功之作：一是作者利用了孩子不完全懂得动物特性的特点，设计了一系列小猫"妙手"误诊的情节，使全剧情趣盎然，曲折生动而又自然合理；二是剧中出现的"妙乎回春"的相关细节，如猫叫的声音，形似字"乎"与"手"，表现了小猫马虎、粗心和不懂装懂的性格特征，让小观众在对比中意识到并改正自己的缺点。

为了给儿童观众提供更多更好的剧本，我们也可以自己动手，把现有的儿童文学作品改编成儿童剧。童话故事、叙事性诗歌、生活故事、人物故事、寓言、神话、故事性强的看图说话材料都可以成为儿童剧改编的来源。但也不是所有的儿童文学作品都可改编成戏剧，而是要从戏剧艺术规律去审视与衡量其改编的可能性。改编时要注意尊重原作的主题、情节和人物，同时也要根据舞台演出的要求作必要的改动，特别是最能表现人物思想性格特征以及矛盾冲突的部分，可以加以突出。另外，原作叙述性语言在剧本中要化为人物的台词（个性化和动作化）和舞台提示（简练和准确）[1]。

第四节　儿童影视文学概述

一、儿童影视文学的概念

儿童影视文学是指为拍摄儿童电影和电视剧所创作的文学剧本。儿童影视文学概念本身包含两种含义：一是"儿童的"，二是"影视文学"。可见，儿童影视文学比一般影视文学要求更高、难度更大，有其特殊的艺术特点。

二、儿童影视文学的特点

儿童影视文学作为一种独特的艺术形式有其自身的特点。

---

[1] 孔宝刚.儿童文学理论与实践[M].上海：复旦大学出版社，2007.

(一)情节单纯,悬念迭生

情节是文艺作品中人物生活和斗争的演变过程,也是影视文学的主要组成部分。但与其他影视文学作品错综复杂的情节发展不同,儿童影视文学往往采用单线结构的方式,使得情节比较单纯。不过,单纯也并不等于平铺直叙,也并非单调。为了引起儿童阅读和观赏的兴趣,情节的展开过程中还要设置悬念,使人物受到一系列干扰,产生一次次冲突,激起观众对人物命运的关注。情节单纯符合儿童的思维方式,悬念迭生迎合儿童的好奇心态,它们都是以儿童的心理特征为基础的。如根据《西游记》部分内容改编的《三调芭蕉扇》,整个故事就是由三次"调"贯穿起来的,十分单纯。第一次孙悟空变成小虫钻进铁扇公主的肚子里借到了"芭蕉扇",却是一把假扇;第二次变成牛魔王借扇,又被牛魔王给骗了回去;第三次与牛魔王一阵厮杀,请来了众多神仙帮助,终于"调"来了芭蕉扇,通过了火焰山。这整个过程悬念迭生,对小观众很有吸引力。

(二)动感突出,趣味十足

动作是表演艺术和影视艺术的基础,它不仅是推动剧情发展的重要因素,也能很好地表现人物个性。《三打白骨精》中,孙悟空先打村姑,再打老妇,三打老翁。情节就在"打"这一动作中被推动,而孙悟空的智与勇也在"打"的动作中得以体现。美国动画片《汤姆和吉瑞》(又名《猫和老鼠》)里,汤姆和吉瑞常常处在激烈的运动之中,进行永无休止的追逐游戏。这部动画片以其强烈的动感美和想象力赢得观众特别是幼儿的喜爱。另外,儿童影视文学一个非常重要的审美特征在于"趣",也是其与成人影视文学的区别所在。成功的儿童影视文学大多是基调明快、乐观的,具有幽默滑稽的色彩,即使表达一个重要的思想哲理,也是通过趣味性的形式表现出来。如《小兵张嘎》,嘎子和侦察员罗金保扮成卖西瓜的摊贩智擒汉奸胖翻译的场景令人捧腹。美国影片《小鬼当家》更是笑料百出,小主人公有勇有谋,充溢着浓郁的儿童情趣。

三、儿童影视文学的分类

儿童影视文学常见的样式有:儿童故事片、儿童美术片、儿童新闻纪录片、儿童电视剧等。

儿童故事片又称儿童故事电影文学,它通常具有生动的人物形象,引人入胜的情节和完整的形式。简言之,儿童故事电影文学是适合孩子看的,有一定情节的文学剧本。儿童美术片是一种对儿童影响很大的影视文学样式,在儿童影视文学中独具特色。它包括动画、木偶、剪纸、折纸等几个片种。美术片最突出的特点在于它的写意性和假定性,具有丰富的幻想和浪漫夸张色彩,能以最大自由度表现想象中的事物,如《哪吒闹海》《大闹天宫》《宝莲灯》等都是深受儿童欢迎的美术片佳作。我国美术片具有鲜明的民族特色,如水墨动画片《小蝌蚪找妈妈》,剪纸动画片《猪八戒吃西瓜》等。

儿童电视剧按传播方式分为电视短剧如《小皇帝》、电视单本剧如《太阳有七种颜色》、电视连续剧如《跑跑的天地》、电视系列剧如《女生贾梅》等[①]。

第五节 儿童影视文学的审美策略与改编方法

一、儿童影视文学的审美特征

自20世纪起,影视文学成了儿童文学的一种新型综合性的体裁形式,影视从无声、黑白、平面、银幕一步步发展到有声、彩色、立体、全息和数字化时代,成了当今世界影响最大,关注度最高的一种综合艺术,它是一种集声、画、意于一体的,儿童喜闻乐见的文学体裁样式。

影视文学就其一般特征而言,与图画文学、报告文学并无多大区别,由于表现形式的特殊性,因此,它必然具备作为一种儿童文学体裁的特殊性,也就是创作者要通过动态画面语言塑造形象,表现生活,表达出作者对于生活的一种感情和态度,进而使儿童产生共鸣或思考。因此,影视文学是一种文学与影视辩证统一的新产物。

作为影视文学的一种,儿童影视文学可以是虚构的,可以是加工的,也可以是纪实的,但不管哪一种,都应该有一定的要领可循。关于儿童影视文学的美学特征可以从以下几个角度研究。

(一)儿童影视文学的"寓教于乐"性

儿童影视文学有很强的教育和认识作用。它对于儿童的教育不仅包括思想层面的,而且包括审美层面的。由于儿童影视文学倾注了成人对儿童世界和儿童情怀的剖析,因此儿童影视文学还具有深刻的认识作用,能有效帮助儿童认识自我,了解事理,观察社会。许多影视文学,比如《白雪公主》《哪吒传

[①] 孔宝刚.儿童文学理论与实践[M].上海:复旦大学出版社,2007.

奇》等一些优秀的动画片中通过塑造曲折的故事情节和鲜明的人物形象,利用简单的动画教育,启发孩子,使他们在潜移默化中学到知识,受到教育。同时在看动画片的同时培养他们审美的涵养,因此,儿童影视文学的思想教育和审美教育往往是相伴而生的。

"寓教于乐"一向是中国动画片创作所秉承的宗旨,但作为文学承载体裁特殊的、综合性艺术,不应该使动画片变成"教条化"的替代表现,不能流于空洞、简单的说教,儿童影视文学讲究的是童真、童趣,讲究生动、形象,不能思想教条的味道太重。同时,说理也要适度,结合儿童的接受能力和理解水平,不可过度理性。

(二)儿童影视文学的视觉化与意象化追求

个性、优质、立体的画面感是影视文学作品吸引儿童的重要原因。动态画面作为文学的一种特殊承载形式,影视画面是儿童通过动态画面了解一部文学作品的第一印象。这也是为什么现在3D电影更受追捧的原因,就是因为视觉冲击和更加逼真。色彩也是影视文学应该考虑的重要原因,色彩不同,表现的气氛和感情也有所不同,所以说影视对于颜色的要求很重要。在一所幼儿园中,如果说老师问小朋友《猫与老鼠》与《狗请客》想看哪个的话,更多会选择前者。有人说,动感是儿童视听感官最好的说客,因此,动作性对于一部动态画面的意义是极其重大的。

立意是一部作品的主体内容,要有连贯性和完整性,一步一步,步步深入,达到引人入胜的境地。因此,创作一部好的影视动画一定要设计好故事的情节,具有故事性,尽量设置一些深刻、生动的戏剧性冲突,生动新奇的情节原本就是一部作品吸引人的地方,如果没有生动曲折的情节,就无法引儿童入境,无法对儿童产生感染力和吸引力。如在对儿童影响巨大的动画片《西游记》中,正是以师徒四人西天取经途中遇到的九九八十一难为主线演的。作为四大名著之一,能经久流传,不管儿童还是成人,至今对于人物、情节都无比喜欢,津津乐道,法宝就是它的新奇生动的情节。

(三)儿童影视文学的典型性特征

在创作儿童影视文学的实践中如何才能打造出新奇生动的情节呢?我认为,真谛在于,要善于从平凡中发觉不平凡,从普通中发觉不普通,带着发现的眼睛深入生活,解放我们的思想,大胆创作,敢于虚构,影视文学作为一种新型文学呈现形象,本身就注定文学拥有丰富的、独特的想象力,创作者要把真实

— 238 —

的或者可能的事物或情节,通过想象、幻化,巧妙塑造一些生动鲜明的人物形象。只有这样,才能为儿童展示丰富、深刻的生活画卷,描绘出各色各样的人物,帮助他们明白生活的哲理,引导他们认识人生。通过这种不受束缚的自由想象的文学影视的影响,可以开发儿童的想象力和创造力,对孩子的发展也会产生巨大的有利影响。

在创作过程中,还要注重细节,注重典型的创作。如《西游记》中,重修养、轻劳动、斯文迂腐、理想化是唐僧的典型特征,正是因为他的这种核心性格特征注定他总是被骗、被挟。有能力、会办事,也能出风头,但思想教育水平低,也有一些桀骜不驯,就是孙悟空的形象特点,正是他这种典型人物的重彩塑造,对孩子有强大的吸引力,孙悟空成了一大批儿童崇拜、敬重的人物。同时,孙悟空也是片中的主要人物,剧中处处凸显孙悟空这个主要形象,一切以他为中心收场,这就给儿童留下了深刻难忘的印象。好吃懒做、愚蠢、重色重利是猪八戒的形象,这个形象的塑造不管从语言上还是行为上都是相当有特色的。沙僧在剧中就是一个挑担工,没有孙悟空那样能耐,也不似猪八戒那样懒散,充当老好人似的一个角色,不同人物形象的塑造,能从不同程度烘托故事的发展和走向。因此,典型性的创作也是不容小觑的重要工作。

(四)儿童影视文学的情感追求

"情"是儿童影视文学打动人的地方,也是影响儿童最深的一点,情真则事真,许多优秀的影视文学就是以其情感态度而打动甚至影响儿童,使之行为上达成共识,情感上产生共鸣。因此,创作者在创作作品的时候,一定要积极,儿童的认知、分辨能力还尚待提高,思想道德观还不稳定,受外界因素影响很大,正所谓"染于苍则苍,染于黄则黄",因此在创作作品时一定要积极向上,健康人文。如幼儿园里,奥特曼这个角色极受男孩的喜欢,甚至有一种崇拜的情怀,可是为什么现在《奥特曼》在幼儿园成为禁播影片了呢?原因是幼儿教师和家长一致认为,奥特曼形象很勇猛,但是这种勇猛都是以武力博得的,稍显暴力。然而幼儿期正是爱、关怀、谦逊等一切积极情感形成的关键时期,禁播此片成了无可厚非、有因可循的必然。另一部经典动画片《大头儿子和小头爸爸》则是孩子学习、领悟的营养基地,它教会孩子去爱。爱是一个永恒的话题,小头爸爸给予大头儿子的是想象力的满足和对他一颗童心的呵护,是一种深刻而又细致的父爱,这是足以值得孩子回忆一辈子的温馨,这是孩子喜欢的动画片,也是最想推荐给爸爸妈妈的动画片。

儿童影视文学的影响是相当巨大的,创作一部儿童影视作品是相当慎重的,选择一部好的儿童影视文学作品更是慎重又慎重。既要考虑作品的特点,又要考虑儿童的可接受水平和影响取向;既要应时代而生,不古板,新奇深刻,又要发人深省,启人心智,相信儿童影视文学的长空一片辉煌[①]。

二、儿童影视文学的改编方法

儿童文学是陪伴和促进儿童精神成长的重要资源,以其独特的叙事话语体现其重要文学价值。传统儿童文学以纸质传媒为主,在传播效果上受到一定的局限。随着图像、影视、网络等新媒介的出现,儿童文学通过改编的方式转换为儿童影视,不仅优化了儿童文学的传播效果,扩大了儿童文学的影响力,而且为儿童电影创作提供了丰富的内容资源,成为推动儿童电影发展的"源头活水"。国外《哈利·波特》《纳尼亚传奇》《爱丽丝漫游奇境记》等脱胎于儿童文学的热映影片就是儿童文学影视传播的成功实践。而在国内,儿童文学的发展与儿童电影的创作、发展也有着紧密的联系。

返顾现代儿童电影创作,改编是其内容生产的重要方式,尤其以对儿童文学的改编为主。从20世纪20年代中国美术片最早的开拓者与探索者,万氏兄弟(万籁鸣、万古蟾、万超尘、万涤寰)根据伊索寓言改编完成了《龟兔赛跑》《狗侦探》等多部动画短片。1941年,万氏兄弟根据《西游记》改编执导的中国第一部动画长片《铁扇公主》,以其创制传统及民族特色成为世界电影史中经典动画杰作。新中国成立后,儿童文学的电影改编在探索中开始大步向前。从1954年的《鸡毛信》开始,中国当代儿童文学的影视改编有了一个良好的开端。进入新世纪以后,儿童文学影视改编方兴未艾。近些年,伴随互联网化与媒介融合程度日益加深,中国电影创作格局多元化明显,新生力量崛起。很多导演不约而同选择儿童题材和青春题材作为其表现对象,创作了一大批儿童电影。这些儿童电影的改编实践,一方面说明了儿童文学是当代儿童电影创作的不可或缺的内容资源,另一方面也显露出当代儿童电影改编中仍然存在不少问题。

首先,成人化倾向严重。我们说儿童文学作品的主体是少年儿童,虽然为少年儿童拍摄的电影都是由成人来完成。但一定要有"儿童视角",即借助儿童的眼光或口吻讲述故事,故事的呈现过程要具有鲜明的儿童思维的特征。现在有很多声称是专为孩子制作的"儿童电影",为了票房再注入大量的"成人

---

① 纵颖.儿童影视文学创作审美特征的解析[J].文教资料,2017(18):11-12.

元素",将儿童电影变成他人生价值失落后重新寻找人生意义的精神寄托。自然而然,这样改编出来的作品最后只能成为孩子大人都不待见的"四不像"。其次是创作题材陈旧。从内容上看,儿童文学作品的改编题材陈旧,故事情节的固化和模式化比较严重。特别是儿童电影作品中的生活内容"炒剩饭"现象,也说明在某种程度上忽视了儿童日益增长的精神文化需求,造成了儿童电影题材的闭塞,自然难以引起儿童的兴趣,成为经典的作品少之又少。最后是想象力匮乏。近几年国产少年儿童电影的产量平均每年有50部左右,动画电影15部左右,而能进入影院让孩子们看到的不超过10部。为什么会出现如此尴尬的文化境遇?从制作角度看,与一味追求低幼化浅阅读不无关系。误以为少儿电影就是创作姿态低,把"我蹲下来对你说"当作少儿电影创作的正宗姿态,结果造成了少儿电影作品低幼化、浅薄化。既低估了孩子们的想象力,又排斥了成人观众群,造成少儿电影姥姥不疼舅舅不爱、谁都不喜欢的窘境。诸如此类,将会让中国当代儿童电影的发展走进一个非常尴尬的时代。

那么,如何推动儿童文学传播和儿童电影创作的良性发展?长期以来,儿童文学影视改编的各个层面都对这一问题保持了极大的关注和重视。不得不说,近些年来,在国家倡导儿童电影教育形势下,儿童文学影视改编有了极大的提升和发展。一方面,根据儿童文学作品改编的影视作品越来越多;另一方面,儿童文学影视改编的质量也有了很大的改观,涌现出了诸如《大圣归来》《哪吒之魔童降世》等一批叫座又叫好的儿童动画片。但这能不能说我们在儿童文学影视改编上已经杀出一条"血路"来了呢?现在依然言之过早。在媒介融合的过程中,需要讲究一定的发展策略。我认为,文学和电影这两种不同的艺术形式的改编,主要应从三方面加强:

一是儿童文学影视改编要具有鲜明的民族化叙事特点。不同的国家有不同的文化。中国读者喜欢线型小说叙述结构和大团圆的故事结局,因为这符合中国读者的审美习惯和儿童的文化欣赏心理。在从儿童文学改编成电影的过程中,叙述语言从小说的文学文本变成电影的可视文本,民族化的叙事策略仍然是中国当代儿童电影叙事的制胜法宝。比如前面提到的动画电影《大圣归来》就是一个成功案例。首先,它将探索民族风格的触角伸向了中国人独特的情感体验。影片取材于《西游记》,以"大圣归来"为名,然而影片的第一视角却是江流儿。江流儿从小以孙悟空为偶像,认为他是无所不能的英雄。这正是20世纪80年代末90年代初成长起来的一代人的集体童年记忆。影片以这部分人为目标观众,深入挖掘他们共同的情感体验记忆与文化记忆,成为最打动观众的所在。其次,《大圣归来》对于民族风格的探索还表现在它对民族文化精神的传承。众所周知,《西游记》在中国文化中的地位举足轻重,以《西游记》为基本故事题材进行改编再现的文艺作品不胜枚举,如《铁扇公主》《大闹天宫》等这些作品以西游故事为原型,衍生出不同的主题,与这些作品相比,《大圣归来》的主题更接近于原著。《西游记》的一大主题是个人的成长,即从孙悟空到齐天大圣的转变。中国传统的英雄形象总是劫富济贫的,是先天下之忧而忧的,当孙悟空救民众于水火之时才成为了真正的齐天大圣。《大圣归来》这一主题正是对中国传统文化中英雄观的一种确认。同样,2019年暑期推出的饺子执导、编剧,改编自中国神话故事的《哪吒之魔童降世》,也是一部传统民族元素现代演绎的典型之作。导演对影片中角色形象的设计,延续了近年来国产动画制作中对人物形象幽默化、亲民化的设计思路。通过民族化、本土化的艺术呈现,将传统审美风格融入创作中,达到形神兼备的意蕴之美。影片上映1小时29分票房破亿,创动画电影最快破亿新纪录。由此可见,改编者要从中国儿童独特的心理特征和文化意识出发,注重他们的文化个性特征和精神需求,创作具有儿童文学个性化的艺术作品,表现中国儿童现有的生活情境,才可能获得成功。

二是儿童文学影视改编要追求文本题材多样化与主题多元化。不可否认,中国儿童电影发展最初承载着寓教于乐的教育功能,整体选材上也偏重于较为宏大的叙事背景设置。而且中国儿童电影多半是从动画片改编,几乎没有故事片。事实上,儿童的精神世界是很丰富的,儿童电影应该站在儿童视角,深入内在的儿童心理、感受、生活、教育和命运。儿童电影的题材同样丰富多彩,故事、科技、幻想、教育、文艺、战争……其实,有多少种写作题材就有多少种电影题材。儿童电影的题材与文学作品的题材一样可以使其风格多元化,题材个性化。运用不同类型的文学体裁和题材来充实儿童电影的艺术创作。类型和题材的丰富,将直接促进儿童电影创作风格的多样化。在世界电影发展的历史长河中,伊朗儿童电影用其最质朴清新的方式,创造了独具一格的无限魅力。伊朗儿童电影远离政治,导演们可以尽情刻画、捕捉儿童纯真的童趣,几近真实地还原儿童视角,展现儿童单纯美好的心灵,如同一面镜子映射着伊朗社会生活的各个侧面。即使是诉说生活中的苦难,也总有暖人心的余温存在,带给观众们无限的感动和美好的回忆。例如《小鞋子》就是一部非常温暖的儿童电影,讲述一对兄妹与一双小鞋子的故事,唤醒人们对童年遥远的记忆,进而让人思考贫穷生活与单纯、天真、善良、快乐之间的关系。所以说,儿童电影也应该有创作人员的独特个性和人文关怀,即使是同类题材,经过不同创作者的解读,也要带上创作者不同的个性特征,呈现出不同的风格和主题。运用文学文本生动的故事情节作为电影文本情感表现的重要元素,故事情节的曲折离奇,人物形象的生动活泼,是从情绪上感染读者和观众的一种形象化的辩证手法。儿童电影的故事叙述当然也可继承文学叙事逻辑、结构手法和叙事技巧。故事情节发生的背景简单,故事情节的展开也便越顺畅,这与儿童的心理结构也能相适应。风靡世界的《小鬼当家》及其续集《小鬼当街》《新小鬼当家》等"小鬼"系列儿童电影即这样的作品。其成功无疑来自故事的精彩,这精彩不仅仅在于故事的形式——事件的安排,更在故事的内容——场面、人物、思想,正是因为故事与人物、思想的完美结合,才使"小鬼"故事不仅好看而且耐看,不仅轰动一时而且具有持久效应,从而引发了"小鬼"系列。显而易见,"小鬼"系列中的许多故事都是虚构的。尤其是《小鬼当街》中,九个月的婴儿能够健壮地满地爬行,能自己上公共汽车,能在大商场爬来爬去没人管……显然都不可能。但是在观看电影时,人们却觉得这是真的,不知不觉被牵动情感,走进故事中去,这就是艺术的真实。在电影欣赏中,审美能力偏低的儿童多流于对形式的感受,而作为电影工作者,是要进行审美创造的,就应该透过影片的形式层面,去研究其内容,以及与内容和形式相关的因素。

三是儿童文学影视改编要力求做到人文关怀与审美意识并重。人文关怀与审美意识是一部文学艺术作品的审美内涵的体现。如果创作者在改编的过程中把人类普遍的人文关怀意识演变成一种冷冰冰的训导和说教,其人性探索也随之失去了应有的深度。影视艺术作品应该是表现人生追求生命真谛的一门艺术,有着深刻的审美意识和人文关怀,应该塑造出血肉丰满的人物形象,生动地表现人生的命运和遭际,表现人物丰富复杂的内心世界,进而深入探讨民族文化心理积淀、社会审美意识,形成丰富的文学创作审美形态。西班牙动画电影《夜之曲》就是这样一部佳作:故事发生在一座孤儿院,小男孩蒂姆有天晚上发现守护自己的弧矢七星突然不见了,这到底是怎么一回事呢?蒂姆一心想着找回自己的那颗星星,让它重新闪亮,以在夜晚保护自己免受黑暗的侵袭。然而,入夜的城市却在悄然发生着改变,越来越多的星星消失在天空中,一股黑暗的力量正在摧毁着除了星星之外的所有发光物体,月亮、路灯都是被消灭的目标。随着蒂姆寻找之旅逐渐前行,城市中越来越多的地方被黑暗笼罩。直到最后,蒂姆才知道吞噬一切光亮的,正是自己对黑暗的恐惧,也正是这份恐惧让他的守护星弧矢七星熄灭了,他的恐惧让城市陷入黑暗之中,吞噬着一切光亮。而夜之曲的总管摩卡企图让蒂姆独自穿越黑暗的城市，战胜自己内心对黑暗的恐惧的计划也失败了，最后就连一直保护蒂姆寻找星光的牧猫人也被蒂姆内心的恐惧制造的黑暗力量所击倒"死去"。面对牧猫人的"牺牲"，蒂姆最终鼓起所有勇气，勇敢地面对黑暗，并与黑暗带来的恐惧对峙，成功战胜了自己。影片以一种儿童视角和童话的叙事方式，将一段小男孩蒂姆战胜黑暗恐惧的故事讲述得轰轰烈烈，如同一场冒险、一场战役的个人成长经历与观众实现了最大限度的情感共鸣。同时，在影片看似松散的结构中，蕴含了多种极具人文关怀的情感，对童年的怀念，对孤儿内心世界的关注，对爱、守护与坚强意义的重新讨论，都让本片与观众的内心产生了强烈的共鸣。在影片的叙事维度中，没有生死分别的成长才是真正的圆满结尾。影片《夜之曲》中的艺术创作情怀与美学特征值得我们深入探索。

　　总之，电影是最具世界性的传播媒介与艺术样式，十分易于儿童接受。中国14岁以下的少年儿童有3亿之众——祖国的未来、民族的未来，电影人有责任为他们提供优质电影作品。在新时代语境下，儿童文学电影的改编，除了前面谈到的几点，最为关键的是要抓住当今"网生代"儿童观众的特点，因为他们自幼成长在互联网文化浸润之下，其互联网思维、跨媒介叙事能力、视听语言掌握程度对儿童电影创作要求更高。这就提醒我们，儿童电影创作必须创新和革新理念，不但要充分考量儿童心理发展，增强影片想象力、互动性和参与感，还要努力搭建儿童电影全媒体平台，敏锐捕捉时代变化气息与当下儿童现实生活中出现的新事物、新问题，拓展影片探索儿童现实生活和精神世界的深度和广度，以民族化、多元化、经典化为创作目标来探讨多媒体时代儿童文学影视改编的生存与发展[①]。

[①]马忠.民族化多元化经典化——关于儿童文学的影视改编[J].吐鲁番,2021(1):75-78.

第十章　儿童散文与儿童报告文学

第一节　儿童散文概述

一、儿童散文的概念

散文是一种题材广泛，结构灵活，以自由、个性的笔墨抒写作者的心灵感受、生命体验的艺术性的散体文章，多指艺术散文，也叫作美文。儿童散文是指用准确、凝练、充分生活化和儿童化的文学语言为少年儿童创作，以记叙和抒情为主，传达儿童生活情趣及心灵感受，供少年儿童阅读和欣赏并与儿童审美感受和审美能力相适应的文情并茂的文学体裁。

二、儿童散文的发展

我国散文的历史悠久，但为儿童创作的散文却始于五四时期。随着五四新文化运动的开展，知识界提出个性解放、思想解放的进步观念，鲁迅、周作人、叶圣陶等撰文呼吁"解放孩子"，坚决反对以封建社会的传统方式教育儿童，于是出现了专为儿童创作、适合儿童阅读的儿童文学。冰心的《一只小鸟——偶记前天在庭树下看见的一件事》(1920)、刘半农的《雨》(1920)、郑振铎的《纸船》(1922)、鲁迅的《从百草园到三味书屋》(1926)、朱自清的《春》(1933)、老舍的《小麻雀》(1934)等都是当时儿童散文的优秀代表作。

但在其后直至中华人民共和国成立的一二十年间，由于战争连绵、社会动荡不安，广大作家群也把创作目的指向了"为社会"。儿童文学领域内，能反映社会现实生活，能对少年儿童起到感化、教育作用的童话、故事、小说的创作相对繁荣，而以抒情为主、社会作用不甚明显的儿童散文的发展却非常缓慢。到20世纪50年代，儿童散文领域又出现了一批作家。20世纪80年代，伴随着改革开放的春风，儿童散文成长为儿童文学园地里的一枝奇葩。优秀的儿童散文作品如雨后春笋般出现在大量的儿童文学报刊上。儿童散文作家队伍愈加壮大，老一辈的作家如冰心、郭风等继续创作，更多的作家如金波、胡木仁、吴然、张秋生等也加入了这一行列。20世纪90年代以来,全国陆续出版了一大批专供儿童阅读的散文专辑,其中比较有影响的是《中国幼儿文学集成》中的《诗·散文》(1991)、《中国新时期幼儿文学大系·散文》(1998)、《中国当代幼儿散文精品》(1997)、《中国幼儿文学作家散文丛书》(2000)等。

儿童散文真正的发展时间虽然不长,但它对儿童的情感的熏陶和语言的影响作用却越来越突出。儿童的思想意识和个性特征正处于萌芽阶段,他们喜欢观察和感受自认为是美的东西,对美好事物常常流出欢喜、羡慕的感情。给他们多欣赏一些优美的散文,能陶冶他们的性情、气质。一篇好的散文不仅可以丰富儿童的知识,发展儿童的想象力和思维能力,而且可以带给儿童无限的精神愉悦,使他们以乐观、向上的态度对待生活。通过作者的真实情感,优美的意境描写和丰富的想象,作者又可以与儿童读者进行精神对话,使儿童的心灵和情感受到良好的熏陶,使他们摒弃顽劣,变得文明高尚。当然,对于儿童来说,给他们提供的散文首先应该考虑其内容是否贴近他们的生活,是否接近他们的理解能力。

三、儿童散文的特征

作为一种文学体裁,儿童散文既有散文的一般特点,又显示着儿童文学的特性。儿童散文具有散文的一般特性,如题材广阔、形式活泼、构思巧妙等,同时,儿童散文的读者对象是少年儿童,因此也必然具备儿童文学的特殊性。

(一)内容的包容性与限定性

"孩子有多大,写作的心灵就和他一样大。"儿童散文的内容包罗万象,大至茫茫宇宙,小至花草虫鱼,无不可以包容其中,如作家的童年生活,作家眼中的自然风景,风光万物,花鸟虫草,山川湖泊。正因为儿童散文的选材广泛,更要照顾到不同年龄儿童的不同需求,在选材上要考虑到不同儿童的心理、兴趣、知识及思想的特点。从总体上来讲,儿童散文的描写内容要贴近儿童的生活,借助儿童熟悉的人、情、事、物来表现儿童的生活,抒发儿童的感情。它具有"儿童化"的特征,这使儿童散文具有了明显的限定性。如从儿童的叙述视角出发:张歧的《俺们的学校》,桂文亚的《菜市街》;从成人的视角出发:金波的《微思细笔》,湘女的《大树杜鹃》。

(二)表现儿童的童心和童趣

表现儿童日常生活之趣,是儿童文学的固有特色,也是儿童文学作家在不同体裁的儿童文学创作中所遵循的美学原则。在儿童散文中,"趣"的内涵囊括了童趣和理趣两方面的内容。以跳动的童心表现童趣,借事理物象的描述融贯理趣,这是儿童散文的一个鲜明特色。童心和童趣是儿童散文和成人散文的主要区别,是儿童散文的核心和灵魂,也是其魅力所在。

优秀的儿童散文往往是童心贯穿全篇,无不让人感到一股充溢全文的童心稚气。这个"童心"有两层含义。首先,童心是儿童散文作者的童心。儿童散文的作者一般是成人,要想使他的创作成功,就必须让儿童读者接受他的情感、情绪、心灵感受和生命体验。因此,作者在创作儿童散文时要有一颗"童心",要选择儿童的视角。作者在用大人的眼光观察的同时,还要用儿童的心灵思忖,要以作者的童心触动儿童的童心,使作品在感情上引起小读者的认同和共鸣,能够激起他们阅读的兴趣,给予他们阅读的愉悦。"童心"的第二层含义就是散文通篇所蕴含和体现的天真烂漫、稚拙幻想的童子心态和散文字里行间所流露的孩提心迹。

郑振铎在20世纪20年代翻译泰戈尔写的《纸船》:"我每天把纸船一个个放在急流的溪中。/我用大黑字写我的名字和我住的村名在纸船上。/我希望住在异地的人会得到这纸船,就知道我是谁。/我把园中长的秀利花载在我的小船上,希望这些黎明开的花能在夜里被平平安安地带到岸上。/我投我的纸船到水里,仰望天空,看见小朵的云正张着满鼓着风的白帆。/我不知道天上有我的什么游伴把这些船放下来同我的船比赛!/夜来了,我的脸埋在,手臂里,梦见我的纸船在子夜的星光下缓缓地浮泛前去。/睡仙坐在船里,带着满载着梦的篮子。"

文中描写了一个孩童将自己折叠的纸船放到溪中去时的心理活动,其中有一段充满童真的叙写:"我投我的纸船到水里,仰望天空,看见小朵的云正张着满鼓着风的白帆。我不知道天上有我的什么游伴把这些船放下来同我的船比赛!"一个天真、好奇、富于幻想和想象的孩童形象跃然纸上,可谓童心、童趣的代表。

又如郭风的《痴想》:"我想,/有一天,我要变成一朵小野花,/——一朵淡黄色的小野花,坐在两片鲜绿的草叶上;/我侧着头坐在那里,好像幼稚园的小朋友,坐在自己的小椅子上;/我坐在那小椅子上,唱一首童谣,还要看一本童话图画故事;/忽然,我的朋友蜜蜂飞来了,这时,我便在我的花瓣上放一点蜜,请我的朋友喝蜜。"

这篇散文以描绘儿童的心理世界为主线,写出了可爱的稚童独有的充满想象的童心和童趣。在作者笔下,被人们司空见惯的小野花、草叶、小蜜蜂以及图画故事、小椅子都带上了童话般美丽的色彩。在孩子想象的世界里,这一切在成人看来丝毫没有新奇感的事物都成了给他们带来无限乐趣的东西,使孩子们在对这些事物无尽的想象中享受童年生活的乐趣。

(三)和谐统一的美

儿童散文之所以能为孩子们所接受、喜爱、欣赏,主要还在于其内质美和外在美的和谐统一,并借此营造了优美的意境,给小读者以美的熏陶。具体表现在:

1. 情感美

率真是儿童的可贵品质,它要求作家将最美好的感情诉诸笔墨,表现健康向上的情感。

泰戈尔的《花的学校》中一些充满童稚之气的认知以及健康向上的情感:

——在绿草地上跳着狂欢的舞。

——你可知道,妈妈,他们的家是在天上。在星星所住的地方。

——他们也有他们的妈妈,就像我有自己的妈妈一样。

2. 意境美

意境是审美理想的集中体现,是指作品中呈现的情景交融,虚实相生的形象系统及其所拓展的审美想象空间。

细细的溪水,流着山草和野花的香味,流着月光。灰白色的鹅卵石布满河床。卵石间有多少可爱的小水塘啊,每个小水塘,都抱着一个月亮!

阿妈,白天你在溪里洗衣裳,我用树叶作小船,运载许多新鲜的花瓣。

阿妈,我们到溪边去吧,我们去看看小水塘,看看小水塘里的月亮,看我采过野花的地方。

啊,我和阿妈走月亮!

吴然的《走月亮》以浓郁的诗情画意强化其作品的外延。语言美,诗的意象和美的细节三者相融合,使《走月亮》充满了一种孩子气的诗意美。

3. 语言美

"文之神妙,莫过于能飞"点出了散文在语言的运用上是自由灵动的,富有形象感、色彩感、音乐美的特点。

那一路上古镇木楼,二十四桥,退去多少渔火、爸爸,你正在何处,把鳜鱼从水中提起?

这一条水路走的是隋唐旧道,见的是秦砖汉瓦,

妈妈,你正在哪一顶石桥上,晾着印花蓝布?

夜回江南,江南夜船。河湾,岸边芦苇孤灯,湖心钓船围网。隔岸又传来吴音委婉。

——班马《江南,有一座永不忘的小屋》

石板上披覆着长长的青苔,像鲜绿的丝线,又像姐姐的长发。歌溪的这一段像一个活泼的孩子,它的歌充满了欢乐。

——吴然《歌溪》

你开始微笑,轻轻地笑,大声地笑,这时候,你一定会听见的,这个世界,也跟着你欢笑。

——桂文亚《你一定会听见的》

四、儿童散文的分类

儿童散文有各种不同的分类方法:按其内容表达,可分为儿童叙事散文、儿童抒情散文、儿童议论散文;按其表现格式,可分为随笔、小品、杂文、札记、素描等。

根据儿童散文的概念界定儿童散文的范畴,可以将儿童散文按其艺术表现手段分为两大类:记叙类和抒情类。

记叙类散文有记人、叙事、状物、写景之分,其共性是以记叙和描写为主要表现手段,相异处在于记叙描写的侧重点不同。由于现实生活中的人、事、物、景本来就是交融在一起的,因此这四种类别的文章都不会是绝对单纯的。例如著名儿童散文《小桔灯》,侧重于记人,却又完整地叙述了一件夜访小姑娘的事。文中对小桔灯及山村夜景的描绘,又显出了作者状物写景的能力。

抒情类散文包括以抒情为主和以议论为主两种。抒情散文可从抒情主体的角度分为两类:一类是以儿童为抒情主体,即所谓"儿童本体",从儿童自身的角度抒发对生活的感触;一类是以成人为抒情主体,从成人的角度表现作者对儿童的思想感情,其中包括对自己孩提时代生活的反思、追忆和缅怀之情。1920年刘半农所作《雨》,可以称作这一类现代儿童抒情散文的开篇之作:

妈!我今天要睡了——要靠着我的妈早些睡了。听!后面草地上,更没有半点声音;是我的小朋友们,都靠着他们的妈早些去睡了。听!后面草地上,更没有半点声音;只是墨也似的黑!怕啊!野狗野猫在远远地叫,可不要来啊!只是那叮叮咚咚的雨为什么还在那里叮叮咚咚地响?妈!我要睡了!

那不怕野狗野猫的雨,还在墨黑的草地上,叮叮咚咚地响。它为什么不回去呢?它为什么不靠着它的妈,早些睡呢?妈!你为什么笑?你说它没有家么?——昨天不下雨的时候,草地上全是月光,它到哪里去了呢?你说它没有妈么?——不是你前天说,天上的黑云,便是它的妈么?妈!我要睡了!你就关上了窗,不要让雨来打湿了我们的床。你就把我的小雨衣借给雨,不要让雨打湿了雨的衣裳。

(摘自《二十世纪中国著名作家散文经典》,吉林摄影出版社,1999年版。)

通篇不过数百字,却充分地表现了幼童在夜深临睡前对母亲的依恋、对黑暗的恐惧、对周围种种大自然景象的迷惑不解的复杂感情,向读者展示出了一幅活生生的儿童心态图。

但大多数的儿童抒情散文属于后一类,即大多数作者是以自身为视角来进行创作的,冰心的《寄小读者》被公认为儿童散文之精品。其中凡属抒情类的都是从成人的角度来抒发对儿童的感情的。许多作者从回忆儿时生活引出种种感慨的抒情散文,也属于这一类。

儿童散文也有多种表现体式:冰心的《陶奇韵暑假日记》是日记体;赵树理的《给女儿的信》是书信体;朱德的《母亲的回忆》是传记体;冰心的《寄小读者》既是书信体,又是游记体;而任大霖的《童年时代的朋友》则是近于小说的故事体;冰心的《咱们的五个孩子》则是近于报告文学的特写体等,这体现了儿童散文分类的多样性[①]。

第二节 儿童散文的审美策略与创作方法

一、儿童散文的审美策略

儿童散文是专为儿童所创作,有些虽不专为儿童所创作,但能够为儿童所阅读欣赏。散文讲究意境,儿童散文当然不能例外。所不同的是,儿童散文的意境不像成人散文那样恢宏、饱满、深邃。它往往是通过童心、童真、童趣的自然流露所创设的独特的氛围和独特的情愫来拨动读者和听者的心弦,使其动情动容,在惊喜、欢乐之余,品尝到一种韵味,如同一股清清的溪流淌过心田。因此,儿童散文创作,应该具备"真"与"趣"的特点。

[①]汪小红.儿童文学[M].成都:西南交通大学出版社,2016.

（一）真

"真"，是说儿童散文必须具有童心与真情。

童心即儿童的心灵，即人在儿童期的纯真善感、自然直率的心灵状态。童心是最美的。儿童散文的最大特征是对童心、童真的真实的、艺术的表现，这就要求创作者必须对儿童怀有一颗真挚、诚实、能与其同步振动的赤诚之心。只有这样，他在作品中所表达出来的所见所闻才能引起儿童的兴趣，他的所思所感才能引起小读者的共鸣，他煞费苦心地构思营建起来的散文精品才能为少年儿童所理解、欣赏和接受。

我国明代中后期著名思想家李贽曾说："童心者，真心也。"他赞美儿童没有受到污染和侵蚀的真诚、纯朴之心。我国现代著名作家丰子恺也是儿童的倾慕者，他说儿童是"心声全部公开的真人"，始终对儿童怀着一颗赤诚之心。他的一生写了大量的有关儿童和涉及儿童的散文，这些散文以儿童的眼光和心理来构思，洋溢着浓郁、真纯的童趣，其自然流露的情感，令人忍俊不禁而又回味无穷。《华瞻的日记》以儿童的视野、儿童的口气写出，写了瞻瞻与邻居小女孩郑德菱之间青梅竹马、两小无猜的友谊和无拘无束的感情，将儿童纯真的心理刻画得淋漓尽致，把儿童天真美好的意愿描述得有趣可爱，使人读后产生一种回到孩童时代的向往和冲动，而这只有真正有天赋童心的成人才能这样真切地理解和描绘出来。评论家林非说："他把自己化为儿童，用儿童的心眼写下的《华瞻的日记》，不仅心思、感觉、情绪完全属于儿童的，连叙述的口吻、行文的稚气也是儿童的，对儿童心理体察到可以乱真的地步，这在现代作家中，恐怕只有丰子恺抵达此境了。"

儿童总是以纯真的"童心"看待世事，他们眼中的世界与成人所看到的非常不一致。安徒生《小意达的花儿》中的小意达爱她的花儿，她相信花儿与人一样有美好的感情，像人一样爱唱歌跳舞，不同的只是人白天醒着，晚上睡觉；花儿是在白天睡觉，夜里才醒着。印度文坛巨匠泰戈尔有一篇极为出色的儿童散文《金色花》，写一个孩子幻想自己变成了一朵开在圣树上的金色花，然后躲在高枝上、新叶丛中顽皮地跟妈妈开玩笑、捉迷藏，让妈妈嗅到花香，让自己的影子投在妈妈所读的书页上，最后突然出现在妈妈面前。全文不满千字，但却天马行空、自由不羁，充分表现出童心的可爱。

儿童的心中总是充满了天真的想象和幻想，年幼的他们会觉得，世界上的万物，诸如星星月亮、蜜蜂蝴蝶、花草树木，也是和他们自己一样，有生命、有感情、有喜怒哀乐，因此他们乐于和世界上的花草鱼虫对话、游戏、交往、做朋友。

年龄大一些的孩子虽然知道万物并不是与自己一样地生活着,但他们仍然喜欢以假作真。女孩子玩布娃娃,明明知道布娃娃是布做的,不会说话,却喜欢和它聊天;明明知道布娃娃不会吃东西和睡觉,却喜欢和它办家家;明明知道布娃娃不会生病,却就是要叫它好好躺下,给它打针……男孩子看见天上的星星会想法摘下来,坐着的一把椅子可当作汽车;他会凭借想象幻想动物世界的情景,什么大象用鼻子喷水给猴子洗澡,孔雀生了只小鸡,长颈鹿学会了打球,等等,他还可能把这些幻想当作真的事情去说给其他小朋友听。儿童的想象、幻想创造着一种可能存在与现实存在的奇特的不谐调,虽然显得幼稚,却充满了幽默趣味。因此儿童文学家陈伯吹认为,儿童散文难就难在"用儿童的眼睛去看,用儿童的耳朵去听,特别以儿童的心灵去体会"。

随着社会的发展和进步,至20世纪始,人们越来越强调儿童本位,因而对儿童天性的崇拜、对童心的歌颂,成了儿童文学最突出的思想文化特色。"天下之至文,未有不出于童心者也"。童真是儿童散文的生命,儿童散文要抒发儿童认同的感情,就必须心中装着儿童,以儿童的眼光观察世界,以儿童的心灵感受世界,以"我"之手写儿童之情,并逐步将儿童放在心里转变为作家自觉的心理趋向,实现作者自身与儿童读者的融合。

(二)趣

"趣"是说儿童散文必须具有童趣、理趣和幽默感。高尔基说过:"儿童文学是快乐的文学。"一本正经地给孩子们讲述道理,他们未必感兴趣,他们首先要感受到一种阅读的快乐,然后才在有意无意、似懂非懂中获得文化的熏陶。

优秀的儿童散文无不让人感觉到一股充溢全文的、天真的、诚笃的、纯洁的、令人忍俊不禁的童趣。郑振铎在20年代初译过泰戈尔一篇精致的儿童散文《纸船》,文中刻画了一个幼小孩童将自己叠的纸船放到溪中去时的心理活动,其中有这样一段充满童真的叙写:

我投我的纸船到水里,仰看天空,看见小朵的云正张着满鼓着风的白帆。我不知道是不是天上的游伴把这些船放下来同我的船比赛。

作者写出了儿童心中天真的想象和幻想,特别表现出了儿童独有的心理、情绪、思维方式、情感指向,让人感受到儿童世界的趣味。

有些儿童散文是从成人的立场出发的,或对童年作回忆,或对儿童生活作客观的叙述描写,或对儿童及与儿童有关的问题发表自己的感触见解,这些散文虽以成人为主角,但也应表现出作者活泼的童心,行文之中要洋溢着活泼泼的童趣。我们所熟悉的鲁迅的《阿长与山海经》等回忆性散文,冰心的《寄小读者》《往事》等散文,当代儿童文学作家任大霖的一组以《童年时代的朋友》为题的儿童散文,均以盎然童趣吸引着小读者,不仅如此,许多成人读者也非常喜爱它们,因为作者绘声绘色的描写使他们"返老还童",复苏了他们的童心。

当今的儿童文学更多地强调游戏、娱乐作用。这也是20世纪儿童文学有别于传统文学的本质所在。它"以娱乐而不是以自我完善为目的,为了陶冶性情而不是为了增进知识"(《大不列颠百科全书》)。因此,游戏精神和儿童趣味应该是儿童散文应该具备的品格。

当然,儿童文学作品的接受绝不应停留在简单的快乐和嬉闹这一层面。一般说来,儿童感受事物和审美时是比较浅层次和粗线条的,但同时,儿童审美意识又是发展的、向上的。一篇有内蕴的儿童散文带给孩子的首先是一种快乐感,也许这种快乐只是美感层次中比较低级的部分,但是随着他们年龄的增长或阅读次数的增加,他们的审美感受将逐步得以提升,进而进入到审美的各个层次之中,获得更多更丰富的审美体验。

桂文亚是台湾儿童散文领域探索得最广最深的一位作家。她的许多散文都呈现出一种理趣之美。散文集《思想猫》已被公认为是其儿童散文中富于思考品质和理趣之美的作品。1995年出版的《美丽眼睛看世界》,进一步显示出她对美与生命的直觉体验与智性思考。《屯溪老屋》中夕阳下的老人、老街、老屋沧桑而凝重;《影子》里的黑色通道恰似一场未竟的梦魇;《猫》像一位孤独的沉思者,露出识透人间万象的神秘微笑……书中,饱含着哲理思辩的格言式警句不胜枚举,"除非没有'人'的存在,还原到真正的太初,否则,所谓的'美',实在也有赖于学习和创造"。(《山城小调》)"一张面具可以使人产生各种美或丑的联想。面具,不单可以强化真实存在的印象,也可以把真实掩藏起来"。(《面具》)书中并无特别厚重的哲学思考,但它展示了作者独特的生命体验与审美眼光,"若有所悟,若有所思,刚好达到'哲学的边缘'"。

儿童散文的"趣",还表现在文中散发的幽默感。我国现代文学史上的幽默大师林语堂认为:"人之智慧已启,对付各种问题之外,尚有余力,从容出之,遂有幽默。"当代散文家秦牧称幽默是"一朵永不凋谢的智慧之花"。智慧是幽默的基石,幽默显示出智慧。优秀的儿童散文总是善于以幽默、细腻的笔调来展示人与人、人与世界之间的诗意之美,从而给儿童以强烈的情感体验。如果说情感充沛、富有幽默感正是创造型儿童应具备的品格,那么,情感的熏陶、幽默感的培养正是优秀儿童散文奉献给儿童的美味佳肴。

在这里不得不再次提到桂文亚,这位曾蝉联《少年文艺》读者年度票选最佳散文第一名的写作者,其散文打动小读者的一个重要因素就是弥散于字里行间的幽默气氛,《班长下台》《小调皮》《老师,别打我》《思想猫游英国》等作品充满了活泼天真的情趣和高雅幽默的理趣。如《小调皮》中有这样幽默有趣的情节:男生高明耀"老爱扭我手臂,骂我'爱男生'"。终于有一天,"我"找到报复机会,设计让高明耀挨了老师的皮鞭子。高明耀气得对"我"直嚷:"你给我记住!""我"却不甘示弱回敬道:"不要脸,爱女生,爱周阿琴!"周阿琴是谁?读者一头雾水,这时"我"悄声告诉大家:"别告诉任何人噢!这个名字是我在爱情小说上看来的,是一个脸上长了麻子的丫头。"作者以她谐趣、纯净的文学笔调,为我们描绘了情趣盎然、灵动幽默的童年生活图景。桂文亚认为,幽默即宽待世界的善心。因此,在她笔下,童年故事中的种种天真可笑的闹别扭、争斗、烦恼,乃至出洋相、恶作剧,都不仅仅是有趣,而是表现为一种意趣盎然的童年生命感觉和想象方式,表现为对这种生命感觉和想象方式及其价值的充分品味与肯定。于是,这些童年感觉和故事的述说,便成为一种幽默,便拥有了一种活泼、俏皮的散文情趣。

无独有偶,2006年9月,两年一度的国际安徒生文学大奖和插画奖颁给了70岁的新西兰儿童文学作家玛格丽特·梅喜。当被记者问到获奖原因,她说:"也许是我的语言吧,评委们认为,我的故事中的语言充满了童趣、诗性和幽默感,也许这是打动他们的地方。"

"美育者,应用美学理论于教育,以陶养感情为目的者也"。(蔡元培)从本质上看,幽默属于美的一种形态,那么,将幽默贯穿于儿童教育过程之中,实际上也就成为对10儿童进行美育的一个重要部分。提倡儿童散文的幽默感,无疑能促进儿童在德、智、体、美诸方面更好地发展。

随着现代社会的发展,儿童散文作为一种直陈心迹的文体,在与儿童进行精神对话中显示出无可替代的优势。特别是少年儿童,他们对"美"和"真"的需要分外强烈,渴望跨越虚构中介直面真实,而散文自身"情趣""理趣"兼有的特性正符合了他们的需要。在我国,儿童散文有过辉煌的历史,20世纪上半叶,冰心的杰作《寄小读者》等曾影响过几代读者。目前大陆儿童散文虽然在总体的数量上胜于以往,但像冰心《寄小读者》那样有影响力的作品还不曾出现。因此,我们期待更多的作家投入到儿童散文创作领域,为少年儿童精心

"烹调"出更多适合他们阅读、文质兼美的散文作品①。

二、儿童散文的创作方法

（一）选材应以"有益""有趣"为前提条件

散文的题材广阔，几乎无所不包。但专为少年儿童写作的散文，必须考虑少年读者的心理年龄特征和接受理解能力，应努力选取自然和社会生活中对少年儿童有益、有趣的题材。如当代著名散文家秦牧创作的以纵谈古今、剖析事理见长、包含丰富知识的儿童散文就遵循了这样一个选材原则，既是小读者喜爱的作品，又是对小读者的健康成长有益有趣的精品，如《人和兽的两个故事》以及列夫·托尔斯泰的《跳水》等。

（二）饱含健康充沛的真情

儿童散文的抒情浓烈，它要求作者集中抒写自己激动、喜悦、思虑和悲愁等真实情感的变化。正如冰心所说："有什么可乐的事情，不妨写出来，让天下小孩子一同笑笑；有什么可悲的事情，也不妨说出来，让天下小孩子陪着哭哭。"只有这样饱含真情的记人、叙事、状物，才会被小读者理解、接受，产生共鸣。当代作家贾平凹的儿童散文《月迹》就是一篇情感自然、真切的优美散文。文章从盼月写到观月、寻月、思月、争月、再寻月，写得跌宕起伏、曲折有致。在屋内的穿衣镜上，月亮"先是一个白道儿，再是半圆，渐渐爬得高了，穿衣镜上的圆便满盈"；在屋外，大家看到的是一个大大圆圆的月亮；再看酒杯里，每个人的酒杯里都有一个小小的月亮。在河边，到处都是月亮。最后，作者感慨道："我们有了月亮，那无边无际的天空也是我们的了，那月亮不是我们按在天空上的印章吗？"全文借助于赏月、寻月的地点变化而引起的视野变化抒写了作者对生活的热爱以及蓬勃向上的生活情趣。而这种健康、真切的抒情又是由少儿朋友非常熟悉的月亮展开的，既形象又生动，很容易引起少儿读者的共鸣。

（三）立意求新

优美的散文往往是以反映生活的深刻和角度的新颖独特吸引读者。因此，散文的立意相当重要。立意的过程就是作者认识生活、发掘它的意义的过程，也是提炼构思的过程。冰心谈到《孩子们的真心话》这篇散文的创作过程时说，在悼念周总理逝世的日子里，听到家里一个孩子感动而兴奋地说："天安

---
①李艳.儿童散文的"真"与"趣"[J].文教资料，2010(3):9-11.

门广场上,停着千千万万辆没有锁上的自行车,居然没有人偷,这真是奇迹,总理把人心都变好了。"后来,冰心时时难忘孩子的话,当编辑约稿时,她就灵机一动写了这篇悼念周总理的别具一格的文章,由于这篇文章找到了一个新颖的角度来反映作者很久就想表达的意思,致使行文自然真切、新颖别致,在小读者中产生了强烈的共鸣。又如贾平凹的《丑石》的立意也十分别致,文章的前半部分极言那块丑石的丑与无用,后半部分写天文学家发现它并非普通之石,而是从天而降、极有价值的陨石,进而作者深感其"不屈于误解、寂寞的生存的伟大"。全文构思新颖独特,为此,它要求从事儿童散文创作的作者必须有较高的思想认识水平和新鲜的艺术表现手法。只有这样,才能在立意、构思上不断创新。

(四)巧于布局

散文由于篇幅短小、笔法灵活,谋篇布局显得特别重要,儿童散文更是如此。优秀的儿童散文作者都十分讲究作品的结构。有的散文结构精巧、首尾贯通,如吴然的《新年的礼物》;有的则自然天成,不露出一丝雕琢的痕迹,如叶圣陶的《三棵银杏树》;有的以时间(或方位)为线索,水到渠成地写来,如《美丽的小兴安岭》《回韶山》;有的则以"意"为红线,将一些看似毫无关联的材料串缀成闪闪发光的珠链,如《寒冬,我记忆的摇篮》就是以黑暗社会摧残、剥夺了贫苦儿童的聪明才智和生命为主线,作者将三个亲眼所见的片断连缀成篇,结构十分精巧。文中描写的双脚插入驼粪中取暖的男孩,到人力市场卖苦力、不慎落水的少年以及叫卖冰糖葫芦的小女孩等形象,写得集中,真切感人,令人难忘。由于散文的结构形式富于变化,这就要求作者在布局剪裁上狠下功夫[1]。

第三节 儿童报告文学概述

一、儿童报告文学的概念

报告文学是散文的一种,是文艺性的通讯、速写、特写等的总称。报告文学往往直接取材于现实生活中的真人真事,经过适当的且不虚构的艺术加工,

---

[1]杜春海.儿童文学与素质教育[M].成都:电子科技大学出版社,2007.

迅速及时地表现其典型意义，发挥社会作用。儿童报告文学是一种新兴的儿童文学体裁，它是以鲜明的形象、生动的情节及时迅速地反映现实生活中对儿童有深刻影响的真人真事的作品。也就是说，它运用儿童喜闻乐见的文学语言和多种艺术手法，通过动人的情节和典型的细节，迅速、及时地"报告"现实生活中儿童的所作所为和儿童所关注、所向往的有典型意义的真人真事。

二、儿童报告文学的发展

在儿童文学中，儿童报告文学比童话、小说、诗歌、戏剧等体裁都要年轻得多。我国现当代文学中，报告文学正式进入儿童文学领域的时间还不太久，它诞生于20世纪50年代中期，即中华人民共和国成立不久的第一个儿童文学繁荣期，代表性作品有《和爸爸在一起坐牢的日子》《刘胡兰小传》《英雄安业民》《战斗在北大荒》《雷锋的故事》等。当时都给少年读者留下了深刻的印象。到改革开放时期，儿童报告文学继续繁荣发展。

虽然我国儿童报告文学兴起较晚，然而，它发展得非常快，并且一开始就以清新、泼辣的姿态，在对少年一代进行理想、信念教育的伟大事业中显示出了它的重要作用。目前，儿童报告文学的发展趋势可以归结为三个方面：

（一）题材的广泛化、多样化

以前儿童报告文学基本以优秀的少年儿童为主人公，而现在的儿童报告文学的主人公更多的是普通的少年儿童。这种人物形象普遍性较强，也更贴近生活，大多数读者也乐于、易于接受。如刘保法的《星期天的烦恼》等即是如此。

（二）表现手法的多样化

作者在注意题材多样化的同时，开始注意形式的新奇性与独特性。许多报告文学的作者已不是简单的"叙述者"，而是参与到报告文学情节中的一员，有的甚至充当了比较重要的角色。例如，陈丹燕的《请你牵着我的手》便属于这一类。

（三）时效性明显增强

作家素质提高了，他们视野广阔，触觉敏锐，对社会上的新事物、新动向十分敏感。往往某一个现象刚刚引起人们的关注，关于它的报告文学已经创作发表了。有的报告文学甚至成为社会问题的发现者与分析家，其作用及造就的声势不可估量。如孟晓云关于"早恋"的报告文学《少男少女们》便是一例。

现在,无论在数量上还是在质量上,报告文学已经在儿童文学中占据了一个重要的地位。

三、儿童报告文学的特征

儿童报告文学是可以向儿童故事、儿童小说贴近的一种文体,既具有儿童故事的故事性特点,亦具有儿童小说的人物典型化等特点。同时它又具备了散文的特征。但因其具有独特的真实性、新闻性而与以上三种文体区分开来,成为一种独立的特殊文体。儿童报告文学具有新闻性与教育性、真实性与文学性、浅显性与分寸感等特征:

(一)新闻性与教育性相结合

新闻性体现在时效性和时代性,可以理解为是"新近发生或发现的事实的传播"。这一事实必须具有新闻价值,即有传播的意义;二是时效性,即应尽可能迅速地反映,尽量将采写过程(采集素材、提炼题材、诉诸形象)降低到最低时限。一个有新闻价值的事件,如果错过了时效性,其教育意义将有可能大打折扣。这里所说的教育性,是广泛意义上的,即指对少年儿童进行思想品德教育和情感教育。南于儿童报告文学的作者具有敏锐的洞察力,能够及时地抓住有意义的重大题材,并用进步的思想评价现实,引导儿童思考,使得新闻性与教育性得到较为完美的结合。儿童报告文学的积极的教育主题又是以真实性与文学性为基础的,也就是说,教育的主题并不是像一般新闻报告类文章那样直接地说出来,而是通过作品的真实性与文学性的完美结合表露出来。

(二)真实性与文学性相结合

真实性不仅要求所报告的内容是真人真事,不能虚构,而且还要反映事物本质的真实。唯其"真实",才更有说服力;唯其"文学",才更有感染力。运用文学的表现形式,既要求塑造鲜活的人物形象,又要求有新颖的故事情节,还可以采取典型化的创作手法,增加文学的感染力。然而,不论是"报告性",还是"文学性",都必须适合儿童读者的接受能力,内容要与儿童生活紧密相连,表现手法要有儿童特点。

儿童报告文学的真实性是文学性的基础。真实性体现了四个方面的要求:

第一,现实生活中充满了不用虚构就很感人的人和事,它给报告文学提供了极好的材料。

第二，读者之所以要读报告文学，就是因为它所写的都是真实可信的生活。

第三，报告文学所写的是已经发生和正在发生的事，如果对人物、事件作偏离甚至是歪曲的描写，往往会使被描写的对象陷入尴尬境地，甚至产生不应有的负面影响。

第四，以真实性为主要特征的报告文学如果也"说假话"，不合事实，将会给身心尚未健全的儿童的健康成长带来消极影响，有损于儿童诚实品质的形成。

儿童报告文学的真实性与文学性结合，才是真正意义上的报告文学。这里的文学性是指对生活素材必须进行剪裁提炼和必要的艺术加工，运用典型化的手法塑造形象，准确地使用文学语言和形象化的表现方法，使所描写的人和事更生动、更具体感人。具体说来，真实性与文学性的结合主要体现在两个方面：

其一，在真实性的基础上加强故事性。由于儿童对故事有一种特别的偏爱，也由于报告文学不宜用虚构的人物与事件来弥补原材料的缺陷而形成曲折生动的情节，因此，着眼于描写对象生活中的小故事来调动儿童的阅读兴趣就显得尤为重要。

其二，通过典型化的手法，把生活真实上升到艺术真实。典型化是一切文学创作都必须遵循的创作规律，包括概括和个性化两个不可分割的部分，作家通过集中提炼、概括，使所描写的生活体现出某一社会、时代的本质意义（共性），同时又要使作品形象具有独特的个性，是一个独立的个体。

（三）浅显性与分寸感相结合

儿童报告文学的语言除了像一般文章要求做到准确、鲜明、生动外，还具有文学性、浅显性和分寸感。所谓浅显性，是指儿童文学的语言同儿童的年龄相适应，顺口、悦耳、明白、易记，符合儿童的口吻和理解能力。儿童报告文学的真实性原则，决定了它的语言特别要讲究分寸。所谓分寸感，就是不夸大、不缩小，恰到好处，准确无误。从一般的记叙到人物描写、环境描写以及议论抒情，都要注意这个问题。如果分寸不当，矫揉造作，言过其实，无端拔高，不但起不到教育作用，反而会引起小读者的反感。

四、儿童报告文学的种类

儿童报告文学分类的方法很多，从作品的篇幅看，有短篇、中篇和长篇之分。从结构类型来分,有小说化结构、散文化结构、日记体、书信体、影视分镜头式等形式。从文体的角度来分,还可以分成人物特写体、传记体、社会调查报告体、故事体、报告小说体、抒情散文体等。下面分别介绍几种常见的儿童报告文学类型:

(一)小说化报告文学

这是运用小说的基本表现方法来写作的报告文学,其环境的烘托、人物的刻画,悬念的设置等均是模拟小说的手法。所不同的只是作品中的人物、事件都是真实的。这也是很多作家喜欢用的手法,它使作品更具有文学的表现性和艺术感染力。如刘保法的《"一片云"心巾的"阴云"》、孙云晓的《"邪门大队长"的冤屈》、谢华的《永远的女孩》都是小说化报告文学的成功之作。

(二)散文化报告文学

这是一种以散文化的笔法和语言形式来写作报告文学的结构类型。如庄大伟的《沉甸甸的秋日》,写的是一批老三届高中生,二十多年后回到母校——北虹中学,与当年的刘老师相聚的故事。作者采用散文的笔法,将众多的人物,跨度很大的时间、空间等凝聚在一起,写得很美,很有诗意,十分深沉和感人。全篇就像一首充满激情的长篇散文诗。

(三)日记体报告文学

以日记的方式来写作的报告文学:将事件的发生,人物的活动有机地安排到各段日记之中,以第一人称的自述或似目睹般来叙述,如庄大伟的《太空梦》等作品。

(四)分镜头式报告文学

这是一种吸收影视剧本的分镜头写法,将事物、人物予以报道的报告文学。如庄大伟的《"PMT"行动》,作品表现了都市流浪儿和离家出走的孩子的生活,用的就是这种分镜头表现方法,例如:

[镜头1]四川北路永安里的弄堂口。

[镜头2]虹口公园,鲁迅墓地前的大草坪上。

[镜头3]南京西路596号,上海武术馆门口。

[镜头4]四川路溧阳路口的"好运道咖啡馆"。

显然,这种分镜头写法对描写散漫的流浪儿生活的确很合适[①]。

---

① 汪小红.儿童文学[M].成都:西南交通大学出版社,2016.

第四节　儿童报告文学的审美策略与创作方法

一、儿童报告文学的审美策略

(一)热情关注并反映儿童生活的责任感

一般来说,报告文学必须直面惨淡的人生,对现实生活中的人和事的叙写,必须明白无误地表明自己的爱憎感情。因此,作家创作时,必须把自己置身于所写的人和事之中,表明态度,披露现实,揭示人们关注的重大问题,并为其奔走呼号。佘树森、陈旭光在《中国当代散文报告文学发展史》中说:"一个作者在创作一篇报告文学时,他是出于一种强烈的参与意识呢,还是想着要创造出一件艺术品,传之不朽?我想,多数作者属于前者,否则,他何必来写报告文学呢?去写小说或传记文学不是更加从容吗?"这就道出了报告文学创作与小说创作在情感、态度、投入以及价值取向的差异,报告文学创作要求作家必须具有强烈的参与意识和责任感。只有具备这种责任感,才能创作出优秀的报告文学。儿童报告文学作家更是如此。他们正是凭借对少年儿童的责任感和使命感去热切地关注和反映儿童的生活的。当天真无邪的孩子站在儿童报告文学作家面前时,他们充满热情地为孩子们呼喊;当赤裸裸的现实呈现在儿童报告文学作家面前时,他们义无反顾地选择暴露现实。作家韩青辰如是说:"每每我想改弦更张的时候,心底就会响起另外一种吵嚷——那些受伤被害的盲流孩子、歧路上挣扎的失足孩子、病灾吞没的艾滋孤儿、畸形阴影下孑然跋涉的少年、不堪重负执意选择放弃和沉沦的孩子——我听得见他们的呐喊,这是无法回避和放弃的。"这是作家真实的心声,也是作家义无反顾作出的选择,正是在良心与责任的驱使下,儿童报告文学作家用细腻的笔触描摹少年儿童的多彩生活,关注并反映少年儿童的赤裸裸的现实。

这种关注是多方位的,从儿童生活的表层透视到儿童心灵的深处;从热情讴歌典型人物到沉痛鞭挞丑恶现象;从儿童生活的角角落落到儿童生活的方方面面。

儿童报告文学作家首先涉及的是弘扬新人的题材。当作家将关注的目光投向当代少年儿童的生活,他们首先发现的是儿童生活中出现的种种值得张扬、宣传和歌颂的许多典型事例和典型人物:他们有的智力超群,聪明智慧;有的意志顽强,在逆境中奋发;有的某一方面的能力超常,不同凡人……如此等等。这种生活海洋里后浪推前浪的势头,是新时期社会充满活力的表现。如新时期以来孙云晓的《穿猎装的小指挥》《沃土——小书法家徐忠厚的故事》等,刘保法的《希望》《新的追求》等多篇,均表现了现实生活里的小童星形象。

生活呈现给作家的,和作家介入生活所获得的,不仅仅只有光明的一面,还有全方位改革所牵动的一切,首先是教育制度的改革举步惟艰、难于完善。例如孙云晓以独立的观察视角,鲜明的问题意识创作的《夏令营中的较量》,一经发表即引起轰动。《夏令营中的较量》选取了1992年八月中日少年儿童在内蒙古举行的一次草原探险夏令营作为素材,作家以敏锐的眼光,纪实的手法,从中日少年儿童的自理能力、吃苦精神、意志力、公德心、家长的表现等方面进行对比,暴露出中国孩子在生存能力方面和中国青少年教育中存在的诸多问题,从而引发人们的思考:我们的孩子怎么了?我们的教育出了什么问题?我们的家长在家庭教育中又出了什么问题?如何培养独生子女?由此,引起多家媒体报刊的关注,引发了一场大讨论。孙云晓本人也说:自1993年秋冬以来,《夏令营中的较量》一文被广泛转载介绍,引起了社会各界的关注,成为一个被热烈讨论的公众话题,尤其是《人民日报》、中央人民广播电台、中央电视台,《中国教育报》和《羊城晚报》的报道影响很大,对推动教育改革和优化孩子成长环境起了积极作用。后来,随着媒体的引导,北京、上海、山东、黑龙江、辽宁、广东、浙江、江苏等许多地方都展开了教育大讨论。一篇报告文学,引起如此大的反响和关注,由此所透出的报告文学的思想穿透力和震撼力,可见一斑。作家孙云晓对于儿童的关注力度可谓深厚,作家的责任心亦可见一斑。

还有在教育过程中教师和家长的传统观念、陈旧意识和罚难处境,给孩子造成束缚、扼杀和烦恼,造成价值扭曲,从而使孩子忧郁和怨懑,而作家从国家前途和民族命运考虑,为培养新的一代而呼号和呐喊,这样的作品有《"小爱迪生"的失落》《七月的思索》(许金华)、《"邪门大队长"的冤屈》《相信自己的眼睛》(孙云晓)、《星期日的苦恼》《迷恋》(刘保法)、《作家与少年犯》(胡景芳)。如涵逸的《中国的"小皇帝"》(1989)一文,从宏观的角度,以大量的事实材料说明父母望子成龙却又不得法的教育正在使孩子走向愿望的反面,从而将独生子女的教育问题摆到了关系中华民族存亡的高度,引起了社会的较大反响。

正是由于作家们拥有这种高度的社会责任感和使命感,他们才会把笔触伸向我们的少年儿童,不仅写出少年儿童的所作所为,也写出作家的所思所感。

(二)深刻思索并剖析儿童成长的报告性

儿童报告文学在创作原则上认真恪守新闻的真实性和报告性。在进行报告的同时,渗透其间的是浓浓的作家对现实深刻地思索,在反思中剖析少年儿童的成长。而且,从儿童报告文学的发展来看,作家在创作中较之以前更加注意走进孩子们的心灵世界,关注他们人格的成长,个性的成长,情感的成长。这不仅仅是儿童生活的现状使然,也是儿童报告文学的使命使然。

儿童报告文学以及时而敏锐的触觉感应着青少年生活的变化,像路标一样鲜明地引领着成长中的孩子。从这个意义上说,儿童报告文学是孩子们的良师益友。所以儿童报告文学对小读者的成长起着很重要的引导作用。由此,儿童报告文学的选题开始拓展,首先由开始的"社会、学校、家庭"扩展到"孩子们感兴趣的""对孩子身心健康成长有益的"更加广阔的领域。例如董宏猷创作《王江旋风》的缘由:彼时吴官正同志任武汉市市长,华师一附中的初二女生王江给吴官正市长写了一封信——《假如我来当市长》,对武汉的改革开放提出了自己的见解。这封信见诸媒体后,在武汉、在全国都产生了很大的影响。由此,董宏猷创作了这篇报告文学发表在上海《少年文艺》上,结果,许许多多的学生纷纷给王江写信,表达对她的支持,同时,在全国许多城市、许多学校,开始盛行"假如我来当……"的热潮。因此,董宏猷认为,少年报告文学受欢迎的程度,和其反映少年所关注的热点、所存在的现实问题的程度,是成正比的。关注热点,思考成长;关注成长,思考成长中的烦恼;关注现实,思考生存现状,形成了作家们书写儿童报告文学的常态。

当代少年儿童面对色彩斑斓的现代化生活时,他们也面临着种种的人生难题,例如教育制度的弊端造成的种种问题,诸如学生课业负担过重、升学压力过大;少年儿童的失学现象;不良风气对少年儿童的思想侵蚀,留守儿童所面临的生活失助、亲情失落、学业失教、心理失衡、安全失保等等。少年儿童所有的困惑使得作家"从社会广阔的地平线上或正或负的大量现象"中"对少年儿童群体或个体的命运、遭遇作充满社会学、心理学的思考",并为少年儿童的健康成长带来积极的作用。比如第七届全国优秀儿童文学奖获得者韩青辰在其报告文学集《飞翔,哪怕翅膀断了心》就对现实生活状态下的少年儿童充满了关照:当下中国社会一群未成年人生存状态的另一面,他们如同在飞翔中折断翅膀的小鸟一样,他们的生存状态堪忧,他们的扭曲人生与不幸命运令人同情。《碎锦》中的翠翠孤苦无依,母亲杀了父亲,她在冷眼中度日并最终在年老的奶奶病危以后踏入了盲流的世界,以死亡告别世界;《蓝月亮红太阳》关注了离婚家庭的孩子的成长,10岁的涛涛最终在不健全的心灵中跳下了五楼的平台;而在《遥远的小白船》里作家却反映了抑郁家庭里成长的孩子,患有抑郁症的天才父亲掐死了患抑郁症的天才女儿……作家通过一系列的人物和事件的叙写,为我们展开一个现实的世界,进而走进孩子的心灵世界,关注孩子的身体成长和心理的成长。

当作家面对少年儿童时怀着一颗爱心去触摸孩子的心灵,我们眼睛里闪烁的是一颗作家真诚的心;当作家用心去还原和复现当代生活中的原型或典型时,细节的真实性与情感的倾向性自然而然地流露出来,流泻于笔端的却是作家看到的喜欢的或不喜欢的赤裸裸的现实,热点与热情碰撞,良心与爱心夹击,理智与激情融合产生了深刻的主题,引人深思的社会问题,轰动一时的社会反响等等。新时期以来,引发作家思考、轰动较大的报告文学还有很多,诸如庄大伟的《出路——当代农村少年心态录》、刘保法的《你是男子汉吗?》、黑鹤的《中考日记》、韩青辰的《飞翔,哪怕翅膀断了心》、长篇报告文学王灵书的《失落的小太阳》等等。另外,近几年来作家又把焦点集中在农村留守儿童的生存现状上,如2008年7月,《文学报》介绍了三篇报告文学:聂茂、厉雷、李华军撰写的《伤村——中国农村留守儿童忧思录》(人民日报出版社)、阮梅走访3年写成的《世纪之痛——中国农村留守儿童调查》(人民文学出版社)、邱易东创作的《空巢十二月——留守中学生的成长故事》。这三部报告文学各有不同的视角切入,《伤村》以实录调查和现状分析见长,《世纪之痛》聚焦留守孩子的成长问题,《空巢》更像一则则启迪青春追求的文学报告。虽视角不同,但写作者皆深怀忧心和责任感,通过对一些典型人物和事件的细致入微的描述,让我们不由得感到中国农村留守儿童的境况堪忧、让人心痛。

(三)极力彰显并体现儿童特征的文学性

儿童报告文学不管是对现实的反映,对生活的思索;还是作家对现实生活的还原与复现;甚或对典型的当代少年儿童形象的塑造,儿童报告文学作家都在努力地寻找一个契合点——与少年儿童心灵碰撞的契合点,以此达到作家创作的目的,即最能展示少年儿童的锐气和朝气,最能使少年儿童喜闻乐见的文学表现形式,最能展现孩子们生活的各个侧面,一句话,儿童报告文学还要体现儿童特征。这就对作家提出了更高的创作要求,儿童报告文学要适应少年儿童的审美需求和接受心理,达到美与真,情与理的和谐统一。

首先在题材选择上不光要契合少年儿童的心灵,有时还要表现他们成长中的力量,以期引起成年人的关注。这就要求儿童报告文学作家对作品题材进行恰当的把握和审慎的选择。儿童报告文学到底选择什么样的题材,这是引发作家和研究者深思的问题,《文艺报》曾就儿童报告文学创作组织讨论,其中作家董宏猷的看法独树一帜,他认为,首先"少年儿童喜欢看的。即使是少年现实生活中存在的问题,其着眼点也应该是让孩子们去看,去想,去思索,去认同,去潜移默化,"他又接着说:有没有"社会反响"并不是关键。在他的观点中,认为把"社会反响"和"成人社会的关注"作为儿童报告文学的评判标准,是一种误区。然而,笔者以为,儿童报告文学首先是给少年儿童看的,选择他们感兴趣的,这是毋庸置疑的,可是,生活的海洋里还有他们注意不到的点点滴滴、角角落落,这些也需要儿童报告文学作家去关注和书写。如王灵书的长篇纪实报告《失落的小太阳——拐卖儿童纪实》以血淋淋的事实揭露了拐卖儿童的滔天罪恶,这样的报告文学不仅对少年儿童有警示作用,也对成年人起到教育与警醒,引起的社会反响很大,从而达到对儿童的关注。

其次在艺术表现手法上要适合少年儿童的接受心理,注意细节的真实性和情感的倾向性。儿童报告文学在报告真人真事时注重人物形象的塑造。儿童报告文学塑造了一系列少年儿童的形象。如较早的理由的《访神童》展现了第一代少年大学生的风采;钱景文的《小星星》、刘保法的《输与赢》写的是在国际中学生数学竞赛中获奖的中学生车晓东等。值得一提的是孙云晓的《"邪门大队长"的冤屈》,通过一个具有独立个性的孩子赵幼新的形象塑造,揭示出严重禁锢少年儿童个性发展的严峻现实。作品中孙云晓为我们塑造了一个具有个性的却被叫做"邪门大队长"的孩子的形象,他在磨难面前对未来充满憧憬,体现出坚韧的个性。作品中作家极力渲染了孩子头上的阴云、阴影,给读者沉重的感觉,然而,作家的本意却并不是为了渲染而渲染,他是为促使驱除这阴云、阴影而写的。象赵幼新这样活灵灵的个性,这决不应被压抑的,眼下却仍然时时处在被压抑之中。作品所揭示的,正是如此严峻的现实;少年读者乃至我们这些成年人,会不由自主地感到心弦的颤动——有共鸣,也有自省。作家展现的这些令人深思的问题,主要是通过塑造赵幼新这个少年的形象来体现的。不仅如此,作家还着力刻画了主人公赵幼新在磨难中体现出来的对光明的憧憬、坚韧的个性,这些,对小读者有着无穷的力量。

儿童报告文学在塑造人物形象和再现事件时,作家尤其注意细节上的真实性和情感上的倾向性。儿童报告文学从总体构思到具体表现,一方面要求作家运用细节真实生动地再现事实,塑造生活中的典型人物,表现生活中的典型事件;另一方面又要求作家在表现生活时让倾向"从场面和情节中自然而然地流露出来";还要求作家以"报告员"的身份时时表明自己的观点与立场。值得一提的是陈丹燕的力作《请你牵着我的手》,文中,作家以真诚、开放、浓情、细腻的描写赢得了小读者的喜爱和大读者的称道。这篇报告文学选取了29省市盲童夏令营为题材,以敏锐的观察力把盲童的生活带入人们的视线,在细腻秀气的文思、风趣含蓄的语言中藏含着女作家入木三分的意蕴。作品中作家用一串串细节、细腻的笔触描摹着盲童们的感觉。女作家"第一次看到为了普普通通的中国孩子,武警拦住了外国人";广西的一个盲男孩在人民大会堂的"主席台上折了一斤斗,也许,这是大会堂最温柔的时刻"。"世间梦都做不到的美好的事,像手掌轻轻抚摸着被人冷漠的眼刺伤的地方。"这里,盲童所接受到的是同情和爱!心理描写细致入微,把盲童的心态传神地刻画出来。作家不仅运用细节真实生动地再现事实,还在文尾直截了当地表明了自己的态度——当你要上台阶的时候,必有人对你说:请你牵着我的手。从前我不知道,现在我知道了,一定会有的,因为同行的都是人。将来也一定会有一天,你站在台阶上,有人想上台阶,那么请你也一定说一句:请你牵着我的手。等别人上了台阶,你再接着走。陈丹燕用生活里提炼出来的这样一个道理,对盲童夏令营这一善举的意义作了生活化的然而却是奇妙无比的概括,将其镶嵌在文尾呼应标题,使作品增色不少。所以,儿童报告文学在塑造人物、表现事件时运用细节描写,同时笔锋之间还挟着浓厚的情感倾向性,旨在引导小读者积极健康地成长,追求前进向上的力量。

值得提出商榷的是近几年来儿童报告文学创作中的小说化倾向。文艺报曾就此问题指出过,说:"近几年来,少年报告文学创作中的小说化倾向、思想性的缺失、对当前青少年生活中突出矛盾的麻木等等问题,已经突出地摆在了我们的面前"。文艺报也就此问题专门做过讨论,许多作家都表明了自己的观点。在此,我们也想讨论一下这个问题。儿童报告文学在创作时到底能不能采用小说的笔法?我们的答案是肯定的,然而作家一定要把握好度的问题,既不能把报告文学写成了小说,又要具有文学的感染力和震撼力。这个尺度把握得好不好,可能使得我们的报告文学的发展有所变化。对此,孙云晓曾这样说过:"现在'小说化'泛滥成灾。泛滥到什么地步?一些编辑跟我说,现在约不到好的报告文学了,只能将一些似是而非的作品标上纪实文学,混到报告文学中来发表。我认为这是个倒退。"儿童报告文学如果没有了真实性和报告性,何谈报告?近几年来,儿童报告文学的小说化倾向已经非常明显了,看看近几届全国优秀儿童文学获奖作品(报告文学类)就能感觉得出来,报告文学的评奖实属不易,好作品不多,评委会权且把奖项颁给了介乎于小说与报告文学之间的作品,如果报告文学创作的小说化趋势发展愈演愈烈,有可能导致我们的儿童报告文学的变质,最终的结果可能走向小说。所以,儿童报告文学创作中的小说笔法可以采用,但还是要坚持报告文学的真实性、思想性和时效性原则[1]。

二、儿童报告文学的创作方法

优秀的儿童报告文学作品首先必须具备新闻性、真实性和文学性三个基本特征,不仅如此,作家要对儿童现实生活有细致的观察和体验,敏于思考、勤于探索、善于将多种表现手法熔于一炉,使作品呈现浓郁的文学色彩和灼人的思想力量。具体而言,创作中应注意以下三点。

第一,贴近现实生活,以少年儿童的视角从事创作。儿童报告文学与成人报告文学最大的不同点就在于它的儿童特性,以儿童的视角观察分析周围的人事物,其呈现的色彩、图像、节奏、律动,以至细微的感受、感叹、思索、情感都会与成人大不相同。儿童报告文学作家在创作时应该有一种"高层次感",既要"蹲"下来,用自己的心灵去贴近儿童;又要充分发挥创作主体的主导作用,通过作品来传递情感、表达思想。

第二,注重作品的艺术性,运用多种表现手法进行创作。茅盾曾说:"好的'报告'须具备小说所有的艺术上的条件——人物的刻画、环境的描写、气氛的渲染等等。"这就是说,报告文学的表现手法应该是丰富多样的。儿童报告文学也是如此,它要给儿童读者以震撼和影响,就必须在遵循真实性原则的基础上,多角度、多侧面地刻画人物、渲染气氛。

第三,注入一定的理性思考,赋予作品思想的力量。儿童报告文学在陈述事件、刻画人物的基础上,还应表达一定的理性思考,通过作品来暗示、引导、提高和深化儿童的思维能力,更好地达到情感上的共鸣[2]。

---

[1]封建华.论儿童报告文学的特征[J].河北民族师范学院学报,2012(1):77-80.
[2]孔宝刚.儿童文学理论与实践[M].上海:复旦大学出版社,2007.

第十一章　儿童科学文艺

第一节　儿童科学文艺的概念与类型

一、儿童科学文艺的概念

科学文艺是科学与文艺的结合。严谨的科学与浪漫的文艺互相交错、渗透、融合,形成了"科学文艺"。严格地说,科学文艺是指用艺术的手法来描述科学、表现科学、普及科学的文艺作品的总称,其中适合儿童欣赏和阅读的那一部分,便是儿童科学文艺。

二、儿童科学文艺的分类

一篇科学文艺作品,首先必须是文艺作品,其次要包含一定的科学内容。所以科学文艺作品从客观上可以分为两大类:一类以文学为主,一类是以科学为主。不过,由于文艺形式是多种多样的,文艺与科学交错、渗透、融合所形成的科学文艺的形式也是多种多样的。

用小说的形式描写未来科学、幻想未来世界的是"科学幻想小说",简称科幻小说;用童话的形式表达科学,给孩子们传递科学知识的,是科学童话;把诗和科学结合起来,形成了科学诗;用散文活泼优美的笔调、短小精悍的形式描写科学就形成了科学小品;将科学文艺作品搬上银幕即诞生了科学文艺电影。此外,还有曲艺与科学文艺结合而成的科学相声、科学快板;美术与科学结合产生的科学漫画;甚至还有科学谜语、科学儿歌等,可谓种类繁多。

科学幻想小说是一种展望未来科技发展的小说,有小说的特点,但并不是描写现实,而是把未来或过去尚未实现的事情当作现实来描写,其幻想内容是符合科学发展规律的也最能激起小读者变幻想为现实的强烈愿望。

就知识内容来说,科学童话要比科学幻想小说更浅显一点,但它同样充满丰富的幻想,而且由于童话题材的特点,绝大部分科学童话都采用拟人化手法和某些夸张的描写。不过,科学童话在介绍科学内容时必须十分准确、严格。所以,科学童话就是夸张与严谨、幻想与现实、虚构与真实之间的辩证统一。

科学诗短小精悍,通俗活泼,生动形象,仿佛是把科学知识经过反复筛选而留存的精品,它易背易诵,深受儿童喜爱。

科学小品行文挥洒自如,文情并重,是科学文艺中的轻骑兵。

科学文艺电影是随着电影诞生之后发展起来的科学文艺新类型,是科学、文艺与电影的结合。尤其是科学幻想电影,把诱人的科学幻想变成视觉形象,更具有吸引力。

虽然科幻小说、科学童话、科学诗、科学小品、科学文艺电影等都是普及科学知识的文学形式,但相对而言也各有其阅读群:科幻小说展望科学前景,较适合于中学生阅读;科学童话和科学诗比较简单、有趣,适合低幼儿童、小学生阅读;科学小品的知识容量大,一般适合中学生阅读[①]。

第二节 儿童科学文艺作品的审美策略

一、儿童科学文艺的审美特征

(一) 广泛的知识性

丰富而广泛的科学知识内容,是科学文艺作品与其他文学读物的主要区别。

科学文艺所涉及的题材非常广泛,所包含的内容非常丰富。自然科学的各个领域它几乎无所不触及:小到微观世界,大到宏观世界;从肉眼看不到的基本粒子,到巨大的宇宙;从简单的机械运动到复杂的化学反应,甚至更复杂的生命运动;既可追溯到史前动物,也可展望到未来世界;从工农业生产到数学、物理、化学、生物、天文、地理、医学等各个学科的知识,都可以在科学文艺中得到反映。

儿童好奇心强,广袤而神秘的大千世界在孩子眼里,永远都那么新奇,富有诱惑力,所以科学文艺能够满足儿童的好奇心和求知欲。

[①] 孔宝刚.儿童文学理论与实践[M].上海:复旦大学出版社,2007.

(二)生动的艺术性

科学文艺区别于一般科学读物的标志就是它的文学性。儿童科学文艺属于儿童文学,因此它具备儿童文学的一般特点:情感丰富,富有想象力,语言生动形象,清新活泼,多用拟人、夸张、比喻、对比、象征等艺术手法,把奇妙的科学知识和原理化为栩栩如生的形象,将科学本身的奇妙之处展示在小读者面前,让儿童在喜闻乐见中获得知识、愉悦性情,激发探求世界奥秘的兴致。

前苏联科学文艺作家伊林说过,"用艺术家的眼光观察世界","把科学素材同诗意地感受世界结合在一起"。唯其如此,读者才能在科学文艺中获得审美的愉悦和对科学更好的认知。

(三)严肃的科学性

伊林认为,"科学文艺是用科学全副武装起来的文学"。科学文艺作品应该具有广泛、充实、丰富的科学知识内容,而且,这些知识必须符合科学事实。也就是说,科学文艺所讲述的科学知识、科学原理以及它们的应用范围、发展方向等都要以正确的科学理论和实验作为依据,尊重科学事实,客观进行分析,这就是科学文艺的科学性。科学性是科学文艺作品的灵魂。

科学的严谨与文学的生动并不矛盾。科学文艺以其具体的形象、生动的故事使其所描述的科学知识成为一种审美观照,以美引真、以真启美,科学性和艺术性和谐统一才是科学文艺的内在要求。

(四)深刻的思想性

科学是人类智慧的结晶。描写科学的现在和未来,必然表现出科学家和作家的个性品质、思想倾向和科学造福于人类的种种奇迹,从而赋予作品深刻的意义。另外一方面,科学文艺的目的实际上也是通过描写科学知识表现一种思想哲理,一种探索真理的精神或是科学的人生观。

(五)浓郁的趣味性

科学文艺要激发儿童对科学知识的兴趣,就是要使作品充满浓郁的趣味性。

科学本身就是富有趣味的。世界上并没有枯燥的科学,只有枯燥的叙述!科学的奥秘在科学文艺作品里借助于精巧的构思和形象的比喻、拟人、幻想等艺术手法都可生动地展现在读者面前。在文学视野的观照下,蝴蝶可以开舞会,有鳃的人可以在水底自由呼吸。法布尔的《昆虫记》中,蜘蛛、蟋蟀、螳螂等呈现出与人类相通的智慧,这时读者感受到的便是一个充满趣味和灵性的天地了。

科学文艺的知识性、艺术性、科学性、思想性和趣味性是有机结合在一起的整体,不可孤立地去理解它们①。

二、儿童科学文艺作品的审美教育策略

(一)利用儿童科学文艺教育激发儿童对科学认知与探究的兴趣

强烈的好奇心和认知、探究新事物的兴趣是儿童创造力发展的首要条件。心理学的研究表明,当个体原有的认知结构与来自外界环境中的新奇对象之间有适度的不一致时,个体就会出现"惊讶""疑问""迷惑"和"矛盾",从而激发个体去探究。儿童对未知世界充满了强烈的好奇,这种好奇心是激励儿童探究客观事物奥秘的一种内部动力,当他们由于认知有限或者头脑中原有的概念和客观事物发生冲突时就会引发他们的思考,进一步激励他们去探索未知的新情景,发现未掌握的新知识,有时他们甚至可能会创造出令成人意想不到的新成果。比如,一种奇思妙想,一个小发明,一篇颇有见地的习作,一件创意新颖的艺术作品等。儿童科学文艺本身不是科学知识、科学道理或科学思想的简单说教和枯燥的宣传,它是作家借助于具体生动的形象,通过大胆、离奇的想象,运用夸张、拟人、比喻等文学描写的手段于生动有趣的叙述中展示科学知识,启迪科学智慧的。如俄罗斯卓越的儿童文学作家维塔利·比安基的候物日记《森林报》以大自然为描写对象,将自然科学知识寓于形象生动的叙述和描写中,尤其是如何去发现和揭示森林的秘密和动物生活的奥秘,能够激发儿童留心观察动植物的浓厚兴趣和热爱自然的情怀。因此在引导儿童阅读科学文艺时就要善于利用作品的这些认知特点,设置问题情景激发儿童的求知欲和好奇心。比如在阅读法国著名科普作家亨利·法布尔的昆虫学巨著《昆虫记》时,教师通过引导儿童了解昆虫的本能、习性、劳动、情感、繁衍和死亡等特征,可以培养儿童观察、试验、探究的兴趣,并使儿童以虫性反观人类社会,从小培养起科学的理性、科学的情怀与科学的睿智。因为这种兴趣会促使儿童以科学的态度,积极不懈地去思考、探索新事物、新世界的奥秘,寻找、发现新问题并对新问题做出新的解释,甚至能从中找到解决问题的答案,进而掌握观察世界、认识世界的方法。

---

① 孔宝刚.儿童文学理论与实践[M].上海:复旦大学出版社,2007.

(二)利用儿童科学文艺教育激活儿童的想象力

爱因斯坦曾说:"想象力比知识更重要",想象是人对头脑中已有的表象进行加工改造,形成新形象的过程。想象产生于问题情景,属于高级的认识过程,想象不仅能预见活动的结果,指导活动进行的方向,而且它的新颖性、形象性更是创造性活动中必不可少的要素。科学家的发明、工程师的设计、作家的人物塑造、艺术家的艺术造型、学生的学习等所有这些活动都离不开想象;另外,想象还具有补充知识经验的作用,在现实生活中,有许多事物是人们不可能直接感知的,如宇宙星球、太空世界、诗词所创造的意境等,但人们通过想象可以弥补直接感知的不足,形成新形象。

著名的美国心理学家、教育家布鲁纳的儿童叙事性智能理论认为:"儿童的智能具有一种叙事性的结构,在儿童认识周围世界,获得各种不同信息的时候,他们把周围所有的事物都联系起来,从相互关系的方位去把握它们。因此在儿童心目中,周围世界的一切事物都是通过某种可能的关系形成一体的。"并认为这种叙事结构的智能会使儿童经常把面临探索的周围环境看作是有生命、有联系、有故事的世界。这正是儿童泛灵观念与偏爱故事的合理注脚。儿童科学文艺的文学性,既是传播科学知识的良好手段,又能帮助作者将科学本身的奇妙动人之处以故事的形式形象生动、富有情趣地展示在儿童面前,使儿童能从文学的视野感受科学的诱人魅力,那种奇妙的、幻想的、活泼的形象和巧妙灵动的构思、精细微妙的描绘,大胆离奇的夸张想象无不昭示着作家创作的智慧,契合儿童的智能结构和审美想象。儿童与文学有一种天然的亲和力,天性好幻想好想象,他们的想象往往令成人惊讶折服,而儿童科学文艺恰好张扬的是一种生命精神,是对固有的现实生活的超越和解放,文本的叙事结构与儿童的叙事性智能有着内在的必然联系,这就为儿童想象一个可能的新世界打开了一扇窗口,如高士奇的科学诗《我们的土壤妈妈》《太阳的工作》《原子的火焰》等就是运用丰富的想象,把抽象和纯理性的科学概念化为生动活泼的形象。儿童徜徉在科学文艺的殿堂里,可以充分发挥他们的再造想象和创造想象,进而激发他们的创造力。比如读法国作家儒勒·凡尔纳的《海底两万里》,可引导儿童跟随小说中的生物学教授阿龙纳斯一起游历海底,在了解大量的海洋、历史等方面知识的同时,启发儿童借助丰富的想象领略色彩斑斓的海底世界和作品富有戏剧性的惊险情节,感受作品雄浑的气势和无穷的魅力,使儿童产生探究海底世界奥妙的强烈愿望。科学诗、科学童话、科幻小说都有大量的幻想成分,它要求把科学的理性概念化为幻想的感性形象,把对知识的解释和虚构的故事糅合在一起,因此引导孩子们阅读这一类作品时,就会不自觉地对作品中的那些感性材料进行分析、综合、加工、改造,并能够在头脑中进行创造性的想象和构思,进而激发出创造的欲望。事实证明,儿童科学文艺中那些充满科学精神的具有合理想象的作品,能启迪一代又一代人的智慧,甚至能成为若干重大创造发明的先声。如美国潜水艇发明者之一的西蒙·莱克就曾说:"儒勒·凡尔纳是我一生事业的总指导"。世界上第一个完成北极飞行的飞行员阿特米纳·拜特也曾说:"第一完成这壮举的人,并不是我,而是凡尔纳,给我领航的是他。"可见被尊称为科学幻想之父的儒勒·凡尔纳的作品不仅开发了几代人的创造想象,而且对潜水事业、航空事业等的发展产生了极其重要而深远的影响。

(三)利用儿童科学文艺教育开拓儿童的创造性思维

创造性思维是重新组织已有的知识经验,提出新的方案或程序,并创造出新思维成果的思维活动,是人类思维的高级形式,是多种思维的综合表现。它既是发散思维与辐合思维的结合,也是直觉思维与分析思维的结合,与逻辑思维也有密切的联系。

儿童的思维特点往往以自我为中心,他们用自己的眼光来看问题,这使得儿童的思维没有固定的框架,因而能以全新的视角观察世界。儿童的想象取向又是多维万向的,是没有层次的、跳跃的、多变的。他们想象的事物的关联性不强,并能任意组合。这种不受惯性思维框架束缚的联想——想象,是一种可贵的品质,它与创造思维中的自由联想,类比联想等思维方法极其相似,及时加以保护和培养,就可构成创造力的基因。科幻小说是最具有创造性想象的文学样式,为儿童成长过程中创造性思维的有效形成起着保护、激发与引导的作用,对儿童创造思维有着不可低估的价值。1961年苏联宇航员加加林首次飞入太空,揭开人类征服外层空间的历史之前,科幻小说就曾描写了人类远征太空的情景。这说明充满科学精神的合理的或创造性的想象是创造性思维的表现,是发明创造的摇篮,是科学发明的先导和动力。现代科幻小说的奠基人凡尔纳就是敏感于当时的科学成就,他"不仅求助科学以证实自己的幻想,而且将这种幻想升华为将来某一天必能实现的远见与高度。他凭借渊博的知识,发挥丰富的想象力,预见了50年后甚至100年后才能实现的科学成果。"他的《海底两万里》中描写的"鹦鹉螺号"比工程师罗勃夫制造的世界上第一艘潜水艇早10年。以创作《基地》《机器人》而蜚声文坛的美籍犹太人艾萨克·阿西莫夫刚开始写机器人小说时,机器人科学尚未发展起来,等这门科技发展得相当有成果时,几乎每一本有关机器人发展史的书籍都提到他和他发明的"机器人三定律"。虽然小说中没有提供制作这些新器械的方法但展示了创造这些新器械的创造性思维,它使得创造成为可能。当然"创造性思维离不开逻辑思维,创造性思维具有求异性,而求异思维需要有规律地进行,缺乏逻辑思维势必影响创造性思维的发展。"由于科幻片或科幻小说悬念的设置和错综复杂、扑朔迷离的情节安排,给读者制造了强烈的阅读期待,在观看科幻片或阅读此类作品的过程中,应该教给儿童通过分析、综合、抽象、概括的思维过程来解决问题,最终达到突破一般规律,有所发现,有所创造。具体可以通过启发儿童不断的猜想故事情节、假设问题情景、按某一思路或某一线索进行推理、判断,预测故事的结局或主人公的命运等,随着儿童阅读的展开,他们的假设、猜想、推理便能一步步得以验证,这样不仅能使他们体验到主人公全部的喜怒哀乐,而且能验证、比较、训练自己的创造思维能力,并能感受到现代科技的无穷魅力和广阔的发展前景,这种既具有严谨的事理逻辑又不拘泥于已有思维定向与陈规的发散思维,能有效激发儿童开放的创造性思维。许多未知的领域就是在这种超越一般思维模式的想象中首先建立起一种假想的模型,并在创新的思维中进行探索、证明,再探索再证明。这是儿童创造力发展过程中最重要的步骤。在这个复杂的思维过程中,儿童的创造性想象便能得到肯定,并随着故事情节的推进,儿童的创造性思维也能一步步地获得展示、验证与深化,从而有效促进儿童创造力的发展。

总之,儿童科学文艺能满足儿童强烈的好奇心和求知欲,对儿童的创造性想象、创造性思维乃至创造力的发展具有深刻而积极的影响,对这一问题的研究,值得引起学术界和广大教育工作者的高度关注和重视[①]。

第三节　儿童科学文艺作品的创作方法

　　文学创作不是一件易事,而以各种各样的科学文艺形式向儿童少年描述我们这个绚丽多彩的世界,我们人类创作的全部科学成果等等,更是一项困难

[①]宋文翠.儿童科学文艺教育与儿童创造力的发展[J].山东师范大学学报(人文社会科学版),2008(4):158-161.

的工作。进行科学文艺创作,必须以儿童的年龄和心理特点以及他们的需要为依据,必须有严肃的创作态度,也就是要注意科学上的准确无误。错误的科学内容不仅不会给人以力量,而且会误导人们的工作。在读者能够接受的前提下,或取材于最新科学技术成就,抓住科学发展的"新苗头";或者向孩子讲述多姿多彩的大千世界,使他们从中汲取有益的营养,养成热爱科学、勇于创新的品质,培养他们正确的世界观、人生观和价值观。创作时除了遵循一般科学文艺创作的原则规律和特点外,更强调其作品知识内容的浅显和有趣。如前文所言,仅具有科学性的作品并不就是科学文艺。科学文艺作品是属于文学范畴的,因此,科学文艺作者也要有较高的文学修养,构思作品时要巧妙,要善于剪裁,而且能够熟练地运用通俗易懂的语言恰如其分地表现科学内容。

一、知识内容浅显而具体

儿童思维的主要特点是具体、直观、形象,抽象逻辑思维在幼儿期处于萌芽状态,随着年龄的增长而逐步发展,因此,儿童科学文艺作品要注意儿童的年龄特点、知识水平和接受能力。如果读者对象是低幼儿,那介绍的科学知识应该尽量少讲原理或不讲原理。对于尖端的科学技术,与他们头脑中的具体形象没法联系。他们虽然好奇,但无法进行思考,自然不喜欢接受。

二、注重故事性和趣味性

故事性强、浓郁的趣味性是儿童科学文艺的特点。科学文艺作品必须写得生动有趣,富于故事性,有强烈的刺激,才能引起他们的注意。

趣味性,主要指细节和语言;故事性指有人物形象有情节。要做到这一点,科学文艺必须借助拟人、比喻、夸张等艺术手法,要有诗意的感受,才能富有儿童情趣,引起儿童极大的兴趣,并由此热爱科学。

三、创作模式要推陈出新

科学文艺的创作中存在一些既定的模式,如科学童话创作中较常运用的有"三段法""误会法""反复法"等。创作模式是人们在长期的实践中总结出来的行之有效的创作方法,但是,创作模式并不代表创作的公式化、雷同化或者一成不变。优秀的作家往往在传统模式中注入新鲜的内容,创作出引人入胜的新作品。如鲁克的科学童话《纸王国纪事》用的是一则古老不过的叙事模式——王子出门学艺。然而,在这古老的形式中却介绍了最现代的科技内容,七个王子分别变成了抗火纸、无灰纸、自燃纸、储水纸、避水纸、药虫纸和耐压纸,在与入侵者火王国、水王国和白蚂蚁国的激战中,他们的才能一一得以发挥。同时,读者也迫切希望更为新颖的作品形式出现,传统的模式已经不能满足现代人求新求变的需要,所以儿童科学文艺作品也要有所创新和突破。文学艺术就是在突破创新中不断发展的[①]。

[①]孔宝刚.儿童文学理论与实践[M].上海:复旦大学出版社,2007.

参考文献

[1]陈丽.童话创编类习作教学探索[J].语文世界(小学生之窗),2023(2):66-67.

[2]陈世安.儿童文学[M].南京:河海大学出版社,2005.

[3]陈懿婷,杨锋.图画书阅读中儿童的审美接受[J].郑州师范教育,2016(5):52-55.

[4]崔卓缘,吴念阳.让儿童文学润泽情感素养的培育[J].福建教育,2023(40):8-11.

[5]翟云.儿歌鉴赏方式初探[J].甘肃教育,2007(1):21-21.

[6]杜春海.儿童文学与素质教育[M].成都:电子科技大学出版社,2007.

[7]封建华.论儿童报告文学的特征[J].河北民族师范学院学报,2012(1):77-80.

[8]郭艳芹.图画书与儿童审美素质的关系[J].安阳师范学院学报,2014(6):123-126.

[9]黄轶澜.试论儿童文学课改中创编素养的培养[J].岁月·下半月,2011(12).

[10]靳庆华.儿童诗的审美特质[J].作文成功之路(教育前沿),2017(10):71.

[11]孔宝刚.儿童文学理论与实践[M].上海:复旦大学出版社,2007.

[12]李学武.媒介时代,儿童文学的情感浸润功能再审视[J].福建教育,2023(40):5-7.

[13]李艳.儿童散文的"真"与"趣"[J].文教资料,2010(3):9-11.

[14]林春惠.儿童文学出版的审美价值失范与重构[J].山西能源学院学报,2023(1):60-62.

[15]刘国华.寓言的美学意义初探[J].小学语文教学,1994(C1):87-88.

[16]刘海平.儿童文学的美学特征探究[J].女报,2023(4):121-123.

[17]罗彬.儿童戏剧文学游戏与幼儿情感表达的影响[J].知识文库,2019(10):19.

[18]罗晶,刘丽彬,张轩.儿童文学审美教育探析[J].时代报告(奔流),2021(10):18-19.

[19]罗培坤,左培俊.儿童文学创作与研究[M].武汉:华中师范大学出版社,1994.

[20]吕沙东.试论儿童诗的阅读鉴赏与创编策略[J].文教资料,2016(3):44-47.

[21]马忠.民族化多元化经典化——关于儿童文学的影视改编[J].吐鲁番,2021(1):75-78.

[22]彭应翃.高校儿童文学教学中的理论拓展[J].文学教育(上),2023(5):186-189.

[23]秦引.浅谈如何在故事教学中激发幼儿的审美情趣[J].读与写(教育教学刊),2017(4):249.

[24]宋文翠.儿童科学文艺教育与儿童创造力的发展[J].山东师范大学学报(人文社会科学版),2008(4):158-161.

[25]苏宜海,李静.童话创编"进化史"[J].教育研究与评论,2023(3):106-110.

[26]孙茜.浅析儿歌的审美特点[J].文学教育(上、下旬刊),2013(11).

[27]孙学敏.当代儿童文学创作与出版的文化内涵探析[J].文化产业,2022(26):67-69.

[28]谭旭东.简析中国儿童文学的历史与现状[J].玉溪师范学院学报,2015(6):8-12.

[29]汤素兰.儿童文学:从童年出发走向无限[J].粤港澳大湾区文学评论,2023(5):31-35.

[30]童彤,张小华.儿童文学作品中的人文精神研究[J].时代报告(奔流),2023(1):13-15.

[31]汪小红.儿童文学[M].成都:西南交通大学出版社,2016.

[32]王金金.浅论儿童文学文本之接受——由文本误读说起[J].新课程学习(上),2011(9):32-33.

[33]吴翔宇."中国议题"与儿童文学知识体系的建构[J].江西社会科学,2023(2):31-39.

[34]吴翔宇.语言变革与中国儿童文学现代化的生成[J].天津社会科学,2023(4):140-148.

[35]吴翔宇.知识观重构与中国儿童文学的发生学逻辑[J].学术月刊,2023(8):166-176.

[36]徐蕊.论如何进行儿童图画书创编[J].商丘职业技术学院学报,2014(3):119-120.

[37]张丹丹.实现童话审美功能的教学策略初探[J].七彩语文,2023(16):40-42.

[38]张绪华.儿童文学的审美性探究[J].中国文艺家,2017(7):89.

[39]张炎.儿童故事审美特征浅析[J].教育探究,2011(2):67-71.

[40]赵霞.儿童文学文本教学存在的问题与对策[J].小学语文教学,2015(23):3-4.

[41]周桂诗洋.儿童文学的教育价值与教育路径[J].学园,2023(7):81-83.

[42]纵颖.儿童影视文学创作审美特征的解析[J].文教资料,2017(18):11-12.

[43]邹文玉,方玺,钮约.接受美学视域下小学语文童话教学探析[J].基础教育研究,2023(3):18-21.